怪奇小説日和

黄金時代傑作選

西崎 憲 編訳

筑摩書房

目次

怪奇小説日和

黄金時代傑作選

編集＝藤原編集室

墓を愛した少年

フィッツ＝ジェイムズ・オブライエン
西崎憲訳

フィッツ＝ジェイムズ・オブライエン Fitz-James O'Brien（1828–1862）

アイルランドのリメリックに生まれるが、浪費および放蕩のすえ二十代半ばでアメリカに渡る。ボヘミアン的な生活をしながら様々な新聞や雑誌に投稿し、詩人として著名になる。時折、時間軸の横にも縦にもつながりを持たない作風の書き手が突然変異のように現れることがあって、そうした作家はたいてい一体どこからこういう着想を得るのかと読者の首を捻らせるものを書くが、オブライエンはそうした作家の代表格だろう。オブライエンの書く短篇は時代の制約もまったく受けなかったし、誰かの影響が見られるといったことも皆無である。短篇の数は少ないが、その代わりどれも驚くような佳作揃いである。なかでも「ダイヤモンドのレンズ」やこの「The Child Who Loved a Grave」にはオブライエンの独創性が躍如としている。惜しいことに南北戦争の際に受けた傷がもとで、三十三歳という若さでこの世を去っている。初出は一八六一年四月号の *Harper's New Monthly Magazine* である。

とある辺鄙《へんぴ》な地方の、そのなかでもとりわけ辺鄙なあたりに荒れ寂《さ》びた村があり、そこに教会墓地があった。村人たちはもうその墓地には埋葬はしなかった。そこは遥か昔に墓地としての役目を終えていて、我が物顔に茂った雑草は野生の山羊のかっこうの餌となり、山羊どもは崩れた壁を攀《よ》じのぼって越え、寥落《りょうらく》とした墓の敷地を悠然と歩きまわった。墓地は柳と陰鬱な糸杉に囲まれていた。そして開かれるのが稀な錆びた鉄柵の門は風の勢いのままに揺れ、蝶番は迷える魂が発するような呻《うめ》き声を響かせた。魂はその荒廃した場所を永遠に彷徨《さまよ》うことを運命づけられ、鉄柵を掴んで揺らし、自らの忌まわしい拘束を嘆いているかとみえた。

その墓地にはほかのものに似ていない墓がひとつあった。頂部の石には名前は刻まれていなかった。その代わりに海から昇る太陽の図が粗く刻まれていた。

墓はとても小さく、羊蹄《ぎしぎし》と刺草《いらくさ》に厚く覆われていた。見た者はその小ささから、幼い子供の墓だと結論を下すかもしれなかった。

その廃《すた》れた墓地にほど近い場所に一軒の侘《わ》びしい家があり、ひとりの少年が両親と住んでいた。少年は黒い瞳を持ち、夢見がちで、近所の子供たちとは遊ばず、ただ野を彷徨うことを好み、川岸に寝そべり、葉が落ちるのを眺め、細波《さざなみ》を眺め、水の面《おもて》で白い首を揺らしている百合を眺めた。少年の生活が寂しく悲しいものであることは不思議ではなかった。少年の両親は粗野で邪《よこしま》で、来る日も来る日も諍《いさか》いに明け暮れ、ふたりの争う声は静かな夏の夜気を震わせて、山間《やまあい》に蟠《わだかま》る村の住人たちの耳朶《じだ》を打った。

少年は両親の忌まわしい諍いをおそれた。暗い家に響く悪罵や肉を打つ音は若い魂を縮みあがらせた。だから少年は家を飛びだし、野山に足を向けた。そこではすべてのものは静かで浄らかだった。そして少年は小声で百合と話した。百合がまるで友人であるかのように。

少年は古い教会墓地にもしばしば足を運んだ。半分埋もれた墓石のあいだを歩きまわり、石に刻まれた、何年も前に世を去った者たちの名前を読みあげた。

その小さな墓、名前のない忘れられた墓は、ほかのものより少年の眼を惹きつけた。海から昇る朝日という見慣れない意匠は、謎と驚異の尽きせぬ源泉となった。そして昼といわず夜といわず、両親の怒りに耐えがたくなって家を飛びだした少年は墓地を彷徨い、厚く茂った草のあいだに寝ころんで、その墓にどういう者が葬られているかを考えた。

小さな墓にたいする少年の愛情は時が経つにつれてしだいに深いものになり、少年はいかにも子供らしいやりかたでその墓を飾るようになった。陰気に墓を覆った羊蹄《ぎしぎし》や刺草《いらくさ》や毛蕊花《もうずいか》を引きぬいた。芝草を刈って均《なら》して天国の絨毯を敷きつめたようにした。それから露に濡れた小道を縁取る茂みから、山査子《さんざし》の白い花を散らしたそこから桜草を摘んできて、そして玉蜀黍《とうもろこし》畑から赤い罌粟《けし》の花を、森の影の濃いあたりから糸沙参《ブルーベル》を取ってきて、墓の周囲に植えた。さらに銀色の柳の柔らかい枝で小さく簡素な生垣を造り、灰色の墓石の表面を這いまわる苔を刮《こそ》げとり、小さなその墓が善い妖精の墓かと見違えるようにした。

少年は満足だった。長い夏のあいだ少年はそこに横たわり、墓を載せた小丘のような隆起を両腕で掻きいだいて過ごした。穏やかで気の弱い風が迷いこんで少年の体を撫で、おずおずと少年の髪を持ちあげた。丘の方角から村の子供たちが遊びに興じる声が風に乗って届き、時折そのなかのひとりが遊ばないかと誘いにきた。けれど少年は黒い瞳で見返し、穏やかな口調で断るのだった。そして誘いにきた少年は何かに打たれたように口を噤《つぐ》んでこそこそと仲間のもとに戻り、囁き声で墓を愛する少年について語るのだった。

たしかに少年はどんな遊びよりもその小さな墓を愛していた。墓場の静けさ、野生の花の香り、木々のあわいから零《こぼ》れる陽の光が織りあげる黄金《きん》の格子、草の上で躍る光。それらはすべて歓びだった。少年は仰向けに横たわり夏の空を何時間も眺め、白い雲が広い天蓋を悠々と航海するのを眼で追いかけ、善良な人々の魂が天国に還るために航海をしているのではないかと想像した。けれど黒い雷雲がやってきて、激情ゆえの涙で膨れあがり、音と光を発して破裂したとき、少年は家にいる両親のことを考えた。そして墓に視線を遣り、頰を墓石に押しあてた。墓がまるで兄弟か何かのように。

　そういうふうに夏は過ぎ、秋がやってきた。木々は行く末を思い、悲嘆に暮れていた。凶暴な風が服を剝ぎとり、雨や嵐が裸になった枝を打ち据える時が近づいていた。桜草は色を失い、萎れた。けれど最後の瞬間に少年を見あげ、微笑んでこう言ったようにも思えた、「わたしたちのために泣かないで。また来年やってきますから」。けれど冬が近づくにつれて季節の悲哀は少年を支配するようになり、涙で墓を濡らすことがしだいに頻繁になり、石の面に接吻をすることが多くなった。それはまるで何年も帰ってこない旅に出る友人に接吻するようにも見えた。

　ある夜、秋も終わりになった頃だった。森は褐色になり冷厳になり、丘々を渡る風は猛々しくかつ忌まわしい声を発した。墓の前にすわっていた少年は、古い門の錆びついた蝶番が軋《きし》む音を耳にした。顔を上げた少年は見慣れない一団が墓地に入ってくるのを見た。五人の男だった。うちのふたりは黒い布で覆われた細長い箱を運び、ほかのふたりは手にシャベルを持ち、背が高く厳《いか》めしい顔をした五人目は、長い外套に身を包んで先頭を進んでいた。見守っていると男たちは墓場を往ったり来たりしはじめた。半分埋まった墓石に躓《つまず》きながら、あるいは上体を屈め、消えかかった銘刻を確かめながら。心臓が停まるのではないかと少年は思った。風変わりな図が彫られた灰色の墓石の陰で、少年は深い恐怖に縮みあがった。

男たちは右に行き左に行くことを繰りかえした。背の高い男を先頭に、高く茂った草のあいだを念入りに調べあげ、時々相談するために立ちどまった。ついに先頭の男がこちらを向き、小さな墓の前までやってきて屈んで灰色の石を覗きこんだ。ちょうど月が昇り、その光で海から現れた太陽の不思議な図を照らしだした。背の高い男は残りの者を手招きした。

「見つけた」かれは言った。「これだ」その言葉に応じて四人の男が近づいてきて、五人全員が墓の前に立った。墓石の後ろの少年はもう息をすることさえできなかった。細長い箱を運んでいたふたりの男はそれを草の上に下ろした。そして黒い布を剝ぎとった。少年の眼に艶《つや》やかな黒檀製の棺が、銀の装飾を這わせた小さなそれが映った。蓋には海から昇る太陽の図が銀で描かれていた。月光がそれらすべてを照らした。

「さあ、仕事だ」背の高い男が言った。シャベルを持ったふたりが小さな墓にそれを突きたてはじめた。少年は心臓が破裂すると思った。そしてじっとしていることができず、姿を現し、盛り土の前に身を投じ、背の高い男に向かって叫んだ。「立派なおじさん」少年は泣きながら訴えた。「ぼくの墓にさわらないで。世界中でたったひとつ大事にしているものなんだ。さわらないで。ぼくは一日中ここで墓を抱いて過ごしているんだ。この墓はたぶんぼくの兄弟なんだよ。ぼくが番をして草を刈ってきちんと均《なら》してるんだ。約束するよ。もしぼくにこの墓を任せてくれたら、来年は野原で一番きれいな花をまわりに植えるから」

「子供の気違いか」厳めしい顔の男は言った。「これは聖なる任務だ。ここに埋葬されているのはたしかにお前のような子供だ。しかし王の血を引いているのだ。祖先は宮殿に住んでいた。ありきたりの土で休らうような遺骨ではない。海の向こうで壮麗な陵《みささぎ》が遺骨を待っている。わたしは遺骨を持って帰るためにやってきた。斑岩と大理石の納骨所に安置するのだ。子供をどこかに連れていけ。仕事をはじめるんだ」

　男たちは力ずくで少年を墓から引きはがし、草の上に放り捨てた。少年は心臓が破れるほど泣いた。男たちは墓を掘りかえした。少年は涙を通して白く小さな骨が集められ、黒檀の棺に入れられる光景を見て、蓋が閉められる音を聞き、空になった墓に土が戻されるのを見た。男たちは泥棒だと少年は思った。五人は棺とともにやってきた道を戻っていった。門の蝶番がふたたび軋み、少年はひとりになった。

　かれは黙って家に戻った。涙はなかった。幽霊のように顔が白かった。小さなベッドに入ったとき、少年は父を呼びよせ、自分は死にかけていると告げ、海から昇る太陽が刻まれた石の墓に葬って欲しいと頼んだ。父親は笑って、寝ろと言った。けれども朝がきたとき少年は死んでいた。

少年は望んだ場所に葬られた。土が均《なら》され、人々は帰りはじめた。その夜、新しい星が空に現れ、高みから墓を見まもった。

岩のひきだし

ヨナス・リー
西崎憲訳

ヨナス・リー Jonas Lie（1833–1908）

ヨナス・ラウリッツ・イデミル・リー。ノルウェーの国民的作家。法律家として生計を営んでいたが、材木の投機の失敗で破産者となる。しかしその後、方向転換して作家を志し、ついにはノルウェーの主導的作家の一人と呼ばれるようになる。負債は早々に返済したという。初期には海と漁師たちのリアリスティックな描写で評価を得たが、後にはノルウェーの民間伝承に材を取った話を書くようになる。「岩のひきだし」The Earth Draws はアメリカで *Trolls*（1891）、イギリスで *Weird Tales from Northern Seas*（1893）と題されて刊行された短篇集のなかの一篇である。リーの名前はその一冊で英米の愛好家の記憶に長く留められている。邦訳も一九九六年に『漁師とドラウグ』のタイトルで刊行されている。同集には本作のほかにも佳作が多数収められている。英訳と序文はR・ニズビット・ベイン。英国版の挿絵は自身も魅力的な妖精譚や寓話などを書いたローレンス・ハウスマン。贅をこらした配剤である。想像力の質が英米の作家と異なっているので初読の読者は少し驚くかもしれない。

ソルバーグのとある商店に、ひとりの若者が奉公していた。

金色の巻毛に、碧《あお》く捷《はしこ》い眼をしたごく美しい若者で、垢抜けた上に如才のなさまで併せもっていたので、町の若い女たちはみなちょっとした買い物も自分で引きうけるようになり、若者の顔を見るためにお百度さながらに店に通うのだった。そして若者が人並み優れていたのはそんなことばかりではなかった。仕事においても若者は決して人後に落ちることはなく、与えられた仕事は万事そつなくこなすため、しぜん主人の覚えも良く、店の主人は若者を手元から離したがらなかった。

若者が雇い主の家族のために漁にでた日のことだった。

潮の流れに正面からぶつかったために、若者の舟は岸近くまで押し流されてしまった。岸は切りたった岩の壁になっていて、若者はその岩壁に記された満潮の跡の少し上で光を放っている小さな輪にすぐ気がついた。舟を繋ぐためのものだろうと見当をつけた若者は、岸辺で一休みして、何か軽いもので腹拵《はらごしら》えするのも悪くないなと思った。何しろ、朝からずっとオールを握りっ放しだった。

しかし、舫《もや》い綱を通そうと輪に手をかけた時だった。どうしたわけか指が輪のなかに嵌《は》まりこんで抜けなくなった。若者は指を引き抜こうと、手に力を籠《こ》めた。と、驚いたことにそれにつれて岩の壁がぱっくりと口を開き、大きな抽出《ひきだ》しとなって若者の前に迫《せ》りだした。抽出しには縁まで一杯に、絹のネッカチーフやら、女物の安っぽくけばけばしい衣類やらが詰めこまれていた。

しばらくはただ呆気にとられているばかりだった若者も、やがて気を取り直して思案をめぐらしはじめた。

あらためて岩の壁の表面に目をやると、いましがた引きあけた抽出しの縁に付いたものと同じ鉄錆が何本も筋をなして岩の表面を走っていた。

岩からはみでていた輪は、いまでは若者の指輪になっていた。岩の壁中至るところに見られるその筋が全部抽出しであるのか、若者は試してみずにはいられなかった。片っ端から若者は引きあけた。金の首飾りと銀の首飾りの抽出し。ガラス玉とブローチと指輪の抽出し。腕輪とレースの付いた帽子でいっぱいのもの。そして紡ぎ糸の詰まったもの。ナイトキャップと毛織物の。コーヒー、砂糖、からす麦、煙草とパイプ、釦《ボタン》、釣針と浮き、ナイフ、斧、草刈り鎌。

若者はつぎからつぎへと引きあけた。抽出しが見せてくれるものに終わりはないようだった。

そのあいだじゅう、大勢の人間の騒《ざわ》めきと、海員用の長靴の重い足音が、まるで自分がその直中《ただなか》にいるかのように若者の体を包みこんだ。がやがやという人声、船橋の上を大樽を転がすような音、そして風に抗して帆を張る音、櫓《ろ》の音、舟が岸にぶつかる音などが若者を取り巻いた。

若者にも薄々分かってきた。どうやら自分が舟を舫おうとした輪は、地下の住人たちのもので、彼らが品物を保管する荷揚げ場の庫《くら》に、自分は偶然に行き当たったらしかった。

海泡石のパイプが一杯に詰めこまれた抽出しを若者は見下ろした。世界で一番見事なパイプとはこういうものかと思い描いていたものよりも、それは数倍上等な品だった。

その刹那《せつな》、若者は何か巨《おお》きな拳で打たれたような、そんな痛みを脇腹に感じた。同時に誰かがすぐ横で嬉しそうに笑ったようだった。見ると舟の舳先《へさき》に若い女が立っていた。痩せて、肩幅が広く、麻の穀物袋よりも毛深い腕をした女だった。女の眼が若者に笑みを投げかけて、暗闇の鍛冶の火花のような光を放った。奇妙に白々とした顔だった。

女の姿が幻のように掻き消えた。

舟に戻った時には何だかほっとした。岸をひと突きして、若者はその場を後にした。

周囲に渦巻いていた騒めきからようやく抜けだすと、若者はオールを漕ぐ手を緩めた。そして輪がまだ指に嵌まっていることに気がついた。

若者は反射的に輪を指から引ったくって海に投げこもうとしたが、輪はどうしたものか、先刻より余程きつく指に嵌まっていた。

目を凝らしてみると、指輪は非常に変わった細工物で、見たこともない雷文《らいもん》が金で象《ぞう》嵌《がん》されていた。好奇の気持ちが頭を擡《もた》げた。若者は不思議な耀きを放つ象嵌を子細に調べた。しかしあれこれとひっくりかえして、螺旋《らせん》の文様を眼で辿っても、若者にはその文様が一体どこから始まっているのか、またどこで終わっているのか、ついにそれと指しめすことができなかった。

若者が頻《しき》りに輪を矯《た》めつ眇《すが》めつしていると、奇妙に光る眼をした白い顔が不意に思いだされた。それは妙にはっきりと浮んできた。若者には、自分がその女を醜いと感じたか、好もしいと感じたか、遽《にわ》かには言うことができなかった——不思議な女。

指輪は捨てないで取っておくことにした。

若者は町に向かって漕ぎだした。帰ってからも、自分の身に起こったことを誰にも話さなかった。

そんなことがあってからしばらくのあいだ、若者は妙に落ち着きのない気分に囚われた。

そしてある日、塵を払いながら、商品の過不足を調べていた時だった。若者はいつしか白日夢に陥っている自分に気がついた。岩山の裾に設《しつら》えられた突堤に立っていた。麻の穀物袋のように毛深く、黒い髪の女が、自分に向かって笑いかけた。

もう一度あの場所へ行ってみずには済みそうもない、たとえ命にかかわることがあっても、若者はそう思った。

夏が終わらないうちに若者の操る舟は、岩山の以前と寸分違《たが》わぬ場所に横付けされていた。

金の象嵌のある指輪で抽出しをあけた時、肩幅の広い女の姿が、ちらりと視野を掠《かす》めたような気がした。女の眼は火花を発していた。若者のすることを面白がるような、好奇心を含んだ眼でじっとみつめていた。

若者はその場所にいく時、漠然と女に会うことを期待するようになった。女のほうでもしだいに嬉しさを露《あらわ》にするようになった。若者と女はたがいの存在を認めあうようになり、女は若者がくるのをその場でいつも待っているようになった。

しかし、家にいる時の若者はだんだんと塞《ふさ》ぎこむようになり、言葉数もしだいに少なくなっていくのだった。熟考の末、あれは邪法の類いだろうと結論を下したにもかかわらず、女の腕が獣のように毛深く、そうしてあそこへいくのを止そうと、何度も決意したにもかかわらず、若者は岩の岸に通うことを止めることができなかった。そうして若者が一週間ほど空けて訪れた時の女の叫ぶようす、笑うさまは、若者が困惑するほどのものだった。

相変わらず何も見えなかったが、大勢の人間の忙《せわ》しない騒めきはつねに若者をとりまいていた。みんなが舟を寄せて、自分の舟を通すために場所を空けてくれているのではないか、そんな気が漠然とした。

若者の舟の水垢はいつもきれいに汲みだされていたし、オールと帆はきちんと手入れされていた。舫い綱は舟を寄せた時にはいつのまにか結ばれ、帰る時には解《ほど》かれていた。

時折、女は岩山を穿《うが》って造った倉庫や、明るい広間に、一緒に入って欲しいというような素振りを見せた。そんなとき女は頻りに後についてこいといった仕草をするのだった。そしてそんなことがあった日、帰る舟のなかで若者は何だか無性に怖ろしくなり、いつまでも震えているのだった。「もしも」と若者は考えた。「もしも、後ろで岩の壁が閉まったら」女の誘いを退けて、何事もなく帰路についていることに安堵して若者は、深い吐息をつくのだった。

秋に差しかかる時分になると、それでも何とか自制らしきものが芽吹いてきたようだった。若者は女のもとに通うのを、こんりんざい止そうと誓った。そうして店の仕事に真実打ちこんだので、ほどなく仕事以外の考えを頭から締めだすことができた。若者の働きぶりは、尋常なものではなかった。

クリスマスが、雪片と闇とを引きつれて近づいた頃、若者はしごく奇妙な幻を見るようになった。

暗い物陰や部屋の隅にいくと、目の前に、あたかも実体を具《そな》えたものであるかのように、女の姿が見えた。女は笑って若者を手招きし、何事か叫び、その言葉を突風に乗せて若者の耳まで届けた。夥しい欲望が、心中に兆《きざ》した。

どうにも堪《こら》えきれなくなり、若者は舟をだした。

岸はまだよほど先であるのに女の姿が見分けられるような気がした。舟がもっとよく見えるようにと、女は手前の大きな丸石を、片っ端からわきにどけているところだった。舟が近づくのを女はじっと眼で追っていた。歓びに相好をくずして、女は霧雨と靄《もや》の向こうから手招いた。潮はゆっくりと舟を女のもとまで運んだ。

相変わらず何も見えなかったが、辿りついた時、周囲の海には大勢の人間たちでごったがえしているような、そんな気配があった。彼らは浅瀬を渡って、若者の舟を岸に引き寄せた。若者の便宜を図るように、どこからともなく、昇降段と渡し板が現れた。女が上に跳びのった。息が若者の顔を撫でた。女は身を寄せて闇のなかの炬火《きょか》のような眼で若者をみつめて、手を引っぱった。ついで、くるりと背を向けて梯子段を降りると、早足に歩きはじめた。振り返り、ついてくるように手で合図する。そうして岩の壁に嵌めこまれた古い鉄の金庫の前まで行くと、もどかしげに扉を引きあけた。

金庫の棚には、眼にも鮮やかな、花嫁用の宝冠や腰帯、胸当て、スカート、そのほか婚礼に必要なあらゆる装飾品が仕舞いこまれていた。

女が立ち上がる。白い歯のあいだから洩れでた生温かい息が若者の顔を撫でた。女ははしゃいで、若者に媚《こび》を含んだ視線を送った。女の手中に囚われたのだと若者は思った。周囲が闇に包まれたような気がした。

夕間暮れのようなその薄闇のなかに、若者は広く、賑《にぎ》やかな荷揚げ場の全景を見てとった。埠頭、倉庫の列、交易用の船の数々。女は手を伸ばしてそれらを指差した。若者がそのすべての所有者であると言うかのように。

若者の体を慄然《ぞくり》と冷気が突き抜けた。それは岩山のなかに入ることを意味するのだと忽然と悟ったのだった。

若者は走った。

舫い綱をナイフで断ちきり、指輪をひったくるように外して波のあわいに投げ棄てると、急いでオールを取り、海へと漕ぎだした。周囲が泡立つ濠《ほり》のように騒めいた。

若者は店に帰り、日々の仕事に戻った。折しもクリスマスの賑わいがはじまる頃だった。若者はまるで憑き物が落ちたような、怖ろしい夢から醒めたようなそんな心持ちだった。ずいぶんと気も軽くなった。若者はカウンターの向こうの顧客らと、持ち前の優雅な物腰で、たわいのない話を交わした。何もかもが元通りになり、平穏な日々が帰ってきた。そうして手を着けることは何によらず、バターのように滑らかに進んでいった。

店主の娘がちょくちょく店先に顔を出すようになったのはそんな時だった。娘は言わば控え目な賞讃といった眼差しで若者に笑みを送った。娘がそんなにしょっちゅう店先に来ていることに、若者は最初気がつかなかった。そして娘がどんなに愛らしく輝かしく見えるか、戸口に立つ姿がどれぐらい優雅で、嫋《たお》やかに見えるか、それまで考えたこともなかった。けれど、娘が何とも気になる視線を向けるようになってから、若者はそれ以外のことが考えられなくなった。彼女の凜《りん》とした頭の擡げ方が頭にこびりついた。そうして、歩く時に娘がどのくらいほっそりとして見えるか、碧い目がくるくると動くさまが何と愛らしいか、そう、ちょうど愉しそうに瞬く星のようだ、若者はそんなことばかり考えるようになった。

しかし、遅くまで眠れない夜など、若者は奇妙な女に引き摺られて犯してしまった、なんとも気の重く厭《いと》わしい罪を、苦い気持ちで思い返すのだった。そうして指輪を海に投げ棄てて本当に良かったと、その度に胸を撫でおろすのだった。

クリスマス・イヴの夜、店が閉まって、主人の家族や召使いたちが客間や台所でお祝いの準備に余念がない頃、若者は主人の仕事部屋にくるように命じられた。もしも君が娘のことを好きだったら、と店主は切りだした。自分の見たところでは、何も障害はないようだ、どうか心を決めて、娘に求婚してはくれまいか、娘の気鬱はどうやら恋患いが原因らしい、私はね、と店主はつづけた。もう老齢《とし》だ、店の仕事から隠退しようと思うのだ。

眼が清く、眉の秀でた店員は、問いが繰り返されるまで待たなかった。若者は直ちに娘に求婚した。そうしてクリスマスの御馳走がテーブルに並び終わるより前に、娘から承諾の返事をとりつけていた。

歳月が人々の頭上を巡り、店と家内の繁栄ぶりには著しいものがあった。愛らしく賢い子供たちが生まれた。いまや店主となったかつての若者は、伴侶に恵まれたようだった。妻に不足なところは欠片《かけら》もなかった。家でも出先でも、妻は品が良く、それでいて気さくで、どうやらそれは生来の美質であるらしかった。

そうして七年目のクリスマスが近づいた頃のことである。若い店主は妙に落ち着かない気分に囚われた。店主はあちらこちらと頻りに歩きまわったが、どこに行っても安んじることはできなかった。

妻は夫のそんなようすを見て、気を揉み、悲しく思った。何が起こっているのか彼女には見当もつかなかった。夫が自分を避けているようにも思えた。店主は薄暗い倉庫の屋根裏に積みあげた櫃《ひつ》や、桶や、樽、麻袋といった物のあいだを何時間もうろつきまわった。そして自分がそこにいるあいだ、ほかの者が顔を出すのをたいそう厭がった。

リトル・クリスマス・イヴ（クリスマス・イヴの前日）の前日、入り用の物があって、店の者が一人、屋根裏に上がった。

主人が沈思黙考の体《てい》で、麻の穀物袋が積まれたあたりに立ち、床をじっと見つめていた。

「そこの床にある鉄の指輪がお前にも見えるか?」店主は尋ねた。

店員には何も見えなかった。

「おれには見える――引っぱるんだ、岩のなかからな」若い店主は重い息をひとつ吐いた。

リトル・クリスマス・イヴの日、店主の姿が見えなくなった。一夜明けてイヴになっても、店主は帰ってこなかった。妻や雇い人たちは、店主の姿を求めて家中をくまなく捜しまわり、クリスマス・イヴの町の感謝の念に満ちた喧噪のなかを、あちこちらと尋ね歩いた。

陽も暮れようかという刻限だった。みんなの不安が頂点に達し、クリスマスのお祝いのテーブルを準備したものかどうか、測りかねていたちょうどその時、店主が扉を押しあけて部屋に入ってきた。

店主は食べるものと飲むものをくれと差し迫った調子で訴えた。そしてあれこれと喋り散らし、その夜のあいだずっと幸福そうに、陽気そうに、快活に振る舞った。家の者たちはそんな主人の姿を見て、つい先程まで重苦しくのしかかっていた不安を、念頭から拭いさった。

それからの一年、以前と変わらず、店主は話し上手で社交的だった。そして妻に自分がいなくなったことを、取るに足らないことだと思わせようとした。店主は妻を抱きしめて安心させるような言葉を何度も繰り返すのだった。しかし妻はそれを心から信じることはできなかった。

クリスマスの季節、一年のうちで最も闇の長い季節がふたたび巡ってきた。一年前と同じように、店主の素振りに落ち着きのなさが見えるようになった。妻や雇い人たちは自分たちの間を歩きまわる店主が影のようだと思った。店主はふらふらと倉庫の屋根裏に行き、薄闇のなかに佇《たたず》んだ。

まったく同じことがリトル・クリスマス・イヴの日に繰り返された——店主の姿が消えたのである。

妻や雇い人はまったく困惑の体だった。驚きの念と得体の知れない不安が交錯した。そうして、クリスマス・イヴの夜、店主は突然、皆の集まっている部屋の扉を押し開けて帰ってきた。若い店主は何事もなかったように、幸福そうに、陽気そうに、イヴの夜を過ごした。しかし蠟燭が消されて、誰もがそれぞれのベッドに潜りこんだ頃、妻はもうそれ以上黙っていることができなくなった。涙が止めどなく溢れた。どこに行っていたのか話してくれと妻は訴えた。

店主は妻の体を乱暴に突きとばした。両の眼が狂気のように光った。店主は哀願した。自分たちのこの申し分のない幸福のために、そんな質問は二度としないでくれ。店主はそう言った。

時は巡り、寸分違わぬことが、くる年もくる年も繰り返された。日が短くなりだす時分になると、店主は鬱屈したようすで黙りこみ、皆の眼を避けるようにふらふらと歩きまわりはじめるのだった。そうしてリトル・クリスマス・イヴになると、店主の姿は見えなくなった。どこへ行くのか、誰も見た者はいなかった。そして決まってクリスマス・イヴの、皆がテーブルを用意しようとするその瞬間に、店主は部屋の扉を開けて入ってきて、幸福そうに、安んじた面持ちでその夜を過ごすのであった。

しかし、いつの間にか、秋になる前、暗闇が長くなりだす頃、店主のようすに変化が表れでるようになった。そしてその時期は毎年毎年少しずつ早くなっていった。鬱屈もまた深く、人を避けることも以前より著しく、店主はあたりを歩きまわった。

妻は決して問い質《ただ》したりはしなかったが、悲しみは重い荷のように彼女の肩を拉《ひし》いだ。事はしだいに悪い方向に、繕《つくろ》いきれぬほうに向かっているように見えた。夫の世話を焼くことはもうできないのではないか、夫はもうすぐ自分のものでなくなるのではないか、彼女はそんな気がしてならなかった。

ある年の、例のごとくにクリスマスに向かう時分のことだった。憑かれたように、狂おしいさまで、店主は徘徊をはじめた。しかしリトル・クリスマス・イヴの前日、妻は子細らしい顔をした夫に声をかけられたのだった。二人は連れだって倉庫の屋根裏に上がった。

「麻の穀物袋の横に何か見えるか?」店主が尋ねた。

何も見えなかった。

店主は妻の手を握り締めて、その場に残ってくれるよう、そうして一緒に屋根裏で夜を明かしてくれるよう、懇願した。この生活は掛けがえのないものだ。明日は何としてでも家に留まるように努めてみるつもりだ。

夜のあいだじゅう、店主は妻の手を堅く握りしめ、ひっきりなしに溜め息やら呻《うめ》き声やらを発した。彼女は夫がいま確かに自分のもとにあることを身に染みて感じた。そうして懸命の努力をつづける店主を助けるために、自分も気力の悉《ことごと》くを振り絞って何者かと戦った。

夜が明けた。すべては終わったようだった。もうずっと長いあいだ見たことがないほど夫は幸福そうで、晴々《はればれ》としていると彼女は思った。その日、店主は家に残った。

翌日のクリスマス・イヴには店と地下室の双方から、さまざまな物が二階に運ばれた。光が窓に照り返すほどたくさんの蠟燭が灯された。ここが自分の家となってから最初の、そして真に喜ぶべき祝いであると店主は言った。そうしてそれを盛大に祝うつもりだ。店主は皆の前でそう高く宣した。

仕来《しきた》りにしたがって、家の者たちが一人ずつ部屋に入った。みなの顔が揃い、主人とその妻の健康を祝って、祝杯が傾けられた時だった。居並ぶ一同は、店主の顔が、みるみるうちに蒼くなっていくのに気がついた。蒼く、さらに、蒼く。白く、さらに、白く。あたかも体から血が抜き取られて、どこかへ流れだしていくかのように。「そんなに引っぱらんでくれ」店主が叫んだ。両の眼に恐懼《きようく》の色があった。

店主はゆっくりと尻餅をついた。その時にはもう死んでいた。

フローレンス・フラナリー

マージョリー・ボウエン
佐藤弓生訳

マージョリー・ボウエン　Marjorie Bowen（1886[1885?]-1952）

イギリス南部ハンプシャーのヘイリング島に生まれる。本名ガブリエル・マーガレット・ヴィア・キャンベル・ロング。六種類ほどの筆名を使いわけ、怪奇小説は主にマージョリー・ボウエンの名で刊行した。貧しい家庭に生まれ、アルコール中毒の父親は家族を棄てて家を出てロンドンの路上で斃死《へいし》、浪費家の母親や姉妹のために、多作家にならざるを得なかったそうで、百五十冊ほどの著作がある。アトモスフィアを作りだすということはなかなか難しく、それが成ればすでに怪奇小説としては成功したようなものであるが、この作品や名作「色絵の皿」を読むと明らかなように、ボウエンはその仕事に関しては天稟《てんぴん》に恵まれていたようである。アーカム・ハウス版の選集の憂愁かつ象徴的な「看板描きと水晶の魚」、ボルヘスめいたIncubusと幅も広く、スーパーナチュラル・フィクションの面白さを職人の手際で味わわせてくれる貴重な作家である。原題はFlorence Flanneryで、*The Bishop of Hell and Other Stories*（1949）収録。

フローレンス・もとフラナリーは、埃《ほこり》まみれの階段に点々と広がる水のしみをさっと眺めた。天井から水が漏っているのではないかと、家事を仕切ることに慣れた意地の悪い視線を走らせたあと、さらに埃だらけのくすんだ壁を前に、さっそく駄々をこねる口実を見つけたフローレンスは仏頂面で言った。

「汚らしいところね」彼女のお好みは、けばけばしい金めっきの調度品、ヴェルヴェットの椅子を映す鏡。軽蔑をあらわにしてフリルのついたドレスの裾を思いきり持ちあげ、フローレンスは二階へ駆け上がる。

そのあとから夫が上ってきた。結婚して一週間、互いにわがままをぶつけ合うばかりで少しの幸福も味わうことなく帰宅した今、ダニエル・シュートはもはやなんの期待も抱いてはいなかった。わが家に戻ったというのに、彼の胸の内を占めているのは鬱屈、それだけだ。なぜあれほど結婚したいと思ったのか、そして、なぜこんなにも早く熱が冷めてしまったのか。

広い寝室に突っ立っている妻を、夫は嫌悪の目で眺めた。品のない美貌、底の知れた媚態。それがあのように光り輝いて見えたのは、感覚が麻痺して理性を失っていたせいとしか思えない。古巣に戻り、デヴォン州の爽やかな空気を吸ったおかげで頭が冴えてきたらしい。我に返ってみれば、八月終わりの罌粟《けし》の花のようにどぎつい女が隣にいたというわけだ。

「こんな部屋はお気に召さないだろうがね」皮肉をこめてそう言いながら、彼は広い背中をベッドの支柱にもたせかけ、窮屈そうな南京木綿のズボンのポケットに大きな手を突っ込んだ。しみだらけの顔に旅行帰りの乱れた金髪がかかるのを直そうともせず。

「ご自慢のお屋敷とも思えないわ」窓際のフローレンスはこうやり返すと、鉛枠に嵌《は》められた小窓にもの憂い一瞥を投げた。秋の斜陽がガラスに刻まれた文字を照らし出している。人の名前だ。

フローレンス・フラナリー、一五〇〇年生

「見て」彼女は上ずった声で叫んだ。「私の祖先よ、きっと」

フローレンスは指輪をはずし、大粒のダイヤモンドで引っ掻いてその下に現在の年号を記した。「一八〇〇年」と。

ダニエル・シュートは妻に近寄り、肩ごしに覗きこんだ。

「おかしな感じだな。一五〇〇年に生まれて一八〇〇年に死んだみたいだ」というのが夫の所感だった。「この婦人と、ここにいる別嬪《べっぴん》さんとに何かつながりがあるとも思えないがね。まあ君には幸いしたな。私が君を見初《みそ》めたのも、この名に覚えがあったからこそだ」

夫の辛辣な物言いに妻も負けてはいなかった。

「シュートさん、あなた、ご自分がまたとない宝を得たことにお気づきではないようね。殿方はほかにも大勢いらしたのよ、おわかりでしょ」

夫は鼻で笑った。「色男はいくらでもいるが、夫にふさわしい男はそうはいまいよ」

内心、打ちのめされた思いでシュートはその場を離れた。なんと自分は堕落したことか。身分も家柄も定かではない、単なるオペラ好きの女と結婚してしまうとは。フローレンス・フラナリー。それがここにいる女の本名とはとうてい思えない。

彼の心を魅了してやまなかったその名前、そして、フローレンス・フラナリーと呼ばれる生身の女との出会い。奇妙な符合だ。物心ついたころ、菱形の古い小窓に刻まれたその名を、好奇心にかられるままに指でなぞってみたこともあった。

「この女の人のお話は何も伺ってないわ」と、シュートの新妻は言った。

「知るわけがないだろう、三百年も前のことなんか。歴代の奥方たちに関する因縁話はいろいろとあるだろうがね」

だだっ広い寝室を出て階下へ降りてゆく夫のあとから、妻はなおも食い下がった。

「大した豪邸ですこと。ここがシュートさんのおっしゃる由緒正しい領地というわけかしら。こんなところでどうやって暮らせというの。ねえシュートさん、あなたのためにロンドンの華やかな生活を捨ててきたのよ、私は」

金切り声の主は階段の上から、広いだけでなんの装飾もない客間までも追いすがってきた。二人はそこで罠にかかった獲物のように向き合った。いわばお互いが相手の罠だった。

そもそもシュートは、没落した人間であるがゆえに彼女を娶《めと》ったのだった。ロンドンでは絶えず借金の催促に追われていた。孤独が恐ろしくて酒に溺れ、陽気にグラスを交わす相手が欲しいと思った。金がなくて干からびた生活を結婚によって潤《うるお》そうという、いじましい魂胆があったのだ。一方、フローレンスはとうに娘盛りを過ぎ、自分を得ようと近づいてくる男性には久しくお目にかかっていなかった。それでも、淑女としての扱いを受け、海辺の広大な館を取りしきりたいという夢は潰えておらず、それゆえシュート家の領地にたいそう心を動かされたのである。

たしかに豪奢な邸宅ではあった。しかしダニエル・シュートは二十年にわたって土地の管理を怠ったあげく、放蕩の代償として家財を失い建物を抵当に入れざるをえなくなっていた。そして今、館の外観は見る影もなく、中もがらんとして荒れ放題のありさまである。心優しい女性さえいれば暖かい家庭を得ることができるだろうという期待とはうらはらに、フローレンス・フラナリーの胸の内には愛情など一かけらもなく、あるのは意地汚い欲望だけだった。

　こうして二人は殺風景な部屋で顔を突きあわせることになった。天井の豪華なシャンデリアにかぶせた茶色い亜麻布は塵にまみれ、四方の壁には蜘蛛の巣が房のように垂れ下がっている。戸棚に積もった厚い埃が、晩秋の褪せた光の中に浮かびあがる。

「住めないわ、こんなところ」シュート夫人は半ば我を忘れかけたように叫んだ。両手を胸のあたりに差しあげて絶望を表す女らしい仕草で。

　男は哀れみの情に衝《つ》かれた。彼とてこれほどまでに荒れ果てているとは思っていなかったのだ。たとえいい加減な業者でも管理を任せておけば、館の維持にそれなりの努力も払われていたろうが。

　恥じ入り、拗《す》ねたように押し黙る夫を見て、フローレンスは勢いづいた。

「ねえ、戻りましょうよ」どこか潤んだ甘い声色、それが彼女の常套手段だ。「ロンドンに戻りましょう、ベイカー街のお家に。昔の友達もいるし、娯楽にも事欠かないし。ねえあなた、小さくて可愛い馬車に乗って公園めぐりというのはどうかしら」

「うるさい」シュートは不快をあらわにした。「金がない、フロウ、そんな金はないんだ」苦い現実の言葉が響き渡る。夫の卑しい本音を知って、甘言に乗せられた妻の浅はかな期待はくじかれた。

「それは、一銭もないということなの」彼女はかん高い声で尋ねた。

「ロンドンで暮らす余裕はないということだよ」

「だからって、こんな物置みたいなところにいろとおっしゃるの」

「わが一族にふさわしい場所だった」夫は冷ややかに答えた。「ここは代々、立派な紋章を有する身分の貴婦人だけを迎え入れてきた家だ。だから、わが奥方様、君にも喜んでもらわねば。バーソロミュー・フェアにいる女のような安っぽい態度はやめろ」

逃れようがない。彼女は夫が少し恐ろしくなった。そういえば先刻、馬に水をやるために立ち寄った場所で、夫は酒を飲んでいた。彼が酔えばどうなるかはわかっている。二人きりでいると、夫が大男であることに否応なく気づかされるのだ。

フローレンスはよろめくようにそこを去り、老女と若い娘が食事の支度をしている広い厨房へと下りて行った。

厨房の光景にシュート夫人の心はいくらか和《なご》んだ。フリルのついたタフタのドレスの胸元に長い巻毛を垂らしたフローレンスは、扉を開け放した大きなかまどのそばに座ると、炎に手を翳《かざ》して指輪の燦《きらめ》きを眺めたあと、ペティコートの裾を持ちあげながら、あの小娘は自分の仔山羊の革靴を見て羨ましがるだろうと考えた。

「リキュールを頂戴。元気を出したいの。長旅の末にようやく着いたのがこんなところだったなんて、どんな女でも気が滅入るというものだわ」

老女は黙って笑った。この手の女性ならよく知っている。どんな田舎にも一人はいるだろう。

老女はシュート夫人のためにプラム酒と一皿のビスケットを運んできた。二人の女がしだいに打ちとけて、蠟燭の火がほのかに揺らめく厨房で雑談を交わしているあいだ、ダニエル・シュートは生家の周辺をうろついていた。幼年時代を過ごした庭の荒れようを見るにつけ、堕落したはずの心にもさすがに鋭い痛みが走った。藪と化した遊歩道、そこここの倒木、閉ざされたあずまや、涸れた噴水。周辺の牧草地はよそ者によってすっかり囲い込まれてしまった。

十一月の月が霧のかかった空高くのぼるころ、彼は鯉を飼っていた古い池のほとりにさしかかった。

水際の苔むした石の上で腐った水草がもつれ合い、泥だらけの塵芥が暗い水面を覆っている。

「鯉は全部死んでしまったのか」とシュートは呟いた。

自分のひとりごとにさえ気づいていなかった彼の耳に、思いがけず、聞き慣れない声が返ってきた。

「何匹かは残っていると思います、旦那様」

シュートはぎょっとして振り向いた。池の縁に腰かけているおぼろげな人影は、膝から下を黒い水の中に遊ばせているように見えた。

「誰だ」ダニエル・シュートは鋭く尋ねた。

「ペイリーという者です。土地の手入れをしています」

「なんとも粗末な働きぶりだな」シュートは不機嫌に言った。

「広い庭なもので、旦那様。一人の手には負いかねます」

男の背丈がだんだん低くなっているような気がする。刻一刻と池の中へ足を踏み入れているのだろうか。暗がりを通して、半身を水に沈めた男の姿を認めたようにシュートは思った。が、会話を交わす間に相手は向きを変えて全身を現した。相変らず深い池のほうに身をかがめたまま。

月光に照らされた男の顔には、およそ生気というものが感じられなかった。中肉中背の身体を大儀そうに引きずり、虚ろに見開いた大きな片目をこちらに向けている。シュートははっとした。かすかな光を帯びたその目玉が、頭の側面、こめかみのあたりについているように思われたのだ。だがそれも束の間のこと、すぐに単なる錯覚と知れた。

「誰に雇われたのかね」相手への嫌悪から、シュートの口調はとげとげしくなった。

「トリガスキスさんです、管財人の」外国訛《なま》りのせいか、発声に障害があるのか、聞き取りにくい声で男はそう答えると、枯草の茂みに消えた。

シュートは苦い思いで館に戻った。冷えびえとした客間にそのトリガスキス氏、赤毛のコーンウォール人を待たせていたのだ。依頼主の苦情にも彼はにやりとして見せただけだった。何しろシュート氏のやましい過去も、切迫した現状も掌握している。おまけに先ほども厨房で、とある光景を目撃したばかりだった。年老いた女中頭のチェイス夫人と頭の弱そうな小間使いに向かって切々と身の上を訴え、震えるその手につかんだグラスから、タフタのドレスの上に地酒をこぼしたシュート夫人の姿を。

トリガスキスの親しげな振るまいにシュートは怒る気力をそがれ、昔からの貯蔵品であるポートワインの最後の一本に、友情のしるしという名目で手をつけてしまった。

蠟燭が燃えつき、瓶が空になって暖炉の薪がすっかり灰になるころ、シュートはふと相手に尋ねた。鯉の池のほとりでうずくまっていた男、ペイリーとは何者なのかと。

トリガスキスはなんと答えたのだったか。翌朝になると、シュートの脳裏に蘇るのはとりとめのない幻影ばかりで、昨夜のことは何一つ思い出せなかった。あの管財人はこんなことを言っていたようだ。ペイリーはもともと水夫だったが、プリマスの港で船から降ろされてさまよい歩いた末、ただ働きを承知でここに住みついた。かなりの変人で、自前の掘っ建て小屋をねぐらに自給自足の生活をしている。

ただ一つ、ペイリーが口にした説明では、長いあいだ自分はあることを待ち続けてきた、今もそれは変わらないということなんですが、ともあれあの男は役に立ちますからね。トリガスキスはそう言っていた。一人にしておいてやるのが賢明でしょうよ。

ゆったりとしたベッドの中で、シュートはぼんやり記憶を辿っていた。とぼしい陽光の射す窓に刻まれた「フローレンス・フラナリー」という名、そして二つの年号を見つめながら。

秋の朝、というより昼に近い時刻、妻はかたわらでまだ深い眠りを貪っている。枕を覆う豊かな栗色の髪、上下するふくよかな胸。頰に赤みのさした丸顔にはしみが目立つ。ぽっちゃりした指に光る品のないダイヤモンド、喉元の曲線にそって連なる贋の真珠。

ダニエル・シュートはベッドの上に身体を起こし、寝穢《いぎたな》い妻の姿を見おろした。

「この女は一体、どこのどいつなんだろう」ふと、不審の念が頭をもたげた。妻の素姓など気にも留めていなかったが、ここへきて彼は何も知らないことにいらだちを感じた。

剝き出しの肩を揺すられて、ようやく眠りの淵から浮上した妻は大きく欠伸《あくび》をした。

「君は何者なんだ、フロウ。自分の家族のことぐらいわかるだろう」

目をしばたたきながら、彼女はサテンのガウンを胸元に引き寄せて寝ぼけまなこで答えた。

「オペラを観ていたと思ったのに……身内のことは何も知らないわ」

「じゃあ、孤児院か貧民窟で生まれたとでも言うのか」夫は意地悪く言った。

「そうかもね」

「しかし、名前はどうなんだ。フローレンス・フラナリーなんて名前ではないんだろう、君は」夫はしつこく問い詰めた。

「ほかに知らないんですもの」彼女は気のない返事をした。

「アイルランド人じゃないんだな」

「さあ。いろんな国で変わった出来事にばかり遭っていれば、わからなくもなるわよ」

夫は笑った。彼女の体験談ならさんざん聞かされている。

「君は多くの土地で多くのものを見聞きしたと言うが、一体、たかが一人の人生でそんなことがどこまで可能なものかね」

「自分のことはよく知らないの。すべてが夢のよう。とりわけ今は夢としか思えないわ。三百年前に誰かが書いた自分の名前を、ここでこうして見ているなんて」

彼女はそわそわとベッドから滑りおりた。まなざしに不安の色を湛えたその顔は美しく整って見えた。

「酒のせいだな。ゆうべは私も夢を見たよ。鯉の池のそばでペイリーという男に出会う夢だ」

「客間でお飲みになってらしたの」妻は軽蔑するように言った。

「君も厨房で同じことをしていただろう」

インド帰りの富豪の贈り物である絹のショールを脱ぎ捨てたシュート夫人は、先刻までベッドで温まっていた身体を震わせると、欠伸をしながら肌触りのよい綴れ織りの椅子に座りこみ、けだるい声で訊いた。

「フローレンス・フラナリーってどんな人？」

「それは誰にもわからない。フローレンス、つまりフィレンツェ生まれのアイルランド女だということだが。子供のころ、婆さん連中にそう聞かされた。母親はメディチ家の血をひいているが、父親は一介の厩番《うまや》ときた。たまたまイタリアを漫遊中だったシュート家の馬鹿息子が、あばずれを見初めてここに連れ帰ったというわけさ。私と同じだよ、まったく」

「二人は結婚しなかったのかしら」夫の自嘲を意に介さずシュート夫人は呟いた。

「ご冗談を」夫は吐き捨てるように言った。「わが家系でそのような愚行に及んだのは私が初めてさ。ともあれ、とりすました雌狐をともなってジョン・シュートはふたたび洋上の人となった。彼の仕立てた船は各地の土産で溢れ、プリマスに帰港してもなお、鸚鵡《おうむ》と香辛料と絹に囲まれた暮らしを愛人に約束したものだった」

シュート夫人は溜息をついた。「まあ、すてき。殿方が殿方らしく、自分の得た宝に見あう代価を支払っていた時代だったのね」

「シュートの奥様はご自分の魅力を売りつくしておしまいのようで」夫は広いベッドで伸びをしながら言った。

「私、あなたでなくジョン・シュートの奥さんになりたかったわ」と妻はやり返した。

「ジョン・シュートのことを何か知っているのか」

「ゆうべ、裏階段に掛かっている肖像画をチェイスさんが見せてくれたのよ。気品のある方ね、澄んだ目をしていて。あの逞しい腕で雄々しく戦ったあと、優しく恋人を抱いたんだわ」

シュートは薄ら笑いを浮かべた。「その腕でフローレンス・フラナリーを追い出したってわけさ。どこまでが事実かははっきりしないが。船旅の途上で若いポルトガル人を雇ったところ、フローレンスはその男がお気に召したとみえて、シュート家の敷地内に彼を連れこんだらしい」

「それからどうなったの」

「さてね。とにかく彼女は追い出されたそうだ。できることなら私もそうしたいね、別嬪さん」シュートは声を荒らげた。

妻は耳障りな声で笑うと身を起こした。

「そのお話の顚末を教えてさしあげましょうか。彼女は新しい恋に飽きてしまったの。ちなみに相手はポルトガル人ではなくてインド人よ、少なくとも何分の一かはね。名前はド・エイリー、皆はデイリーと呼んでいたそうだけど。あるとき、船の上でフローレンスがジョン・シュートに彼のことを打ち明けたあと、デイリーは南洋の孤島に置き去りにされたんですって――熱帯の太陽が燃えさかる土地で、巨《おお》きな巨きな岩の神像につながれたのよ。それはきっと魚たちの神様だったに違いないわ。その島の周りにはものすごく大きな魚が泳いでいて、それ以外にはなんの生きものも見当たらなかったというから」

「誰がそんなことを言ったんだ。チェイス婆さんの出まかせか。そんな話は聞いたことがないぞ」

シュートは詰問口調になったが、妻はかまわず続けた。

「フローレンスがデイリーを最後に見たときも、彼は例の岩、口を半開きにしてにやにや笑ってる偶像に、きつくきつく縛られていたそうよ。船が――フェニックス号が島を離れるとき、船尾に腰かけているフローレンスを呪いながら、デイリーは邪神に願をかけたの。復讐が果たされる日まで彼女を生かしておいてくれって。デイリーは混血なのよ、何分の一かは混血なのよ、神々はそういう人間が好きなのよ。船が遠ざかるにつれ、フローレンス・フラナリーはとてもとても恐ろしくなって――」

シュートは冷笑した。「チェイスさんはかなり酔っていたらしいな。それで、結末はどうなるのかね」

「結末なんてないわよ」妻は拗ねた声で言った。「そのあと災難の続いたジョン・シュートは恋人を捨てたの。フローレンスがどうなったかは知らないわ」

「愚の骨頂だ」ダニエル・シュートは唸《うな》り声をあげ、小窓の格子ごしにわびしく冷たい空模様を眺めた。「下で何か食べる物を見繕《みつくろ》わせてくれ。貯蔵室の酒も頼む。あの鼻持ちならないトリガスキスがいたらここへ寄こすんだ」

シュート夫人は身を起こして、飾りのついた毛織物の長い紐を乱暴に引いた。錆びたベルがやかましい音を立てる。

「ワインをすっかり空けてしまっていたらどうなさるの。仲良しさんとお二人で有り金を使い果たしてしまっていたら？　ご自分でいらして頂戴、シュートさん」彼女はまくしたてた。

夫はロンドン流の悪態をつきながらベッドから飛び出して服を着た。妻は椅子の中で、縮こまっていたが、夫が部屋を出て行ったあと、しばらくのあいだ啜《すす》り泣いていた。しかし、チェイス夫人がミルク酒を携え、着衣を手伝うために上ってきたころには涙も乾き、整理していないトランクを眺めているうちに、シュート夫人は落ち着きを取り戻した。彼女はふんだんにひだ飾りのついたドレスをいそいそと引っぱり出し、パリやロンドンの最新流行を見せびらかしてチェイス夫人の目を瞠《みは》らせた。戦利品の数々。フローレンスの心を、過去の輝かしい思い出が去来する。

「シュートが初めての夫ではないと言ったら驚くかしら」と、フローレンスは頭《こうべ》を高く反らせて言った。

太った老女は片目をつぶってみせた。

「あの方が最後の結婚相手だとしたらもっと驚きますよ、奥様」

シュート夫人は楽しそうに笑ったが、心はたちまち沈んだ。床に広げた美しい服や装飾品の中に膝をついたまま、自分の名が刻まれた窓を通して裸の枝や寒々とした空、風に翻る枯葉などを見つめながら、彼女は陰気に呟いた。

「出て行くつもりはないわ。なんだかいやな予感のする土地だけど。チェイスさん、私、若いころマラリアを患ったことがあるの。イタリアの沼地の毒気に当てられたのね。あのときのことはほとんど思い出せない。順序立てて記憶を手繰りよせることができないのよ。とぎれとぎれで——熱に浮かされて夢を見ていたようで」

「奥様、お飲みものを」

「けっこうよ」女主人はうずくまったまま突っぱねた。「夢も熱もお酒のせいかしらね。せめて半分でも思っていることをちゃんと言えたらよいのだけど——頭の中にすてきなお話がつぎつぎ浮かんでも、口に出したとたんにどこかへ消えてしまうの」

フローレンスは身体を大きく揺すって嘆いた。

「あのころはよかったわ。サテンのドレスに身を包んだ私のために、若くて頼もしい男の人たちが乾杯してくれた。パリでは可愛らしい二輪馬車に乗ったし、ウィーンのプラーター公園を散歩したこともあったのよ。どんなに楽しかったか、あなたにはわからないでしょうけど」

「気をお鎮めください、奥様。奥様らしくなさいませ」

シュート夫人とてそのように努めていなかったわけではない。自棄《やけ》になっても惨めな思いをするばかりだ。いくらかでも生活を耐えられるものにしようと、彼女は腰を上げた。まず、波模様を描く緑色の絹織物でひと続きの部屋を仕切る。色褪せてはいるが手入れされたその布は彼女の持参品だ。そして、館じゅうから掻き集めた調度品で部屋を飾る。金箔をかぶせた古い戸棚。ロココ調の椅子。擦り切れたタペストリーの数々。マイセン焼、リュネヴィル焼の欠けた花瓶。汚れで変色したパステルの肖像画が一、二枚。そのついでに、旅行鞄から安物の菓子を少々取り出す。

彼女がプリマスへトリガスキス氏を遣ったのも、手持ちの大きなダイヤモンドを売らせて、その代金で趣味の品を購うためだった。寝室に吊るす青いサテンのカーテン、しみの浮いたモスリンのベッドカバー。薔薇の模様に縁どられた絨緞。ごてごてと飾りのついた鏡台。ずらりと並べた香水の瓶——白芷香《オポパナックス》、印度素馨《フランジパーヌ》、麝香《ムスク》、男をとらえてはなさないあまたの香り。もっとも彼女に言わせれば、黴《かび》の悪臭を消すための手段ということだが。

とにかく派手に飾り立てることだけが、目下の彼女の関心事だった。何しろ人けのない谷あいの土地に知り合いなどいるはずもなく、夫は夫で酒を相手にひとり鬱積を抱え込んでいるばかりなのだ。シュートにしてみれば、支払い不能の債務者として投獄されるよりは蟄居《ちっきょ》に徹しているほうがずっとましには違いなかったが、それでも自分の陥った運命に対する憤りはやみがたく、聞くに堪えない呪いの言葉ばかりが口をついて出るのだった。私有地がまだ一部分でも自分の管轄下にあることを喜んでよいものかどうか。トリガスキスは荒れ地の整備と管理に余念がない。そして、庭園にいるペイリーとかいう男。無口で無愛想で、人を寄せつけないあの態度。不愉快極まりない。とはいえ、たしかに無報酬で少なからぬ働きを見せてはいるのだ。薪を屋敷内に運んだり、目ざわりな灌木や枯れた雑草を抜いたり、蕁麻《いらくさ》や蓼《たで》の深い藪を払ったりという具合に。

シュート夫人がペイリーに初めて出会ったのも、やはり鯉の池のそばでのことだった。毛皮で縁どった白いサテンの外套と大きなボンネットで身を飾った彼女は、うら寂しい小道をとぼとぼとさまよっていた。ペイリーはいつもどおり池のほとりに腰かけて、澱《よど》んだ水底を一心に見つめていた。

シュート夫人は声をかけた。「今は私がここの女主人なのよ。いつも庭の手入れをしてくださってありがとう」

ペイリーはくぐもった眼色で相手を見た。

「以前のシュート邸の面影はなくなってしまいました。やることはまだまだあります」

「ずいぶん長いこと、ここでこうしているようね。なぜ池のそばにいるの」

「あるものを待っているのです。暇つぶしですよ、奥様」

「船乗りだったんですって？」夫人がひとしお強い好奇心を示したのは、暗緑色の服を着た薄汚い男の正体がなんともつかみがたく思われたからだった。骨格の存在を感じさせない異様な風貌――肩も尻も位置がはっきりせず、なだらかな曲線を描く不定形の肉体。

「海にいたこともあります、奥様のように」

ペイリーの答えを聞いて、夫人は高い声で笑った。

「海に出られるものならまた出たいわ。ここはなんだか恐ろしくて」

「なぜ留まっておいでなのです」

「なぜかしら。逃れようがない感じなのよ、ここへ来るしかなかったように」夫人は涙声になった。「主人がお酒の飲みすぎで死ぬのを待つしかないのかしらね」

そのとき、池を渡って一陣の風が吹き寄せると、静かな水面に次々とさざなみが刻まれた。かつてフローレンス・フラナリーと呼ばれた女は、冷たく肌を刺す風に身を震わせると、愚痴をこぼしながら寂れた館へ続く小道を引き返して行った。

夫は散らかった居間でトリガスキス氏とトランプをしていた。夫人は怒りの面持ちで二人に食ってかかった。

「なぜあの男を、ペイリーを追い出さないの？　感じが悪いわ、仕事もしないで――チエイスさんに聞いたけど、あの人、いつもあの調子で池のそばにいるんですってね。今日も見たわよ。おお、いやだこと」

トリガスキスが答えた。「ペイリーのことならご心配なく。奥様がお考えになるよりはるかによく働いていますから」

「あの人、どうしてここにいるの」

「プリマスに着く予定の船を待っているそうですよ」

「追い出して頂戴」シュート夫人は言い張った。「あんな人を野放しにしておかないで。それでなくとも陰気なところなんだから」

正体不明の男に対する夫人の嫌悪は度を越えて激しく、その怒りは酒の勢いを得た夫にも乗り移った。

「あいつはいつからここにいるんだ」と、彼は語気荒く尋ねた。

「あなた方がお着きになる一週間ばかり前でしたか。プリマスのほうからさまよい込んできたんです」

「あいつが自分でそう言っただけなんだろう」シュートは酒気を帯びた顔に抜け目のない表情を浮かべた。「その正体はロンドンの警吏か何かで、いまいましい金貸しどもの手先に違いない。フロウ、君の勘は正しいよ。気にくわん。あの男は私を見張っているんだ。畜生、すぐに追い出してやる」

シュートが椅子からふらふら立ち上がるのを見て、トリガスキスは肩をすくめた。

「人畜無害の男ですよ。頭はいくぶん弱いかもしれないが、役には立つ」

それでもシュートは肩マントのついた厚手のコートを引っかけると、妻のあとから陰鬱な庭園へと出て行った。

鯉の池は館からかなり離れたところにあり、二人がそこに辿り着いたころには、夕闇が冷たく重い大気を覆いはじめていた。

立ち並ぶ大木はあらかた葉を落としてしまい、剝き出しの枝が荒涼とした夕べの空に黒々と浮き上がっていた。足元では枯草の茂みがあちらこちらで通路を妨げている。池のほとりに立つと、腐った水草の厚い層を透かして、彫像の一部分のようなものの形がぼんやり見て取れた。

ペイリーはいなかった。

シュートは言った。「自分の小屋にいるんだな。眠っているか、さもなくばこちらを窺っているか――醜悪極まりない奴だ。断じて出て行かせるぞ」

夫の後ろを歩くシュート夫人が下草を踏んで音を立てるたびに、くすんだ灰白色の外套があやしく閃いた。

刻々と黄昏が迫る中、二人はようやく小屋を見つけた。たくみに枝を編んで建てた小屋の造りはいかにも奇異で、屋内には家具一つなく、風雨を避けるほかにはなんの目的もなさそうな代物だった。

ペイリーはそこにもいなかった。

「つかまえてやる。一晩かかっても」シュートは唸った。

酔いの勢いも手伝ってか、シュートはあのよそ者に執着せずにはいられなかった。彼の不運の象徴であるばかりか、これまでの放蕩に対する報復を実際にもたらすかもしれない男に。

かたや妻のほうは、長い外套がどうにも下草に引っかかるので、来た道をむっつりと鯉の池まで戻って行った。

ややあって女のかん高い悲鳴を耳にしたシュートは、あわてて妻のもとへ取って返した。彼女は今にも気絶しそうな様子で、ふくよかな手を震わせながら澱んだ池を指差している。

「あいつよ。水の中にいるわ」妻は金切り声を上げた。

今にも神経が擦り切れそうだったシュートは、我を忘れた妻の姿に緊張を取り戻し、彼女の腕をつかんでその指が示す方向を凝視した。池の浅くなったところで大きく暗い影が揺らめく。どんよりと濁った二つの眼《まなこ》。ぎらぎらと悪意に満ちた視線。

「ペイリーか」シュートは喘いだ。

彼はおそるおそる身をかがめて池を覗き込み、大声で笑いだした。

「あれは魚だよ」ためらうことなく彼は言った。「鯉の長老だ」

シュート夫人もやっとのことで、水中の巨大な生物が魚であることを認めた。大きく開いた顎、暗い水面すれすれに隆起する背骨、くすんだ黄色と白の斑《まだら》模様。

「私を見てる。殺して、あれを殺して頂戴。気味が悪いわ、あんなもの」夫人は声を震わせた。

「あれは――ちょっと大きすぎるな」シュートは口ごもりながら、ともかく石を拾って投げつけようとした。すると巨大な魚は殺気を感じてか、暗い池の底へと潜ってしまい、あとにはゆるやかなさざなみが水面に広がった。

ダニエル・シュートはようやく気を取り直した。

「ただの年寄りの鯉さ」彼は繰り返した。「そのうちに捕まえさせよう」

むせび泣く妻の腕を乱暴に引っ張って館へ戻ったシュートは、彼女をそこに残したまま、角灯を片手に今度はトリガスキスを連れてペイリーを探しに出た。

すると、いつもどおり池のほとりに腰かけているペイリーが目に入った。彼を追い出そうというシュートの意志は揺らぎかけていた。この男は池の見張り番という役目が気に入っているのだ。ペイリー以外の誰がそんな仕事を請け負うだろうか。

「おい、この池にはとてつもなく大きな鯉がいるようだな。かなり年をくった黒い奴のことだ」

「どれも数百年にわたって生き永らえてきたものばかりですが、旦那様のおっしゃる魚は鯉ではありません」とペイリーは言った。

「お前はその魚を知っているのか」シュートは鋭く尋ねた。

「存じております」

「そいつをつかまえてくれ——殺すんだ。しっかり見張っていろ。まったく、胸の悪くなるような魚だな」

「池を見張れですと?」角灯を掲げていたトリガスキスは、寒さに震えながら咎《とが》めるように言った。「魚がどんな悪さをすると言うんです。水を離れては生きられやしないのに」

「わかるものか」シュートは呟いた。

「相当きこしめしておいでですな」

トリガスキスの無遠慮な言葉にかまわずシュートは言い張った。

「池を見張れ、ペイリー。昼も夜も、魚が見つかるまでずっとそうしているんだ」

「そういたします」背中を丸めたまま、身じろぎもせずペイリーは答えた。

二人の男は荒れた屋敷へ戻り、シュートはよろめきながら二階へ上がった。見ると、妻が六本の蠟燭に火をともし、大きなベッドをけばけばしく彩るモスリンのカーテンの奥でうずくまっている。

彼女は口もとに翳した手にロザリオを握りしめ、祈りの言葉を繰り返し唱えていた。

シュートはふらふらとベッドに近寄り、嘲るように言った。

「フロウ、君がローマ教皇の信奉者だとは知らなかったよ」

妻は夫の顔を見あげると、消え入りそうな声を絞り出した。

「あのお話が頭から離れないの。魚の神様の像に縛りつけられた男は、恨みを抱いてフローレンスの居場所を突きとめようと追ってきて――三百年ものあいだ、それは執拗に探し求めて――二人がかつて愛しあった場所へと、彼女はついに連れ戻されるのよ」

彼女は酔っているらしい。ダニエル・シュートは椅子に倒れ込みながらそう思った。

「チェイス婆さんのでまかせか」彼は欠伸まじりに言った。「あの魚の化物のことなら、ペイリーに言いつけておいた。よく池を見張ってあいつを捕まえるように、とな」

妻はいくらか安心したように夫をじっと見た。

「だいたい、あの魚と君とのあいだになんの関係があると言うんだ。伝説の男を南の島に置き去りにした不埒な女と君とが同一人物のはずはあるまい」彼は同情のかけらもない笑いを漏らした。

シュート夫人は枕に顔を埋めた。

「池を見張っている限りは大丈夫だわ」

そうは言ったものの、彼女は夜どおし幾たびも寝返りをうち、喘ぎ、譫言《うわごと》を口走り続けるのだった。珍しい品々を積み込んだ大きな船のこと、眩しい南洋に浮かぶ孤島のこと、天に届きそうなほど巨大な神々の石像のこと、苦悩と憎悪に苛まれながら女を追って海を渡る男のこと。夫は彼女を揺さぶってみたが、ついに業を煮やして妻をそこに残したまま階下に降り、陰気な居間の寝椅子で寝るはめになった。

翌日、彼はチェイス夫人に文句を言いに行った。

「本当だか嘘だか知らないが、お前の与太話のせいで女主人の頭はすっかり混乱してしまっているぞ。ご親切なこった。使用人のくだらない冗談を真に受けるとは、あいつも馬鹿な女だ」

ところがチェイス夫人は、身に覚えのない話だと言って抗議した。

「奥様がそのお話をなさったんですわ。なんでも古い本の中に書いてあったとか。フローレンス・フラナリーという女性のことは皆目存じあげません。旦那様はまだ子供の時分に、よくその人のことをお尋ねになってらっしゃいましたわね。でも、私が満足にお答えできたことなどございませんでしたでしょう。シュート家の名を穢《けが》したふしだらな女性だったということ以外、私は何もお聞きしておりませんもの」

そこでダニエル・シュートは、この馬鹿げたおとぎ話の出どころについて妻を激しく問い詰めたが、相手は拗ねたように押し黙って一向に語ろうとはしない。そうして一日が過ぎた。冬の陽が沈んで何時間も経たないうちに、ふたたび恐怖に駆られた妻は、理性を失ったようにとめどなく話し続けるのだった。胸を掻きむしり、ロザリオに口づけしながらいくたびも繰り返す——お許しを《メア・クルパ》、なにとぞお許しを《メア・マクシマ・クルパ》。我慢がならなくなったシュートは妻を置いて別室に移り、トリガスキスにもそこで寝るよう言いつけた。

あたり一帯に木枯しの吹きすさぶ日々、池のほとりではペイリーが見張りを続け、いっぽうシュート家の寂れた館には、もはや誰の手にも負えなくなった女が居座っていた。とはいえ、日中のシュート夫人はいくらか正気を取り戻し、頭から爪先までめかしこんで、太い薪が燃える炉端でチェイス夫人とおしゃべりに興じることもあった。だが夜ともなれば決まって恐怖に取り憑かれ、不安に戦《おのの》きながら震えているばかりだ。彼女の悪夢に現れる像、それはいつか池で見たあの魚にほかならなかった。

魚が水を離れるわけがないと言われるたびに、夫人は繰り返し訴えるのだった。

「初めてここへ来た晩に見たのよ、階段が濡れているのを」

「もう真っ平だ」そのつどダニエル・シュートは悪態をついた。「死刑宣告を受けた人間みたいな顔つきじゃないか」

「プリマスから医者を呼びましょう」

トリガスキスはそう提案したが、シュートは承知しなかった。管財人が債権者と結託して自分を売り渡すこともないとは言えないだろう。

「ロンドンのフリート債務者監獄に押しこめられるぐらいなら、ここで朽ち果てるほうがましだ」とシュートは言い張った。

「ならば彼女を遠くへおやりなさい——酒の瓶のないところへ」

シュートはこの意見も無視した。彼はかくも冷酷な男であった。財力がない以上、妻に何かをしてやれる余裕もない。実害がないかぎりは妻の窮地にかまってなどいられないのだ。彼女が神経を病む光景にも慣れてしまった。この種の女がこういう状況のもとでたやすく混乱に陥っても、驚くほどのことはない。それでなくとも落ちぶれたシュートの人生に、少々不気味な事件が持ち上がったからと言って、これ以上悪くなるものでもないだろう。

どうしたことか、シュートはペイリーという人物の存在を頼もしく思うようになっていた。口が重く、動作も鈍くて奇怪な容貌をしてはいるが、かたときも池のそばを離れない忠実な仕事ぶりは称賛に値する。

やがて、一年でもっとも夜の長い時季が訪れた。クリスマスも間近に迫ったある晩、暗黒の闇をも揺るがせるようなシュート夫人の悲鳴を聞きつけた夫は、罵りの言葉を吐きながら階段を駆け上がった。

扉のかんぬきが外れていた。シュートが小型の燭台をつかんで掲げると、夫人はベッドのなかから腕を突き出して見せた。何かしら赤い模様が浮き上がって見える。

「あの人が私を殺せばいい。もう終わりにして」と彼女は口走った。

そこへトリガスキスがずかずかと入って来て、乱暴に彼女の腕を取ると叫んだ。

「自分でやったんだ。これは夫人の歯形ですよ」

シュート夫人は泣き叫んだ。

「あの男がここまで這い上がって来て、かんぬきを壊して、ベッドに飛び乗って――ああ！　このベッドじゃない、あのとき私が寝ていたベッドを狙ったのよ。ジョン・シュートがいないときには、いつもこうやって忍び込んで来たのね」

「まだあの魚のことを考えていたのか」とトリガスキスが言った。「お二人とも、何かをご覧になったわけではないでしょう。ペイリーはずっと池のそばにいましたよ。そして、何も見ていないと言っています」

シュートは指の爪を嚙みながら、身悶えしている妻の姿を眺めた。

「蠟燭をぜんぶ点けてくれ。今夜は私がこの馬鹿女についているとしよう」

トリガスキスは言われたとおりにした。シュートは扉のそばに行くと、炎を高く差し上げて部屋の外を照らした。

汚れ放題の階段の上に、ぬらりと光る液体の筋が長い尾を引いている。

シュートはトリガスキスを呼んだ。

コーンウォールの男は鼻を鳴らした。「けしからん。チェイス婆さんは水さしの罅《ひび》に気づかなかったと見える」

翌朝、身を切るような寒さに震えながら、シュートはおもてに出て鯉の池に赴いた。「昨夜のような出来事は二度とごめんだ」とシュートは言った。「妻の部屋の戸口で寝てもらいたい。あの女は例の鯉の化物に襲われると思い込んでいて――」

我ながら愚にもつかないことを話しているものだ。彼は自嘲気味に笑った。「なんたる茶番だ。私も役者の一人というわけだな」

ふと、いやな予感を覚えた彼は、妻のもとへ戻った。

夫人は乱れたベッドにうずくまり、薄汚いモスリンで膝をくるんでいた。だだっ広い部屋はすみずみまで冷え切っており、今にも燃え尽きそうな蠟燭の火がかすかに瞬く。おりしも一陣の風が遠く窓のほうから吹き寄せた。フローレンス・フラナリーという文字が刻まれたあの窓。

シュートはぞっとした。

「ここを出なくては」不吉な思いに突き動かされて、シュートはひとりごちた。「ひどい場所だ――これならフリート監獄のほうがましだ」

妻は精彩のない眼差しで夫を見ると、もの憂い口調で言った。

「私は行けないわ。ここで死ぬ運命なんですもの。窓に書いてあるでしょう、『一八〇〇年没』って」

シュートは窓際に歩み寄ると、名前の彫られたガラスをまじまじと見た。たしかに「没」の一語がつけ加えられている。

「狂人の悪戯だ」彼は落ち着かないようすで言った。「フローレンス・フラナリーという名の女が、この世に一人しかいないと思っているのか」

「二人いるとお思いなの、あなたは」妻は抑揚のない声で問い返した。

ベッドの上で小さくなっている妻の姿には、どこか鬼気迫るものがあった。ふくよかだった頬のこけようは、なんとしたものか。髪をばさりと垂らし、激しく呼吸する胸の上でしみのついたサテンのガウンをはだけたまま、全身に苦悩と嫌悪と恐怖を滲《にじ》ませている女を目の当たりにして、ダニエル・シュートは思わず手で顔を覆った。実体のつかめない邪悪な存在の影を振り払おうとするかのように。

これは幻覚だ。そう思いながらも、足の震えを止めることができない。まるで異世界に迷い込んでしまったかのようだ。そこでなら、どんなに奇怪な現象も起こりうるのだろうが。

「君は誰だ」舌がもつれる。「その男は三百年近くも君を追い続けているのか。君はじゅうぶんに責めを負ったんじゃないのか」

「いやよ、やめて」女は呻いた。「あの人を近づけないで。近づけないで！」

「今夜はペイリーにドアを見張らせよう」とシュートは低く言い、呪わしい部屋をようやく抜け出した。

今では妻の何もかもが、いやでたまらなかった。だがその一方で、太刀打ちできそうにない怨霊がかくも無慈悲なやり方で彼女を追いつめているのを知った以上、なんとか対策を講じてやる必要も感じていた。

「おかしくなってるんですよ」トリガスキスの態度は素っ気なかった。「部屋から出さないことですね。納得させるのはそう難しくないでしょう。彼女が今までどうやって生きてきたのか、ここはどこなのか。そして、同姓同名の人物がたまたま存在していたのだということも」

その夜、初雪が降りはじめた。シュート邸の敷地をめぐるように吹きすさぶつむじ風に翻弄され、猛々しく雪片が舞った。

陽光の最後の一条が消えようとするころ、ペイリーが務めを果たすために屋敷へやって来た。

なで肩の上から服とも言えないような服を着た顔色の悪い男は、一言も話さずゆっくりと二階へ上がり、シュート夫人の部屋のすぐ外に腰をおろした。

「家の中をよく知っているんだな」ダニエル・シュートは苦い顔をした。

「屋敷内の仕事もしているんですよ。ご存じなかったんですか」と、トリガスキスは咎めるように言葉を返した。

二人はいつものように居間へ下りると、粗い馬の毛織物を張った寝椅子の上に枕やら毛布やらを積み上げ、夕食の残りをテーブルの上に散らかしたまま、じゅうぶんに薪をくべてから眠りに就いた。暗闇の中で不意に目を覚ましてしまったら神経が耐えられそうにないとシュートは考えたのである。

やがて風が止んだ。雪はなおも降り続け、漆黒の夜をやわらかく白く埋めていった。大時計の鐘が鳴りわたる。三時だ。ダニエル・シュートは身を起こすと、隣にいる男に声をかけた。

「夢の中で考えたことだが」シュートは歯をがちがち鳴らしながら言った。「ペイリー、いや、デイリーだったか。ド・エイリーという名を知っているか」

「お黙りなさい、馬鹿ばかしい」眠りを妨げられた管財人は猛烈に腹を立てていたが、急に片肘をついて起き上がった。耳を聾する悲鳴。続いて、聞き慣れない言葉でわめく声が静寂を引き裂いた。

「狂人にはかなわん」ぼやいているトリガスキスの横で、ダニエル・シュートは歯の根の合わない口もとを寝巻で覆い隠して呟いた。

「私は行けない。私には行けない」

トリガスキスはズボンの裾を引きずりながら肩から毛布をかぶり、蠟燭にあかあかと火を点《とも》して、シュートが夫人の部屋まで延々と続く薄暗い階段を上って行った。埃だらけの床に光の筋を投げかけると、またも濡れたような跡が浮かび上がった。

「また婆さんが水かミルク酒でもこぼしたな」彼はぶつくさ言い、大声で下男を呼ばわった。「ペイリー、ペイリー！」

シュート夫人の部屋の前には誰もいなかった。ドアは大きく開け放たれている。トリガスキスは中に入った。

フローレンス・フラナリーと呼ばれた女は、けばけばしいソファーの上でうつ伏せになって横たわっていた。彼女は深い傷を負って死んでいた。獰猛《どうもう》な獣の牙に食い破られたかのようだ。すっかり萎びて変わり果てた彼女の顔は、おそろしく年老いて見えた。

トリガスキスは階段まで後退《あとずさ》りながら、震える手で蠟燭の火を翳してあたりを見回した。そのときシュートが闇の中から飛び出してきた。

「ペイリーがいなくなりました」トリガスキスは力なく囁いた。

「奴は出て行ったよ」シュートの声は上ずっていた。「居間の扉から覗いたんだ——明かりを向けると、ばかでかい魚がずるずる音を立てて這って行くのが見えた。顎が血だらけだった」

陽気なる魂

エリザベス・ボウエン
西崎憲訳

エリザベス・ボウエン　Elizabeth Bowen（1899-1973）

ダブリン生まれの英国系アイルランド人。「私は超自然を逃避としては用いない」ボウエンのこの言葉の裏には、小説のメイン・ストリームから見た怪奇小説の位置づけ、そして逆に怪奇小説を書く者の矜持といったものが見え隠れしていて興味深い。ボウエンはイギリスの二十世紀の作家中の間違いなく最良の一人である。とにかく文章のうまさは破格である。省略が多く暗示に富んだ文章は読みやすいとは言えないので、これまでも今後も真価に見合った評価を受けることはないかもしれないが、これほどの深みと高みに達した文章家が存在したという事実が忘れ去られることはおそらくないだろう。長篇は十作ほど。ほかに批評やエッセイがある。怪奇方面の傑作の筆頭は「魔性の夫《つま》」「幻のコー」などで、後者はとくにこのジャンルのなかで特別な位置を占める作品ではないかと思う。「陽気なる魂」The Cheery Soul は *The Demon Lover and Other Stories*（1945）収録。

到着して、最初に会ったのは、話に聞いていた叔母さんだった。叔母はイタリアから帰った時の影響から、まだ脱していないのだと彼らは言っていた。暖炉というか、壁炉といったほうがいいのか、とにかくその前に、彼女は何か腹立たしいことでもあるような面持ちで腰掛けていて、わたしが入っていった時も顔はあげなかった。客間に渦巻く刺激臭をたどっていくと、水を吸ったまま火に焼《く》べられたせいで、シューシューと盛んに音をたてている樅《もみ》の毬《かさ》にいきついた。マントルピースの上の、笠の傾いた電気スタンドの光が、彼女の髪の分け目を照らしだしている。気分を浮きたたせてくれる部屋には見えなかった。カーテンを引いた高い張りだし窓が隙間風の吹きこむ洞穴になっていて、壁際に寄せた肘掛け椅子とソファーは、永久に見棄てられたような雰囲気を漂わせていた。袖付きの机に並べられたカードの列だけが（何枚かは絵入りだった）うっかりとクリスマスの存在を洩らしていた。装飾用の柊《ひいらぎ》の枝もなく、飾り紐も見あたらなかった。

部屋の空気に咳きこみながら、わたしは言った。「自己紹介が必要のようですね」わたしは名前をつづけた。彼女は大して興味もなさそうに聞いていた。こちらに注意を向けたのは、わたしが指先に引っかけた紐で、馬鹿みたいにくるくると回している袋に気がついた時だった。

「今年は、あの人たちはなんにもくれなかったのよ」驚きの表情が浮かんでいた。「わたしがあなただったら、寝室の奥にそっと置いておくわね」

「これはその……わたしの配給なんです」

「そういうことだったら」彼女は素っ気なく言った。「あなたがどうしたらいいかなんて、わたしには分からないわ」わたしに据えた視線をはずすと、彼女は短い火掻き棒を取りあげて、樅の毬を突っつきはじめた。蒸気があがって幾つか火床で爆《は》ぜた。「いい薪《まき》ストーブってのは全然違うものなのよ。シエナじゃみんな、冬は寒いっていってたけど、わたしたちは全然困らなかったわ」

「どのくらい暖かいか、きっとすわってみたら分かるんでしょうね」わたしは手近にあった椅子を暖炉の前の敷物の上にくるまで引きよせた。とにかく話をつなごうと思ったのだった。「みなさんを呼んできますわ。いったいどこへ行ったんでしょうね」

「全然知らないのよ」

「ここへは、びっくりするくらい簡単に入ってこられたんです。呼び鈴を三回引っぱって、少し待って、ノッカーを試してみて……」

「聞こえたわ」少し俯《うつむ》いたまま彼女が口を挟んだ。

「……待ちきれなくなって、ドアのノブに手をかけたら回ったんで、それでそのまま入ってきたんです」

「何か用なの？」驚きがいまになってこみあげたとでもいうように彼女は言った。

「ええ、じつは、泊めてもらうことになってるんです。みなさんが親切にそう申し出てくれたんで……」

「……ああ、思いだしたわ。誰か訪ねてくることになってたわね」彼女は穴のあくほどわたしを見つめた。「ここへはきたことあるの？」

「いいえ一度も。だからとても嬉しいです」心底そう思っていた。「いま、働いているところでは、民家を宛《あて》がわれてるんです（わたしは、二十マイルばかり離れたところにある工場の町の名をあげた。町はここ何日かのあいだ、戦争用の物資の製造でてんてこまいだった）。下宿の奥さんから、休暇で帰る娘さんのためにこの二日部屋を空けてくれないかって、頼まれてたんです。でも正直に言うと、わたしは少し昔気質なので、知らない町で、しかも一人でクリスマスを過ごすなんて、どうもあまり気乗りがしなくて。だからどんなに嬉しいか、分かりますでしょう……」

「ええ、分かりますよ」爆ぜて飛びだした樅の毬を、火箸で暖炉に戻しながら彼女は言った。「オルヴィエトじゃ、ストーブは申し分なくて、タイル張りの床の欠点を云々する人なんて誰もいなかったわ」

何も言うべきことを思いつかなかったので、わたしはホールの時計の音に注意を集中しながら、彼女の言葉に耳を傾けていた。客間に入る時にずいぶんと躊躇したぐらいだったから、後ろのドアを閉めるなんて厚かましいことはできるはずもなかった。当然、ホールのほうからは冷たい空気が流れこんできた。時計の音以外は——時計は大きな音で時を刻んでいて、その音はわたしをとても落ち着かせてくれた——なんの物音も聞こえなかった。深い沈黙が谺《こだま》していた。三人のランガートン＝カーニーの不在は、しだいに露骨な事実に変わっていった。「ランガートン＝カーニー家のみなさんが物凄く忙しいのは分かっていますわ。外出していない時なんて、ないくらいなんじゃないですか」

「あの子たちはなんにでも嘴《くちばし》を突っこみたがるのよ」

彼女の恩知らずな言葉にわたしは少しショックを受けた。この人は少し変わっているのだろう（あの人たちがそれとなく、仄《ほの》めかしたように）。彼らは叔母さんのイタリアからの強制的な帰国を、相当な忍耐をもって受けいれているのだと言っていた。イングランドに帰ってきてもね、と彼らは言った。あの人が泊まれるところは、家《うち》だけなんだ。そうしてランガートン＝カーニーの三人は、叔母さんがひっきりなしに（彼らの友だちから聞いたのだが）口にするイタリアに抑留されてたほうがましだったという言葉に、深く心を痛めているということだった。

町の同僚たちみんなと同じように、わたしもランガートン＝カーニーの三人には深い関心を寄せていた。彼らの尊敬に値する性格に対して、おそらくは畏敬にも似た気持ちを覚えていたのかもしれない。銃後の協力体制の徹底に対する熱意に匹敵するのは、あの人たちの禁欲的な生活信条だけだった。彼らはほとんどすべてのことを諦めていた。あの三人がゆっくりと寛いだりしないことは、客間の椅子からも見当がついた。地区の最も信頼のおける民間人として、三人は軍のあらゆる部門の要人たちとも知りあいだった。小さいけれどいまはとても重要なわたしたちの町の中心になる人たちだったのだ。慎重に口を噤《つぐ》んでいたが、軍の内情にも通じていることは明らかだった。

自分が実際そこにいるということが、なんだか信じられなかったのだが、彼らの屋敷というのは、一八六〇年頃にこの地方から切りだされた石を使って建てられた大きな屋敷だった。様式もその当時のものだと言い添えておいたほうがいいだろう。鉄道の連絡駅からはかなり近いほうで、運河からはなおのこと近かった。わたしは十二マイルの自転車旅行のお陰でクリスマスの混雑を免れることができた――自転車という思いつきは、この招待全体のなかで飛びぬけて重要な部分だった。それでわたしは全行程を自転車で行くことに決めた。この二日間に入り用の細々としたものは、アメリカ製の使い勝手のいいスーツケースに詰めこんで荷台に紐で括《くく》りつけた。配給品の包みはハンドルにぶらさげればいいことに気がついた。ペダルを漕ぐ度に右の膝にぶつかる包みには、ずいぶんと煩わしい思いをさせられることになった。午後になって立ち籠めてきた霧が帽子を濡らすほどになったので、ゴム引きの外套を身に着けなければならなかった。最高に調子がいい時でもわたしは優れた自転車乗りとはいえない。丘らしい丘が（どこまでいってもこのへんの土地は平坦だった）見当たらないにもかかわらず、道路の滑りやすさのせいでその好条件も帳消しになっていた。おまけにちょくちょく通る軍の車のせいで何度も自転車から降りなければならなかった。わたしはその度に安全地帯まで律義に引っこんだ。牛や馬が時折、不意に現れて、生け垣の向こうから超然とした目つきでわたしを凝視《みつ》めた。通りすぎる名前も知らない村々は、夕闇のなかでどの村も同じように見えた。村人たちはみな戦時の雰囲気を漂わせていたので、わたしは自分がどこにいるのか尋ねて、冷ややかな目で見られる危険は冒さなかった。それでも携帯用の地図を逆さまに見ていたことに気がついた時には、それがまったく役に立たないわけでもないことが分かった。道程《みちのり》の半分ほど走ったあたりで、自転車のランプをつけた。揺れる光が凝固しかけたような霧を照らしだした。眼鏡が曇りっぱなしになった。四方《あたり》はしだいに暗くなっていった。毛糸の手袋のなかで（わたしがいままでに貰った唯一のクリスマスプレゼントだ）指が感覚を失っていった。マフラーを濡らした霧が水滴を結ぶ。

白状するとわたしは自転車に乗っているあいだずっと、行く手には陽気な歓迎が待ち構えているのだという考えを抱きつづけていた。ランガートン＝カーニーさんたちの招待は口伝てに聞いただけだったし、あらゆる点から考えてみても、意外というよりほかないものだったが、意外さと同じくらいそれは嬉しいことでもあった。彼らがなぜわたしに注意を払うのかは皆目見当もつかなかった。あの人たちに会うのはまれで、わたしが彼らの属している各種の委員会に報告にいく時だけだった。言うまでもないことかもしれないが、あの三人、兄と二人の妹は（三人は非常によく似ていたので、誰もが三人で一組のようにみていた）わたしの少しばかり度を越した注視の的だった。それは言う必要がないだろうけど。けれどわたしの立場は曖昧なと形容するだけではとても表しきれないものがあった。大抵の場合、わたしは友達にと望まれるような人間ではなかったし、新しい友人を作るなどということにもあまり積極的な質《たち》ではなかった。同僚のなかには、ランガートン＝カーニーの家に行ったことのある者はいなかった。彼らは家に客を呼ぶことは諦めているとみんな考えていたと思う。わたしが招かれたというニュースが広まっていった時（噂が広まるのを止めようとしたとはとても言えないのだが）みんなのわたしに対する評価がいっぺんに跳ねあがるのが分かった。

実際、彼らの思いつきは驚きだった。彼らに好意を持たれているなんて、そんなことが想像できるだろうか？　わたしはまもなく委員会で見慣れた顔が、クリスマスにふさわしく、温和な笑みに飾られるのを目にするだろう。誰かが言っていたように、自宅にいても彼らは寛がないのだとはわたしは思っていなかった。ペダルを漕ぎつづけたせいで熱でも出ていたのだろう。わたしは柊の飾られたドアを幾つかくぐりぬけて、暖かい炉辺へ通されることを思い描いていた。

　馬鹿げた空想に耽っていたので、現実の到着には拍子抜けしてしまった。

「お茶のあとで出かけたんじゃないでしょうか」わたしはランガートン＝カーニーさんたちの叔母さんに言った。

「お正午《ひる》のあとね、きっと。お茶は飲まなかったの」彼女は本を取りあげて読みはじめた。マンテーニャ（イタリアの画家・版画家。一四三一―一五〇六）に関する本だった。少し苛立たしげなようすで電気スタンドの薄暗い光の下へ、椅子ごとにじりよった。わたしは躊躇したあと、配給を料理番に渡しておいたほうがいいんじゃないかと切りだしてみた。「できるんなら、お願いするわ」ページをめくりながら彼女はそう答えた。

　時計が七時を打つ直前に発した音にわたしは飛びあがった。ホールの音の響き方には、どこかしら妙なところがあった――なにか普通ではないところが。だからわたしは板石にあたる靴の音を聞くよりはと、敷物から敷物へ渡るように、大股で歩いた。吹きぬけから忍びこんでくる闇と隙間風が階段の存在を仄めかしていたが、見通せたのは青いガラスの笠が上向きについた終夜灯の揺れる炎が照らす範囲だけだった。ホールと階段の窓は灯火管制の処置が施されていなかった（後にしてきた客間ではそうじゃないかと思っていたのだが、カーテンを引いてまわるのは、あの叔母にとってずいぶん面倒なことだったに違いない）。

台所はつねにわたしの興味の的だ——だから彼女にああ言ったのだ。わたしはいかにも期待できそうなベーズ張りのドアを押した。ドアは苦もなく開いて、熱い空気とさまざまな匂いが先を争うように飛びだしてきた。そうして目にした光景で、事態はもう一度がらりと様相を変えることになった。わたしの神経は確かにひどく高ぶってはいたけれど、疑いなくお昼をサンドイッチで済ませたせいに違いない。わたしは自転車を停めてお茶を飲ませてくれるところを、探しもしなかったのだ。クリスマスといえどランガートン＝カーニーのよく知られた慎ましい暮らしに、変化が生じるわけではないという事実に、わたしは不服を唱える気はなかった。

そうは言うものの、これは、台所は、まったくの驚きだった。ガス台の鍋受けのあいだから、真紅の炎が揺らめいている以外は真っ暗で、ただ熱気とさまざまな香辛料の匂いが漂っているだけだった。まったくわけが分からなかった。灯火管制で窓は几帳面に覆われていた。わたしは電灯のスイッチを入れた。

電灯の明るさにはとてもびっくりさせられた。料理番は自分のために、電球が四つ組みこまれた電灯を探してきたに違いない。磨きこまれてはいるが、長年にわたって肉を切ってきたために大小の傷が目立つ白木の大きなテーブルを、電球がくっきりと照らしだした。わたしは台所のなかを見まわした——そうして目につかなかったもののためにとても動揺させられた。ガス台の上にもテーブルの上にも、だだっぴろい調理台の上にも、食事の支度がされているらしいようすはなかった。皿もスプーンもパン入れも、いまから食卓に出されるというような兆候は微塵もなかった。熱で震えるガス台の上には何もかかっていなかった。棚のおのおのの場所でポットも手鍋も、すべて清潔で、冷たかった。扉を開けようとオーブンの前に立った――何か焙《あぶ》るような匂いが流れだしてきたが、なかには何も入っていなかった。流しに裏返しにして置いたボールには水滴が滴っていた――けれども、馬鈴薯《じゃがいも》の皮を剝く人の姿は見当たらなかった。

わたしは配給を取りだしてテーブルに並べた。半ば呆然とした心持ちで戻りかけた時、テーブルの上の白い紙切れに気がついた。紙にはどう見ても、うまいとはいえない木版刷りで、何か意味のないことが書いてあった。「わたしはここにはいない」。つづく言葉は括弧《かっこ》に括《くく》られていた。「魚の鍋を見ろ」。自分に関係ないことはたしかだったが、そこまで読んで放りだすなんてできるだろうか？　これは保温箱を使った新しい調理法か何かの広告だろうか、わたしに推理して探しださせようと、夕食は冷めないよう工夫されて、どこかに隠してあるのだろうか？　わたしは魚の鍋というのがどれか、あたりをつけてみた。ものすごく大きい錫《すず》の鍋があった（赤ん坊の風呂桶ぐらいだ）。流しとガス台のあいだに置いた腰掛けの上にその鍋は載っていた。蓋がきつく締められていて、動かすとなかで微かな音がした。音の感じでは何も入っていないようだった。開けてみると、見つかったのはまたしても一枚の紙切れだった。「ミスターと2人のミス・ランガートン＝カーニーはじぶんのあたまをにる　この鍋に3つ入る」。

最初に思ったのは、このクリスマスの精神からおそろしく外れた、質《たち》の悪い冗談にもとにかく我慢しなければということだった。それは招待してくれたランガートン＝カーニーの三人のことを考えるとなんとかなった。紙切れはそのままガス台の火のなかに放りこんでも良かったのだが、客間に戻って叔母さんの意見を聞いてみるという考えが頭に浮かんだ。戻ってみると彼女はマンテーニャに深く没頭していて、時間の経つのも忘れているふうだった。読書を中断させられて良い顔はしないだろうというのは明らかだったが、わたしは思いきって口を開いた。「すみませんけど、ご存じじゃありませんか？　今日、ランガートン＝カーニーさんたちと料理番とのあいだで、何かあったようなんですけど」

「そう質問ばかりされても困るわ」

「ああ、いえ、いつもはこんなふうじゃないんですけど……でもわたしはこわいんです」

「こわい？　何が」

「料理番はどこかへいってしまったみたいですわ。こんなものを残して……」

彼女は紙片に目をやった。「ずいぶん妙ね」なおも言葉をつづけた。「もちろん料理番はいなくなったわよ。一年ぐらい前だったかしら。彼女は置き手紙を何枚か残してったらしいわね。思いだすわ、エッタがやはりそんなのを一枚、挽肉機のなかから見つけてね、それには、あんたたちの砂嚢をミンチにしてやるって書いてあったわ。エッタはずいぶんと動揺してたけど、去年のクリスマス・イヴのことよ――あら、偶然ね……一年後にあなたがまたこんなものを見つけだすなんて」紙切れにもう一度、目を走らせて彼女はそう言った。わたしが予想していたよりもずっと落ち着いていた。「あなた、どうやら台所を色々と漁《あさ》ったみたいね……」

その口調に少し苛々させられて、声が刺々しくなった。「ほんとにとんでもない料理番ですわね」

「イギリスの料理番よりひどい料理番なんていないわよ。パスタのことなんか聞いたことないなんて言うし、料理に使う油でげっぷはでるし。けど、あの料理番は陽気で素直だったんだけどねえ。もちろんわたしたちのところに料理番はいなくなってしまったわ――あれから料理はエッタが（エッタは姉のほうのミス・ランガートン＝カーニーだった）作ってるわ」

「でも、いいですか」わたしは口を挟んだ。「こっちの気味の悪い置き手紙は、テーブルの上に載っていたべつの紙切れの指示で見つけたんです。これがあそこに一年も置いてあったはずはないと思うんですけど」

「そうね、わたしもそう思うわ」彼女はそう言ったが、関心がないことは明らかだった。

彼女は本を取りあげて、ふたたび電気スタンドのほうを向いた。

わたしはなおも言った。「ほかの使用人があれを書いたとは……」

魚でも見るような目で彼女はわたしを見た。

「あの子たちにほかの使用人なんていやしないわよ。あの料理番のことがあって以来……」

彼女の声が曳きずるように途切れた。「まあ、たしかにとても変だわね。認めるわ」

「変なんていうだけじゃ、すまされませんわ。ごく簡単な夕食だってできないわけでしょう」

彼女の口から洩れた奇妙な含み笑いに、わたしはとても吃驚《びっくり》させられた。「だったら、あの子たちは自分の頭でも煮ればいいわ」

ランガートン゠カーニーの三人は料理をしてくれる者を探しに出かけた、そう考えれば、この午後、わたしを当惑させている出来事の辻褄《つじつま》はあった。人間は結局ちゃんとした理由があって行動するものなのだと納得する時、わたしはいつも安堵の気持ちを味わう。ランガートン゠カーニーの三人はつねに役割を分担していた。二人が暗いなかをあちらこちらと探しまわっているあいだ、わたしを迎えるために、一人は屋敷に残ったただろうという当然の推測は、こんな状況ではわたしを喜ばせなかった。ランガートン゠カーニーのそれぞれの思慮と感情を具えた三つの個体は、いつも根っこで繫がっているように見えた。彼らは三人でひとつの人格を形成しているのだと誰かが言うのを聞いたこともある。けれど少なくとも、とわたしは考えた。いまわたしが甘んじている不運の連続はあとで彼らと会話を交わす時に用立てられる。大抵こんなことは愉快な笑いで幕を閉じるものなのだ。わたしは徒労感を覚えながらも、ランガートン＝カーニーの三人が笑っているところを想像しようとした。けれどできなかった。ランガートン＝カーニーの三人が、笑うところなど見たことがなかったのだ。

でもいまはエッタが料理を作ってるとしたら……？　それ以上うまく、頭が働かなかった。

懐中電灯を手のひらで覆いながら、カーテンのない窓を幾つか通りすぎて、わたしは自分のために用意されているはずの部屋を探しに二階にあがった。片方の手には小さなスーツケースを持った——本当のことを言えば、わたしは靴下を替えたくてしようがなかったのだ。少し開いたドアが並んでいる長い廊下に、わたしは足を踏みいれた。部屋をひとつずつ注意深く照らしてみる。どの部屋も冷えびえとしていた。幾つかは明らかに使われていないらしく、まるっきり家具の取り払われた部屋もあった。わたしはエッタとマックスとポーリナの部屋を、タール石鹸の匂いと靴と、煮沸した毛織の肌着で見当をつけることができた。委員として出入りしている多くの部屋で、それらはお馴染のものになっていたのだ。どうにもよそよそしい雰囲気の漂う廊下をなおも奥に踏みいる。

懐中電灯の光に浮かんだフィレンツェ製らしき骨董品が、ランガートン＝カーニーの叔母の司令本部はこの部屋であると告げていた。

わたしはやり遂げたようだった。消去法で自分のために用意された部屋を探しあてることができたのだ。あの人たちは叔母さんの真向かいの部屋をわたしの部屋に充てていた。懐中電灯の光が、ついで手が、冷たく糊のきいたベッドカバーに覆われてすっかり支度の整ったベッドを、広口の水差しに添えられた房飾りつきの二枚のタオルを、そしてわたしのブラシと櫛が載せられるのを待っている純白な布地を、つぎつぎに探りだしていった。わたしは成功に鼻高々でふたつあった椅子の一方に腰かけて、もう一方に足を投げだして、膝を思いっきり（配給の包みのせいでまだひりひりしていた）伸ばしてみた。たしかにここはわたしの部屋に違いなかった。不思議なほどの充足感がこみあげてきた。ほかの部屋のようには冷えきっていないのが妙だったのだが――その時は気がつかなかった。窓が塞いであったので、明かりをつけなければならなかった。わたしは新しい領土を検分しようと、電気のスイッチを入れてみた。

誰かベッドを使った者がいるらしかった。陽のあるうちに休む時はわたしはいつもベッドカバーをはずす。けれど誰であるにせよ、このベッドを使った者はそれを怠ったようだった。折り目が地図を成し、深い窪みができていた。ベッドカバーの窪みは、しかしそれほど広い範囲にわたっているわけではなかった。その誰かは熟睡したに違いない。

エッタがベッドのことをわたしのせいにするんじゃないかと心配になった。気を紛らわせるために、持ってきた小さいスーツケースを開けて、化粧テーブルの上になかのものを並べてみた。鏡は上を向いていた。鏡の表面に石鹼で文字が書かれていた。「ほんとうにどうぞおかまいなく」わたしは急いで洗面所に行ってみた。石鹼の角は丸くなっていた。戻る時にベッドから手を伸ばせば届くぐらいのところに置いてあった黒い瓶を蹴飛ばしてしまった。けたたましく陽気な音をたてて瓶は転がった。なかは空だった——また息を潜めて、わたしは受けいれなくてはならなかった。中身がわたしの部屋に明確な性格を与えたことを。

階下にも聞こえたのだろう、階段を上がってくる足音が聞こえた。それとも遅れ馳せの主人役としての配慮なのだろうか？　開けっ放しのドアから彼女の姿が覗いた。ホールのテーブルにあった終夜灯を手にしていた。しかつめらしさと侮りの表情でわたしを見た。「髪の手入れをしようと思ったんですけどね」

「料理番がわたしのベッドで寝てたんです」

「ありそうなことだわね。ほんとにおそろしいこと、料理番にはたしかに少し問題が多すぎたわ——でも、わたしが何を言いたいか分かるでしょう。あの人は去年のクリスマス・イヴにいなくなったのよ」

「でも、色々、書き残してます」

「誰が書いたか、わたしは見ていませんよ」彼女は自分の部屋に消えた。わたしとしては、広口の水差しにタオルを浸して、料理番の書いた文字を擦《こす》りおとそうとでもするよりしようがなかった。けれどその試みはただ鏡の一面を曇らせただけに過ぎなかった。タオルの乾いたほうでもやってみた。妙なことになんだか元気が当面必要なほどは（多分それぐらいは）湧いてきたような気がした。この屋敷の超自然めいた雰囲気がなんであるにせよ、わたしに安堵感を与えてくれたことはたしかだった。料理番はわたしにランガートン＝カーニーの家の敷居をまたいでから失っていた自分自身を取りもどさせてくれたらしい。そんなことを考えながら、鏡がどんな具合になったか後退して確かめようとした時、天井から下がっている電灯のコードに巻きつけられた寄生木《やどりぎ》の小枝が目にはいり、わたしは軽い驚きを味わった。

わたしが感じていたどことなく胡乱《うろん》な幸福感は中断されることになった。階下の洞穴のような暗がりに玄関のベルが鳴り響いた。もう一度鳴ってからベルの音はノッカーのかたかたという脅迫めいた響きの音にとって代わられた。わたしは廊下の向こうに声をかけた。

「どっちか、下に降りてみたほうがいいんじゃないでしょうか。電報かもしれませんよ」

「わたしはそう思わないわ、どうして電報だと思うの？」

ガラスの嵌めこまれたポーチのドアががたがたと（わたしが入った時とは違って）開く音が聞こえた。無遠慮な感じの靴音がホールに響いた。「誰かそこにいるのか？」わたしは彼女の意見に挑むかのように、高圧的な誰何《すいか》の声に答えようと、急いで階下に下りた。客間の戸口に警官が輪郭だけの姿で立っていた。最初に浮かんだ考えは灯火管制に関することだろうというものだった。わたしはおそるおそる近づいて、ちょうど警官の真後ろに立った。注意深くあたりを見回していた警官が、やがてわたしに気がついた。

「誰の許可を得たんだ」警官は言った。最初の答えとそれにつづく言葉のあいまに取りだされた手帳のせいで、わたしの足はいっぺんに地上を離れて宙に舞いあがった。わたしはランガートン＝カーニーさんたちが家に来て泊まるように招待してくれたのだと説明した。

「ランガートン＝カーニーがか？」警官は言った。「そりゃ面白い冗談だ。もう会ったのかね？」

「いまのところはまだ」

「そうだろうな、そんなはずはないからな」

わたしはその理由を尋ねた。警官はわたしの質問を無視して、わたしの身元について根掘り葉掘り質問して、身分証明書を穴のあくほど凝視《みつ》めた。

「一通り調べてみなきゃならんだろうな」警官は重い口調でそう言った。「あんたをクリスマスに招待してくれたわけだ。彼らが。じゃあ教えて欲しいんだが、招待を受けたっていうのはいつのことなんだね」

「三日前ぐらいだと思います」

そう答えたせいでわたしは大いに警官の関心を買うことになった。「思った通りだ。証拠を隠滅して、疑いをかわそうってわけだ。ランガートン＝カーニーに関することを跡形もないように始末するためにあんたはここへきたんだろう？」

「友達の一人か二人には話してありますから、わたしがここにいることは知っています」

警官はますます興味をそそられたようだった。「そういう風に周囲に思わせようとしたんじゃないのかね。誰もランガートン＝カーニーが屋敷を引き払うことを計画してたなんて思ってなかったからな。しかしあんたの話は言い逃れにしても、厚かましすぎると言わなきゃならない。ただなかに入って、屋敷が空《から》で、泊まるつもりで——一度もおかしいとは思わなかったのかね？」

「とても変だと思いました」腹立ちを抑えて言った。「けど、ランガートン＝カーニーさんと二人の妹さんたちは、思いがけない用事ができて、外出したのかと思ったんです。たぶん料理番を探しにだと思いますけど」

「料理番だって、一体どこからそんな話を仕入れたんだ？」

「料理番の居所がどうもはっきりしないんです。なんのことを言ってるか分からないかもしれないですけど」

警官は手帳のページを何枚かめくった。「この屋敷に雇われた最後の料理番は、ここでは四日働いただけだった。一九四〇年の十二月二十四日、去年のクリスマス・イヴに屋敷を去っている。我々は、とても見過ごすことのできないことが行われていると料理番がこの近辺で言い触らしていたという証拠を得ている。彼女は周囲の人間に、ある種の妨害行為といったものについて詳しく述べたそうだ。配給制度の不正、年配の女性の疎開者に、精神的な虐待が加えられているといったこと……」

わたしは口を挟んだ。「叔母さんがいますわ」

「……どうやら料理番は、この屋敷のクリスマス・イヴの仕来《しきた》りに相応しくないことを仕出かしたらしい。この最後の点に関して、彼女はずいぶんと乱暴な言い方をしていたそうだ。料理番はさらに幾つかの証拠をあげた（この時は比較的冷静だったようだ）。雇い主の三人のことを指して『そこらじゅう嗅ぎまわる汚らわしいスパイ』と形容してもいる。しかしその後ですぐにその言葉は撤回している。彼女はこうも言った。『べつにとっちめてもらわなくてもいいんだ。あたしなりのやり方でできるんだから』しかしながら、料理番が洩らした情報については、調査が行われることになった。そうして我々の取り調べの結果、彼女の言葉には根拠があることが確認された。ところが、我々のランガートン＝カーニーを巡る調査は継続を断念せざるを得なくなってしまったのだ。不幸なことに屋敷を出てまもなく料理番が故人となってしまったんでね」

「故人？」思わず声が出てしまった。気持ちが萎えていくのが分かった。

「玄関ホールのドアを出て、屋敷の前の引きこみ道もしくは並木道を泥酔に近い状態で『主は愉しき安息へと導きたまう。殿方よ、なれが悩みも消え失せたれば』と歌って歩いていたのが、付近の住民の耳に入っている。料理番は叫んでもいたようだな。『イギリスのクリスマスには、あたしを』彼女は近くを歩いていた、何人かの通行人に話しかけて、自分の見るところでは、時局はどうも有り得べき状態に至っていないようだと耳打ちをした。料理番はすっかりできあがって切々と鵞鳥や挽肉のパイやハムやプラムのプディング、その他諸々のことをまくしたてた。最後に目撃されたのは、運河のほうへ急ぐ姿だった。ソースを作るんでブランデーを手にいれなけりゃって呟いてたそうだ。彼女の声が最後に確認されているのも運河の近くだった。死体は一九四〇年の十二月二十六日、贈り物の日に運河から引きあげられている」

「ランガートン＝カーニーの三人に何があったたって言うんですか？」

「いいから」警官は冷厳な表情で指を振った。「あんたはもう十分すぎるくらい話を聞いた。いつかは――いやあんたにはそれはないかもな。国家機密の保持について何か聞いたことがあるだろう？　けど、あとひとつだけは教えておいてやろう――まったくあんたは運がいい。あんたはとんでもないごたごたに足を突っこんでしまったのかもしれないぞ」

「ああ、一体どういうことなの——ランガートン＝カーニーの三人は、あの人たちは、いろんな人たちと顔見知りなのよ」

「そうだな」警官は言った。「けど、あんたが探らなきゃならないのも、その辺のことなんだろう？」口にされた言葉の重さに見あうように、警官の視線はゆっくりと炉辺の敷物の上をなぞっていった。カチャリと装備が鳴り、しゃがんだ警官は叔母さんが読んでいた本を拾いあげた。

「イタリア人の名前だな。宣伝活動《プロパガンダ》だ。明白だな。さあ、屋敷を調べてるあいだに、行方をくらまそうなんて気は、起こさないほうがいいぞ」

「行方をくらます？」うまく声にならなかった。「どうして、わたしを捕まえるの？」

一人で、叔母さんの椅子にすわり、わたしは樅の毬《かさ》を灰の上にひとつふたつ追加した。

マーマレードの酒

ジョーン・エイケン
西崎憲訳

ジョーン・エイケン Joan Aiken（1924–2004）

父親は著名な詩人・作家で怪奇小説の範疇に属する作品もあるコンラッド・エイケン、姉のジェーンは歴史小説を書き、兄のジョンはSFを書いた。さらに母親の再婚相手はイギリスで屈指のユーモア小説を書いたマーティン・アームストロングである。文学一家というものはたまに聞くがこれほど徹底しているのは珍しいかもしれない。児童文学者として広く名前を知られていて、日本でも訳書は多数刊行されている。エイケンの怪談好きはどうも筋金入りのようで、好きな作家としてM・R・ジェイムズ、フィッツ＝ジェイムズ・オブライエン、ニュージェント・バーカーなどの名を挙げている。最初の二人はともかく、最後のバーカーは自分の手で怪談本を漁った者しか出会わない作家だろう。一九九三年刊行の*The Haunting of Lamb House*には何とヘンリー・ジェイムズとE・F・ベンスンが登場する。本作の原題はMarmalade Wine。エイケンの作風は軽快さと残酷さが入り交じったものである。初出は*Suspense*誌の一九五八年九月号。

精の国だ」

「楽園だ」森の道をいくブラッカーの口から思わずそんな言葉が漏れた。「楽園だ、妖精の国だ」

ブラッカーは誇大な言い方をするのが習い性になっていたが、それをかれ自身は詩的免許を携えているからと説明していた。気の置けない友人たちは、かれのその傾向を「ブラッカーのささやかな妄想飛行」、あるいはより礼儀に欠ける言葉で表現した。とはいうものの今回に関していえば、かれは真実そのものを語っていた。周囲に広がる森は深く静まりかえり、木々の梢は高く、空気は生気に満ちている。斜めに差す午後の陽光はまだ完全に生長しきっていない初夏の葉叢《はむら》を貫き、足下を見るとアネモネが仄《ほの》白い光を放って地面を覆っている。郭公《かっこう》が一声放つ。

「楽園だ」後ろ手に門を閉めながらブラッカーは繰りかえした。そして草に覆われた小道を進み、視線を巡らせてハムサンドイッチで腹ごしらえをするのに適した場所を物色した。榛《はしばみ》の厚い茂みが両側につづき、背後の門のあたりに見える空は青い目のようで、それは縮んで針穴のようになりやがて消えた。より高い木が榛の梢の上に聳《そび》えていたが葉はまばらで、枝がまだ剝きだしだった。森のなかはとても暑く、とても静かだった。

ブラッカーは驚きと遺憾の声を漏らして突然立ちどまった。道端の山藍《やまあい》の茂みに、春の豪奢な羽で装った雉《きじ》の死骸があった。ブラッカーは自然の無慈悲さに接した際に街の人間が見せる哀れみと好奇心が混じった顔つきで鳥を引っくり返した。さまざまな羽。紫がかった青銅色、緑、黄金色の羽は触れると少女の髪のように滑らかだった。

「かわいそうに」ブラッカーは声に出してそう言った。「いったいどうしてこんなことになったのか」かれは歩を進めた。いましがた見たものを利用できないかと考えながら。五月の雉に寄せる哀歌。気取りすぎだろうか？　感傷的過ぎる？　たぶん週刊紙が引きとってくれるだろう。ブラッカーは足元を見て歩を進めながら、周囲の美にたいする意識的な恍惚を棄てて、押韻を検討しはじめた。

打たれて死に至る……何とかかんとか……葉に覆われた森の乗馬道……。

眼前に……何とかかんとか……おのが矜恃《きょうじ》をあらわにし。

もっと短いほうがいいだろうか。飾り気のない、胸を打つ表現。花片《はなびら》から零《こぼ》れる春の雨のごとく澄んだ悲哀の涙、そういうのはどうだ？

まったく妙なことだと歩調を早めながらブラッカーは考えた。自然に関する詩を書くのは難しかった。自然はたぶん美しいものだったが、刺激は与えてくれなかった。いずれにしても『フィールド・アンド・ガーデン』紙が求めているのは自然詩だった。けれどあの雉は五ギニーの価値があってしかるべきだ。軽やかに足を運ぶ、そこに雉は静かに横たわる、それから何とかかんとか……

くそ！　夢中になっていたせいで、ブラッカーは新たな雉を踏みつけそうになった。いったいこの森の雉に何が起こってるんだ？　ブラッカーはたてつづけに起こった説明のつかない出来事に漠然と厭な感じを覚え、眉をひそめて先へ進んだ。道は右に下り、榛の森を抜け、小さな谷を横切ってつづいている。ブラッカーは下っていく先にふいに小さな秘密めいた石のコテージを認めて驚いた。三方を木々に取り巻かれ、小さな芝生の前庭があった。庭にはデッキチェアがあり、その上に男がのんびりと寝そべり、午後の日差しを楽しんでいた。

最初に浮かんだ考えは引き返そうというものだった。ブラッカーは他人の家の庭に入りこんでしまったように感じた。そして予期していなかった遭遇に軽い苛立ちを覚えた。私有地であることを警告する看板か何か立てておくべきだ、くそっ。森はエデンそのもののように、人がいないように見えた。けれど引き返すのはこそこそしているように見えるし、悪いことをしているように映るはずだった。二番目に浮かんだ考えに基づき、かれはコテージの前を大胆に、堂々と横切ることにした。結局、柵などはなかったし、道には私道であることを示す表示はなかった。自分はここにいる権利を正当に有していた。

「こんにちは」ブラッカーが近づくと男は陽気に言った。「まったくとんでもなくいい天気ですね」

「不法侵入になっていなかったらいいのですが」

男を観察したブラッカーは最初の印象を修正した。猟場番人ではなかった。ほっそりとした造作の顔のあらゆる線は明らかに非凡さを示していた。ブラッカーの目を一番惹いたのは、金彩をほどこした小さなコーヒーカップを包んだ手だった。手は白く細く、水生植物の白っぽい根を連想させた。

「いや、そんなことはありません」実の籠《こも》った口調で男は言った。「あなたは実際いいところに来てくれました。大歓迎ですよ。ちょうど話し相手が欲しいと思っていたのです。森での隠棲はいいものですが、だしぬけに少し退屈だな、刺激が少ないなという気になっていたのです。すわってちょっと話し相手になっていただけるでしょうね。食後のコーヒーとリキュールを御一緒してください」

喋りながら男は後ろに手を伸ばして、コテージのポーチから二台目のデッキチェアを引きよせ、自分の横に並べた。

「ああ、それは嬉しいです」ブラッカーはそう応じながら、貴族のようなこの隠者の前でハムサンドイッチを取りだして食べる度胸が自分にあるかどうかを考えた。

ブラッカーが心を決める前に男は立ちあがってコテージに向かい、金に彩られたカップをもうひとつ持ってきた。黒く香りが良くて地獄のように熱いコーヒーがカップを満たしていた。それをかれはブラッカーに手渡した。男はさらに小さなグラスも持ってきていて、酸塊《すぐり》の強壮剤の壜からそれに澄んで色のない液体を注意深く注いだ。ブラッカーはグラスのなかの液体の匂いを用心深く嗅ぎ、壜を疑いの目で眺め、自家製の酒なのかどうか判断しようとした。しかし植物的で強烈な香りはキュラソー（オレンジ香味のリキュール）のそれと同じで、グラスのなかの液体の動きは油のように滑らかだった。それはたしかに黄花九輪桜《カウスリップ》から造った酒ではなかった。

「さて」デッキチェアにふたたび身を預け、グラスを少し上げた。「はじめまして」男はそう言い、ゆっくりと舐めるように飲んだ。

「乾杯」ブラッカーはそう言ってから付けくわえた。「ロジャー・ブラッカーです」その声は妙にぎこちなく耳に響いた。リキュールはキュラソーではなく、しかしよく似ていて、ひじょうに強いものだった、空腹だったブラッカーは酒の熱《いき》れが頭のなかで燃えたつような感覚を覚えた。オレンジの樹がそこに根を張り、葉を茂らせ、金色に輝く実をつけたように思った。

「サー・フランシス・ディーキングです」男は言った。そしてブラッカーはどうしてかれの手が人目を惹きつけるか、当たり前のものとそれだけ違って見えるのはなぜかという疑問の答えを得た。

「外科医の？　けどあなたがこんなところに住んでいるはずはない」

ディーキングは手を振って否定の意を表した。「週末の隠棲です。隠遁です。仕事の緊張から遠ざかっているのです」

「ずいぶん人里離れたところですね。一番近い街道から五マイルはあるに違いない」

「六マイルです。ところで、ブラッカーさん、仕事は何をなさっているのですか？」

「ああ、文筆家です」ブラッカーは控えめな口調で言った。アルコールはかれにいつもの効果を及ぼしていた。ブラッカーは自分が地方紙に寄稿する文学かぶれの物書きでなく、稀な資質をそなえた哲学者であり、随筆家であり、第二のモンテーニュといった存在であることを言外に伝えようと努力した。かれは喋っているあいだ、サー・フランシスの世辞混じりの質問に調子よく答える一方で、自分を歓待している人間に関する新聞や雑誌の記事を記憶から拾いだしていた。インドの皇子の手術、英国閣僚の盲腸の手術、列車事故に遭って両脚がめちゃめちゃになった不幸なバレリーナの切断手術、莫大な遺産を相続したアメリカ人女性の、奇跡的な成功を収めた大手術……

「神さまになった気分がするのではないですか」唐突にそう口にしたブラッカーは、自分のグラスが空《から》であることに気がついて驚きを味わった。サー・フランシスは手を振ってかれの言葉を否定した。

「われわれはみんな神に似た属性を持っているんじゃないですか」サー・フランシスは

身を乗りだしながらそう言った。「そもそも、ブラッカーさん、文筆家であり創造力のある芸術家であるあなた――あなたは神性に似た力を感じるんじゃないですか？　思考を紙の上に移す時に」

「どうでしょう、必ずしもそうとは言えないかもしれません」とブラッカーは応じた。頭のなかでリキュールが黄金色もしくは赤茶色の雲になって蠢《うごめ》いていた。「書いている時でもそれほどではないです。でもぼくは普通じゃない力をひとつ持ってます――たいていの人が持っていない力――未来を予測する力です。たとえばぼくは森を歩いている時にもうこのコテージがあることを知ってました。そして自分がコテージの前にすわるあなたを見いだすことを知っていました。ぼくは徒競走の出場選手の一覧を見る。そうすると一位になる選手の名前が金色のインクで印刷されているように目に飛びこんできます。近い未来に起こる大事件――航空事故、列車の衝突をぼくはあらかじめ感じます。切迫する運命をぼくは恐ろしい感覚として捉える。自分の脳が火山で噴火の瞬間が迫ってきているような感じがするんです」

サー・フランシス・ディーキングについてのニュースがほかにもあったような気がした。最近のもので、タイムズに小さく載っていたのを見たと思ったのだが。しかし思いだせなかった。

「ほんとうですか？」サー・フランシスは興味を覚えた表情でかれを見た。厚い瞼《まぶた》の下に覆われた目が奇妙に熱を帯び、中央に輝点が現れた。「ぼくはいつもそういう力を持った人間と知りあいになりたいと思っていたのですよ。しかしそんな力を持っていたらおそろしく責任がともなうでしょうね」

「ああ、そうです」ブラッカーは言った。かれは超自然的な力の重さゆえに頭《こうべ》を垂れているさまを装った。グラスがふたたびいっぱいになっていることに気づき、飲みほした。

「もちろんその力で自分の最期を見ようとしたりはしません。ぼくのなかの根本的な何かが立ちふさがってそれを妨げるのです。たぶん食人や近親相姦を禁じる本能のように根源的なものなのでしょう、言うまでもないと思いますが」

「まったく、まったく」サー・フランシスは同意した。「しかし、ほかの人間にあなたは警告を与えることができる。有益な行動方針を助言できる。おや、ブラッカーさん、グラスが空だ。すみません」

「こいつはとんでもない代物ですね」ブラッカーは酔いのまわった口調で言った。「まるでオレンジの渦巻きだ」かれは立てた指をくるくると回した。

「自分で醸造したのです。マーマレードから。でも話をつづけてください。たとえばあなたは今日の午後のマンチェスター杯でどの馬が勝つのか分かりますか」

「ボウ・ベルズです」ブラッカーは遅滞なく答えた。唯一思いだすことのできた名前がそれだった。

「あなたはひじょうに興味深いかただ。今日のオールドウィッチ補欠選挙の結果は？それも分かりますか？」

「アンウィンです。自由党です。二百八十二票の差で当選するでしょう、けれどかれは議員席に着くことはできない。ホテルのエレベーターの事故で今晩の七時に死にます」

ブラッカーは酔って良い気分だった。

「アンウィンがですか。おやおや」サー・フランシスは喜んでいるように見えた。「不快な人物ですからね。会議で何度か一緒になりました。つづけてください」

ブラッカーは少しばかり景気づけを必要とした。かれはちょうどいい時に石油会社の倒産について警告をしてやった銀行家の話をした。ある有名なヴァイオリニストの夢を見たことを語った。その夢がきっかけになってヴァイオリニストは奇禍に遭うことになる旅客機の予約を取り消した。それから自分の警告を無視した闘牛士の悲惨な話。

「けれどどうもぼくは自分のことばかり話している」ようやくブラッカーは言った。そう言ったのはひとつには舌がまわらなくなったせいであったし、筋道たてて考えることができなくなったせいでもあった。かれは個人的でない話題が何かないかと考えた。単純な話題。

「雉なのですが」ブラッカーは言った。「この森の雉に何が起こっているのでしょうね。まだ若いのに死んでた。どうも気味が悪い。森の上のほうで四羽見つけました。四羽か五羽」

「そうですか?」サー・フランシスは雉の運命にはまったく無関心だった。「作物に農薬を撒くんですよ。そういうことでしょう。生態環境が駄目になる。事情を勘案して結果を予測したりといったことは決してしないのです。ブラッカーさん、もしあなたが引き受けてくれるんだったら――ああ、しかし申しわけないな、暑い午後だったし、さぞお疲れでしょう、足も痛むのでは。もし朝からウイザーストウから歩いてきたんだったら――どうでしょう、少し昼寝でもなさっては……」

サー・フランシスの声は遥か遠くから聞こえてくるような気がした。陽光に染まった木の葉の網細工の線が視界のなかで重なりはじめた。ブラッカーはありがたく思いながら仰向けになり、痛む足を伸ばした。

しばらくしてブラッカーはなかば目を覚ました――あるいはそれはただの夢だったのだろうか――サー・フランシスが横に立っているような気がした。両手をこすり、満面に笑みを浮かべていた。

「わが友人よ。わがブラッカー君。きみはまさに造化の気まぐれ《ルスス・ナトゥーライ》だ。きみがぼくのもとにやってきたのはじつにありがたい。

ボウ・ベルズは最後は流してゴールした。まったく余裕だったよ。ラジオの実況を聴いたんだ。賭ける時間がなかったのはじつに残念だった――けど気にはしない、気にはしない。つぎの機会に挽回できる。しかしきみに与えられた正当な眠りを妨げるのは無粋きわまりない。これをほんの少し飲んでくれたまえ。そして太陽が森の上にあるあいだに昼寝を終わらせるんだ」

ブラッカーの頭がデッキチェアにふたたび沈み、サー・フランシスは前屈みになってかれの手からグラスを優しく取りあげた。

甘美な夢の河。ブラッカーの思念は漂った。馬が実際に勝ったという空想。自分も五ポンド賭けてたらよかったのに。新しい靴を一足買うってのは悪くない。寝る前に脱いでおけばよかった。きついのか何なのか。すぐに起きなくては。三十分くらいで散策に戻らないと……

ブラッカーはようやく目を覚ました。室内で幅のないベッドに寝かされているようだった。二枚の毛布を掛けられて。頭が痛かった。ずきずきして耐えがたかった。二、三分ほどで視界がはっきりした。白い壁の独房のような部屋に入れられていて、その部屋には自分が寝ているベッドと椅子しかなかった。ほぼ真っ暗だった。

ブラッカーは起きあがろうともがいた。けれども腰から下がひどく重く、麻痺しているように思えた。肘で支えて上体を起こしたが、気分が悪くなったのでその努力を放棄し、また横になった。

あの飲み物には麻酔剤のような効果があったに違いない。ブラッカーは後悔しながらそう思った。飲みほすなんてばか丸出しじゃないか。サー・フランシスに謝らないといけないだろう。いったい何時なのだろう。

「ああ、ブラッカー君、起きたようだね。申しわけないが、これを飲んで貰わないといけない」

手慣れた感じでかれはブラッカーを抱えおこし、飲み口のあるカップで水を飲ませた。

「さあ、また横になって頂きましょう。そうです、そうです。すぐですよ——立てないまでもすぐにすわって食べられるようになる」かれは少し声を出して笑った。「少ししたら牛肉スープが飲めるようになります」

「すみません」ブラッカーは言った。「ほんとにもうこれ以上あなたに御迷惑をおかけするわけにはいきません。すぐに大丈夫になりますから」

「迷惑だなんてとんでもないです、我が友よ。ほんとうにとんでもないです。ぼくはいつまでもここで楽しくしていて欲しいのです。この環境は人を慰めるし、文筆家のインスピレーションを刺激する——あなたにこれ以上ふさわしいところがあるでしょうか。ぼくがあなたの邪魔をすると考えてはいけません。ぼくは平日はロンドンにいますが、週末にはあなたと一緒にいます——どうか、どうか、迷惑になるとか厄介をかけるとか考えないでください。その反対にぼくはあなたから好意を頂戴しなくてはならない。株価の上がり下がりを前もって教えてもらわなければならないのです。多少の手間もそれで十分報われます。いやいや、どうか自分の家にいると思ってください」

　株価？　何でそんな言葉が出てくるのだろう？　ブラッカーはしばらく記憶を探らなければならなかった。かれはしばらく頭を捻った。ああ、また舌が勝手に喋ってしまったわけか。ブラッカーは自分がどんなばかなことを言ったか思いだそうとした。

「あの話は」ブラッカーはおずおずと弁解を試みた。「みんな少しばかり誇張されています、お分かりでしょう。予言については……実際にはできないのです。あの馬が勝ったのは単に偶然です。申しわけないですが」

「御謙遜を」サー・フランシスは笑みを浮かべて言った。しかし顔色がわずかに変わり、頬骨に沿って汗の玉が浮んだ。「ぼくはあなたが計り知れない価値を持つことを確信しています。引退してしまったので賢明な投資をして収入を増やすことが急務なのです」

　ブラッカーはタイムズの小さな記事の見出しの語をふいに思いだした、神経衰弱。無期限の休養……

「えーと、ぼくはもう行かなくてはいけないので」ブラッカーは不安に衝き動かされてそう言い、立ちあがろうとした。「七時までに戻らないといけないのです」

「ああ、でも、ブラッカーさん、それはもうまったく考慮の外ですよ、実際、そういうことができないようにしておいたのです。あなたの足を切除しておきました。でも心配することはありません。あなたがここで幸福に暮らせることは間違いありません。そしてあなたが自分の力を疑っていることが誤りであることをぼくは確信しています。十時のニュースを聴いてみましょう。あの不快なアンウィンがホテルのエレベーターの竪穴《シャフト》に墜落したことを確かめて大いに満足しましょう」

携帯ラジオの前に行き、サー・フランシスはスイッチを入れた。

茶色い手

アーサー・コナン・ドイル
西崎憲訳

アーサー・コナン・ドイル　Arthur Conan Doyle（1859–1930）

言うまでもなくシャーロック・ホームズの産みの親であるが、スーパーナチュラル・フィクションに対する思いいれもかなり強かったらしく、二十歳頃に医者修業のあいまを縫って書いた処女作からして「ササッサ谷の怪」という怪奇小説であった。以後ホームズ物、歴史物に混じって、怪談・奇談のコレクションを四、五冊刊行している。「青の洞窟の怪」「大空の恐怖」などは熟読玩味に堪える名品である。資質というものなのだろうが、エンターテインメントにこれほど徹した作家というのも珍しいだろう。質的な差はもちろんあるが、文章の巧みさだけとりあげれば、本書中ではE・ボウエンと並ぶかもしれない。ドイルの文章には余分な描写というのがひとつもないのである。初期の作品に *Round the Red Lamp* (1894) という医学奇譚集があるが、この作品もその系統ということになるだろう。何とも大らかな怪談である。岡本綺堂に本作を下敷きにした翻案「片腕」（一九一五）がある。原題 The Brown Hand、初出は *Strand Magazine* 一八九九年五月号。

長年インドで医事に携わったサー・ドミニック・ホールデンの名を知らぬ者はそう多くないと思うが、そのサー・ドミニックがわたしを相続人にしてくれたお陰で、氏の死後、わたしは忙《せわ》しない日々を送る貧乏医者から一躍富裕な大地主になるという、いささか尋常ではない様変わりを味わった。多くの人物が知るように、遺産とわたしとのあいだには少なくとも五人の人物が算《かぞ》えられた。サー・ドミニック・ホールデンの選択は余人にはまったくの気まぐれとしか映らなかったはずである。しかしそのような見解はやはり事情を知らぬ者の臆測と言わねばなるまい。確かにわたしはサー・ドミニックの晩年のわずかな年月を知るのみだが、それにもかかわらず、氏のわたしにたいする厚遇には確固たる理由が存在するのである。いやそれどころか、正直なところを言わせてもらえば、自分がやったほどの人助けをした者はそういないとわたしは考えている。とはいえ、その確信を得ることとなった一件についてのわたしの話を信じる者は、そう多くないだろう。だが、事の次第の奇妙さゆえに、わたしは一部始終を書きとめておかなければ、どうも自分の責を果たしていないような気がしてならないのだ。以下がその記録である。信じるか一笑に付すかは、読む者に任せよう。

サー・ドミニック・ホールデン。外科医学士にしてインド中級勲爵士。肩書はほかにもあるだろうが、わたしが知っているのはそれだけである。氏はインドに駐留した医者のなかでもっとも著名な人物である。経歴の皮切りは陸軍つき軍医で、民間に下ってからはボンベイでさまざまな医事に携わるかたわら、顧問医としてインド中を東奔西走したという。サー・ドミニック・ホールデンの名前がもっともよく記憶されているのは、氏が設立し、運営に心を摧《くだ》いた、東洋病院との関わりにおいてであろう。しかし、そのように精力的であったサー・ドミニックも、さすがに晩年に及んで、それまで意志によって屈服せしめてきた疲労が反抗の狼煙《のろし》をあげ、氏の鉄のごとき肉体に過負荷の兆しを刻みはじめた。氏の同僚は英国に帰ることを勧めるということで（この点については、彼らが完全に公平無私の精神で発言していたか、いささか疑わしいふしもあるが）、意見の一致をみた。氏はできるかぎり持ちこたえたが、あまりに明白な症状が神経にまで及んでくるとそうもしておれなくなり、とうとう生地ウィルトシャーに幾許《いくばく》かの失意とともに立ち帰ったのである。氏はソールズベリー平野の相当に広い一画を屋敷も含めて購入し、晩年の日々を、生涯を通じての興味の対象であり造詣も深い、比較病理学の研究に充てることにした。氏はその分野の第一人者でもあったのだ。

わたしを含めた一族の者は、まあ容易に想像できるであろうが、この裕福で子供のいない伯父の、イングランドへの帰還のニュースに大変興奮した。伯父の応対振りはといえば、陽気とまではいえないにせよ、ある程度のつきあいは親族に対する務めと観念していたらしく、相応に振る舞っていたようである。親類の者は一人ずつ順繰りに招待状を受け取った。従兄弟たちの話によると、どうも伯父の屋敷への訪問は憂鬱なものであるらしく、いよいよ自分のもとにローデンハーストへの招待状が届いた時、わたしはかなり複雑な感情を味わったものである。妻は婉曲な表現で招待から外されていたので、最初は断ることも考えた。しかし、子供たちのためにもなることなので、妻の同意を得たわたしは、十月のとある日の午後、ひょっとしたら相続に関する話が出るのではないかと淡い期待をいだきつつ、ウィルトシャーへ旅立ったのである。

伯父の地所は平地の農耕地が尽きて、この州の特色となっている、なだらかな白堊質の丘の連なりがはじまるあたりだった。翳りゆく秋の陽射しのなか、わたしはディントン駅を出て馬車に乗りこんだ。荒涼とした景色にわたしはいささか気圧《けお》されていた。点在する民家は、有史以前の面影を残す風景に埋もれて、非常に矮小なものに見えた。ここでは現在は夢のようなものに過ぎず、むしろ過去のほうが専横的なまでの現実感を有していた。道は連なる緑の丘の谷間に沿ってくねくねとつづいている。丘はいずれも削られ、抉《えぐ》られていて、頂は万全の備えを固めた城砦になっていた。あるものは円く、あるものは方形だがいずれも同程度の規模で、何世紀にもわたる風雨をものともせず今日《こんにち》に至っているのだった。誰がこれらの城砦を築いたか、ローマ人だという者もいるしブリトン族だという者もいるが、本当のところはどうなのか、そして何故この地域にこれほどの数の城砦が築かれたのか、その理由は明らかにされていなかった。長く緩やかなオリーヴ色の丘の斜面のあちらこちらに、土を丸く盛った塚、ないしは墳墓がある。丘を深く切り崩した者たちは火葬を習わしとしたようで、死者の灰がその下に埋められている。彼らの墓が教えてくれることはただひとつ、口まで埃《ほこり》が詰まった一個の壺が、かつて太陽の下で働いた一個の人間を意味するということだけである。

荒寂びた風景のなかを、わたしの乗った馬車は一路ローデンハーストへと向かった。ようやく視界に入ってきた屋敷は見事に周囲の景色に溶けこんでいた。手入れが必要な私道の入口の両側には、半ば毀《こぼ》たれ、風雨にさらされた標柱が二本立っていた。どちらにもところどころ消えかけて不完全な紋章が薄く見える。冷たい風が私道の両側に並んだ楡のあいだを吹き抜けると、つかのま視界が吹き飛ばされた木の葉でいっぱいになった。私道の突き当りでは木立が仄《ほの》暗いアーチをなし、ランプの黄色い灯がひとつその下に点じていて、頼もしげな光を放っていた。迫りくる夜の、すでに薄暮といってよい光のなかに、低く、両側に大きく不均衡に翼棟を張り出した屋敷が臥《ふ》していた。突き出た庇《ひさし》、傾斜のある腰折れ屋根、壁はテューダー様式で、支材が筋交いに渡されている。ポーチの低いドアの左側の大きな格子窓に、暖炉の火明かりがチラチラと心地よさそうに映えていた。伯父の書斎だろうとわたしは思った。その推測が当っていたことはあとで分かった。伯父に目通りするために執事に案内されたのがその部屋だったからである。

伯父は火のほうに身を屈めていた。イングランドの秋の湿気の多い寒さはやはり伯父には辛いのだろうとわたしは想像した。ランプは点いていなかった。熾火《おきび》の赤い光が大きな厳《いか》つい顔を照らし、インドの陽に長年灼かれて赤くなった鼻や頬を浮かびあがらせた。眼から顎にかけて刻まれた深い皺は、気性の激しさを物語っているようだった。伯父はわたしが部屋に入っていくとすぐさま椅子から立ちあがり、ローデンハーストへの訪問を少し旧式な物言いながらも心から歓迎してくれた。ランプが灯されると、伯父の碧い眼がぼうぼうに茂った眉の下から、こちらを値踏みするように見ていることに気がついた。藪に潜む斥候といった趣である。どうやらこの異国風の伯父は、熟練した観察者の眼と広汎な世界での経験をもってわたしの人品を容易に読み取ったようだった。

しかしかくいうわたしのほうも、じつはしげしげと伯父を観察していたのである。なにしろ姿を見せただけでこれほど人の視線を釘付けにする人間には、それまで会ったことがなかった。骨格などは正しく巨人のそれである。しかし、痩せていた。広い骨張った肩から、上着がまっすぐ異様な感じで垂れさがるほどに。手足もずいぶん大きくはあったが、やはり肉がそげおちている。わたしは伯父のごつごつと骨張った手からしばらく眼を離すことができなかった。眼は――こちらをじっと見ている眼は明るい碧だった

——伯父の風変わりな道具立てのなかでもっとも興味深い部分で、それは瞳の色のせいではなく、そして眉毛の藪に伏兵のごとく潜んでいるからでもなく、何よりわたしが読み取った感情の故であった。伯父の風貌や態度はいささか尊大で、人はおそらく眼の表情にもそのような横柄さを予想するであろう。しかしわたしが伯父の眼から読み取ったものはそれとは逆の、むしろ怯え、打ちひしがれた魂だった。棚から鞭を取った主人がつぎに何をするか予期した犬のような、こそこそした表情だった。伯父の値踏みするような、そして同時に何事かを訴えかけるような眼を見て、わたしは無意識のうちに診断を下していた。伯父は致命的な、突然の死にも見舞われかねない病気を患っていて、必死にそれと闘いながら生きているのではないか、それがわたしの診断であったが、どうやら見当違いだったらしい。それはつづく出来事によって明らかになったのだが、わたしが伯父の眼から読み取ったものを思い描いてもらうには、こんな説明でもいくらか助けになると思う。

先程言ったように伯父はごく丁重に迎えてくれた。到着して一時間もしないうちに、わたしは伯父と奥方のあいだにすわり、快適な夕食を愉しんでいた。テーブルには辛い料理の皿が幾つも並び、伯父の後ろには影のように目立たないがよく気のつく東洋人の給仕が立っていた。老夫婦は人生の黎明期の悲劇的模倣ともいうべき時期に達していた。親しい者たちをことごとく失い、あるいは離別し、ついには夫と妻だけで差し向かいになる時期、彼らの仕事は成った。終わりは近かった。彼らは幸福と愛の段階まで辿りつき、ここで人生の冬を幸福で穏やかな春に変えるのだ。正しく彼らこそ人生の幾多の試練を乗り越えた勝者といえた。

レディ・ホールデンは小柄で穏やかな眼をした、動作の敏活な老婦人で、夫を見る時の表情には揺るぎない信頼の色が窺われた。しかしわたしは伯父夫婦の視線に愛情を見ると同時に、二人が共有するべつの感情にも気がついたのである。その感情とは恐怖であった。夫人の顔にもサー・ドミニックの内部にあったものと同じ種類の恐怖が認められたのだ。二人の会話はあるいは楽しげに、あるいは湿っぽい響きを帯びてつづいたが、明るい時には無理に気持ちをひきたてているような感じがつきまとい、重くなりがちな時には、逆に自然さが感じられた。まるで両側から重苦しい鼓動が聞こえてくるかと思われたほどだった。

飲み物がワインに替わり、召使いたちはもう下がっていた。そしてその時だった。一転した会話が主人夫婦に愕くべき効果をもたらしたのは。超自然についての話を誰がはじめたかは忘れてしまったが、わたしは自分がほかの多くの神経科医と同様、異常な現象にたいしてはやはり多大な興味をいだいていると言ったように思う。以前、わたしは心霊研究会の友人たちと、幽霊屋敷で一夜を過ごすのを目的とした委員会を作っていたことがある。その時の経験を披露してわたしはその話題を結んだ。委員会の冒険談は面白いわけでも、なるほどと思わせるものでもなかったのだが、その夜の聞き手には大いに感銘を与えたようだった。伯父夫婦は息を殺して聴き入っていた。それがどんな意味を持つのかわたしには知るべくもなかったが、二人が意味ありげに視線を交すのが見えた。レディ・ホールデンがすぐさま立ちあがり、食堂から出ていった。

サー・ドミニックが葉巻入れを押してよこしたので、わたしたちはしばし沈黙のうちに紫煙を燻《くゆ》らした。両切り葉巻を口に運ぶ伯父の骨張った手が震えていた。神経のほうもフィドルの弦のように震えているのが分かった。伯父は重要な秘密を打ちあけたものかどうか迷っているらしかった。口を開くと決断の妨げになりそうで、わたしは黙って待った。やがて最後の躊躇《ためら》いを風に流したといった面持ちで、伯父は突然わたしのほうに向き直った。

「ドクター・ハーデイカー、君に接した時間はほんのわずかだがね、よく分かったよ」伯父は言った。「君はまさにわたしが会いたいと思っていた人物だ」

「そう言っていただけるとは光栄です、サー・ドミニック」

「君は頭脳明断で、信頼できそうだ。あれこれとお世辞を並べなくてもいいのはありがたい。なにしろ状況はさしせまっている。外交辞令に割く時間はない。君はどうやらその方面に関しては、特別な知識を持っているようだ。それに卑俗な恐怖の感情を切り離して、哲学的な見地から問題を考察することができるように見える。思うに、幽霊を見たとしても、君の平静さはさほど乱れないんじゃないかね？」

「そうですね、たぶん」

「それどころか、逆に興味を掻き立てられるんじゃないのかね？」

「とても興味深い現象ですから」

「心霊現象の観察者として、おそらく天文学者が空を流れる星を観測するみたいに、君は感情を交えないで調査するんだろうな」

「まったくおっしゃる通りです」

伯父は深く溜め息をついた。

「これは嘘でも何でもないのだがね、ドクター・ハーディカー、わたしもかつて君がいま口にしたようなことを言ったものだ。わたしの神経はインドでは語り種になっていた。たとえ叛乱が起こったとしても、サー・ドミニック・ホールデンの神経はそよぎもしないだろうってね。だがいまは御覧の通りわたしはすっかり萎びてしまっている。たぶんウィルトシャーで一番臆病な男だろう。しかしこの種の問題に関しては、君も大胆な発言は慎んだほうがいい。君自身がいつかある種の試練に長くさらされる羽目になるかもしれんのだから。このわたしのように。そしてそんな試練を長く受けた者の行き着く先は、精神病院か墓場か、そのどちらかに決まっておるのだから」

伯父が打ち明ける気になるのを、わたしは辛抱強く待った。伯父の前口上は言うまでもなく、わたしの興味を大いに掻きたてた。

「ドクター・ハーデイカー、もう何年も前からわたしと妻の人生は非常に奇怪な、しかし見方によっては滑稽と言えなくもない出来事によってみじめなものになっている。長年つづいているうちに慣れることは慣れたが、だからといって耐えやすいものになったわけではない。それどころか時間が経つにつれて絶え間ない緊張のせいでわたしの神経はいよいよ疲弊していく。君が心霊現象にたいして恐怖を感じないとすれば、ドクター・ハーデイカー、わたしたちをひどく悩ませている、この現象についての君の意見を、大いに参考にしようと思うのだが」

「わたしの意見にそれほど価値があるというのでしたら、何なりとお尋ねください。どんな状況なのか訊いてもよろしいですか」

「何に出くわすか前もって知らないほうが、君の体験がより活かされるのではないかと思うのだが。無意識の発現や主観的効果といった、科学的懐疑論者たちが言いそうな屁理屈のことはよく知っているだろう。あらかじめ知識を与えられていなければ、そういうものを前もって封じることができるのではないかね」

「わたしは何をすればいいんですか？」

「それはいまから話す。こんなふうにわたしの指示通りに動いて、不快じゃないといいんだが」伯父とわたしは食堂を出て長い廊下を進んだ。伯父は最後のドアの前で立ち止まった。そこは家具のない広い部屋で、研究室に充てられているらしく、多種多様の実験器具や壜が並んでいた。

一方の、壁に設えられた棚には、病理学と解剖学の研究のための標本を収めた広口壜の長い列がつづいていた。

「この通りわたしは昔からの研究をまだ道楽半分につづけている」サー・ドミニックは言った。「ここに並んでいる壜は、かつて最高のコレクションだったものの一部だ。まったく不幸なことに、蒐集の大部分は九二年にボンベイで火事に遭った時、家と一緒に焼けてしまった。あれはわたしの人生においてもっとも悲しい出来事のひとつだった――さまざまな意味でな。わたしは非常に稀な標本を沢山持っていた。とくに脾臓のコレクションなどは他に類を見ないものだった。ここにあるのはその火事の生き残りだ」

わたしは広口壜の列をひとわたり眺めた。確かに病理学的見地からすると、大変稀少価値のあるものばかりだった。著しく膨れあがった内臓、裂けた膿腫、歪《いびつ》な骨、不快な寄生虫――まるでインドにはびこる病気の風変わりな展覧会だった。

「そこに小さい長椅子があるだろう?」伯父は言った。「客にたいしてあまりに礼を失した扱いであるとは思うが、例の現象はこの部屋と密接な関係があるのだ。もし君がこの部屋で夜を明かしてくれるなら、その厚意にわたしは感謝を惜しまない。だが、この頼みが君にとって不快で耐えがたいものだとしたら、どうか拒絶するのを躊躇《ためら》わないでくれたまえ」

「拒絶するどころか、こちらからお願いしたいくらいです」

「わたしの寝室は左の翼棟の二番目の部屋だ。わたしにきてほしかったら、声をあげてくれ、すぐに飛んでくる」

「おそらく自分の意に反して伯父さんを煩わせることはないと思います」

「どっちにしても眠れるとは思えん。そもそもわたしはあまり眠らんのだ。だから、呼ぶ時に躊躇うことはない」

そんな会話のあと、わたしたちは客間に戻り、今度はレディ・ホールデンも交えて、いま少し軽い話題を俎上《そじょう》へ上せた。

つづく夜の冒険が心躍るものであるという振りをする必要はなかった。自分に隣人たちより勇気があるなどというつもりはない。しかしこの種の出来事への慣れは、想像力が豊かで神経の細い者だったら卒倒しかねない、漠として捉えどころのない恐怖にも、なんら動じない人間にわたしを仕立てあげたのである。人の脳というものは強い情動を同時に複数受け入れるようにはできていない。好奇心や科学的な興味が支配的である場合、恐怖の入る余地はないのである。わたしが伯父の言う大胆不敵さを具《そな》えているのは確かである。伯父も以前はそうだったらしいが。しかし伯父のいまの状態は、インドで過ごした四十年という歳月と、その間のさまざまな体験に起因する神経衰弱ではないかとわたしは思った。いずれにせよわたしは神経のほうも脳のほうもいたって健全な状態で、今夜出遭うかもしれない現象に、期待と興奮はふくらむばかりだった。獲物が現れる場所に持ち場を定める狩猟家のような気持ちで、わたしは研究室のドアを閉めた。そうして上着を脱ぎ、覆いのかかった長椅子に横になった。

残念ながら部屋の佇《たたず》まいは寝室として理想的とはいえなかった。空気は重く澱《よど》み、さまざまな化学薬品の匂いがした。支配的だったのはメチルアルコールの匂いである。また、飾りつけも心を和ませるものとは言いかねた。死体や病人の遺留物が収められた広口壜が眼の前に並んでいる。窓には日除けがなく、二十日月の冷ややかな光が部屋に射しこんで、反対側の壁に銀の格子を作っていた。蠟燭を消して、厚く垂れ籠めた闇のなかに浮かびでたその月光の欠片を見ているうちに、なんとはなしにぞくりとするような、不安なような気分が心中に湧いてきた。堅牢で有無を言わさぬ沈黙が旧い屋敷を領していた。庭の木々の葉叢を渡る、さやさやという風の音が、耳の底で穏やかに鳴る。その静かな葉擦れの音が子守唄になったのかもしれない。それとも忙しなかった一日の疲れが出たのだろうか、転寝《うたたね》に何度か落ち入り、その度に意識を明瞭に保とうと努力したにもかかわらず、わたしはいつしか深い眠りに落ちていた。

何かの音でふと眼が覚めた。わたしはすぐさま肘をついて長椅子の上に身を起こした。ずいぶん眠ったらしい。壁に映っていた月光の格子は下のほうに、そして横に移動し、わたしが寝ている長椅子の足のあたりに斜めになって貼りついていた。部屋の残りの部分はまったくの闇である。最初は何も見えなかった。しかし暗闇に眼が慣れた時、わたしは科学的好奇心だけでは完全に打ち消し切れぬほどの恐怖を味わった。壁に沿って、何かがゆっくりと動いていた。柔らかく、上靴でも引き擦って歩くような音。そしてわたしは朦朧《もうろう》とした人の形のようなものが、ドアのあたりからゆっくりと自分のほうに近づいてくるのを見た。影はほどなく月の光が射しこむ場所まで進み、わたしはそれが何であるか、また何をしているのか、はっきりと見てとった。

男だった。背が低くずんぐりしていて、足元まで垂れた、濃い灰色のガウンのようなもので体を包んでいる。月の光が男の横顔を照らしだした。顔がチョコレート色で、婦人がよくやるように黒い髪を後ろで丸く結っていた。男の歩みは緩慢で、両の眼は人間の体の陰気な残存物を詰めこんだ壜の列に、凝然と据えられていた。男はどの壜にも注意深い眼差しを灌《そそ》いで、得心するまでつぎの壜には進まなかった。やがて列の端まで調べ終ったようだった。そこはわたしの寝ている長椅子のすぐそばだった。茶色い男は立ち止まり、わたしを見た。そうして両手を挙げて失望の素振りをしたかと思うと、つぎの瞬間、男はわたしの視界から掻き消えた。

わたしは男が両手を挙げたと言った。しかし両腕をと言うべきであった。なぜなら失望の仕種をした時、わたしは男の容姿に普通ではないところを認めたからである。男の手は片方しかなかったのだ。腕を挙げたので袖はずり落ちた。左手ははっきり見えた。けれど右の腕は見苦しく歪《いびつ》な切り株のようなものが見えただけだった。そのほかの点では、男に不自然なところは見当らなかった。わたしは確かに自分の眼で見たし、確かに音も聞いた。あれは研究室に何かを探しにきたサー・ドミニックのインド人の召使いであると言われても、なるほどと思ったことだろう。ただ姿を消したそのさまだけが不吉な感じを残した。わたしは長椅子から跳び起きて、蠟燭に火を灯し、部屋を丹念に調べてみた。しかし人がいた痕跡を見つけることはできなかった。それで、わたしはあの男の出現は自然の秩序から逸脱する現象なのだと結論を下した。その後もずっと起きていたが、変わったことは何も起こらなかった。

わたしは朝は早い質《たち》である。けれども伯父はもっと早起きのようだった。屋敷の横手の芝生を神経質に往ったり来たりする姿が見えたのである。ドアから外に出たわたしを見つけると、伯父は待ちかねたといったふうに走り寄ってきた。

「どうだったかね」伯父は声高に言った。「あれを見たか?」

「片手のないインド人ですか」

「まさしく」

「ええ、確かに見ました」わたしは自分が眼にしたものをすべて語った。語りおえると伯父は研究室へ行こうと言った。

「朝食の前に少し話そう。この信じがたい現象について説明しておきたい。あまりにも不可解な出来事なのでわたしの説明には限界があるがね。まず第一に、わたしがあれに眠りを妨げられなかった日は、ボンベイでも船の上でも、ここイングランドでも、この四年間一遍もなかったと言えば、なぜわたしが以前の自分の残骸みたいな人間になってしまったか分かると思う。あれのやることはいつも決まっておる。まずベッドの横に現れて、わたしの肩を掴んで荒っぽく揺さぶるのだ。そして部屋を出て、研究室に行き、標本の壜が並んだ棚の前をゆっくり歩いてから姿を消す。千回以上もあいつは同じことを繰り返しておる」

「何が望みなんですか?」

「あの男は手が欲しいのだ」

「手?」

「そう、事の起こりはこうだ。わたしは十年ほど前、ペシャワルに派遣されて治療活動にあたっていた。そこへアフガン人の隊商に同行しているインド人が手を診てもらいにきたのだ。その男はカフィリスタン山脈の向こうの山の一族の出で、ひどく訛ったパシュトゥ語を話した。わたしがあの男の身許について知っていることはそれで全部だ。男は中手骨の関節に柔らかい肉腫ができて痛がっていた。わたしは命を救うためには手を切り離すしかないことを男に納得させた。そしてさらに説得の言葉を重ねて手術に同意させた。手術の後で男はわたしに尋ねた。幾ら払えばいいのかってね。男は乞食同然で、診察料を支払うなんてさぞかしとんでもないことに思えただろう。わたしは冗談半分に、診察料は切り離したこの手でいいと言った。病理学研究用の蒐集に加えさせてくれと言ったのだ。

驚いたことに、男はわたしの提案に強い異議を唱えた。男は説明した。自分の宗教では肉体は一度滅んだ後に再結合して、魂のための完全な棲処《すみか》を造るのだ、と。その信仰はもちろん極めて古いものだ。エジプトのミイラなども同じような考えからきているのだろうな。わたしは男に、手はもう切ってしまったが、どのように保存するのかと尋ねた。男は塩漬けにして持って歩くのだと応えた。自分が預かっていたほうが安全かもしれないとわたしは言ってみた。そうしてわたしは塩漬けより良い方法があることを仄《ほの》めかした。わたしが本当に手を大事に保存するのだと得心すると、男はすぐに異議を取り下げた。『けど忘れないでください、旦那』と男は言った。『死んだら必ず取りに行きますから』それを聞いてわたしは笑ったものだ。そして一件落着というわけで、わたしは日常の診察業務に戻った。無論、何日か経つと男は恢復して、アフガニスタンへの旅をつづけられるようになった。

そうして昨夜言ったように、わたしはボンベイにいた時分に火事に遭った。半分がた焼け落ちたろうか。とりわけ病理学標本はいけなかった。君が見ているのはその時のなけなしの生き残りだ。山地の男の手は焼けたほうに入っていた。だがその時はべつに何とも思わなかった。それが六年前のことだ。

四年前――火事から二年ほど経った頃だった――夜中に乱暴に袖を引っ張られて眼が覚めた。わたしは漠然と、可愛がっているマスティフ犬が起こそうとしているのだろうと思いながらベッドの上に起き直った。わたしが見たのはマスティフ犬ではなく、かつての患者であるインド人の姿だった。あの男の部族に特有の灰色の長いガウンみたいな服を着て、切り株のような手首を掲げて責めるようにわたしを見た。そして標本の壜の列を調べはじめた。その頃は標本は寝室に並べていたのだ。男はひとつひとつ注意深く見た後、わたしに怒ったような仕種をして、搔き消えた。わたしはその時、男がどこかで死んだこと、わたしが安全に保存すると約束した手を受け取りにきたことを知ったのだ。

そう、これで話すべきことは全部話した。ハーデイカー君、この四年のあいだ、毎晩同じ時刻に同じことが繰り返されている。あの男の行動自体は単純そのものだ。だがあれは石に滴る水のようにわたしを削ってゆく。重度の不眠症にもなった。あの男がやってくるかと思うと眠れんのだ。妻とわたしの隠退生活はあの男のせいで台無しになってしまった。妻は可哀そうにわたしと苦しみを分かちあわなければならなかった。おや、朝食の銅鑼《どら》だ。君が昨夜どう過ごしたか妻もやきもきしておるだろう。しかし君の勇敢さに大いに感謝しなくちゃならんな。このことを知ってもらうだけでも少し荷が軽くなったような気がする。たとえ一晩だけでも友人が一緒にいてくれたわけだからな。それに自分たちは正気だと確信させてくれる。時々それが疑わしくなるのだ」

サー・ドミニックの打明け話は奇怪なもので、多くの人はあまりにグロテスクかつ信じ難いものだと考えるかもしれない。しかし昨夜の出来事とこの種のものに関する自分の知識とを照らしあわせると、氏の打明け話はどうやら掛値なしの真実であるらしかった。わたしは本で得た知識と経験を総動員して、一件に深い考察を加えてみた。そして朝食の後、わたしはつぎの汽車でロンドンに帰ると告げて主人夫妻を驚かせた。

「ハーデイカー君」サー・ドミニックの声には苦痛が滲んでいた。「あんな厄介なことを君に押しつけて、わたしはとんでもない間違いを犯してしまったのだろうか。やはり自分の荷は自分で背負うべきだった」

「いやいや、たしかにその件でロンドンに行くのですが、伯父さんは思い違いをしておられます。ゆうべのことがわたしにとって不快な経験になったと思っていらっしゃるんでしたら、気に病む必要はありません。それどころか、わたしは夜までに戻ってきて、もう一晩、研究室で寝させてくださいとお願いしなければなりません。もう一度研究室の客に会いたいのです」

伯父はわたしが何をするつもりなのか知りたくてしようがないようだったが、わたしは実りのない希望を与えることになりはしないかと思い、当面は胸のうちに収めておくことにした。午《ひる》を少しまわった頃には自分の診察室に戻っていた。わたしは最近出版された神秘学の文献の、一読した際に注意を惹かれた箇所を確かめたかったのである。「地縛霊の件例に於いて」と著者は述べていた。「死の瞬間に強い欲望に支配されていた者たちが、その欲望の強さゆえに物質界に留まることが観察されている。彼らは現世と来世にわたる両棲類であり、亀が陸と水中を往き来するように、一方から一方へと移動するのだ。魂をかくも強く現世に結びつける情動は、肉体を具えていた時には満たすことができなかったもので、その多くは激越なものである。強欲、復讐心、苦痛、愛、後悔。そのような感情が、かかる結果を惹き起こす。地縛霊は常にそのような叶えられない望みから生まれてくる。そうして彼らの望みが全うされる時、霊たちをこの世に繋ぎとめていた実質的な束縛もまた解かれるのである。現世に執着を示したこれらの訪問者の事例は数多く記録されている。また彼らの消失も多く報告されている。大半は彼らの願いが成就した結果であるが、理に適った代替物が同様の効果をもたらした例も、幾つか記録に残されている」

「理に適った代替物が同様の効果を――」この一節が今朝わたしの心を占めていたのだ。そしてわたしはいま記憶に間違いがないことを確かめた。実際、男の手は燃えてしまったのだから、本物を提供することは不可能である。しかし代わりの物があればいいわけだ。わたしは疾駆する汽車のような勢いでシャドウェル海員病院に急いだ。そこで住みこみ外科医をしている旧友のジャック・ヒューイットに、わたしは何とか説明抜きで必要な物が何かを理解させた。

「茶色い手だって?」驚いてジャックは言った。「そんな物、一体、何に使うんだ?」

「いまは訊かないでくれ。いつか話すよ。君の病院がインド人でいっぱいだってことは知ってるぞ」

「確かにそういえないこともないが、しかし手とはね――」ジャックはしばらく考えていたが、やがて呼び鈴を鳴らした。

「トラヴァース君」ジャックは手術助手に言った。「昨日切断したインド人水夫の手はどこへやったかな? 東インド埠頭で蒸気ウィンチに両腕を挟まれた男の手だが」

「それだったら剖検室です。先生」

「すぐに防腐処理をしてドクター・ハーデイカーに渡してくれたまえ」

わたしはロンドンで手に入れた奇妙な収穫物を携え、夕食前にはローデンハーストに戻っていた。サー・ドミニックには何も説明せず、もう一度研究室で眠らせてほしいとだけ頼んだ。わたしはインド人水夫の手を長椅子の足のほうの、ちょうど空いていた壜のひとつに入れた。

実験の結果がどう出るか気が揉めたので、眠るなど問題外だった。暗くしたランプを長椅子の横へ持ってきて、夜の客を気長に待った。そして今度は最初からはっきりと見ることができた。ドアの前の空間が漠と霞んだかと思うと、男の姿が現れ、しだいに輪郭が普通の人間のそれのように確固たるものに変わっていった。灰色の長衣の下に見える粗末な赤い靴には踵がなかった。歩く時、微かに引き摺るような音がしたのはそのせいだった。昨夜と同じように男はゆっくりと標本の壜の前を過ぎ、やがてわたしが調達してきた手を収めた壜の前までくると、立ち止まった。壜に手を伸ばす。片手のない男の体は期待に震えているようだった。棚から壜を下ろしてまじまじと覗きこんだ。と、その顔に怒りと失望の表情が浮かんだかと思うと、つぎの瞬間、壜は床に叩きつけられていた。ガラスの砕ける音は、屋敷中に響くかと思われた。見上げた時には手のない男はもう消えていた。じきにドアが勢いよく開いて、サー・ドミニックが飛びこんできた。

「怪我をしたか?」氏は叫んだ。

「いいえ、しかし大変残念です」

氏は驚きの表情で床に散らばったガラスの破片と茶色い手を凝視していた。

「これは一体、何だ?」

わたしは自分の思いつきと、その惨憺たる結末を話した。氏は一心に耳を傾けていたが、聞き終ると、首を振った。

「よく考えたものだ」氏は言った。「しかし、わたしの苦しみがそんなに簡単に解決するとは思えないな。とにかくひとつだけ言わせてくれ。どんな理由があろうとも、君をもうこの部屋で寝させることはできない。君の身に何が起こるか分からんからな。壜の割れる音が聞こえた時、わたしはいままで経験したことのない苦痛を、それも一番ひどい苦痛を味わったよ。もう二度とあんな思いはしたくない」

そう言った氏であるが、それでも夜の残りの時間をこの研究室で過ごすことだけは許してくれた。わたしは横になって、問題点を考えていた。失敗したことが悲しかった。射しそめる朝の光が、床に転がった手を照らして、失策を思いだささせた。わたしは横になったまま手を凝視《みつ》めていた。すると突然、弾丸が頭を貫くように、ある考えが浮かんだ。わたしは興奮に震えて長椅子から起きあがり、気味の悪い遺留品を床から拾いあげた。そうだそれに違いない。これは左手ではないか。

始発で街へ向かい、ただちに海員病院へ駆けつけた。インド人水夫が両手を切断されたことは覚えていた。しかし求める貴重な部位は、すでに火葬炉に投じられているのではないか、わたしはそれが心配だった。しかしすぐに杞憂であることが分かった。手はまだ剖検室にあった。わたしは為すべきことを為すために、そして新たな実験のための素材を手に、ローデンハーストに取って返した。

しかしサー・ドミニック・ホールデンは昨夜の言葉通りに、研究室で寝させてほしいというわたしの言葉を聞きいれてはくれなかった。まるで聾者のごとくわたしの嘆願に耳をふさいだのである。前夜の出来事は客のもてなしに関する氏の考え方を著しく害したらしく、氏はもうそんなことを許すわけにはいかないと固く誓ったようであった。しかしそれでも中に入ることだけは許してもらい、わたしは手を昨夜と同じようにして研究室に陳列し、その夜は冒険の舞台から退いて、少し離れた、居心地のいい寝室で寝た。

けれども、わたしの眠りはいずれにしても妨げられる運命にあったようだ。真夜中に我が主人がランプを手に、恐ろしい勢いで部屋に飛びこんできたのである。伯父の痩せてはいるが巨大な体軀は、たっぷりとした部屋着に包まれていた。神経の細い人間には、昨夜のインド人より伯父の姿のほうが恐ろしく見えたかもしれない。しかしわたしが驚いたのは伯父の突然の訪問ではなく、その表情のせいだった。伯父は少なくとも二十歳は若返ったかに見えた。眼には輝きがあり、顔はじつに青天を思わせる晴れやかさを湛えていた。伯父は勝利の凱歌でもあげるかのごとく、片手を頭上で盛んに振りまわしていた。大いに驚いたわたしは覚めやらぬ眼で恐るべき侵入者を見ながら、ベッドの上に起き直った。けれども伯父の口から飛びだした言葉に、わたしの瞼を重くしていた眠気はたちどころに吹き飛んだ。

「やったぞ、成功したぞ」伯父は叫んでいた。「ああ、ハーデイカー君。どうやってこの礼をしたらいいんだろう」

「計画がうまくいったとおっしゃってるんですか？」

「そうだとも。うまくいったんだ。こんな良い報せを聞くためだったら、起こされても気にせんだろうと思って、こうしてやってきたのだ」

「気にする？　もちろんそんなことはありませんが、でも本当に成功したんですか？」

「完全にな。わたしは君に大きな借りを作ってしまったよ。君は素晴らしい甥っ子だ。人からこんなに助けてもらったことはいままでなかったし、考えたことさえなかった。この恩に見合う礼とはどんなものだろう？　まったく主がわたしを救うために君を遣わしてくれたんだな。君はわたしの正気と命の両方を救ってくれたよ。あと半年もあんなことがつづいていたら、わたしは精神病院の独居房か棺桶に入っていただろう。いや、わたしだけじゃなく、妻も同じだ。あれのせいで妻も消耗しきっていたからな。しかしあの重荷を取り去ることが人間の手でできるとは思わなかったよ」伯父は骨張った手でわたしの手をぐっと握った。

「実験してみただけですよ。万が一を期待して。しかしうまくいって僕も本当に嬉しいです。でも成功したってどうして分かったんですか？　確信できることがあったんですか？」

伯父はわたしのベッドの足のほうに腰かけた。

「確かにあった。十分にな」伯父は言った。「もうあれに悩まされることはないとはっきり分かったよ。何があったかは簡単に説明できる。あの男がいつも定刻にやってくることは話しておいたと思うが、今夜もあれは同じ時間に現れた。そうしていつもより手荒にわたしを揺り起こした。昨夜の失望が怒りを増大させたのだろうなとわたしは思った。あいつは怒ったようにわたしを見てから、いつものように研究室のほうへ姿を消した。だが何分かしてから、あの男はもう一度現れたのだ。寝室に戻ってくるなんて、あの男につきまとわれるようになってから初めてだった。あいつは笑っておった。わたしは薄暗い闇のなかで、あの男の白い歯を見たよ。ベッドの足のほうに立って、あいつはわたしを見た。そうして額手礼《サラーム》を三度繰り返したのだ。丁重に別れを告げる際にする挨拶だ。三度目に頭を下げた時、あの男は両手を頭の上にかざした。いっぱいに伸ばした腕の先にはふたつの手が見えたよ。そして姿を消した。わたしが確信しておるところでは、永遠にな」

わたしが著名なインド帰りの伯父の親愛の情と感謝の念を得ることができたのは、こうした奇妙な出来事のせいだったのである。伯父の予測は確かだった。安息を知らぬインドの山地人が手を捜しにきて、伯父を悩ませることはもうなかった。サー・ドミニックとレディ・ホールデンは幸福な晩年を過ごした。わたしの知るかぎり、どんな悩みにも煩わされることはなかったと思う。伯父夫妻はインフルエンザが大流行をみた年に一、二週間ほどの間をおいて相次いで鬼籍に入った。晩年を通じて伯父は不慣れな英国暮らしについて、何によらずわたしに助言を求めてきた。わたしは地所の購入や切り盛りの仕方などについても助力を惜しまなかった。

だから、わたしにとってはそれほど驚くことでもなかったのだ。怒り狂う従兄弟たち五人の頭を飛びこして、一夜にして過労ぎみの貧乏開業医からウィルトシャーの有力な一族の領袖となったことは。いずれにせよ、茶色い手の男と、その歓迎すべからざる訪問からローデンハーストの伯父を解放したあの幸運な一日に、わたしは感謝を捧げたい気持ちでいっぱいなのである。

七短剣の聖女

ヴァーノン・リー
西崎憲訳

ヴァーノン・リー　Vernon Lee（1856–1935）

英国文壇を大いに賑わせた先駆的著作『十八世紀イタリア美術研究』を弱冠二十四歳で著し、ウォルター・ペイターの美学の継承者であり、ブラウニングや、あの皮肉屋のショーから最大級の賛辞を引きだす。ヴァーノン・リーの経歴はずいぶん豪奢である。本名ヴァイオレット・パジェット。英国人であるがフランスに生まれ、生涯の大半をイタリアに過ごす。著作のほとんどはヴァーノン・リーの筆名で書かれ、四十冊以上の著作の大多数はイタリアの美術や文学や演劇に関するものである。名文をもってなるウォルター・ペイターの文章が気に入らず、書きかえたというエピソードは秀逸である。怪奇幻想に属する短篇も多く、どちらかというと、この The Virgin of the Seven Daggers や「アルベリック王子と蛇女の物語」のように、幻想に傾いたもののほうが多い。*For Maurice*（1927）収録。ゴシック・ロマンスやピカレスクの伝統に棹さした豪奢で魅力的な中篇である。

I

冬のあいだ、グラナダの都を睥睨《へいげい》するのは雪を戴いた山脈《やまなみ》で、夏のあいだ、種々《くさぐさ》の色合いのその甍《いらか》の波を睨《ね》めつけるのは太陽の役目である。そのグラナダの都のとある芝草の広場に、黄色い砂岩でできた教会があって、それが我が七短剣の聖女の教会である。巨大な梨や甜瓜《メロン》をつけた石の花綵《はなづな》が円蓋や窓のあたりを這《は》っている。それに月桂樹の葉冠を戴いた巨大な顔。すべてのアーチから張りだした肩章のごとき突起。黄褐色の外壁の上の屋根は緑と白と茶色で、それらは渾然《こんぜん》と混じりあい、粗野な輝きを放っている。巨大な教会を正面から見るとバルコニーと階段のついた鐘楼が両側に耳のように張りだしているのが判る。そして最頂部には、長い柄《つか》の七本の短剣に貫かれた心臓を象《かたど》った風見が見える。なかに足を踏みいれると、大袈裟で形式的で歪んだフェリペ四世の御代《みよ》の建築の典型であることが自ずから判然とする。

列柱《コロネード》の上には列柱《コロネード》が、片蓋柱《ピラスター》の上には片蓋柱《ピラスター》が重ねられ、床で、中空で、天井のあたりで柱礎と柱頭が二重三重になって張りだしている。叛逆者の首でも飾るためだろうか、大釘があちらこちらで気まぐれな線を描いている。ムーア人の兵士たちを振り落とす断崖のように突きだした厚い胴蛇腹。直線は直線と拮抗し、曲線は曲線と拮抗する。ここでは人の心は殴打され、なかば気を失い、蹌踉《そうろう》とする。しかし、教会の壮大さはただ恐ろしいばかりではない――それはまた麗々しくもあり、厳かでもある。そのすべてにわたって、つぎこまれうるかぎりの労苦がつぎこまれ、用いられうるかぎりの黄金が用いられている。円柱《コラム》や台輪《アーキトレーヴ》はその昔《かみ》の男たちの鬘《かつら》のように渦を巻き、壁や丸天井は大理石の素晴らしい彫刻であふれ、浮彫りや金箔で祭りの晴れ着のように飾られている。石と木はまるで花邊《レース》のように織られている。化粧漆喰《しっくい》は、乳脂とパイ皮を扱う菓子職人の手つきで細心に練られ、仕上げられている。すべての物がカルデロン（一六〇〇―八一。スペインの劇作家・詩人）の詩のように、あるいはゴンゴラ（一五六一―一六二七。スペインの詩人）の小曲《ソネット》のように装飾に埋められている。突きあたりの祭壇の背後には金色の衝立が見える。中央のあたりで会衆席と内陣を分けている内陣障壁は、雪花石膏《アラバスター》と碧玉《ジャスパー》で拵《こしら》えられたもので、まるで黒と白に塗りわけたように見える。会衆席に縦に通じた幾本かの通路の上にはそれぞれシャンデリアがあって、見る者を舞踏会でも開かれるのではという気持ちにさせる。祭壇の上には紙の花が厚く、隙間もなく積まれている。

暗鬱《あんうつ》であると同時に祝祭の豪奢《ごうしゃ》さを具《そな》えたそれらのものに囲まれて、小さな礼拝堂のなかで金の下帯を附け、傷口から血を流す蠟のキリストの群れ、それに鬘をつけた幼子を抱き、小珠《ビーズ》の涙を流す、無名のマリアたちに囲まれて、すべてを領しているのは七短剣の聖女である。

彼女が立っているか、すわっているか、それを決めるのは不可能である。黄金の円蓋の下、碧玉の二本の柱のあいだで、七短剣の聖女はあたかも正式な辞儀の途中にあるかのように、ゆっくりと身を起こそうとしている。あるいはゆっくり身を沈めようとしている。上体は鯨鬚《げいしゅ》で膨らませたスカートの上に泛かんでいるように見える。襞になったスカートは甜瓜《メロン》のように大きく膨らんでいる。スカートには小さな三色菫と銀色の薔薇が一面に織りこまれている。金糸の赤い光沢。銀糸の青い光沢。それらは混じりあって、名附けることのできない、愁《うれ》いに満ちた色彩を産みだしている。そのなかで彼女の体は鞘のうちの短剣のように安らかである。朽葉《くちば》色と紫色は小粒の真珠の網に覆われているので、さらにその色合いの玄妙さを著しくさせていた。繊細な花邊《レース》の被衣《ヴェール》が腰のあたりまで垂れていた。何重にもなった真珠の首飾りの上の顔は蠟でできている。その面《おもて》は白く、黒い玻璃《はり》の瞳を持ち、珊瑚《さんご》でできた小さな唇をそなえている。彼女はしっかりと前方を見て、悲しげな、そして同時に厳かな笑みを浮かべている。頭《こうべ》の上には宝石で飾られた冠があり、上靴を履いた足は三日月の上にある。右の手には花邊《レース》の小さな手巾《ハンカチ》が握られている。胴着《ボディス》には刺繡《ししゅう》も真珠もない部分があり、そこに見えるのは七本の長柄《ながつか》の短剣である。

それが七短剣の聖女であり、それが彼女の教会である。

ある冬の午後。二百年以上前の、スペインと新世界の王たりし気鬱王カルロスの時代のことである。すでに人影が消え失せ、暗く、燈火《あかり》といえば、奉納されたランプくらいしかない時分、教会で跪《ひざまず》く者があった。より正確にいうならば、七短剣の聖女の前の階段の上で跪く男の姿《かげ》があった。それはきわめて身分が高く、富裕で、美しく、忌まわしい、一人の騎士だった。名はドン・ファン・グスマン・デル・プルガル。ミラモルの伯爵である。

「比類なき聖女《マドンナ》よ、山脈の人跡未踏なる雪の頂よ、船の入ることなき熱帯の大洋よ、スペイン人の手がいまだ触れぬ金鉱よ、ユダヤ人が衣嚢《かくし》から取りだす鋳造したてのドブロン金貨よ」――斯《か》くのごとく、信心深い貴人は祈った――「慈悲深きあなたの騎士であり僕《しもべ》であり、富と栄誉において、正当にもこの王土の選りすぐりのひとりと呼ばれ、敵の復讐を恐れぬ、法の厳しさを恐れぬ、しかし、誰よりもあなたに忠実な奴隷であることを歓ぶ私を見行《みそな》わし給え。どうか耳を傾け給え。私はいささかの躊躇《ちゅうちょ》もなく、あらゆる罪を犯してきました。人を殺し、誓約を破り、神を冒瀆《ぼうとく》し、聖なる物を盗んできました。しかし、あなたの名前を敬うことはつねに忘れなかった。ほかの聖女をより讃える者たちを決して許さなかった。良き助言の聖女。迅速なる助力の聖女。カルメル山の聖女。イタリアのボローニャの聖ルカの聖女。キプロス島のファマゴスタ市の厄除けの聖女。我らのサラゴサの柱の聖女。すべての稀《まれ》なる聖女たち。その御稜威《みいつ》ゆえに世界中で崇められる偉大な聖女たち。多くの者があなたより好む聖女たち。あなたの僕たるドン・ファン・グスマン・デル・プルガルは断言してきました。ある時は言葉をもって、ある時は腕にものを言わせて。それらがみなあなたより無限に劣ることを。

ですから、七短剣の聖女よ、どうか私に与え給え、山脈の人跡未踏なる雪の頂よ、船の入ることとなき熱帯の大洋よ、スペイン人の手がいまだ触れぬ金鉱よ、ユダヤ人が衣嚢《かくし》から取りだす鋳造したてのドブロン金貨よ。私はあなたに向かって乞う。あなたが魔王の手からつねに私を護ると約束してくれることを。ちょうど地上であなたが王の警吏や、異端審問所の密告者の眼から私を隠してくれたように。そして、私が罪を罰せられ、永遠の業火に灼《や》かれることがないように。どうか多くを求めすぎると考えなきよう。私があらゆる宗規に関わることのない者であるのは真実です。個人的に司祭を雇おうと、あるいは、修道士や司祭や、聖堂の参事会員や、その会長や、司教や枢機卿、それに教皇自身にさえ暴力を振るおうと、私はつねに自由なのです。

この願いを聞きいれ給え、おお、燃える水よ、冷たき炎よ、真夜中に輝ける太陽よ、正午に空を彩る星林《いろどほし》よ、この願いを聞きとどけ給え。私は言葉と剣によってつねに断言するでしょう。王の面前でも、もっとも新しい恋人の足下でも。私は世界中のもっとも美しい婦人たちに愛されてきました。高き身分の、低き身分の、スペインの、イタリアの、ドイツの、フランスの、オランダの、フランドルの、ユダヤの、アラビアの、ジプシーの婦人たち。何百人もの婦人たち。それに七人の貴婦人、ドロレス、ファトマ、カタリーナ、エルビラ、ビオランテ、アサール、修道女セラフィータ、これらの貴婦人たちのいずれとも、数回にわたって私は戒律を破って、同衾しました。最後の婦人はもちろん修道女なので、罪深い神聖冒瀆でした。そうしたことすべてにかかわらず、私はすべての男の前で、すべての女の前で、オリュンポスの神々の前で、我らがグラナダの七短剣の聖女より美しい聖女は存在しないと断言するでしょう」

教会は言いしれぬ薫香に満たされていた。美妙な音楽に満たされていた。円蓋に響く微かなその音楽のなかに、ドン・ファンは王の寵愛する男性ソプラノ歌手サイファクスの声が混じっているように思った。そして、七短剣の聖女は花邊《レース》と銀色の浮織りのあるスカートを身に纏《まと》い、ゆっくりと身を沈める。そしてやはりゆっくりと身の丈いっぱいに伸びあがり、白い面《おもて》を宝石の埋もれた胸のほうに心持ち傾《かし》げる。

ミラモルの伯爵は法悦に捕らわれ、握りしめた両の拳を胸にあてた。それから立ちあがり、早足で通路を進み、黒い大理石の聖水盤を満たした聖水に指先を浸し、革のカーテンを引いてくれた乞食にゼッキーノ金貨を一枚放った。それから黒い羽根の附いた帽子を被り、広場で彼が出てくるのを待っていた壮士やギター奏者の一団を解散させ、黒い外衣を纏い、剣を手挟《たばさ》んで、アルバイシン地区に住む改宗したユダヤ人のバルクを探しに出掛けた。

ドン・ファン・グスマン・デル・プルガル。ミラモルの伯爵、最高位の貴族、カラトラバの騎士、金羊毛勲爵士、神聖ローマ帝国の皇子は、三十二歳で、大いなる罪人であった。背が高く、筋骨逞《たくま》しく、生え際は低く、頬《ほお》骨は高く、顎《あご》はやや引っこみ、鷲鼻で、肌は白く、髪は黒く、顎鬚《ひげ》はなかった。短い口髭があったが、その両端は上に跳ねあがっていたので、口が覆い隠されることはなかった。肩に触れるほどの長さの髪は丹念に撫《な》でつけられ、中央で分けられている。衣服は勤めを果たしている時も、悦《たの》しみの時も、たいがいは黒の絹の服だった。裏地にいたるまで黒である。セビリアのドミンゴ・スルバランの手になる肖像がある。

II

グラナダのすべての尖塔は鳴り響く鐘の音に顫《ふる》えていた。気まぐれな間隔で鳴るサイルの塔の大鐘の音が、職業的な手で滞りなく突かれる鐘の音に混じっていた。それは襞《ひだ》襟《えり》に埋めた顔の中年婦人に附添われた貴族の娘が力強く、しかし少々覚束《おぼつかな》無い手で突く音である。市の伝統であるのだが、新しく訪れる年に、花婿を求めているということを伝えているのだった。輝くように白いバルコニーに映える花綵《はなづな》の瑞々《みずみず》しい緑、カスティリャとアラゴンの威光を示す旗、それにグラナダの柘榴《ざくろ》の描かれた旗が、あるいは垂れさがり、あるいははためいている。戸口の上の紋章を刻んだ盾、そこへ撓垂《しなだ》れかかる浄らかな棕櫚《しゅろ》の枝。兵舎からは横笛と喇叭《らっぱ》の稽古の音が聞こえてくる。都の外れに立ち並ぶ酒場からは、ギターを掻鳴らす音とカスタネットの音が聞こえてくる。来《きた》る日は都にとってきわめて重要な祭日だった。異教徒から解放された記念の日だったのである。

グラナダの都はことごとく祝祭の雰囲気に包まれていた。明日の闘牛や、ビブランブラ広場で行われる異端者や堕落した者たちの焚刑《ふんけい》への期待が渦巻いていた。けれども、ドン・ファン・グスマン・デル・プルガル、ミラモルの伯爵は焦れったさに悩まされていた。来る日を待ち望んでではなく、夜の進み具合があまりに鈍《のろ》く、苛立っていたのである。

しかしながら、その理由はこれまでとは違っていた。ドン・ファンは太陽神がスペインの偉大な騎士のひとりに幸福をもたらすことを促すことがあまりに少ない事実を、真の詩的手法を用いて千度ばかり非難してきた。しかし確かにいまの苛立ちの理由はそれとは違っていた。

甘美なる胸の高鳴りのうちにドン・ファンは待ったものだ。外衣のうちに剣を隠し、仄暗《ほのぐら》い窓からするすると下がってくるロープを、あるいは角を曲がって現れる覆面の人影を、彼誰時《かわたれどき》に散策する自分を待つ危険な喜び。気高き殺人者たち、苦虫を嚙《か》み潰《つぶ》したような顔の父親、あるいは兄弟、あるいは夫。恐るべき神聖冒瀆によって味附けされた歓喜、女子修道院の庭の檸檬《レモン》の樹のあいまの強奪、門番の修道女を井戸のなかに投げこんだ後の——そのどれもこれもがいまの彼には物足りなくつまらなく見えた。

ドン・ファンは大きな寝台から跳び起きた。暗い血紅色のダマスク織りに覆われたその寝台で、痩せた顎に胡麻塩の鬚を生やし、美しい髑髏を撫でている隠者の絵に見下ろされて、服を着たまま眠ろうと虚しい努力をつづけていたのだ。寝台を出た彼は窓辺に行き、大きなガラス窓から外を見下ろした。銀梅花の生垣と、糸杉の列、化粧瓦で綺麗に設《しつら》えた庭で大理石の女神像が揺らめき、光っていた。屋敷の食客である侏儒《こびと》が司祭と壮士たちの首魁と見窄《みすぼ》らしい服を着た詩人と紙牌《カード》に興じていた。詩人は主人の日々の求愛の際に必要となる頌歌《オード》と小曲《ソネット》を供給するために留め置かれているのだった。

「失せろ、この碌《ろく》でなしどもめ」ドン・ファンはそう叫んだ。さらに、凄《すさ》まじい罵詈雑言《ばりぞうごん》が一同に投げつけられた。言葉を追って長靴やギターや祈禱書が飛んだ。一同は慌てふためいて紙牌《カード》を撒《ま》きちらし、ぺこぺこしながら、その場から立ち去った。

窓辺に立ったドン・ファンはアランブラ宮殿の塔の群れを凝《じっ》と見遣《みや》った。塔の尖《さき》は入り日の光で茜色《あかね》に染まっていた。河向こうの丘に立つ塔の根元のあたりは、すでにそろそろと這いだしてきた靄《もや》に覆われている。

糸杉の塔は辛うじてそれと見分けることができるだけだった。その塔の入り口に鍵を握った魔法の手が彫られていた。それについて子供の頃、アンダラクスのムーア人の村からやってきた乳母が、隠された財宝と眠る王女の不思議な話をしてくれたものだ。ドン・ファンは長いあいだ窓辺に立っていた。彼の形の好い白い手は剣の柄を握るように、欄干を握りしめていた。眉《まゆ》は顰《ひそ》められ、歯は堅く嚙みあわされていた。ドン・ファンのその気色《けしき》は人を壁に貼りつかせ、道を譲らせるようなものだった。

ああ、しかし、何とほかの恋人と違っていることか。自分と同じ、きわめて価値のある一族に生まれた唯一無二の存在。自分と同じように雅《みやび》なる存在。踊るカタリーナは確かに絶佳といっていいだろう。宴席でのエルビラは豪奢である。二人とも自分の心を長く捕らえていた。そして彼に多くを費やさせた。カタリーナの夫には何千ドブロンも払わなければならなかった。エルビラの親族との争闘の際には、フェンシングの達人だった友を失わなければならなかった。ビオランテはヴェネツィアの名流ティツィアーノ家の娘である。彼女のせいで公爵の城の地下室に閉じこめられた。逃げだす際には見張りを三人も殺さなければならなかった。ファトマはモロッコの都フェスの王の側室だった。あの時はもう少しで串刺しの刑に処せられるところだった。ドロレスの夫を撃った時には、刑車に繋がれて、五体をばらばらにされそうになった。頰が素馨《ジャスミン》のように白いため、アサールと呼んでいた娘の場合は、教会の戸口で花婿の手から奪い去った——彼女の老いた父親である最高貴族の大公を殺してもいる。そして修道女セラフィータの場合に関して言えば——ああ、彼女はじつに自分に相応しかった。彼女は自分が考える天使の概念にきわめて近かった。

しかし、今夜これから冒そうとしている危険に比べれば、果たして彼女たちが代償を要求したと言えようか。異端審問所で火に炙《あぶ》られた時はもちろん危険だった（結局、彼はそれから逃げ切っていた。そして、その後、修道女セラフィータのために、より深刻に焚刑の危機に陥った時も）。もしあのユダヤ人の卑劣漢バルクが自分をペテンに掛けたのだとしたら——ドン・ファンは短剣に手を掛け、仮借《かしゃく》ないその思考に添うように黒い口髭が逆立った——詐術の可能性はいうまでもなく（しかし、自分をペテンにかけようとするほど大胆な者がいるだろうか）冒険は恐ろしいもので満ちていた。カトリック教会やその聖者たちを冒瀆することはやはり危険なことであるし、マホメットの犬に信義の念を示すことは反吐《へど》が出そうだった。それに以前魔物を呼びだした時の体験はあまり楽しいものではなかった。魔物は硫黄《いおう》と阿魏《あぎ》の酷《ひど》い匂いがした。さらにじつに無礼な喋り方をした。しかしユダヤ人バルクにたいしてほんとうに腹をたてることはできなかった。バルクの商売は大司教のためにムーア人を改宗させることだったからである。毎年、白衣を着せられ、洗礼を施されるムーア人の背教者たちの姿が見られた。しかしそうは言っても、糸杉の塔の下に埋まっている財宝を手に入れようという、バルクの思惑は唾棄《だき》すべきものといえた。

それから、一族に伝わる気質というものがあった。彼はシッド（キリスト教の擁護者としてムーア人と戦ったスペインの伝説的英雄）の直系であったし、フェルナン・デル・プルガルはイスラム教の礼拝堂に聖母マリアを讃える祈りを記した板を釘附けした。そして先祖の半分はムーア人の刎ねた首――それは髪結いの使う鬘《かつら》の台によく似ていたが、その上に足を載せた肖像画を残している。さらに一族の称号になっているミラモルは、ムーア人でいっぱいの土地に、かれらを間近から威圧するために造られた城からとられている。

しかし、結局のところこれはより豪奢にする、より芳《かぐわ》しくする、高潔かつ気高い生まれの騎士を……。「ああ、王女よ、アフロディーテより麗しく、ヘラより気高く、アテナより遥かに好もしい」……窓辺に立つドン・ファンは溜息をついた。太陽はずっと前に沈んでいた。枯れて蜘蛛の脚のようになった白楊《ポプラ》の森を抜けて流れる遠い河は血の流れのように見えた。ムラセンの高い峰の雪は痣《あざ》のような、紫に近い血紅色に変わった。そして山脈の裾《すそ》の部分は、大理石に滴った血が乾いたらそうもあろうかというような朽葉色に変じた。暗闇が世界を覆っていた。眼に入るのは明日の祭りの準備をしている家の中庭や窓に点じる燈火だけだった。空気は皮膚を嚙むように冷たかった。山から降りてきた雪の微細な粒が混じっているようだった。愉しげな歌声は熄《や》んでいた。近くの教会から晩鐘が聞こえてきた。痛ましく割れた鐘からそれは流れてきた。ドン・ファンの体に震えが走った。「七短剣の聖女よ、あなたの庇護の下に入らせてください」無意識のうちにその言葉が洩《も》れていた。

控え目なノックがドン・ファンの耳に響いた。

「ユダヤ人のバルクさまが――ドン・ボナベントゥラがお見えになりました」近習が言った。

III

糸杉の塔は我々の時代に火薬庫の爆発によって倒壊してしまったが、それはかつてアランブラ宮殿の内側の要塞の一部をなしていた。その中心にある蹄鉄《ていてつ》形のアーチには大きな手が刻まれ、その手は鍵を握っている。鍵は地下の美麗な宮殿へつながる扉の鍵だと言われている。そして月がある位置にきて、二本の巨大な糸杉の影が重なって黒い先細りの円錐を成す場所が、コルドバの賢王ヤフヤが何百年も前に宝石や貴金属や、最愛の娘を埋めた場所だと言われている。

塔の下に着いた時、糸杉の影のなかでドン・ファンは連れに妖術の道具を広げるよう命じた。バルクは月光《つきかげ》に照らされて急斜面をよろよろと運んできた籠を背中から下ろした。妖術を修めたユダヤ人はそこから一冊の書物を取りだし、さまざまなランプを取りだし、幾袋かの乳香を取りだし、死人の脂《あぶら》を一ポンドに、魔女が煮詰めた死産の児《こ》の骨に、産まれてから一度も鳴いたことのない鶏、それから長命の蟾《ひき》を取りだし、そうした奇妙な物を近頃流行している妖術の流儀によって並べていった。そのあいだ、ミラモルの伯爵は剣を手に持ち、周囲を見張っていた。しかし、火が焚《た》かれ、ランプが灯され、大鍋の底にまず第一の物が入れられ、そしてドン・ファンの刺繡のある手巾を、産まれてから一度も鳴いたことのない鶏を包むために借りた時、ユダヤ人のバルクは急にドン・ファンの前に平伏して、恐ろしい企てを、宮殿までやってくるおおもとの理由となった企てを、断念するよう懇願しはじめた。

「私がここまでやってきたのは」とバルクは泣きながら言った。「そうしないと、ファンさまが私の忠義を疑うのではないかと思ったからでございます。私は明日の朝のビブランブラ広場での闘牛に先立つ焚刑に処せられる危険を冒しています。私は自分の永遠の魂を危険にさらし、必要な物を揃えるのにひじょうな大金を使っています。これらは忌まわしい物に映ります、真のユダヤ人の眼には――つまり善きキリスト教徒の眼には。私はあなたさまに思いとどまるようお願いします。あなたさまはあまりに恐ろしいので口にだして説明することができないものを見るでしょう。あなたさまは酷い悪臭に息ができなくなるでしょう。そして旋風《つむじかぜ》に翻弄されるでしょう。そして最も恐ろしい呪いの言葉を聞くでしょう。あなたさまは聖母の教会を冒瀆し、マホメットを敬うことになります――マホメットがどうか地獄の業火に永遠に灼かれますように――あなたさまはいずれ地獄に行くことになるでしょう。質屋に持っていく気にさえならない財宝とやらのために、そして貴婦人のためにやっているこれらのことすべてのために。テトゥアン（モロッコ北部の地中海に臨む港市。かつてのスペイン領モロッコの首都）の皇帝の婦人部屋《ハーレム》の医者という以前の仕事に私は感謝したいと思います。私は確信をもって断言します。彼女は太っていて、不器量で、指甲花《ヘンナ》の染料の染みがあり（ヘンナの葉から採った赤茶色の染料・顔料。頭髪や爪などを染めるのに用いた）、樟脳の厭な匂いがし……」

「黙れ、悪党」ドン・ファンは喉首に手をかけ、バルクを無理矢理に立たせた。「お前のその汚いがらくたで、臭いがらくたで、さっさと下らぬ芸をはじめろ。そうして、私のような騎士に助言を与えようとはゆめゆめ考えるな。忘れるなよ、私の花嫁である高貴な婦人について暴言をもう一語発したなら、婦人の父親が私のために三百年前に贈ってくれた王女について暴言をもう一語発すれば、七短剣の聖女に誓って、お前は向こうの絶壁から放りだされることになる。じつに好い運動になるだろう。儀式をやらないわけだからちょうどいい」そう言いながらドン・ファンはバルクの手から、唱和の言葉を書いた紙を取りあげた。そこには妖術師が自分の妖術の書物から写した言葉が書かれていた。そして予備のランプの光でそれを検討しはじめた。

「はじめろ」とドン・ファンは叫んだ。「私の用意はできている、そして汝、偉大な七短剣の聖女よ、どうか御加護を」

「ジャブ、ジャブ、ジャム――クレド・イン・グリルグロト、アスタロト・エ・ラパトウン、トリス、トラス、トルム」バルクは尖《さき》が燃える葦で大鍋の下を突《つつ》いた。

「パタポル、バルデ・パタポル」ドン・ファンは唱和の言葉が書かれた紙を見ながらそう応えた。

大鍋の下の炎が強烈な硫黄の匂いとともに一気に膨れあがった。月は隠れていた。四囲《あたり》は深紅の光に照らされていた。猿の胴体、鷲の爪、豚の鼻をもった悪魔の群れが狭間胸壁《まきょうへき》の上を埋めつくしていた。

「クレド」バルクがふたたび口を開いた。しかし、その早口でまくしたてられた不敬の言葉、ドン・ファンが噛みつくような口調で繰りかえしたその言葉を、ここに書き留めることはできない。熱い風が燃える沙《すな》を巻きあげた。沙は蟆子《ぶよ》のように皮膚を刺した。そこここに立つ灌木はすべて燃えていた。焰《ほのお》はすべて飛蝗《ばった》や蠍《さそり》の形の魔物に変わった。それらは軋《きし》むような叫び声をあげて消えてゆき、後に噎《む》せるような獣脂の匂いを残した。

「ファル・ラル・ポリクロニコン・ネブサラドン」バルクはつづけた。

「レビアタン、エスト・ノビス」ドン・ファンは応えた。

大地が揺れ、百万もの銅鑼《どら》が響《とよ》もしたような音が大気を満たした。氷の雲のような吹雪《ふぶき》がすべてを覆いつくした。悪魔の軍団が現れた。全体は象を思わせたが、胴体と尻尾は蛇形で、豊かな乳房を持ち、大鍋の周囲で、手を繋ぎ、後ろ脚で立って狂ったように踊った。

　その時、ユダヤ人は生まれてから一度も鳴いたことのない黒い鶏を取りだした。

「オシリス、アポロ、バルサザル」バルクはそう叫んで、鶏を煮えたつ鍋のなかに狙い過《あやま》たず投げいれた。鶏は沈んで見えなくなった。そして、ふたたび浮いてきて、羽根をばたばたさせ、爪で空を掻《か》きむしり、高く鋭い一声を放った。

「オ・スルタン・ヤフヤ、スルタン・ヤフヤ」地の奥から恐ろしい声が応えた。

　いま一度、大地が震えた。大鍋の下から溶岩が泡立ちながら幾筋も噴きだした。緑色の光を放つ焔が高く上がった。

　その時、宮殿の高い壁に巨大な影が現れた。そして塔の入り口のアーチに彫られた手袋屋の看板のような手、燭台のような形のその手が指を広げた。そして手首のあたりまでアーチの壁面から飛びだし、さらに肘《ひじ》のあたりまで飛びだし、入り口の拱廊《アーケイド》の天井に彫られた秘密の錠に挿さった平たい鍵をゆっくりと廻した。

　二人の妖術師は気を失い、前のめりに崩れた。

　最初に意識を取り戻したのはドン・ファンで、彼は手荒にユダヤ人を目覚めさせた。地震や噴炎や沙を含んだ熱風の跡はどこにもなかった。悪魔もまた痕跡を残さず消えていた。ランプの輪が乱れ、大鍋が引っ繰りかえって、残り火のなかで燻《くすぶ》っていた。しかし、馬蹄形のアーチの門は開いていた。そして、それにつづく暗い拱廊の底に微《かす》かな光がぽつんと点じていた。

「ファンさま」突然度胸を取り戻したバルクがそう叫び、ドン・ファンの服の裾を引っ張った。「いまこそ、我々は行かなければなりません。このささやかな仕事を片づけましょう。憶えておいてください。出てきた宝は私のもので、王女が見つかったら、あなたさまのものです。またこれも憶えておいてください。ほんの少しの不注意、若く陽気な騎士にありがちな、そんな不注意が我々を焚刑に追いやります。異端者の一群とともに、悔悟の後ふたたび罪に手を染めた者たちとともに、明日ビブランブラ広場で私たちは焼かれるでしょう。大弥撒《ミサ》が終わった直後、早い夕食や闘牛見物のために人が散ずる前の焚刑で」

「仕事だと、慎重さだと、ビブランブラ広場に、早い夕食だと？」ミラモルの伯爵は言った。「私が王女と結婚した後でグラナダとその薄汚い女のもとに帰ると思うか？　義理の父となるヤフヤ王の財宝をお前に与えると思うか？　呪わしい背教者め、不敬をその身で償《つぐな》うがいい」ドン・ファンはそう言い、剣でバルクの体を貫き、近くの絶壁から投げ落とした。それから左の腕を衣服で覆い、右手の剣を地面と平行にゆったりと構え、ドン・ファンは塔のなかの闇に足を踏みいれた。

IV

ドン・ファン・グスマン・デル・プルガルは狭い通廊に一歩進みでた。鉱山の立坑《たてあな》のように暗かった。前方に赤っぽい光の点があり、それは前方に移動しているようで、その光を追うようにして彼は進んだ。空気は冷たく湿り、黴《かび》臭く、息が詰まるような気がした。死んだ蝙蝠《こうもり》の臭いだろうとドン・ファンは思った。周囲を何百匹もの蝙蝠が飛んでいた。そしてさらに何百匹ものそれが低い天井からぶらさがっていた。ドン・ファンの頰に爪や胴体の湿った毛や冷たい皮の翼がしきりに触れた。一方、下のほうはどうかというと、床は無数の小さな蛇で覆われ、ひじょうに滑りやすかった。踏むと蛇は潰《つぶ》れるのではなく、ただ身を捩《よじ》らせ、靴の下でもがいた。通廊が厄介だったのは、傾いていて、しかも勾配がかなりきついせいもあった。まるで、穴の底に向かって歩いているようだった。

不意に自分の足音や天井から水の滴る音に、べつの音が加わった。それは囁《ささや》き声だった。

「ドン・ファン、ドン・ファン」声は囁いた。

「ドン・ファン、ドン・ファン」少し先の壁と天井が囁いた――今度はべつの声だった。

「ドン・ファン・グスマン・デル・プルガル」三番目の声、前のふたつの声よりも明瞭で悲しげな声が囁いた。

剛胆極まりない騎士の血も冷たくなった。髪の毛をひんやりとした汗が伝った。しかし、それでも彼は歩きつづけた。

「ドン・ファン」四番目の声が呼ばわった。耳のすぐそばでそれは響いた。

しかし蝙蝠どもが甲高い啼《な》き声をあげ、その声を掻きけした。

震えながら彼は進んだ。それは素馨《ジャスミン》の頰をしたアサールの声であるように思った。死の床で自分の名を呼んだ時の声のようだった。

立坑の底に見える赤っぽい光はそのあいだもしだいに大きくなってきた。それは焰ではなく、ずっと向こうにある明るい場所から洩れる光だということがだんだん知れてきた。地獄だろうか？　彼はそう思った。しかし、それでも剣を握り、袖で蝙蝠を払いのけながら、大股で進んだ。

「ドン・ファン、ドン・ファン」闇のなかから幽《かす》かに声が囁いた。自分を思いとどまらせようとしているのだと彼は思った。そして、その声が死んだ恋人ドロレスとファトマのそれであるように思った。

「黙れ、雌犬め」と彼は叫んだ。しかし、膝は震え、髪から頰に大きな汗の玉が伝って落ちた。

光の点はいまではしごく大きなものになっていた。そして赤から白に変わっていた。彼はそれが回廊の出口から洩れてくる光であることを知った。しかし、光がなぜ進むにつれて明るくなる代わりに、薄い膜で覆われるように、弱くなっていくか理解できなかった。「ファン、ファン」新しい声が泣きながらそう話しかけた。彼は一瞬立ち止まった。目眩《めまい》がした。

「セラフィータ」彼は呟いた――「これは我が愛しき修道女セラフィータだ」彼女が引き返させようとしているのが感じられた。

「忌々《いまいま》しい魔女め」ドン・ファンは言った。「去れ」

立坑はだんだん狭くなっていった。あまりに狭くなっていたので、ぬるぬるする壁を肩で擦《こす》りながら進んだ。頭を低くしなければ、鍾乳石《しょうにゅうせき》のようにぶらさがった蝙蝠にぶつかってしまいそうだった。

突然、大きな羽搏《はばた》きの音と長い啼き声が響いた。前方にいた梟《ふくろう》が足音に驚き、飛びったのだった。そして光を弱めていた蝙蝠のヴェールを引きさいた。梟が彼の道を開き、眩《まばゆ》い光が立坑に流れこんできた。まるでカーテンが突然引かれたかのように。

「ホウ、ホウ、ホウ」梟は叫んだ。そしてドン・ファンは梟の跡を追って、四世紀のあいだに蔓延《はびこ》った蜘蛛の巣を払いながら走り、眼が眩んだ状態で、ふらふらと新たな場所に足を踏みいれた。

V

ミラモルの伯爵は眩しさのあまり、しばらく眼を開けられないでいた。辛うじて見ることができたのは飛びまわる梟の姿だけだった。梟は赤い波のなかで円を描いて飛んでいるようだった。彼は眼を閉じた。灼《や》けた瞼《まぶた》を通して、それでも波打つ赤い波と、周囲を飛ぶ黒い梟の影が見えるような気がした。

そして、少しずつ眼を開き、気づいた。眼前のぼんやりとした直線と曲線に、それに耳鳴りのする耳を慰撫するような柔らかい水音に。

彼は自分が高く天井をとった柱廊《コロネード》にいることに気がついた。足下には深い池があり、それは花をつけた銀梅花の高い生垣で囲われていた。翡翠《ひすい》の色をした池の水は陽光に照らされたオレンジ色のムーア風の柱をその面《おもて》に映していた。また光る碧《あお》と翠《みどり》の化粧瓦を貼った高い塀が、そして雲のない蒼穹《そうきゆう》を背景にして、ぎざぎざの狭間胸壁を頂いた大きな赤い塔が映っていた。塔の頂には二本の旗が翻《ひるがえ》っている。ひとつは白い旗で、もうひとつは紫の地に黄金の柘榴が描かれた旗だった。そこに立っていると、微風《そよかぜ》が銀梅花の生垣を撫で、薫りを彼に届けた。噴水の口が水を吐きだしはじめた。翡翠の水の面で柱廊も生垣も塔も揺らぐ。横に伸び、縦に伸び、まるで扇に描かれた絵のように。頭上ではふたつの旗がゆっくりと解《ほど》けていき、風にはためきはじめた。

ドン・ファンは歩を進めた。池が尽きて生垣がはじまる場所に一羽の孔雀《くじゃく》がいた。少しも動かないので最初は陶器製の置物かと思った。しかしドン・ファンが近づくと首のあたりの短い青緑色の羽毛が波打った。孔雀はそして尾を動かし、不意に大きくなったかのように見えた。尻尾がゆっくりと開き、美々しい円を作った。同時に天井から吊り下げられた金の鳥籠のなかで黒歌鳥と鶫《つぐみ》たちが囀《さえず》りはじめた。

池のある中庭からつづく狭い拱廊を通ってドン・ファンはより小さな中庭に足を踏みいれた。大理石の階段の上に三人の兵士がすわっていた。兵士は刺繡を施した絹の長い外衣《サーコート》を身につけていた。その下からは鎧が覗《のぞ》いていた。頭には奇妙な形の鉄の兜《かぶと》を被っていた。金色の帽子で覆われた兜は頸甲《のどあて》のあたりまで擦りおちていた。兵士たちの足下には——彼らは微睡《まどろみ》のなかにあって、互いに凭《もた》れかかっていたのだ——小さな盾、あるいは円盾と呼ぶべき物と、ダマスク鋼の戦斧《せんぷ》が転がっていた。前を通りすぎる時、兵士たちは微かに体を動かし、大きく息を吸いこんだ。彼は足を速めた。咲きほこるペルシャの薔薇の馥郁《ふくいく》たる薫りに満たされた小さな中庭の入り口まで行くと、そこにも衛兵がいて、円柱に凭れ、槍を抱えこむようにして眠っていた。頭《こうべ》は胸につくほど垂れていた。ドン・ファンが通りすぎようとした時、彼はゆっくりと頭を擡《もた》げた。そして片目を開け、それからもう一方を開けた。ドン・ファンは急いで通りすぎた。冷たい汗が額を伝った。

太陽の薄い光がその小さな中庭に注いでいた。中央には薔薇の生垣が円を成していて、真ん中にはずんぐりとした四本の脚に支えられた雪花石膏《アラバスター》の大きな水盤があった。水盤の水は凍っているのかと思うほど動かなかった。しかし、誰かがそこに石でも投じたかのように、水が不意に動きだし、下にあるべつの水盤に水音を響かせて流れはじめた。「水が流れている。小夜啼き鳥《ナイチンゲール》が啼いている」泉のそばでいま眼を醒《さ》ましたらしい誰かがリュートを手元に引寄せながら呟いた。ドン・ファンは小さな中庭を出て、円蓋《えんがい》を冠した部屋を結んだ拱廊に足を踏みいれた。円蓋の縁はあたかも金と銀の氷柱《つらら》のように、あるいは真珠貝の内側の層がしだいに成長するような趣で垂れさがり、暗がりのなかで光っていた。一方、壁のほうには象牙と真珠と緑柱石と紫水晶を使った彫刻が施され、陽光がそれらを輝かせた。さまざまな色に満ちあふれたそこは海のなかの洞窟のようでもあった。影が密で濃い海中の洞窟。それらの部屋でドン・ファンは眠る者たちをたくさん見つけた。兵士たち、奴隷たち、黒い者、白い者、ドン・ファンが通りすぎる時、そうした者たちはすべて眼を醒まして立ちあがり、眠そうに眼をこすりながら彼に向かって辞儀をした。それから長い通廊に入った。片側には眠る宦官《かんがん》がずらりと並んでいた。式服に身を包み、手に剣を持ち、壁に背をつけていた。そしてもう一方の側には奴隷の娘たちが並んでいて、彼女たちは腰に銀の縞《しま》のある布を巻きつけて長い髪の先を金銀の小片で飾り、太鼓《ドラム》や小手鼓《タンバリン》を手にしていた。

一定の間隔で金色の火床が置かれていた。火床のなかでは好い香りのする木が盛んに燃えていて、眠れる者たちの顔に赤っぽい光を投げかけていた。しかしドン・ファンが近づくと、奴隷たちは深く礼をし、ターバンの先を床に触れさせた。奴隷の娘たちはどんと太鼓を打ち、小手鼓《タンバリン》の真鍮《しんちゅう》の鈴をじゃらじゃらと鳴らした。そのようにして彼は部屋から部屋へと進み、やがて大きな扉の前に立った。金の鋲で留めた杉や象牙の星を鏤《ちりば》めた扉だった。大きな金の閂《かんぬき》が掛かっていた。扉には不思議な銘が書かれていた。ドン・ファンはその前に立った。しかし、その時、閂の心棒が受け具のなかでゆっくりと動きだし、外れた。そして巨大な扉が奥に向かって左右に開きはじめ、やがて円柱にぶつかって止まった。

扉の向こうはだだっ広い円形の広間だった。あまりにも広かったので、向こう側が見えなかった。そしてそこは燈火で溢れていた。何列にもなった白い娘たちが蠟燭を手にして立っていた。そして同様に何列にも並んだ白い長衣《ローブ》の宦官たちは松明を握っていた。高い火床で火が燃えていた。そして遥か頭上の丸天井からはランプがぶらさがっていた。広間を埋めつくしたそれらの燈火を縫うように、それらに溶けこむように、白い太陽の光が差しこんでいた。ドン・ファンは思わず足を止めた。あまりの壮麗さに盲《めし》いたかのように。立ちどまったその瞬間、巨大な広間の中心にある噴水が糸杉のような水柱を天井に届くかと見えるほど高く噴きあげ、無数の声、名状しがたいほど美しい声が、惻々《そくそく》たる旋律を詠《うた》いはじめた。そしてすべての楽器が、吹かれ、弾かれ、弓で擦られ、揺りうごかされ、叩かれ、声と和して、巨大な広間を満たした。すでに光が為していたことを追うように。

ドン・ファンは剣を手に進んだ。広間の奥に眼を向けると、演壇あるいは高く設えられた壁龕《へきがん》のような場所に上ってゆく広い階段が見えた。その階段もやはり天井はアーチになっていて、そこから鍾乳石のように釣りさげられた装飾品は金色に光り、化粧瓦で被われた壁は高価な石のように耀いていた。そして演壇の上、白檀《びゃくだん》と象牙でできた玉座に、宝石に包まれ、支那の織機から生みだされた衣《きぬ》に包まれ、すわっているのが、眠っているのが、ムーア人の王女であった。

その右と左、玉座からひとつ下の段《きだ》に、王女に最も近い二人の人物が立っていた。介添え役の長と宦官の長である。細心なヤフヤ王は四百年を眠る一人娘の王女をその二人に委ねたのだった。介添え役の長はくすんだ紫色のお仕着せを着て、皺《しわ》のある黄色い顔は白い綿織物《モスリン》の布に埋もれているように見えた。宦官の長はでっぷりと太った黒人だった。膨らんだ頬をしていて、肌は紫色に近く、永年使われた扉の敲戸子《ノッカー》のような艶《つや》があった。彼は金盞花《きんせんか》の色の式服に爪先まですっかり覆われていた。頭の上には刺繡のあるカシミア織りのターバンを高く巻いていた。二人の名士は地位を表す徽章《しるし》のほかに、介添え役の長はメッカの数珠《じゅず》を、宦官のほうは銀色の細く長い杖を手にしていた。それから、王国の預かりものを無分別な蠅から護るために、白い孔雀の尾でできた大きな扇を持っていた。しかし、この瞬間、宮殿中の蠅はすべて眠っていたし、同様に介添え役も宦官も眠っていた。その二人のあいだに、そしてユスフとズレイカの、ソロモン王とシバの女王の、さらに他の名のある多くの恋人たちの姿を夢のなかの人のように織りこんだ白い絹の傘の下に、王女はすわっていた。しかし王女は金の星の縫取りのある薄衣《ヴエール》を被っていた。それは未完成の彫像がいまだ大理石の粗さを纏っているかのようだった。

ドン・ファンは平伏《ひれふ》した奴隷たちや、歌い踊る娘たちのあいだを、そして蠟燭のあいまを、松明のあいまを足早に通り抜け、玉座の階段の前でようやく立ちどまった。「眼を醒《さ》まされよ」ドン・ファンは叫んだ。「我が王女よ、我が花嫁よ、眼を醒まされよ」

人の姿《かげ》を覆った薄衣《ヴエール》のなかで微かな動きが起こった。そしてドン・ファンは顳顬《こめかみ》の動悸が高鳴るのを感じた。耐えがたいほどの冷気がいつのまにかドン・ファンを包んでいた。

「眼を醒まされよ」彼は大胆に繰りかえした。しかし、覚醒《めざ》めたのは王女ではなく、高位の介添え役で、彼女は枯れさらばえた顔をあげ、驚いたように四囲《あたり》を見まわした。歌声と楽器の音は彼女に影響を与えず、一人の男の長靴の音が影響を及ぼしたわけである。宦官の長もまた不意に眼を醒ました。しかし王族に仕える賢き老人の身についた習いで、彼は欠伸《あくび》をうまく抑えることができた。そして手を縫いとりのある胴着《ヴェスト》の胸に当てながら、深い辞儀をした。

「まことに」と彼は言った。「アッラーの——御身のみが宇宙の秘密を識りたまう——偉大なることかぎりなし。何となれば、アッラーはその僕《しもべ》たる——」

「眼を醒まされよ、我が王女」ドン・ファンが構わずその言葉を遮《さえぎ》った。ドン・ファンの足は玉座に至る階段の一番下の段《きだ》に掛かっていた。

しかし、宦官は喋りながら、長い杖で彼を下がらせた。

「アッラーはその僕たるヤフヤ王に——王の影の決して欠けることなきよう——地上のいかなる王をも上まわる力と富、ダビデの子ソロモンさえ遥かに上まわる力と富を与えたもうただけでなく——」

「やめろ、宦官」ドン・ファンは叫んで、黒人の宦官の杖を丸々とした茶色い手もろとも払いのけた。そして紗《ヴェール》に包まれた王女のもとに至る階段を駆けあがった。細身の剣《レイピア》が階段にぶつかり、明澄な音を響かせた。

「薄紗《ヴェール》を取られよ、愛しい方。アマディス（十六世紀初めのスペイン騎士道物語の主人公）が黒い山で泣く原因となったオリアーナより美しく、フェリックスマルテ（アマディスの弟）が翼ある竜に乗って探したグラダシリアより美しく、スパルタの塔が火に包まれる原因を作ったヘレネよりも美しく、ゼウスが雌の熊に変身させざるを得なかったカリストよりも美しく、パリスが運命的な林檎《りんご》を贈ったアフロディーテより麗しい王女よ。薄紗《ヴエール》を取って立ちあがられよ。老いたティトノス（ギリシア神話。エオスの愛人。晩年老いて声のみになったので蟬にされた）の褥《しとね》を出た薔薇色のエオス（ギリシア神話。あけぼのの女神）のように芳しい王女よ。そうしてあなたのためにすべての者を敵とすることになった騎士を迎えてください。ファン・グスマン・デル・プルガル、ミラモルの伯爵はあなたのために、地上のあるいは地獄のすべての敵に立ちむかいます。あなただけに愛情を示すために。ガラオル王子よりも、数多《あまた》の姿《かげ》を持つ神プロテウスよりも、辛苦に耐えてここまでやってきたのです」

薄紗《ヴエール》を被った王女が震えた。宦官の長が意味ありげにうなずき、白い杖を三度振った。ソロモン王の前に集められた空の軍隊の壮麗さを思わせる声と楽器の和声が、巨大な広間を満たした。踊る娘たちは小手鼓《タンバリン》を頭上高く差しあげ、そのままの姿勢で止まった。無数の噴水が噴きあげる飛沫《しぶき》が混じった空気を、香水の香りが波となって洒《あら》ってゆく。介添え役が横からゆっくりと玉座に近寄っていった。そして萎《しな》びた手で、輝く薄衣《うすぎぬ》に手を掛けた。ゆっくりとそれを背後に落としやる。王女の姿がドン・ファンの眼に飛びこんできた。

その胸は高く盛りあがっていた。微かな溜め息とともに唇が開いた。王女は懶《ものう》げに長い睫《まつげ》に縁取られた瞼を開けた。そうして正面に眼を据えるとふたたび彫像のように動かなくなった。王女の美しさは比類のないものだった。彼女は座布団《クッション》の上にすわり、上品に足を組んでいた。指甲花《ヘンナ》で爪を薄紫に染めた手は膝の上で重ねられていた。金や宝石を縫いとった胴衣の紫と橙の光は、刺繡のある薄い綿織物《モスリン》に和らげられ、蛋白石《オパール》のような柔婉《じゅうえん》たる輝きを発していた。さまざまな色に燦々《きらきら》と耀く金銀の小片を散らした透明な薄紗《ヴェール》が頭頂から左右になだれおちていた。胸のあたりには大粒の真珠が何列にもなって並び、その完璧な意匠はほっそりとした喉元から胸衣の無数のダイヤモンドが見えるあたりを覆っている。王女の顔は卵形で、若い月の皓《しろ》さを湛えていた。唇《くち》は精妙な紅で、月下香《げっかこう》の白い花のなかに点じた柘榴の花といった風情だった。頰には白粉が塗られていた。瞼は長い睫と紫の染料に縁取られていた。両の頰の中央は薄紅の色合いを帯びていて、その中心には図案化された小さなピラミッドが精妙な線で描かれていて、それは一見したところでは描かれたものと見えず、装飾品が頰を飾っているのかと思わせた。頭には高い宝冠《ティアラ》があった。何人もの王の身代金に匹敵するような値打ちのものと見えた。まるで幾多《あまた》の燈火に照らされた祭壇のように見えた。王女の眼が床に注がれた。

ドン・ファンは陶然とし、声を失くした。

「王女さま」ようやく彼は口を開いた。

しかし、宦官の長が穏やかにドン・ファンの肩に杖を当てた。

「貴人よ」と彼は低い声で言った。「あなたさまがそのように高貴なる王女に直接話しかけられるのは、礼を弁えぬことになります。王女はカスティリヤ語を理解なさらないし、アラビア語もそうです。ただ、このもっとも尊敬すべき婦人、思慮深き介添え役の長たるこのかたと、卑しきこの私を介すことによって、会話は双方に悦ばしく、また有益になると存じます」

「くそでもくらえ、死に損ないめ」とドン・ファンは内心思った。しかし、気がついてはいた。ドン・ファンと宦官は確かに会話をしていた。あるいは会話を交わそうとしていた。スペインの言葉で。しかし宦官の話すカスティリャ語は意味は判るものの恐ろしく古めかしいものだった。聖フェルナンド王の時代の言葉だった。

二人の地位の高い人物によって小声の相談が交わされた。そして婦人は王女の耳に口を近づけた。王女は微かな笑みを浮かべて、柘榴の色の唇を動かした。しかし、瞼は開かなかった。王女は何事か呟いた。そして老いた介添え役はそれを宦官の長に囁いた。彼はそれを聞いて三度辞儀をした。それからドン・ファンのほうを向いて滑らかな声で言った。「高貴なる王女は」宦官は王女のことを言う時、三度辞儀をした。「すべての王女のように、いや、それより遥かに謙遜の心を持っておられます。ですから、王女の美しさは比類なく、生まれついての盲人の眼にさえその美は届くほどですが、それでも知りたがっておられます。あなたさまがこれまで見た者のなかで一番美しいのが御自分であるかどうか」

ドン・ファンは心臓の上に手をあて、言葉より雄弁なその仕草によって肯定の意を表した。

柘榴の色の唇のあたりに微かな、辛うじてそれと察せられるほどの笑みが浮かんだ。

それからふたたびひそひそと囁き交わす声が一頻《ひとしき》りつづいた。

「王女は」と宦官の長は穏やかな声で言った。「幼い頃、分別のある教師から、騎士というものは移り気なものであると教えられました。そして、あなたさまはそのなかでもことに多くの御婦人に会い、その度に会った者のうちでその御婦人が一番美しいと即座に言ってきました。比較することなど一瞬たりとも考えずに。王女はその点についてことのほか興味を覚えておられます。あなたさまは王女のほうがカタリーナさまよりも、遥かに美しいと見なしますか？」

カタリーナはドン・ファンが重大な罪を犯す原因になった七人の貴婦人のうちの一人だった。

ドン・ファンは王女が得た情報の正確さに鼻白んだ。側近たちが王女にカタリーナのことを話したのは面白からぬことだった。

「もちろんだ」ドン・ファンは急いで答えた。「王女の前でそんな名を口にすることは止めてくれ」

王女はごく微かに辞儀をした。

「王女は」と宦官は語を継いだ。「御自分の高貴な生まれとみずみずしい若さから当然起こるべき好奇心ゆえに、さらなる興味を感じております。御自分をビオランテさまよりも美しいとあなたさまが思うかということについて」

ドン・ファンは我慢がならないといった仕草をした。

「奴隷よ、我が王女の前でビオランテのことを話すな」ドン・ファンは宝石の光のなかの月下香の花のように皓《しろ》い頰と、開いた柘榴の唇《くち》にじっと眼を据えながら言った。「それは何よりでございます。では、ドロレスさまとエルビラさまについても同様ですかな？」

「ドロレスとエルビラとファトマとアサール」ドン・ファンは宦官の長の無粋さにひじょうな怒りを覚えた。「それにそのほかの婦人すべてだ」

「それに附けくわえさせていただけば、王立聖イサベル修道院のセラフィータさまよりも？」

「そうだ」ドン・ファンは答えた。「セラフィータよりもだ。生者が為しうるかぎり最悪の罪を私に犯させた娘よりも美しい」

そう言いながらドン・ファンは両手を王女のほうに伸ばし、くだくだしい求愛を切りあげようとした。

しかし、ふたたび、彼は銀白色の杖で押しもどされた。

「もうひとつ質問があります。もうひとつだけ、貴人よ」宦官の長は低い声で言った。

「あなたさまの焦れったさは、よく判ります。しかし、礼のみならず、若い王女のお気持ちは、すべてに先立たなければならないものなのです。お判りですね。戻ってください。どうか」

ドン・ファンは大きな宦官の黄色い胴体を、剣で貫きたいという欲求を感じたが、怒りを抑え、玉座に至る階段の上に無言で留まった。スペインの王土でもっとも大胆な騎士は、片手を胸にあて、片手で剣の柄を握っていた。

「では、尋ねられよ」彼は王女に言った。

王女は顔の筋肉を一筋も動かすことなく、花片《はなびら》のような口を閉ざすことなく、介添え役に囁いた。そして介添え役は宦官の長に囁いた。

その時、指甲花《ヘンナ》で化粧を施した王女の瞼がゆっくりと開いた。そしてドン・ファンを見据えた。その視線は長く、暗く、深く、野生の羚羊《かもしか》のそれを思わせた。「王女は」と、親しげな笑みを浮かべて宦官はふたたび口を開いた。「あなたさまの答えにひじょうに満足しております。もちろん、それ以外の答えなど有るはずもございませんが。しかし、もう一人御婦人が残っておられます」

ドン・ファンは焦れったそうに首を振った。

「王女が知りたいと思っているもう一人の御婦人、あなたさまは、王女が七短剣の聖女より美しいと思いますか？」

目眩《めまい》がドン・ファンを襲った。玉座が宙に浮き、すべては光輝に包まれ、揺れた。玉座にすわるムーア人の王女、月下香の色の頬に描かれた三角形、指甲花《ヘンナ》で化粧したその眼の長い凝視、そして王女の姿は霞み、とある姿に変わっていった。暗褐色のドレスのなかの黒と白、小粒の真珠を鏤めた胸飾り、頼りなげに宙を見つめる七短剣の聖女の像に。

「貴人よ」と宦官の長は言った。「察するに、王女はあなたさまを少しばかり上《のぼ》せさせておられるようだ。それは美しい王女の質問を受けた際の騎士の態度としては大いなる傷であると言うべきでしょう。遺憾ではありますが、もう一度繰りかえします。あなたさまは王女が七短剣の聖女より美しいと思いますか？」

「王女が七短剣の聖女より美しいと思いますか？」介添え役の長がドン・ファンを睨みながら繰りかえした。

「私が七短剣の聖女より美しいと思いますか？」王女が尋ねた。突然、スペインの言葉で。少なくともドン・ファンに完全に理解できる言葉で。そして王女がそう言った時、すべての奴隷の娘が、宦官が、歌い手が、奏者が、巨大な広間を埋めたすべての者が同じ質問を繰りかえした。

ミラモルの伯爵は一瞬口を噤《つぐ》んで立ちつくした。それから、手を上げ、落ちついたようすで周囲《あたり》を見まわし、大きな声で答えた。

「いや、七短剣の聖女のほうが美しい」

「そういうことでしたら」気まずい沈黙を手早く切りあげようと宦官の長は礼儀正しく言った。「そういうことでしたら、若く傷つきやすい王女たちに思いやりのない仕打ちをした騎士に通常与えられる罰が、あなたさまを待っていることを告げるという、まことに苦痛に満ちた務めが生じたことを、わたしは遺憾に思います」

そう言いながら、宦官は黒い手をぽんとひとつ打った。まるで魔法のように、階段の下に巨大な体軀のリフ（モロッコ北部沿岸の山岳地帯）のベルベル人が現れた。小さすぎる縞の粗衣の腰のあたりを荒縄で縛り、陽に灼けた四肢は剝《む》きだしで、頭髪は周囲が剃《そ》られ、ただ中央に梳毛《すきげ》で織った布が幾重にか巻かれて冠のようになり、その真ん中から鮮やかなオレンジ色の髷《まげ》が覗いていた。

「その御方の首をはねよ」宦官が愛想の好い声で言った。ドン・ファンは襟首に手が掛かるのを感じた。そして恐ろしい勢いで階段の下まで引き摺られ、一番下の踊り場で、膝をついた姿勢を強要された。

巨大なベルベル人の褐色の左手の下で、ドン・ファンは見た。雪花石膏《アラバスター》の階段の乳白色を、巨大な偃月刀《えんげつとう》の耀きを、篝火《かがりび》と蠟燭の青と黄が混じった光を、暗い杉の葉叢《はむら》から射す陽光を、王女が身につけたダイヤモンドの輝く輻《や》を、そして、宦官の長の眼の光を。

それから、すべては黒に閉ざされた。ドン・ファンには判った。自分の首が雪花石膏《アラバスター》の階段で毬《まり》のように三度弾んだ。

VI

それは明らかに夢だった――おそらくは背教者である汚らわしいユダヤ人の鍋から立ち昇る厭な蒸気から誘発されたひとつの幻だった。犬のごとき異教徒たちは忌まわしい麻薬を持っていて、それを嚙むか、あるいは煙を吸うかすると天国と地獄の光景が見られる――何という獣めいた輩《やから》であろうか――それは彼らの悪魔的なところをよく表している。しかし、あの男はそれを償わなければならない。白髪混じりの顎鬚の呪われた男。異端審問所が彼を少しばかり温めることになるだろう。そうでなければミラモルの伯爵はミラモルの伯爵ではなかった。ドン・ファンは忘れていたのである。あるいは信じていなかったのである。前夜、リフのベルベル人に首をはねられたことだけでなく、その前に哀れなバルクを剣で貫いて、糸杉の塔の近くの崖から放り投げたということは。

その精神の混乱はドン・ファンから見ると理由のあることでもあった。というのも眼を開けた時、時間と季節を考えればきわめて理不尽な場所に自分が横たわっていることに気がついたからである。古い煉瓦《れんが》とごみのなかに、枯れた葦と芽吹《めぶ》いた草のなかに半分埋もれたようになってドン・ファンは横たわっていた。そこはダルロ河に向かって傾斜する切り立った崖の岩棚だった。ドン・ファンの頭上にはアランブラ宮殿で一番高い塔が眼も眩むような角度で聳えたっていた。塔は枯れた蔦《つた》をそこここに這いまわらせ、一番上には両側が柱になったアーチ型の窓が見えた。絶壁の底は、葉のない白楊《ポプラ》の森で、それを抜けて細いダルロ河が勢いよく流れていた。雪解け水のため、河は濁って、水嵩が増えていた。その向こうにはグラナダの古い地域の屋根や、バルコニーやオレンジの樹が見えた。そしてさらにその向こうでは陽光と霧が入り混じり、そのなかに家畜小屋や四角い鐘楼や、刺のある梨の樹や、蘆薈《アロエ》の樹の大きな茂みがあった。アルバイシンの女子修道院の高塔が冬の空の紺《あお》のなかに聳えていた。アルバイシン——それが悪党バルクの住むところだった。スペインの最高貴族の大公に悪ふざけをした男の。

そう考えた時、ドン・ファンは飛び起きていた。そして剣を摑み、茂り放題の藪《やぶ》や、割れた煉瓦を飛びこえ、猛然と橋を目指して駆けおりた。

美しい冬の朝だった。白い霧の上の空は晴れあがり、蒼く、清々しかった。ドン・ファンは踵《かかと》に翼でも生えたように走った。今日が解放の記念日だったことを思いだしていた。彼はフェルナン・ペレス・デル・プルガルの子孫として、大聖堂での弥撒《ミサ》で市の旗を持つことになっていた。しかし、不在だとしても莫迦《ばか》げた冒険に関係したという疑惑を搔《か》き立てることはないだろう。それにしても、なんということか——自分の立場が莫迦げたものであるという意識は、ミラモルの伯爵の広い心をひとつの欲望でいっぱいに満たした。擦れちがう男たちを、女たちを、子供たちを、すべて打ち殺したいという欲望で。「見ろよ、ミラモルの伯爵さまだ、ドン・ファン・グスマン・デル・プルガルだ、ドン・ファンは背教のユダヤ人バルクにまんまとかつがれたんだぜ」道をいくすべての者がそう思っているようにドン・ファンには感じられた。

しかし、彼にわずかなりとも注意を払う者は誰もいなかった。驟馬追《らば》いたちはパン屋に届ける粗朶《そだ》を驟馬の背に積んでのんびりと歩いていたが、粗朶が彼の体を掠《かす》めても、まるで相手が下働きの小僧か何かのように、気にも留めなかった。太って色の黒いかみさん連中が布でくるんだ焼き肉用の鍋を持って市場に向かっていたが、ドン・ファンが乱暴に押しのけても、誰も振り返らなかった。それどころか、腕のない、あるいは足のない、あるいは恥の心のない者たち、躄《いざ》り車から立ちあがって、教会の前で有利な位置を物色しているそれらの乞食たちも、通りかかった彼に手を差し伸べさえしなかった。髪を見栄え好く編みあげてもらおうと、床屋の前で髷《まげ》を整えてもらおうと順番を待つ者たちが、橄欖《オリーヴ》の穫れ高について、連玉《レダマ》の木の値段について、闘牛の予想について話しあっていた。ここは致命的な場所だ、とドン・ファンは思った。床屋から広がるだろう。あれほど多くの夜の冒険を勇躍と切り抜けてきた英雄ドン・ファン・グスマン・デル・プルガルが、無帽で泥に塗《まみ》れ、狼狽《ろうばい》した顔で、屋敷に急いでいたという噂は。しかし、床屋の真ん前を通らなければならなかったのだが、一人としてドン・ファンのほうを見た者はいなかった。おそらく偉大な騎士の不興を買いたくなかったのだろう。通りを急いでいた時、道の丸石と乾いた泥の上に大粒の血が滴った痕《あと》があるのに気づいた。進むにつれてそれは大きくなり、しだいに間隔も縮まり、水溜まりを紅に染めていた。決闘や喧嘩は珍しいというわけではない。それに肉屋か、早朝に狩りに出た者か、馬の背に載せた猪《いのしし》、原因はそうしたものかもしれなかった。

しかし、血の痕が何であれ、それはドン・ファンに強い好奇心を抱かせた。そして、無意識のうちに、館への近道を外れさせた。彼はグラナダの大通りを何本か横切って、それを追った。血の痕は当然というべきか、主の僕《しもべ》たる聖ヨハネの建てた大きな病院のほうにつづいていた。市中で怪我をした者や、喧嘩で傷ついた者はそこに運ばれるのが習わしになっていた。病院の大きな門の下には、聖母マリアの前に跪くヨハネの像があるのだが、そこに大きな人集《ひとだか》りができていた。人集りの上には葬送の一団の、黒と白の旗が翻っていた。松明から炎と煙があがっている。道は荷馬車と鐙《あぶみ》の上で背伸びして、人集りの内側を見ようとする御者たちでいっぱいだった。そこには派手に盛装した騾馬や、金で飾られた馬車なども並び、薄紗《ヴェール》を被った婦人たちがそのなかから従僕や乗馬従者にしきりに何か尋ねていた。暇で好奇心が強い者たちの群れ、慈悲深い僧侶や修道僧の集団、それらが階段の上まで広がり、病院の内側まで入りこんでいた。

「いったい、誰なのだ?」群衆を掻きわけて進みながら、いつもの傲然《ごうぜん》とした口調でドン・ファンは尋ねた。彼が話しかけた男は、編んだ髪の毛をピンで留め、その上に帽子を載せた、頑丈そうな農夫で、その男は少し振りむいたが、何も言わなかった。「いったい、誰なのだ?」ドン・ファンはさらに大きな声で質問を繰りかえした。

しかし、手で押して、さらに鞘で体を突いて尋ねたにもかかわらず、答える者は誰もいなかった。

「呪われた白痴どもめ。お前たちはみな眼も見えず、口も利けないので、騎士に答えられないのだな」彼は怒って叫び、太った僧侶の襟首を摑んで乱暴に揺さぶった。

「イエスよ、マリアよ、ヨセフよ」僧侶は叫んだ。そして振り返ったが、ドン・ファンには何の注意も払わなかった。そして襟のあたりを撫でて、呟いた。「もし、悪魔どもに、修道会の会員の襟首を摑む権利が与えられているんだったら、いまこそ連れだって魔女の焚刑を見にいくべきじゃな」

ドン・ファンは僧侶の言葉には一顧だに与えなかった。ただ驚いて歩を進めていた。そして、勢いあまって、子供を抱えあげて人垣のなかを覗かせようとしていた若い女を突き飛ばしてしまった。彼女が倒れた時、人垣から何人かが飛んで出て、手を貸して立ちあがらせた。ドン・ファンのほうは誰も見なかった。大きな肩や尻が犇《ひし》めきあうなか、誰にも遮られずに中央まで進むことができたことをドン・ファンは驚いた。「いったい、誰なのだ」とドン・ファンはふたたび尋ねた。

彼は群衆のまんなかの空間に進みでた。病院の門の階段の一番下に、信心会の黒衣の痛悔者の一団が立っていた。黒い亜麻布の頭巾の附いた外衣が肩に跳ねあげられていた。また、その集団のなかには司祭や修道士も混じっていて、何か低く呟いていた。そのうちの幾人かは、群衆を押し返していた。ほかの者は松明を掲げ、敷石の上を照らしていた。あるいは蠟燭の溜まった蠟を流そうとしていた。それらの者の中央に、マリアの徴《しるし》を頭の部分につけた、明るい色の木の棺架があった。担ぎ手によってそこまで運ばれたらしかった。それは肌理《きめ》の粗い黒い毛織物《サージ》で覆われていた。毛織物《サージ》には太く黄色い糸で頭蓋骨と二本の骨を十字に重ねた図柄と、I・H・Sという組合わせ文字《モノグラム》が刺繡されていた。棺架の下には小さな赤い池があった。

「いったい、誰なのだ」ドン・ファンは最後の質問を発した。しかし、答えを待つことなく、彼は剣を手に、前に進みでて、無法にも毛羽だった黒い棺衣を剝ぎとった。

棺架の上には黒い天鵞絨《びろうど》の衣服を纏った死体があった。花邊《レース》の襟と袖が見えた。ゆったりとした長靴、揉み革の手袋。流れた血がこびりついた鈍色《にびいろ》の顔が、傷跡がぎざぎざになった喉から、少し浮いたような位置にあった。

ドン・ファン・グスマン・デル・プルガルは凝然とそれを見下ろした。

それは自分だった。

ドン・ファンが駆けこんだのは七短剣の聖女の教会だった。そこは常のごとくに森閑《ひっそり》と静まりかえり、冷々《ひえびえ》とした朝の光に満たされていた。その光を受けて金色の蛇腹《コーニス》や祭壇が耀いていた。水のように、玻璃の小球のように。それらすべてはしかし霧のようなものに蔽われ、主祭壇のあたりは滲《にじ》んで見えた。

ドン・ファン・デル・プルガルは身廊（教会堂中央の一般信者席のある部分）の中央で頽《くずお》れた。跪いたというわけではなかった。何ということだろう。彼はもう自分に膝があると感じることができなかった。背中があると感じることができなかった。そして、腕も。足も。まだ首があるのか、自分に尋ねてみることができなかった。彼に残された感覚は少しずつ流れだしていく水溜まりや、溶けかかっている雪の一片《ひとひら》や、岩の面に自分の居場所を見つけた土埃《つちぼこり》であったら、そうも感じるだろうかというようなものだった。

ドン・ファンの魂は肉体からついと抜けでた。群衆のなかでなぜ誰も自分に気がつかなかったか、いま理解した。なぜあれほどの人混みのなかを易々と通り抜けることができたか、そして、人を打ち、襟を引っ張り、転ばした時、なぜ誰も風の一吹きほども注意を払わなかったか、理解した。自分は幽霊だったのだ。自分は死んでいたのだ。これはもう死後のことなのだ。そしてもう間もなく自分は地獄に堕ちるだろう。

「嗚呼《ああ》、聖女よ、七短剣の聖女よ」絶望の苦しみに彼は泣いた。「これが篤実な信仰への返報ですか。私は赦《ゆる》しを得ないまま死んだ。罪の最中《さなか》で。あなたの美しさはムーア人の王女に劣ると私は言わなかった。これがその褒美《ほうび》なのでしょうか」

しかし、彼がそうして訴えている時にすでに豪奢な奇跡ははじまっていた。冴《さ》えた冬の光が五彩の光に変わった。白い霧が朦朧《もうろう》と凝《こご》って天使たちに変わった。大祭壇の上に蟠《わだかま》っていた古い香の煙の雲が集まって、柔らかい球の群れになり、さらにそれは穏やかな顔の智天使《ケルビム》たちの頭や背中になった。眼が眩《くら》み、意識が霞んできたが、自分の体が上昇していくことが判った。高く、高く、まるで石鹼の泡の群れにでも乗ったかのように。教会の円蓋が高く広くなっていき、描かれた雲が動きはじめ、紅に染まりはじめた。描かれた空が後退し、蒼く深い穴が現れた。上方へ運ばれていくにつれて、半円形の壁面《ルネツト》に描かれた力天使たちが動きだし、武器を振りまわしはじめた。天井蛇腹《コーニス》の化粧漆喰の巨大な天使たちが、もうパリスを飾る石膏ではない花を彼に向かって放った。あたりは薫香に満ちていた。そして、リュートとヴィオールと歌声が清麗な音楽を奏でた。そのなかに彼は王の寵愛するサイファクスの声を認めた。そして、ドン・ファンが教会の円蓋を通って上昇していく時、彼の心臓は不意に善なる心で満たされた。天井の金色の透かし絵が広がっていった。その光暉《こうき》はしだいに赤みを帯び、より眩《まばゆ》い金色《こんじき》になっていった。そして、その光のなかから、黄金の三日月が現れた。黄金の三日月の上、暗褐色の鯨鬚《げいしゆ》のスカートと小さな真珠を紡いだ胸衣を身につけ、黒く大きな瞳《め》を穏やかに彼に注ぐその人こそ、七短剣の聖女であった。

「故ミラモル伯爵、ドン・ファン・グスマン・デル・プルガルに関するあなたの話ですが」グラナダでドン・ペドロ・カルデロン・デ・ラ・バルカは、一六六六年の三月に、友人であるモラレス主席司祭に向けた手紙に記している。「確かに聖ニコラスの修道院長の見た幻のなかに現れた彼の話は、もっとも気難しい者の心をも動かすに違いありません。それが芝居のかたちで表現されたならば、様式の優雅さと修辞の花によって飾られたならば、明らかに我らが聖なる教会の栄光を（天の恵みにより）さらに輝かしいものにするでしょう。しかし、ああ、我が友よ、歳月の雪は私の頭にさても厚く積もりました。あたかも冬のムラセン山の頂の雪のごとくに。私がふたたび筆を執ることができるかどうか、誰が知るでしょう」

高名な劇作家であり、詩人である彼の未来に対する危惧の念は思いすごしには終わらなかった。ゆえに現代の至らぬ書き手がかくのごとくドン・ファンと七短剣の聖女の正確かつ教訓的な話を書こうと努めたのである。

がらんどうの男

トマス・バーク
佐藤弓生訳

トマス・バーク Thomas Burke（1886–1945）

バークの成功は *Limehouse Nights*（1916）によってもたらされた。ライムハウスというのはロンドンのイーストエンドの貧民街で、バークはその地区を舞台にして語り手を中国人に設定して奇譚を書いた。ほかにミステリーや地誌的なエッセイも書き、ミステリー方面では「オッターモール氏の手」がきわめて高い評価を得ている。ロンドン生まれ。生まれてすぐに父親が死に、九歳まで叔父と暮らしていたが、その後の四年間は孤児院で過ごす。十五歳で奉公にでる。店員勤めだが、厭で厭でたまらなかったそうで、つねに興味は音楽や文学にあったという。バークは一風変わった作家で、もちろんウェルズやチェスタトンのような大きさは持たないが、一人で小さなジャンルを成しているようなところがある。作家で詩人のアドコックの興味深い評がある。「トマス・バークの作品は通俗劇であることによって、真実を描いているように思える。なぜなら人間の生というものは悲劇であるより通俗劇である場合の方が多いのだから」。背は高くなく、几帳面で、眼鏡をかけていた。若い頃はコヴェント・ガーデンの天井桟敷に通いつめて、オペラ歌手になれたらと、よく空想していたそうである。原題 The Hollow Man、*Night Pieces*（1935）所収。

男は埠頭からやって来た。小路を抜けて角を曲がると、街道の終着点、灯火きらめくロンドンへと向かい、光と影の交錯する市内に身を沈めてゆく。川から遠ざかるにつれ、休息を知らない男の足は、都市の中心地に接する貧民街へと次第に近づいていた。

上背のある痩軀にはおった黒い防水外套の裾からは茶色の綿ズボンが、目深《まぶか》にかぶった帽子の庇《ひさし》の陰からは、血の気のない尖った顔がわずかに覗いている。暗がりから灯火の下までもひたひたと寄せる秋の霧の夜、幽鬼さながらのその男とすれ違う人々の中には、ふと振り返って訝《いぶか》しむ者もいた。今の男は本当に生身だったのか。一人二人は験《げん》が悪いとばかりに肩をすくめて去った。

男は足の長さのわりには小股で、盲人のようにのろのろと歩んだ。まったく目が見えないわけではなさそうだ。見ひらいた双眼はまっすぐ前方を見すえてはいる、が、何かを見たり聞いたりしているようには思われない。川の黒い水面を渡る号笛の陰鬱な響き、中心地近くの商店街に並んだ飾り窓が振りまく愛想、それらに気を惹かれて左へ右へ頭をめぐらせるということもない。行き先に当てがあるようにも見えないが、なおも男は角を曲がり続ける。見えない手が合図をしては、本人もいまだ知らない場所へ連れて行こうとしているかのように。

男は友人を探していた。あの出来事から十五年を経て、見えない手、あるいは犬の本能めいた感覚の導きのままにアフリカから一路ロンドンの街へ、街なかのとある小さな飲食店へと、ようやく最後の道のりにさしかかろうとしている。〝名なし〟という名の友が営む飲食店に向かっていることを男は自覚していない。ただ、アフリカを離れたときから名なしを探す旅が始まったこと、いよいよ名なしのいる場所に近づいたこと、それだけはわかっていた。

当の名なしは、旧友がすぐそこまでやって来ていることなど知る由もなかった。その夜、わが身の状態をかえりみていたなら、どこか調子が狂っていることに気づいていたかもしれない。なにしろふだんの就寝時刻をもう一時間も過ぎていた。自分の店の椅子に腰かけて――ワークマン食堂の繁盛ぶりは、妻の親戚をして宝の小山と呼ばしめていた――彼はうつろなまなざしで煙草を吹かしていた。売上金の合計も出した。次の日に使う伝票の写しも取り終えた。十五時間も立ち働いたあとだというのに、なにゆえ寝床に潜りこまないのかと問う者があれば、彼はひとまずわからないと答え、あとからこう説明するだろう。しいて言うなら最後の一服を吸うためってところかな。彼は上の空で、戸締まりもせず座りこんでいる。久しく会わなかった友がアフリカから彼を探しにやって来て、助けを得ようとゆっくりこちらへ向かっている夜更け、十一時半にもなろうというころ、無用心な戸口がとんだ疫病神を招き入れることになろうとは夢にも思わずに。

やがて、教会の尖塔に釣り下げられた鐘という鐘が、十一時半を告げる不協和音を奏で始めた。憂いに満ちた音がこだまする夜空の下、食堂からほんの二筋隔てた通りを行く、防水外套と綿ズボン姿の疫病神。骨ばった蒼白い顔の男。その影が刻一刻と迫る。

家の内外に重く垂れこめる静寂は、時として夜の騒音——警笛や大型車の爆音、街外れの終着駅で切り換えられる線路の軋《きし》みなどに破られながらも、おおむねは深く建物を包み込んでいた。しかし名なしの耳には沈黙の声も鐘の音も届かず、まして店に近づく足音になど気づきようもない。通り過ぎる。引き返して来る。再び通り過ぎる。立ち止まる。名なしは最後の一服にだけ感覚を働かせながら、眠りかけた頭を抱えて座っている。何も見ず何も聞かず、近所の様子にも何一つ関心を払うことなく。

そのとき、掛け金にかけた手がそれを押し上げる音に、名なしはふと顔を上げた。戸が開いている。彼は立ち上がるとそちらへ歩いて行った。そして入口の内側で疫病神と顔を突き合わせることになった。

＊

人間が人間を殺す。恐るべきことだ。そのような行動に出るとき、殺人者には行為を

（自分なりに）正当化する理由があるものだが、時が経ち、過去を振り返るにつけ後悔の念がわくこともあるだろう。良心の呵責というやつだ。それは長年にわたってその者につきまとい、眠れない夜や明け方にはさらに増長する。その結果、行為の理由は冷徹な論法を失ってもはや理由であることをやめ、ただの弁解と成り果ててしまう。丸裸の弁解は殺人者に丸裸の自己像を見せつけ、魂を狩り出し、重箱の隅をつつくように心を搔き回して神経を苛立たせる。

頭に血が上って殺人を犯し、そのせいでたびたび罪の意識に苛《さいな》まれるのはたしかに忌まわしいことだ。では、アフリカの密林深く葬ったはずの死体が、十五年後の真夜中にいきなり訪れて来たとしたらどうだろう。口を封じたはずの男が掛け金に手をかけ、十五年前と変わらない姿で家に入り込んで、もてなしを求めたとしたら。それは一層忌まわしい。

＊

外套に綿ズボンといういでたちの男が食堂に入ってきたとき、名なしは棒立ちになって目を剝き、テーブルに片手をついてよろめく体を支えながら声を漏らした。「ああ」

相手が呼びかけた。「〝名なし〟か」

二人は見つめあった。名なしは顎を突き出して口を開けたまま目を瞠《みは》り、訪問者のほうはいかにも生気の失せた表情で。名なしが名なしのような男でなければ――牛並に鈍重な人間でなければ、両腕を振り上げてわめき散らしていたところだ。とっさに彼は思った。何とか感情の捌《は》け口を見つけなくては。だがどうやって？　かくなる状況への劇的な反応も、口に出してみれば、話すというより囁《ささや》くような声の調子にしかならなかった。

二十ばかりの思惑が知力と気力を振り絞って格闘してはいたのだが、そんな葛藤も、食い入りそうな目つきと掠《かす》れた声でしか表明できなかった。彼は考えた、というより言葉の断片を掻き集めた。幻覚、消化不良、神経衰弱。それにしては、細部に到るまでやけに現実感のある姿だ。では誰かの扮装か。しかし、訪問者の体の一部がかすかに動いたとき、その想像は消えうせた。

そのちょっとした動きの癖は、相手の男だけのものだった。左手の中指を無意識にぴくりとさせる癖。ゴパックだ。少しばかり見た目は変わったが、驚いたことに、ゴパックが三十二歳当時と同じ姿で息をしながら立っている。幽霊なんかじゃない。腹具合のせいで幻覚を見ているわけでもない。奴は奴だ、ほかの誰でもない。十五年前に俺がこの手で殺して埋めたゴパック。

目の前が真っ暗になるかと思ったとき、その闇にゴパックが火を点《とも》した。弱々しく、抑揚のない口調。「座ってもいいか？　疲れてるんだ」彼は腰を下ろした。「疲れたよ」

名なしはテーブルの縁を摑んだまま声を絞り出した。「ゴパック……ゴパック……俺は――お前を殺したはずだ。あのジャングルでお前は死んだ。たしかに死んでいたのに」

ゴパックは顔の前に手をかざした。今にも泣き出しそうに見える。「そうだな。そのとおりだ。覚えてるさ――そのことだけは。お前は、俺を殺した」声はますます弱まり、精彩を失う。「奴らがやって来て――邪魔をした。奴らが、俺を起こした。そして、俺を掘り返した」ゴパックは肩を落として力なく両腕を下ろし、手を膝のあいだに垂らしていた。名なしと目を合わせたのははじめだけで、あとは始終うつむいて床を見つめている。

「やって来て、邪魔をした？」名なしは身を乗り出し、しゃがれ声で言葉を押し出した。「起こしたって、誰がだい」

「豹男の一族だ」

「なんだ、それは」

「豹男だ」なにげなく「夜警だ」とでも言うような調子で、なげやりな声が繰り返す。

「豹男？」名なしは相手を見つめ、肉づきのよい顔をしかめながら、どうにかしてこの事態を受け入れようと努めていた。夜中に訪れた死体の戯言《たわごと》を聞かされようとは、血が血管を逸れて好き勝手に流れて行きそうな話だ。名なしは自分の手を見た。これは俺の手なんだろうか。テーブルは本当にテーブルなんだろうか。手もテーブルも実在するのなら、死体も実在しているし——死体の話も真実だということになる。死体が目の前にいるのと同じくらい明々白々なことじゃないか。名なしは腹の底から重い溜息をついた。

「はあ……豹男か……。向こうにいたとき聞いたっけな。おとぎ話だろう」

ゴパックはおもむろにかぶりを振った。「おとぎ話じゃない。本当にいるんだ。そうでなきゃ——俺だって、ここにはいない。そうだろう」

認めざるをえなかった。名なしは〝向こう〟で豹男に関するあまたの伝承を、ジャングルにつきもののほら話として切り捨ててきた。そのほら話が事もあろうに、ロンドンのちっぽけな店で至極当然の事実になろうとしている。湿っぽい声が続く。「奴らのすることを、俺は見た。奴らは輪になって、俺をその中に引きずり出した。一人の黒人を殺して、俺にその命を移し替えた。奴らは白人を欲しがってた——自分たちの農園に。奴らは俺を呼び戻した。信じないだろうな。信じたくもないだろう、こんなこと——知りたくもなかろうよ。信じてくれなんて、誰にも言うつもりはない。だけど、本当のことだ。現に俺は、ここにいるんだから」

「しかし、お前はコチンコチンだったんだぞ。念のために埋めるまで三日待ったんだ。あんなに深く埋めちまったのに」

「そうだな。けど、どんなふうになっていようと、奴らには大した違いじゃなかった。

奴らが来て俺を掘り返したのは、ずいぶんあとのことだった。見てのとおり、俺は死んでる。蘇ったのは、俺の身体だけだ」声が糸のように細くなった。「もう疲れたよ」

日頃いたって客入りのよい自分の店に、このような怪事件が降ってわこうとは。日々手堅くやってきたこの身には、どうにも合点が行かない。言葉を口にしたあとで名なしは悟った。ゴパックに事情を説明させようなんて愚の骨頂だ。生きていない者にどうやって生き返ったのかと問うのは、虚無に万物を語らせようとするのに等しい。

のべつまくなしにしゃべりながら、名なしは崩壊寸前の自我を立て直そうとあがいていた。深夜、突然の客に不意打ちをくらい、しかもそいつはとうに死んでいるくせに、幽霊ではないと言う。たくさんだ。

それから半時間というもの、十七年前の相棒ゴパックと向き合う調子で、目の前のゴパックと語らっていた名なしだったが、ふと我に返ると口をつぐんだ。背筋に悪寒が走る。死人に話しかければ、死人が消え入りそうな声で答えているという現実、それが現実であってよいわけがない。とはいえ、やりとりの続くあいだは、現象のありえざる側面にまで考えが及ぶはずもなく、相手の存在を認めるしかなかったのだ。順を追って事件を思い返すにつれ、ようやく頭が冴えてきた名なしの心に、ひとつの考えが浮かんだ——こいつを追い出さなくては。どうしたらいいだろう。

「よくここまで来られたな」

「逃げた」言葉はゆっくりと、幽《かす》かに、口からというよりは腹の底から漏れてきた。

「どうやって？」

「さあ――どうだったか、覚えてない――たしか、お前と争った。そのあと、俺は眠ってた」

「なんでまた、わざわざここまで。海の向こうにいればよかったろうに」

「どうしてだか――俺の知っている人間が、お前だけだったからかな。お前のことしか、思い出せなかった」

「どうやってここがわかった？」

「わからない。とにかく――見つけなくちゃならなかった。お前だけなんだ――俺を助けられるのは」

「どうしろって言うんだ」

　相手は弱々しく首を振った。「わからない――だけど、ほかの人間には無理だ」

　名なしは窓ごしに外をじっと見た。街灯の明かりのほかには何も見えない。つい三十分前まで滞りなく過ぎていた日常は消滅し、信じていたこともそうでないことも粉微塵になったあげく一緒くたになってしまったが、正気と常識のかけらはかろうじて残っていた。この状況をなんとかしなくては。「じゃあ、どうして欲しい？　どうするつもりだ？　お前を助ける方法なんて俺が知るわけない。ここにはいられないよ、どうしたって」天の邪鬼が彼の頭に滑稽な考えを吹き込んだ――ゴパックをお前の女房に紹介しなよ。「死んだ俺の友達だ」ってね。

名なしの台詞を耳にしたゴパックはようやく頭を起こし、濁った目で見つめ返した。

「でも、俺は、ここにいなくちゃならないんだ。ほかに行くところもない。ここだけだと思って来たんだ。助けてくれるだろう」

「だから無理なんだって。空部屋がない、みんなふさがってるんだ。寝床がない」

虚ろな声が答えた。「構わんよ。俺は、眠らないから」

「え」

「眠らないんだ。生き返って以来、眠ったことがない。ここに座ってるさ――俺を助ける手段を、お前が思いつくまで」

「しかし、どうやって?」この応酬に至るまでの出来事を名なしはふたたび忘れかけ、目の前に座り込んでいる男に腹立ちを覚え始めた。死体の分際で他人の考えを当てにする気か。「お前にわからないものが、どうして俺にわかるってんだ」

「さあな――でも、お前にならできるさ。お前が俺を殺したんだから。俺は死んで――楽になった。お前のやったことだ。俺を殺したからには――責任を取ってくれ。お前なら、やれる。そのために――来たんだよ」

「なぜ俺にそんなことを」

「わからない――思いつかない。でも、お前しかいない。俺は、来なけりゃならなかった。何かが、俺を――まっすぐ、ここまで連れてきた。だから、間違いなく、お前なんだ――俺を助けられるのは。お前のそばにいれば、なんとかなるだろう。そんな気がする。じきに、お前が――どうにかしてくれる」

急に足から力が抜けた名なしは椅子にへたり込み、苦り切った表情で、このおぞましくも不可解な出来事を反芻した。同じ屋根の下に死んだ男がいて――怒りのあまり後先が見えなくなったそのとき、殺してしまった男だ――心の底ではもう諦めている。こいつを追い出すことなどできやしない。引きずり出そうにも、奴に手を触れるなんて真っ平だ。それに、十五年前に死んだ男が現前するなどという奇怪な出来事を前にしては、腕力にしても武器にしても、効果的に男を退散させる手段となりうるかどうか疑わしい。

名なしの魂は戦《おのの》いていた。知力や理性の及ばない世界が誇示する力に対して、人の魂はかくも戦く。殺人を犯してからというもの、十五年ものあいだ彼はその行為を悔いていた。その男のぞっとするような話が真実であるのなら、たしかに彼には名なしを頼る権利がいくらかはあると言えよう。そのとおりだ。なんとしても男を追い返すことはできないだろう。かつての癇癪《かんしゃく》が仇となり、犯した罪が罪人のもとへ帰って来たのだ。

もの憂い声が名なしの悪夢に割り込んだ。「もう寝ろよ、名なし。俺は、ここにいる。もう寝ろ」男は両手の上に視線を落とすと低く呻《うめ》いた。「なぜ、俺は眠れないんだ」

翌日の早朝、ゴパックがいなくなっていることをなかば期待しながら名なしは階下に降りて来た。ゴパックは昨夜と同じ場所に座っていた。名なしは茶をわかし、水道の場所を示した。ゴパックは大儀そうに手を洗って這うように椅子へ戻り、出された茶を大儀そうに啜《すす》った。

*

妻や従業員にはゴパックを昔の友人として紹介し、軽度の自失状態にあるのだと説明した。「船が沈むときに頭を打ったそうだが、とりたてて害のある奴じゃないし、ずっといるわけでもない。家に帰れるようになるのを待ってるんだ。昔、こいつには何かと世話になったから、ちょっとのあいだここに泊めてやるのがせめてもの恩返しってもんさ。不眠症だから夜も起きているだろうが、悪いことはしやしないよ」

ところがゴパックの滞在はちょっとのあいだどころではなく、誰にもまして長尻の客となった。客たちが帰っても、ゴパックはいつもそこにいた。

ゴパックの滞在初日の午前、日も中天にかかるころやって来た常連客は、店に入るなり呆然と座っている顔色の悪い男と出くわしたものだから、思わずよけるようにほかの席を探した。誰もゴパックのいる場所に寄りつこうとはしなかった。客が来るたびに名なしは事情を説明したが、店内に漂う微妙な緊張感はどうにも拭いがたく、いつもの活気にあふれた賑わいは消え失せ、この不審な人物に背を向けて座っていた者でさえ彼の存在を意識せずにはいられなかった。

一日が終わろうというころ、それに気づいた名なしはゴパックにこう持ちかけた。二階の表に面した部屋に心地の良い場所があるから、上に行って窓際にでも座っていればどうだい。そう言いながら名なしはゴパックの腕を取ったが、彼はびくっとしてその手を振り払い、立ち上がろうとはしなかった。「いやだ。行きたくない。ここがいい。ここにいる。動きたくない」

ゴパックは動こうとしない。いくら宥《なだ》めても頑として聞かない。名なしはうろたえた。この分では脅そうが殴ろうが無駄だろう。永久に居座るつもりなのか、子供のように非力ながら岩のように頑固なゴパックは、いちばん目につく席を占領して動こうとはしない。客たちは彼を避けながらも訝しげな視線を送り続け、男が単に放心しているだけではないことにうすうす勘づきはじめた。

ゴパックが来て二週目には三人の常客が顔を見せなくなり、渋い顔で「あんたの元気なご友人に席を移っていただけないもんかね」と皮肉を言う客も一人ならずいた。ゴパックの存在は客のいらだちの素《もと》だった。大騒ぎをやらかそうにもあいつがいると台無しだ、胃がもたれると文句を言う客に向かって、あと一日二日のことだからと言う名なしの言葉ももはや信用を失い、二週間が過ぎるころには八人の客が店を変えてしまっていた。

毎日、夕方のかき入れ時になると、名なしはゴパックを散歩にでも行かせようとしたが、彼は挺子《てこ》でも動こうとしない。真夜中だけはわずかに表へ出たが、店から二百ヤードと離れることはなく、あとは椅子に座ったきりで、昼間もぼんやりしているか床を見つめているかのどちらかだし、物を食べても上の空で、食事をしたかどうかも覚えていない。口を開くのは何かを問いかけられたときだけで、繰り返し訴えるのは「疲れた」、それればかりだ。

そんな日々を送るゴパックの好奇心にほのかな明かりを灯し、目を床から上げさせた出来事が一つだけあった。店主の娘の存在である。齢は十七、バブルズと呼ばれるその娘は給仕の仕事を手伝っており、従業員や客の中ではただ一人、彼を避けない人物であった。

娘は男の事情など何も知らないままに彼を受け入れ、男は娘の無邪気な同情心にだけ反応を示した。そばに腰かけては他愛もないことを話し、「自分がどこかへ行っちゃったのね」などと言う娘の言葉に、男はうっすらと笑みさえ誘い出され、娘の足音が聞き分けられるようになると、彼女が部屋に入って来る前に顔を上げるのだった。閑古鳥が鳴く夕刻の店内で、気落ちした名なしがゴパックとともに座り込んでいたときなど、ゴパックが目を伏せたまま「バブルズはどうしてる?」と尋ねたことも一、二度ある。あの子は映画を観に行ったとか、踊りに行ったとかいう答えを聞くと、男はふたたび深い虚無へと身を沈めてしまうのだった。

名なしには大いに気に入らない事態になっていた。四週間ものあいだ疫病神に取り憑かれて商売は上がったり、得意客をみるみる失ったばかりか新しい客がつく気配もない。よそ者がたまに食事に立ち寄ってもそれっきりだ。店に入ったとたん、顔色の悪い男が身じろぎもせず目の前に座っているとなれば、誰だってその不気味な姿を意識せずにはいられない。かつて昼どきには店が混みあい、あとから来た客は席が空くのを待っていたほどだったものが、今では三分の二が空席で、律儀に通って来るのはよほど神経の鈍い少数の連中だけだった。

それだけではない。こともあろうに、この死人は店主の娘に関心を寄せている。どう考えても話がよいほうに転ぶわけがない。名なし自身はともかく、彼の妻はそのことで気を揉んでいた。「バブルズはこのごろ元気がないわね。前はそんなことなかったと思わない？　やけにおとなしいのよねえ。だるそうにして、あんまり動き回らないし、顔色も悪くなったみたい」

「そういう年頃なんだろう」

「違うわ。あの子は陰気なたちじゃないもの、何かわけがあるのよ。一、二週間前からあの調子で、食べないし、何もしないで座ってるだけだし、無表情だし。ちょっと気が沈んでるだけで、どうってことはないのかもしれないけど……。それにしても、あの気味の悪いあんたの友達は、いったいいつまでいるつもりなの？」

＊

気味の悪い友人はその後もずっといた。もう十週間になるだろうか、そのあいだ名なしは、売り上げが落ち、娘の顔が蒼ざめてふさぎがちになるのをなす術《すべ》もなく見守るばかりだった。原因はわかっている。イギリスじゅうのどこにもこんな家はない、死人を十週間ものあいだ逗留させる家など。死んだ男は長い時をかけて墓から蘇ると、客を追い散らし、愛娘の生気を奪いにやって来た。こんなこと、誰にだって相談できるものか。下手な冗談と軽くいなされるのが関の山だ。重々わかってるさ、死人の慰みものにされてるってことは。とうに死んだ人間が地上を歩き回れば、どういうことになるかは目に見えている。十週間前のあの日から、俺は死人の嘲笑を浴び続けているんだ。客は店を見捨てた。奴が無口で顔色が悪かったからじゃない。とうてい生きているようには見えなかったからだ。はっきりと意識はせずとも、何かしら血が騒いだのだろう。奴は商売をぶち壊しただけでは飽き足りず、俺の娘を毒牙にかけようとしている。あの子の血は奴の不吉な匂いを嗅ぎ取れなかった。父親の単なる旧友としか見なさなかった結果、その影へと呑み込まれてしまったのだ。

それがわかったところでどうしようもない。名なしは酒を飲んで気分を紛らせた。飲めば何か考えも浮かぼうというものだ。そう思っているあいだは、彼の家に降りかかった災難を忘れていられた。

客の入りはといえば、今では昼間にせいぜい五、六人といったところで、店内はだらしなく散らかり、客扱いも食事も粗悪になる一方。一握りの客に礼儀を尽くすなど馬鹿らしいとばかりに名なしは酔いつぶれ、客を客とも思わぬ振るまいに出ることもしばしばあった。噂はたちまち広がる。商売の不振に始まり、不潔な店内、不味い食事、店主の飲酒癖。それらの話が尾ひれをつけて広まってゆく。

とりわけ話題にされたのはあの怪人物、来る日も来る日も居座り続け、ほかの客の神経を逆撫でする男のことだ。噂を聞きつけたよそ者が、くだんの奇人と酔いどれ亭主を一目見ようと訪れることもあるにはあった。だが文字どおり、それは一目限りに終わった。それよりほかに人々の興味を惹くものがない以上、店が賑わいを盛り返すはずもない。ついに客足は一日に二人というところまで落ち込み、名なしはますます酒に溺れていた。

そんな晩。名なしはついに、ある閃《ひらめ》きを酒の海から釣りあげた。

彼は階段を降りてゴパックのもとへ飛んで行った。彼は例のごとくいつもの場所に座り、腕をぶら下げて床を見つめていた。

「ゴパック、聞けよ。お前がここへ来たのは、俺だけが頼みの綱だからだって言ったな。聞いてるか?」

「ああ」弱々しく相手は答えた。

「そこでだ。お前が言ったとおり、俺はあることを思いついた……いいか。俺はお前に責任を負っていて、なんとかしてやらなきゃならん。俺がお前を殺したからだ。そうとも、俺たちは言い争った。お前は俺を怒らせて喧嘩を売った。太陽はかんかん照りだったし、ジャングルの中じゃ虫がわんわん唸《うな》ってた。俺はまともじゃなかった。お前を殺した。そのときにこの右手を切り落としちまえばよかったんだ。なんたって俺たちは仲間だったんだからな。こんな右手なんぞ切っちまえばよかった」

「わかってるさ。あのとき、すぐに感じたんだ。ここでおしまいなんだってね。お前の気が変になってることにも、気づいてた」

「そうとも……俺は頭がいかれてたんだ。今だってそうさ。俺の考えはこうだ。お前がこんな目に遭ってるのも、もとはと言えばジャングルで俺がお前を殺して埋めたせいだったろう。そこで思いついた。こうすりゃどうだい。もし俺が——もし——もう一度、お前を殺したら?」

しばらくのあいだ、ゴパックは床に目を落としていた。肩がぴくりと動く。名なしは凝視していた。自分の提案に対するほんのわずかな反応も見逃すまいとして。くぐもった声が話し始めた。「ああ、そうだな。そうしよう。それを待ってたよ。そのために来たんだからな。そうとも、そのために、ここへ来なけりゃならなかったんだ。ほかの人間には、俺を殺せない。お前だけだ。もう一度、殺されに来たというわけか。そうとも、誰にも——俺を殺せやしない。最初に俺を殺した奴だけが……そうとも、お前が——俺たち二人とも——それを待ってた。ほかの奴が、俺を撃ったり——刺したり首を絞めたりしようったって無理なんだ、お前のほかには。わざわざここまで来て、お前を探し出した甲斐もあるってもんだ」低い声がやや強まる。「いいとも、やってくれ。今すぐにだ。やりたくはないだろうが、やらなくちゃいけない。さあ」

ゴパックがうなだれて再び床を見つめたとき、名なしの瞳にも同じく床しか映っていなかった。さまざまな思いが去来する。自分は人を殺し、罰という罰を逃げ延びた。だが自分の心だけは欺きようもなかった。十分に苦しんだ。なのにまた殺人を犯そうというのだ——ジャングルではない、この都会の真ん中で。その結果どうなるか。さまざまな場面がゆっくりと展開する。

逮捕、尋問、裁判、牢獄、そして絞首台。名なしは身を震わせた。

もう一つの道は——転落の一途を辿る人生。失業、貧困、あばら家。娘は生気を奪われて死人同様になり、忌まわしい幽鬼はいつまでもこのあばら家に取り憑いていることだろう。それぐらいなら一切合切を終わらせたほうがましだ。俺と俺の家族に災いをもたらしたゴパックを片づけて、そのあと俺も家族に別れを告げるとしよう、一発の銃弾で。そうするのが一番だ。

そう考えながらも、名なしの足は釘づけになっていた。もう夜も更けた。十時半、外は深閑としている。表の鎧戸を降ろし、扉の錠をかけると、奥に灯しただ一つの明かりに照らされた店内が浮かび上がって見えた。名なしはおぼつかない足取りでゴパックに向き直った。「ええと、どうしようか――どうすれば――」

「この前は、ナイフだったな。心臓に一突きだった。今度もそうしろよ」

名なしは相手を見つめながら突っ立っていたが、やがて意を決したように頷くと、足早に厨房のほうへ歩いていった。

三分ののち、名なしの妻と娘は、テーブルをひっくり返すような騒音を聞きつけ、何ごとかと声をかけた。返事がない。二人が階下へ降りて行くと、名なしが入口正面の椅子にへたり込んでいた。額の汗を拭いながら血の気のない顔で震えており、まるで失神寸前の体《てい》だ。

「どうしたの？　大丈夫？」

名なしは手を振った。「ああ、なんでもない。ちょっと眩暈《めまい》がしたんだ。煙草の吸いすぎかな」

「まあ、飲みすぎの間違いじゃ……あら、お友達はどうしたの。散歩？」

「いや、行っちまったよ。これ以上、居候でいるわけにはいかないから、どこか療養所でも見つけたいって言ってね」名なしはぼそぼそと呟きながら必死で言葉を探した。「物音を聞いたろう？　戸を閉める音をさ」

「あんたが倒れたのかと思ったのよ」

「そうじゃない、奴が出て行った音だ。引き止められなくてね」

「ふうん。でも、そのほうがよかったんじゃない」妻は辺りを見回した。「あの人が来てから、どうも物事がうまく行かなかったしね」

そこらじゅうが埃《ほこり》だらけだった。よく使うからではなく、ずっと使わなかったせいでうす汚れたテーブル掛け、曇った窓ガラス。窓際のテーブルの上に置かれた長いナイフには、厚い塵が積もっている。妻のいる位置からは見えなかったが、厨房に通じるドア近くの一角には、誰かが投げ捨てたかのように、汚らしい防水外套と木綿のズボンが落ちていた。埃は長い筋を描きながら店の入口の手前まで続き、そこにある座席の下にうずたかい灰白色の小山を築いていた。

「それにしても、店の中が前にもまして無茶苦茶になってきたわね。ちょっと見ただけでも埃がすごいわよ、入口のところなんか。誰かが灰でも撒き散らしたみたい」

名なしもそちらを見た。かすかに手が震えた。それでも彼はいくぶん気を取り直したようすで答えた。

「まったくだな。あしたまでにはすっかり掃除しちまうさ」

名なしは妻子に向かって微笑んだ。十週間ぶりの笑顔は痛々しくぎこちなかったが、ともあれ笑顔には違いなかった。

妖精にさらわれた子供

J・S・レ・ファニュ
佐藤弓生訳

ジョゼフ・シェリダン・レ・ファニュ Joseph Sheridan Le Fanu（1814–1873）

アイルランドの名門に生まれ、ジャーナリズムに携わりながら、終生変わることなく怪奇小説を書きつづけた。近代怪奇小説の創始者と言っていいかもしれない。題材も新しいとは言えず、展開も何とものんびりしているが、滋味という点では怪奇作家多しといえども、まずこの人の右に出る人はいないだろう。また時折人間描写や怪異の描写に独特の凄みを感じさせるところも愛好される所以である。ヘンリー・ジェイムズは、晩年の読書の理想形として、静かな夜とレ・ファニュの組みあわせをあげている。またM・R・ジェイムズにはレ・ファニュへのノスタルジーゆえに怪談を書いたようなところがあり、一九二三年、すっかりその名前が忘れられた頃に『マダム・クロウルの幽霊』と題して選集を刊行して再評価のきっかけを作っている。原題はThe Child That Went with the Fairies、『遠野物語』の神隠し譚を思わせる話である。ディケンズの*All the Year Around*一八七〇年二月号に、無記名で発表された。

リムリックの旧市街から東へおよそ十マイル、スリーヴィーリム丘陵と呼ばれる山並みのふもとは、アイルランドの勇将サースフィールドが岩山と窪地のあいだに潜伏した地点として知られている。丘を越え、ウィリアム三世率いるイギリス軍の砲弾をかいくぐってサースフィールド軍が突撃したのは、はるか昔よりひとすじ通じるごく狭い道だった。それはリムリックからティペラリーへ抜ける道と、リムリックからダブリンへ向かう古街道とを結ぶ道であり、湿原や牧草地、丘陵や窪地、藁葺《わらぶ》き屋根の寄り添う村、天井の崩れ落ちた城のあいだをぬって続いているが、距離は二十マイルもない。

先ほど述べたとおり幾重もの山並みに囲まれたこの地には、とりわけもの寂しい荒野が三マイル以上にわたって広がる一帯がある。北へ進路をとれば、左側には低木の林に囲まれた湿地が湖のように黒々と横たわっており、右側には山嶺の不規則なうねりが延々と続く。ヒースの野に露出した灰色の岩は、武骨だが堅牢な天然の堡塁といったところか。いたるところに刻まれた溝が、険しく緑濃い峡谷へと分け入ってゆく——そんな光景が道行く者の眼前に開けるだろう。

まばらに散らばった羊や牛が草を食《は》むやせた牧草地を巡りつつ、数マイルに及ぶ寂れた道を辿れば、やがて小山と二、三本の秦皮《とねりこ》の大木が目に入る。その陰に建てられた藁葺き屋根の小屋にメアリー・ライアンという名の寡婦が住んでいたのは、そう昔のことではない。

不毛の地で寡婦は貧しさに喘《あえ》いでいた。色褪せてへこんだ屋根は、雨と日光にかわるがわる晒《さら》された建物がいかに傷みやすいかを物語っている。

貧困のほかにも脅威はあった。そのため、どんな危険に対してもそのつど講じられる手だてがあった。家を取り巻くように六本の七竈《ななかまど》の木が植えられているのは、魔女よけのためであると言われる。古びた板戸に打ちつけられた二つの蹄鉄や、楣《まぐさ》から藁葺きの屋根にかけてはびこる万代草《ばんだいそう》もまた、あまたの病魔を遠ざけ悪霊の企みを阻んできた古いまじないのなごりである。屋内に足を踏み入れれば、部屋は単彩明暗画《キアロスクーロ》のように薄暗い。しかし目が慣れるにつれ、木製の天蓋がついた寡婦のベッドが、そしてその枕もとに掛けられたロザリオと聖水の小瓶が見分けられることだろう。

このような土地では、異界の邪悪な力の侵入を防ぐための備えが欠かせない。ひっそり暮らす家の者たちは、リズナヴーラの丘の輪郭を目にするにつけ、自分が危険のすぐ間近にいることを思い出さずにはいられなかった。もの寂しいその丘こそ、遠まわしに「善い人々」と呼ばれる妖精たちの棲処《すみか》にほかならず、小屋はそこから半マイルと離れていなかったのだから。丘の稜線は気味が悪いほどきれいな半円を描いており、周囲に延々と連なる山脈に設営された外堡のように見えた。

木の葉の舞い散る秋の暮れ方の光が、スリーヴィーリム丘陵の起伏に富んだ裾野を越えて、呪わしいリズナヴーラの丘の影を、小さな一軒家の間近まで長々と投げかける。玄関前の道に並ぶ陰気な秦皮の木々の葉はあらかた落ちてしまい、鳥たちが囀《さえず》っていた。路上で遊ぶ三人の子供たちの幼い声が、鳥たちの夕べの歌ととけあう。三人はいずれも寡婦の子であり、さらに年上の姉ネルは「おうちの中」(と、子供たちは言った)にいて、夕食のじゃが芋が煮えるのを見張っていた。

母親はといえば、泥炭塊を背負い籠に入れて運んでくるために湿原へ行っていた。この地方にはささやかな施しの習慣がある。少なくとも以前はそうだった。泥炭が使われなくならない限り、その習慣も長く続いているはずである。湿地帯から掘り出した泥炭を積み上げておく際、暮らし向きに余裕のある者は、貧しい者のためにも小さめの泥炭の山を築いておくのだ。貧民はそれをいくらでも利用できる。泥炭が尽きない限り、じゃが芋は煮え続け、暖炉の火も絶えることがない。このような気遣いがなければ、貧しい者は冬のあいだに凍え切ってしまったことだろう。

モル・ライアンは狭く険しい坂道をとぼとぼ歩いていた。山査子《さんざし》や木苺《きいちご》が生い茂る土手の上を、荷に潰されそうな姿勢で登りつめ、戸口をくぐると、黒髪のネルが出迎えて籠を受け取った。

モル・ライアンはやれやれという顔であたりを見回し、額の汗を拭いながら、マンスター地方の人間がよくやるように大げさな溜息をついた。

「ああ、くたびれた。疲れるったらありゃしないよ、まったく。ネル、ちびちゃんたちはどこ？」

「おもてで遊んでる。帰ってくるときに母さんは見なかったの」

「誰にも会いやしないよ」母親はふと不安にかられた。「人っ子一人いなかったもの。ネル、おまえ、あの子たちを見ていなかったのかい」

「だって、干草の山にすっかり埋もれて遊んでたんだもの。裏庭にいるかもしれない。見てこようか」

「そうだね、そうしておくれ。雌鶏もねぐらに戻ったし、お天道様だってノックドゥーラーの山の向こうに隠れちまった。母さんも帰って来たというのに」

ネルは長身をひるがえすと黒髪をなびかせながら駆け出してゆき、坂道に立ってあたりを見上げたり見下ろしたりした。弟のコンとビルの姿も、妹のペグの姿も見当たらない。ネルは三人の名を呼んだが、生い茂る藪に囲まれた干草の小山からはなんの返事もなかった。耳を澄ましても子供の話し声などまるで聞こえない。家畜よけの柵を越え、家の裏手に走り出ても、静まり返っているばかりで人の気配はない。

目を凝らして湿原を見渡しても、帰ってくるようすはない。ふたたび聞き耳を立てる――無駄なことだ。いらだちが言いしれない感情に変わってゆくにつれ、ネルは青ざめた。不吉な予感がする。彼女はリズナヴーラの丘を覆うヒースの茂みを見つめた。燃え上がる夕暮れの空は、今にも濃い紫色に染まろうとしている。

心臓が止まりそうな思いでネルはもう一度耳を澄ませたが、巣へ帰る鳥たちが木々のあいだで鳴き交わす声のほかには何も聞こえない。そういえば、冬の炉端で幾度となく聞かされた――夜のとばりが下りるころ、人けのないところで妖精に連れ去られる子供の物語を。母親が恐れているのは、まさにこのことなのだ。

怯える寡婦は村の誰にもまして早い時刻に子供たちを呼び集め、どの家よりも早く扉の閂《かんぬき》を鎖《とざ》していた。おそらく、七つの教区の中で一番早かっただろう。

このような土地に住んでいると、どんなに若い者でも説明のつかない異変に対する恐れをはっきり意識するものだが、ネルの場合、母親の影響もあって日頃から恐怖心は人一倍強かった。呆然とリズナヴーラの丘を見つめながら、ネルは何度も十字を切り、祈りの言葉を唱えた。路上で呼ばわる母親の大声が聞こえ、我に返ったネルは返事をして駆け戻った。母親は家の前で立ちつくしていた。

「あの子たち、いったいどこにいるんだろう。見つからないのかい」娘が柵の向こうから帰ってくると、ライアン夫人は涙声で言った。

「でも母さん、すぐそこの道で遊んでただけなんだから、きっとすぐに帰ってくるわよ。山羊みたいにあっちこっちへ行っちゃうんだから。あたしがついていれば、しっかり手をつないで、隠れんぼなんかさせなかったんだけど」

「そんなことで済むわけないよ、ネル、あの子たちはいなくなってしまったんだ。連れて行かれて、もうここにはいない。どうしたらいいだろう。トム神父様のいらっしゃるところまでは三マイルもあるし、こんな遅い時間に助けてくれる人なんていやしないよ。ああ、どうしよう、どうしよう。子供たちは行ってしまった」

「しっ、母さん。落ち着いて。帰ってきた」

母親は狂ったように叫んで手招きした。坂道のわずかな傾斜に遮られていた子供たちの姿が現れた。西のほう、あの恐ろしいリズナヴーラの丘のほうから。

だが、帰って来たのは二人だけだった。幼い末娘は泣いていた。駆け出した母と姉娘は、いっそう表情を強ばらせた。

「ビリーはどこ」声の届く距離まで子供たちに近づくと、母親は息せききって叫んだ。

「行っちゃった。連れて行かれたんだ。でも、また帰って来るって」暗褐色の髪をした幼いコンが答えた。

「立派な女の人と一緒に行っちゃったの」と、末娘が泣きじゃくりながらつけ足した。

「女の人だって？　どこから来たんだろう。ああ、あたしの可愛いロイムはもう帰って来ないのかしら。あの子はどこ？　連れて行ったのは誰だって？　どんな女の人だった？　どっちへ行ったの」母親は動転してまくし立てた。

「わかんない。リズナヴーラのほうへ行ったような気がする」

母親は絶叫した。そして、取り乱した様子で手を打ち鳴らし、いなくなった子の名を大声で呼びながら、一人で丘のほうへと駆け去ってしまった。

怯えきったネルは母親のあとを追うこともできず、その後ろ姿を見送るばかりだった。涙が溢れた。ほかの子供たちも、競いあうかのように悲しげな泣き声を上げた。

夕闇が深まった。いつもならとうに家の内側から閂を厳重にかけているはずの時刻である。ネルは弟と妹を家に入れ、泥炭の燃える炉端に座らせると、開け放した戸口に立って、恐ろしさに震えながら母の帰りを待ちわびた。

長い時間が過ぎたのちようやく引き返して来た母親は、火のそばに座りこんで胸も張り裂けんばかりに泣いた。

「母さん、閂をかけようか」ネルは尋ねた。

「そうしておくれ。戸を閉めておきさえすれば、今夜のところは、おまえたちまで失ったりすることはないだろうからね。でも先に、聖水の瓶を取っておいで。自分の身体に一しずく振りかけるんだよ、いいかい。それからこっちにも瓶を持ってきておくれ。あたしもちょっぴりお水をいただくとしよう。おちびさんたちにもね。それにしても、ネル、子供たちを夕暮れに外へ出したままにしておくなんて、いつものおまえらしくないじゃないの。二人とも、こっちへおいで。あたしの膝の上にお座り、いい子だから。しっかりとあたしにつかまっているんだよ、何があっても。あたしがこうして抱き締めていれば、誰もおまえたちをさらいに来たりはしないだろう。何があったのか、すっかり話しておくれ。何が起こっても、誰がやって来ても、主があたしたちを災いからお守り下さいますように」

そうして戸には閂がかけられ、二人の子供は先刻の不可解な出来事について、声をそろえ、あるいは口々に語った。母親もときおり口を挟んだ。よって、この奇妙な話については、つなげて語りなおしたほうがよいだろう。

ライアン夫人の三人の子供が、玄関に面した狭い旧道で遊んでいたことは既に述べた。幼いビル（母親はロイムと呼んでいた）はまだ五つで、金髪につぶらな碧眼の愛らしい男の子だった。頰の色も子供らしく艶やかで、まっすぐな眼差しには、都会の同年齢の子供にはない純真さが感じられた。姉のペグはビルより一つ年上、長男のコンはペグより一つ年上で、三人はいつも一緒にいた。

巨大な秦皮の老木の根元に散らばった落葉の上を十月の斜陽が照らすひととき、三人は田舎の子らしく夢中ではしゃぎ回っていたが、ふと西の方角を見ると、例のリズナヴーラの丘が目についた。

ふいに、そこをどけ、という甲高い声が背後から聞こえた。三人が驚いて振り返ると、そこには見たこともないものが立ちはだかっていた。四頭立ての馬車が一台。馬たちは鼻息も荒く、いらいらと地面を掻いている。到着したばかりなのだろう。馬に踏みつけられそうになった子供たちは脇へ飛び退き、扉の陰に身を寄せた。

いたって大時代な造りの豪勢な馬車に子供たちは目を奪われた。泥炭を運ぶ荷車なら知っているし、一度だけ、キラルーのほうからくたびれた駅伝馬車がやって来るのを見たことはあった。けれども、これほどにきらびやかな馬車は見たことがない。

それは古風で壮麗な光景だった。深紅の地に金色の飾りが映える馬具をつけた雪白の馬たちが、頭を反らせて巨軀を震わせるたび、立派なたてがみが煙のように長く短く空《くう》を漂う。長い尾にも幅の広い深紅と金のリボンが結んであり、車体も金の装飾や紋章で華やかに彩られている。派手な装束の従僕たちは御者同様に三角帽子をかぶっているが、当の御者は判事を思わせるものものしい鬘《かつら》をつけていた。みな、縮れ毛に髪紛をふって編んだ長くて太いお下げ髪をリボンでしばり、背中に垂らしている。

馬の大きさに比べると、従僕たちは異様に小柄で不格好だった。土色の尖った顔や、絶えず鋭い光を放つ小さな目、悪意に満ちたずるそうな表情を見て、子供たちはぞっとした。三角帽をかぶった小さな御者は白い犬歯を剝き出して顔をしかめ、小さなビーズのような目玉の奥底から怒りの火花を散らしては鞭を振るった。鞭は一振りごとに夕陽が投げる光線のような軌跡を残しながら、小鬼の軍隊の雄叫びよろしく唸《うな》りを上げるのだった。

「姫様のおなり」御者が金切り声で叫んだ。

「姫様のおなり」従僕たちは次々に言葉を伝え、肩越しに子供たちを睨みつけて鋭い歯を剝いた。

子供たちは恐ろしさのあまり蒼白になり、口をあんぐりあけて立ち竦《すく》んでいたが、馬車の窓から甘い声が聞こえてきて我に返った。従僕たちは威嚇をやめた。

見上げれば、美しく〝やんごとない〟一人の女性が微笑みかけているではないか。不思議な明るさを湛えたその表情に三人はうっとりした。

「金髪の男の子がいいかしら」と貴婦人は言いながら、澄んだ大きな瞳で幼いロイムを見つめた。

馬車の上部はガラス張りになっており、そのため奥の座席にもう一人、女の人がいるのが見えたが、そちらはあまり好きになれそうにないと三人は思った。

黒衣のその人は、おそろしく長い首にさまざまな大粒の石を連ねた首飾りを幾重にもかけていた。頭に巻いた絹のターバンのような布は虹色の縞模様で、金の星が一つついている。

黒衣の婦人の頰は死人のように落ちくぼんでいた。頰骨は高く、目玉は飛び出し、その白目は口から覗く大きな歯と同様に、肌の色からひどく浮いて見える。彼女は隣に座った美しい婦人の肩越しに子供たちを眺め、耳もとに何ごとか囁《ささや》いた。

「ええ、あの金髪の子にしましょう」と、美しい婦人は答えた。

貴婦人の甘い声は銀の鈴のように子供たちの耳を惑わし、その微笑みは魔法のランプのように目を眩《くら》ませた。窓に寄りかかり、大きな青い瞳でいかにもいとおしそうに金髪の男の子を眺める彼女の眼差しにつられて、幼いビリーは顔を上げ、とまどいながらもにっこりしてみせた。貴婦人が馬車から身を乗りだして宝石で飾った腕を差しのべると、子供も小さな手を差しだした。二人がどのように触れあったのか、残された子供たちには覚えがないそうだ。ただ、「いい子ね。ここへ来てキスして」と婦人は言い、細い指で羽をつまむように軽々と子供を抱き上げると、いつの間にか膝の上に乗せてキスの雨を降らせていたという。

兄も姉も恐れを忘れていた。最愛の弟と代われたらどんなに幸せだろう。ただ一つ気がかりなのは、気味の悪い黒衣の婦人が相変わらず馬車の中で身を起こし、前に乗りだしていることだった。彼女は金の縫い取りをしたハンカチーフを何重にも折り畳んで握りしめ、大きな口へ押し込まんばかりの勢いで口もとを覆っていた。うれしさのあまり込みあげる笑いを堪《こら》えているようにも見えた。先ほどにもましてとげとげしい視線をハンカチーフの陰から注いでいたにもかかわらず。

　それでも子供たちは美しい婦人から目が離せなかった。彼女は膝に乗せた幼子への愛撫とキスを繰り返していたが、やがて二人の子供にも笑顔を向け、大きな赤い林檎を一つつまみ上げて見せた。そして馬車がゆっくり動き始めると、誘いかけるように頷きながら、林檎を窓から落とした。林檎は車輪の脇をすり抜けながら転がってゆく。二人があとを追うと、貴婦人は次から次へと林檎を落とした。追っても追ってもきりがなかった。子供たちは馬車と並んで走りながら林檎を拾おうとするのだが、どういうわけか林檎はことごとく手から滑り落ちて穴や溝へと転がって行ってしまう。そのたびに二人が馬車を見上げると、貴婦人は新たに林檎を窓から放り投げる。そんな追いかけっこがいつまで続いたろうか、ふと気づくと二人はずいぶん遠くまで来てしまっていた。オウニーへと続く古い十字路。蹄と車輪が、ふいに猛然と埃《ほこり》を巻きあげた。すると、風もなく穏やかな日だというのに、子供たちのまわりで旋風が渦を描きながら柱のように巻き起こった。一瞬ののち、走り去る車輪の音とともに、リズナヴーラの山中へと消える馬車の姿を二人は見たような気がした。そしてにわかにあたりは静まり、足もとにまといつく藁屑や枯葉だけが残された。埃もすっかりおさまり、白馬も従僕も金の馬車も見当たらず、貴婦人も金髪の弟も消え失せてしまった。

　おりしも沈みかけていた太陽の上の縁がノックドゥーラの丘の向こうに隠れ、夕闇が一帯を満たした。子供たちは愕然とした。弧を描くリズナヴーラの稜線がすぐ目の前に迫っている。二人は再び恐怖に襲われた。

力いっぱい弟の名を呼んでも、声は虚しく空に吸い込まれてゆくばかりだ。そのとき、耳もとで陰気な声が響いた。「とっととお帰り」

声の主は見当たらない。二人は震え上がり、しっかりと手をつないだ。幼い姉は声を上げて泣きながら、兄は恐れのあまり灰のような顔色で、一目散に逃げ帰った。以上が子供たちの奇妙な話の全容である。

モリー・ライアンが愛児を取り戻すことは遂になかった。だが、かつての遊び仲間はその後も行方不明の子の似姿を垣間見ることになる。

母親が生活費の足しにと干草作りの仕事に出かけ、ネリーが窪地に流れ込む小川で夕飯のじゃが芋を洗ったり、洗濯物の叩き洗いをしていたときなど、ビリーの可愛らしい顔がふと扉の外から覗き、無言で悪戯っぽく微笑んだという。子供たちは歓声を上げながら駆け寄ってビリーを抱き締めようとしたが、ビリーは笑顔のまま後退《あとずさ》り、子供たちがおもてへ出てみると、その姿はもうどこにもなかった。

その後もしばしば同じようなことが起こったが、状況は少しずつ違っていた。ずいぶん長いこと屋内を覗き込んでいるときもあれば、すぐに去ってしまうときもあった。小さな手を差し入れてきたり、指を曲げたり、手招きすることもあった。それでも愛嬌のある笑顔と、それに反して警戒するような沈黙は変わることがなく、子供たちが扉のそばへ行くと決まって掻き消すようにいなくなってしまうのだった。やがてビリーの訪れは次第に間遠くなり、八か月も経つと、子供たちの思い出の中では死んだも同然の存在になってしまった。

愛児の失踪から一年半ほど経った寒い朝のこと、時をつくる鳴き声が聞こえてまもなく、母親は市場で鶏を売るためにリムリックへと出かけた。あたりはまだ薄暗く、末娘は熟睡している姉のそばで横たわっていた。そのとき静かに掛け金の上がる音がして、ビリーの小さい影が入ってくると、後ろ手にそっと扉を閉めた。わずかな明かりの中に、靴もはかず、みすぼらしい格好をしたビリーの、青ざめてひもじそうな表情が浮かびあがった。ビリーはまっすぐ暖炉のそばへ来ると、残り火の前にしゃがみこんで両手をゆっくりとこすり合わせ、くすぶっている泥炭を集めながら身を震わせていた。末娘は恐ろしくなり、姉にしがみついて囁いた。「起きて、ネリー。ビリーが帰ってきた」

ネリーの眠りは深く、目を覚まさなかった。暖炉に手をかざしていた弟が振り向いてベッドのほうを見たとき、怯えた末娘の目に、残り火の照り返しを受けた弟の顔が映った。痩せこけた頬。弟は立ち上がると、つまさき立ってすばやく扉のほうへ行き、入ってきたときと同様に音もなく出て行った。

その後、この幼い男の子に出会った者は、家族を含めて誰もいない。

フェアリー・ドクターと呼ばれる、超自然現象に詳しい人々が八方手を尽くしたものの、これといった成果はなく、トム神父が神聖な儀礼を行ったが、やはりなんの音沙汰もないまま、ビリーは母親にとっても兄や姉たちにとっても、幼くしてこの世を去った子供ということになってしまった。けれども墓は造られなかった。惜しまれながら亡くなった人間ならば、アビントンの古い教会墓地に手厚く葬られ、遺された者は墓石の前にひざまずいて死者の冥福を祈ることだろう。だが、家族の愛情あふれるまなざしを受け止めることなく消息を絶った幼いビルに、昇天のしるしは決して与えられないのだ。夕暮れどき、家の玄関に長い影を投げかけるリズナヴーラの古い丘、あれがビリーの眠る場所であるかどうかは定かでない。時が経ち、白い月光が丘に紗《しゃ》をかける晩など、ビリーの兄は市場から帰る道すがら丘を見つめては、幼い弟の面影を思い出して祈りの言葉を呟いたものだ。遠い昔にいなくなってしまい、二度と会うことのできない弟のために。

ボルドー行の乗合馬車

ハリファックス卿
倉阪鬼一郎訳

ロード・ハリファックス Charles Lindley Wood, Viscount Halifax（1839–1934）

怪奇好きのなかには実話に執するタイプというのがあって、そんな者たちにはゴースト・ハンターの呼称が冠せられるだろう。解説で触れたキャサリン・クロウやシェーン・レスリー、エリオット・オドネルなどといった名前がたちどころに浮かんでくるが、ハリファックス卿もそうしたなかの一人である。「ボルドー行の乗合馬車」The Bordeaux Diligence は *Lord Halifax's Ghost Book*（1936）に収められている。この作品は古典的な実話怪談が多いその集のなかでは少し毛色の変わった話で、思わぬ拾い物をした感にさせる話である。同書中で一番短いが、舞台もフランスで、なにやらコントめいた趣きもある。リドル・ストーリー（謎で終わる物語）としてもよく出来ているのではないだろうか。ハリファックス卿は自分が集めた話を公にするつもりはなかったらしい。前出の書は相続人であるハリファックス伯爵の手で編纂されて世に出た。

原編者註――ハリファックス卿はこの話の出どころをまったく明らかにしていないが、按《あん》ずるに、こんな話に典拠があろうとは思われない。

フランスに、妻を亡くし悲嘆にくれる一人の紳士がいた。とある日、彼がバク通りを歩いていると、三人の男がいやにうれしげに近づいてきた。そうして、通りの突き当たりに立っている女を指さし、こう切りだした。

「まことに相済《あいす》みません。われわれ、あなた様にお頼みしたいことがあるのですが」

「はあ、なんなりと」

「実は、あそこにいる御婦人に、ボルドー行の乗合馬車は何時に出発するのか、とお尋ね願いたいのです」

怪体《けったい》な頼みだと思ったが、彼は突き当たりまで歩いて行き、くだんの婦人に声をかけた。

「恐縮ですが、ちょっとものをお尋ねします。ボルドー行の乗合馬車は何時に出発するのでしょう？」

と、女はたいそう慌てて、口早に答えた。

「そんなこと、妾《わたし》ではなく、警官に訊きなさい！」

そこで彼は警官のところへ行き、まったく同じ質問を発した。

「なんだって⁉」

「ボルドー行の乗合馬車は何時に出発するのでしょう？」

すると、警官はがらりと態度を変え、彼を逮捕し、警察署へ連行した。しばらくそこで留置された後、彼は下級判事の前に引っ立てられた。判事が罪状を問うた。

「ボルドー行の乗合馬車は何時に出発するのか、と質問したのであります」警官が答えた。

「君、この男はたしかにそう言ったのだね？」判事は言うなりこう命じた。「暗房にでも放りこんでおきたまえ」

「そんな！」男は抗議の声をあげた。「わたしはただ、三人づれの男に頼まれて、ボルドー行の乗合馬車は何時に出発するのか、と、ある御婦人に質問しただけです。そうすると、彼女は警官のところへ行って訊くように申しました。ただそれだけのことなんですよ！」

「暗房だ」答えはそれきりだった。

数日後、男は裁判官と陪審員の前に引き出された。「この男はどうして起訴されたのかね？」裁判官が質問した。

「本官のもとへやってくるなり、ボルドー行の乗合馬車は何時に出発するのか、と問うたのであります」例の警官が答えた。

「こやつはそう言ったのかね！」裁判官は声を荒らげた。「諸君、これなる被告は有罪か、はたまた無罪か？」

「有罪！」陪審員はこぞって叫んだ。

「連れて行け」裁判官は判決を下した。「カイエンヌにて七年の刑に処す」

かくしてこの哀れな男は、囚人船に乗せられ、カイエンヌの獄舎で重禁固の刑に服することとなった。やがて、彼は他の囚人たちと親しくなったが、ある折り、どうしてこの島へ送られてきたのか、めいめいが罪を打ち明けようという話になった。俺はこんなことをやらかした、某はこう、某々はこう、そしてとうとう、新参の彼のところへお鉢が回ってきた。

「ああ、こんなバカなことがありましょうか」彼は嘆いた。「ある日、わたしがバク通りを歩いていると、三人の男がやってきて、こんな頼みごとをしたんです。通りの突き当たりに立っている女に、ボルドー行の乗合馬車は何時に出発するのか尋ねてほしい、と。女にそう尋ねると、警官に訊けと言います。ところが、警官に同じ質問をしたところ、いきなり逮捕されて豚箱入り。それから判事、お次は裁判官と陪審員の前へ引っ立てられ、とうとういつしか監獄ぐらし……とまあ、こんなわけなんですよ」

語り終えたとき、一座は重苦しい沈黙に包まれていた。そして、それからというもの、誰もが彼を遠ざけるようになった。

しばらくして、刑務所長が囚人たちの罪状吟味にやってきた。その結果いかんで、幾人かの者は軽作業に回ることを許されるのだった。やっと番がきて、男は所長の前へ引き出された。所長が罪状を問い、彼は例の物語をくりかえした。

「おまえはそう言ったんだな！」所長は命じた。「独房に監禁しろ」

可哀想な男は教戒師に懺悔《ざんげ》したいと申し出た。しかし、罪を問われてあの話をすると、師は彼を残してそそくさと立ち去っていった。

こうして、惨憺たる苦悩の七年間をすごしたのち、彼はようやくのことで帰郷を赦《ゆる》された。さりながら、彼はもう、金も縁者も友人も、一切合財《いっさいがっさい》を失くしていた。それから間もないある日のこと、彼はもう一度バク通りを歩いてみようと思いたった。すると、通りの突き当たりに、まごうかたないあの女が立っていた。しかし彼女は、恐ろしいまでにやつれ、めっきり老《ふ》けこんだように見えた。彼は女をぞんざいに呼び止めて言った。

「わたしはとんでもない不運に見舞われた。元をただせば、みんなおまえが張本人なんだ！」

女はこう答えた。「手荒なまねはおよしなさい。でも、お望みとあれば、妾《わたし》がなぜあんなことをしたのか、わけをお教えしましょう。今夜十二時、シャンゼリゼへおいでなさい。一軒のあばら家がありますから、ノックして入りなさい。どうしてあなたが悲惨な目に遭ったのか、すべてその場でお話しいたしましょう」

男は言われた時刻にシャンゼリゼへ行き、くだんのあばら家とおぼしいものを見つけた。ノックする、中に入る、女がいるのが見えた。

「さて。わたしがなぜあんな目に遭ったのか、わけをお聞かせ願いましょうか」そう促すと、「コニャックを一杯、くださいまし」と、返事があった。

彼は女の頭上の棚から酒壜を取り、グラスに注いでやった。飲み干す。

「さあ、うかがいましょう」

「もう少し、コニャックを」

酒を注ぎ足すと、女は話しはじめた。「もっとこちらへ、耳を近づけてくださいまし。どうもめっきり弱ってしまって、大きな声が出せないのです」

彼は女の口もとに耳を寄せた。と、女は思いきったように話しだそうとしたが、不意に深いため息をつき、やおらあお向けに倒れて——死んだ。

遭難

アン・ブリッジ
高山直之・西崎憲訳

アン・ブリッジ　Ann Bridge（1889–1974）

夫の仕事の関係で世界各地を転々とする。四十代前半に中国での経験をもとに書いた長篇 *Peking Picnic*（1932）が好評をもって迎えられる。その後、十数冊の長篇、ノンフィクション、ミステリーのシリーズをつぎつぎに刊行。怪奇小説というものはとかく舞台設定の幅が狭くなりがちなものだが、変わった場所での話も無論ないわけではない。L・T・C・ロルトやウェイクフィールドの諸作などが挙げられるが、この「遭難」などはその種の作品のなかではかなり成功しているほうではないだろうか。ブリッジは自分でも山に登り、結婚相手であるオーウェン・オマリーは登山仲間だった。この作品の細部が充実しているのは、もちろん自身の経験が活かされているせいだろう。本名メアリー・ドーリング・ソーンダーズ・オマリー。母はアメリカ人、父はイギリス人。ヨット、スキー、水泳を嗜み、フランス語、ドイツ語、イタリア語、中国語を流暢に話した。妻であり母親であることを重んじたので、執筆には朝食前の七時から九時までの二時間を充てただけだそうである。原題 The Accident、初出などは残念ながら明らかにできなかった。

白髪頭の男が一人、タイムズを手に、スイスはツェルマット、モンテ・ローザ・ホテルの前の「壁」の椅子に腰掛けていた。足を載せた、低い欄干《らんかん》ふうのセメントの出っ張りにパイプをコツリとあてて灰を落とすと、男は小さく唸《うな》り、やおら枝編み椅子から立ちあがった。ツェルマットの「壁」は一般にいうところの壁ではない。細い道の上にセメントを一フィートほどの高さに盛って固めた細長いテラスを、この辺では「壁」と称しているのである。上には椅子が一列並んでいる。登山のシーズンがはじまってすぐの頃から、皮の剝けた鼻にだぶだぶのズボン、草臥《くたび》れたツイードの上着といったいでたちの英国人たちがここにやってきて、セメントの欄干に足を投げだしてパイプをふかし、タイムズを読み、スイスの山々の登山ルートを口角泡を飛ばして論じあいながら、八月と九月を漫然と座って過ごす。そうしてホテルに出入りする他の登山客たちに穿鑿《せんさく》じみた視線を投げつつ、休暇中の教養ある英国紳士に相応《ふさわ》しい執着を持って噂話に興じるのだ。いささか礼儀に欠けるそんな一握りの英国人たちはさすがに一風変わった存在で、彼らの興味は登山の業績から、お互いの癖といったものにまで及び、そうした興味には何かの先触れめいたところもあった。

白髪頭の男はホテルの入口で気圧計を覗いていたが、やがて得心したらしくコンコンと気圧計を叩き、堂々たる体軀を街路へと辷《すべ》らせていく。ホテルの入口近くでは、まだ少年めいたところの残る二人の若者が緑色に塗った鉄のテーブルでやや早いお茶を飲みながら、その後姿をしげしげと眺めていた。彼らもまたアルペン・クラブのボタンのついたジャケットを着て、鋲打ちの長靴をはいた登山客だ。午後の陽差しの射す「壁」にはほかに誰もいなくなり、彼らの唯一の興味の、もしくは穿鑿の対象であった白髪頭の男は、靴屋を過ぎたあたりで視界から消えた。

「あれは誰だい?」年の若い方が尋ねた。

「アラード老。精神科医《エイリアニスト》さ」

「精神科医《エイリアニスト》って?」二杯めのお茶をカップに注ぎながら、若い方がまた尋ねる。

「頭のおかしな奴のお医者さんだよ。ビリーくん。あのじいさんはその道の権威でね、ハンプシャーで大きな精神病院を経営している。去年、フランツ・ロイケルバートじいさんと組んで、プレッツェルホルンの新しいルートを開拓した男だよ」

そんな会話が交わされているとも知らず、アラード博士は狭い通りをブラブラと歩いていた。今日は山のことはひとまず念頭から消し去って、同じような考えの人たちがツェルマットでするようなことをしてのんびりと過ごすつもりだった。博士はヴェガ書店に立ち寄って、目についた早発性痴呆症に関するフランスの新刊書を買った。まだお茶には早い。アラード博士は足の向くまま小さな共同墓地を訪れた。登山客の団体が二つばかり、マッターホルンの初登頂で命を落とした四人の登山家の記念碑に見入っている。劇的な逸話がまざまざと脳裏に甦る。不撓《ふとう》の、そして尽きることのない苦闘の年月の果てに、ようやく成功を収めたにもかかわらず、不可解で予想だにしなかった悲劇に見舞われて勝利の絶頂で姿を消したエドワード・ウィンパー（一八四〇—一九一一。登山家。マッターホルン初登頂に成功したが帰途四人の仲間を失う）のパーティ。「フランシス・ダグラス卿」（前述の墜落死したうちの一人）、碑に刻まれた名を呟いて、アラード博士は小さく溜息をついた。哀れなウィンパー老。アラード博士はウィンパーが最後にツェルマットを訪れたときの様子を思い出した。ややビーヴァーブルック卿（一八七九—一九六四。英国の新聞社主。デイリー・エクスプレス紙を発刊）に似た四角い顔の、老いた、しかし頑健な小男。アラード博士はマッターホルンを仰いだ。谷の向こうに聳《そび》える茶と銀の方尖塔《オベリスク》。新雪に彩られたそれは可憐とも——それでもここ何日かは登れそうにないが——形容しえた。そう、そのウィンパーも今は亡い。だがビーヴァーブルック卿と彼の新聞や富が忘れ去られるときにも、マッターホルンは聳えつづける。そして、ウィンパーもまた人々の記憶に残ることだろう。マッターホルンを目にするとき、人はウィンパーの名を思いださずにはいられない。山を自らの記念碑とした男。そして残酷なまでに美しいその姿に挑んだ彼の勇気と闘志と献身を。

共同墓地には真新しい墓がふたつあった。何か不思議な力に引き寄せられでもしたかのように、アラード博士はいつしかその前に立っていた。新しい土盛りの前の、間にあわせに立てられた板に記された名前を読む。「ジェイムズ・ブル　一九××年七月十六日没」。「ジョージ・ヘンリー・ホワイトレッグ　一九××年七月十六日没」。ちょうどひと月前だ。哀れな男たち。彼らがなぜ墜ちたのか誰も知らない。二人はその時ガイドを連れずに登っていた。ヴァイスホルンの北東壁では事故は多くない。思いだせるかぎりでは四件、そのなかには確か十九歳の少女も含まれていたはずだ。死者を鞭打つ気はないが、ブルはかなり底意地の悪い男だった。不作法で妬み深く、短気なうえ、我欲が強い。思いだしただけで、アラード博士は不快になった。他の登山家のあら捜しをし、己れの功績を大げさに吹聴し、自画自賛する。唯一見るべきところは山に懸ける情熱だろうか。しかしそのあるかなきかの取柄も、大衆紙めいた脚色で自ら台なしにしてしまうのだった。可哀相なあの若者ホワイトレッグはすっかりブルの言うがままだった。ブルには何か他人を支配するような力があって、それはまるで憑依とさえ言えるほどのものだった。

ときに自分の考えにどきりとすることがある。「憑依」というところでアラードはいきなり立ち止まった。いや、そんな言葉を使うつもりはなかった。たとえブルに対しても。「憑依」という言葉はアラード博士にとって定義の明確な専門用語だった。それは外部からの侵入者によって人格が侵されるときに生じる精神錯乱の一形態を指し、その支配の過程で侵入者は精妙に調整された人間理性のメカニズムを破壊してしまう。彼は精神医学のなかでもその分野が専門で、既に一冊、著作もあった。

その考えが疲労を呼びこんだのだろうか。陽光がふりそそぐベンチにアラードは腰を下ろした。可哀相なローズ。情熱的で美しく、気立ての良い女。二人の挙式の六週間前、忌まわしい病が彼女の内側に巣くった。アラードはあの頃のことを今でもたまに思いだす。見た目は変わらず、優しげで穏やかなローズが自分をまったく無関心な目で見はじめた日々。その日々の記憶は、彼女が信じ難いような力で打ちかかってきたあの恐ろしい一瞬よりもなお心に強く焼きついて離れない。ローズは精神病と診断され、病院に収容されて間もなく息を引きとった。ローズがアラードを精神科医の道へと転じさせたのだった。以来、アラードは持てる時間のすべてをその特異な精神錯乱の研究に奉じてきた。数年間はツェルマットにも決して足を踏み入れず――二人が出会ったのはこの地だった――再び訪れるようになったのはつい最近のことだ。しかし今となってはそれも昔。時はいかに炎のような記憶でもいずれはその刃を鈍らせてしまう。しかし、今またアラードの脳裏にはローズの思い出が色鮮やかに甦りつつあった。フィリス・ストレンジウエイズ。あの人好きのする娘のせいだ。あの娘は妙にローズのことを思いださせる。容姿のゆえにではない――フィリスの方が小柄だし、それに綺麗だ――山と、山の美しさに寄せる熱い想いと、倦むことを知らぬ登山への情熱のゆえに。フィリスと弟のロジャーは、貴重な休暇の三週間を一秒も無駄にしたくないらしく、じっとしている時がなかった。昨日、二人はアラードの勧めでビースホルンへおそらくただ新雪を見るためだけに出かけてまだ戻っていない。ガイドは若いカウフマテル兄弟で、二人のような経験の浅い者を任すには少しばかり性急で、むこうみずと言えた。アラード博士はローズと過ごした日々の思い出をフィリスと重ねあわせて、半分保護者のような、もう半分は懐かしさ以上の、微妙な感情を抱いていた。一方の二人もまた世話を焼いてもらうのを厭がる風でもなく、アラードの言うことだったら、何によらず熱心に耳を傾け、快く聞き容れた。二人はもう帰ってきて、自分を探しているだろう。時計を見た。四時五分。ランダから町に入った頃だろう。迎えにいかなければならなかった。アラードはリューマチでも起こしそうな堅さのベンチから腰をあげ、共同墓地を後にした。

アラードは通りで二人と行き合った。姉と弟は剣呑な火成岩と一面の雪を踏み越えて、ビースホルンから無事に戻ってきたのだ。けれども二人ともいつもの登山の歓びはどこへやら、姉の方は疲れた様子で顔色も悪く、アラードが緑色の小さなテーブルでお茶を振舞っても、いつになく黙りこくっているばかりで、その面差しにアラードは何とはなしに胸騒ぎを覚えた。フィリスが入浴のため席を立ったのでアラードは弟に尋ねてみた。

「ロジャー、お姉さんは具合でも悪いのかね？」

少年は顔をしかめて、原因はカウフマテル兄弟の片割れ、馬鹿なクリスティアンのせいだと答えた。帰路、クリスティアンは回り道をしてビース氷河を渡って、二人に一箇月前遭難事故のあったヴァイスホルンの現場を見せてやると言い張った。それが姉をあんな風にさせたのだと言う。

何てガイドだ。アラードの心中に怒りが湧きあがった。不健康なまでの恐怖への嗜好。けれどもフィリスの反応の大きさは少し意外だった。あの子は思慮深く、しっかりした神経の持ち主に見える。「それはとんだことだったね、ロジャー」博士は言葉をつづけた。「けど何が見えたというわけじゃないんだろう？　見えたのは新雪ぐらいのものかな」

少年は何も言わなかった。相変わらず眉を曇らせ、困惑の態《てい》だった。「ロジャー、どうしたんだね？」アラード博士の声が詰問口調になる。

「そうですね……やはりお話しした方がいいでしょう。馬鹿なことを言っていると思われるかも知れないけれど……」少々興奮した調子で少年は喋りはじめた。「実を言えば、僕らはあるものを見たんです。その場を去ろうとしたときでした。岩壁を離れて、その下の広くゆるやかな雪面で休んでいたら、足跡が目に入ったんです」ロジャーは口を噤《つぐ》んだ。

「で、それがどうしたんだい？」急《せ》かすような言葉が口を衝《つ》いてでた。「他のパーティがいたっておかしくないだろう。その足跡はどっちの方から続いていたんだね？」

「そこなんです」ロジャーが口を開いた。「足跡はどこからも続いていなかったんです。いきなり現れて。最初はおかしいとは思いませんでした。僕たちは跡を辿っていきました。ついて行くのは簡単でしたから。でもそのうちに二人のガイドがいつもの調子で自分たちだけで話しはじめたんです。一体どうしたら、あんな広い場所であんな風に足跡をつけることができるんだろうって。フィリスは斜面を下りはじめた二人の話を聞きつけて真青になりました。そうして振り返って僕に言ったんです。これはあの人たちの足跡よって。それから姉はもう一歩も先に進もうとはしませんでした」

アラード博士はパイプを口から離した。「カウフマテル兄弟は何と言ったかね？」

「ああ、クリスティアンは笑って、こう言いましたよ。『それはただの足跡さ《エス・ヴァル・ヌア・シュプーレン》』って。でもそうは言ったものの、二人とも納得がいかないようで、誰かが飛行機からパラシュートか何かで降りたんだろう、でなけりゃこんなところから足跡がはじまるはずがないって言いました」気鬱を振り払おうとするように、肩を揺すりながら少年は言った。

「それで、僕たちは左に逸れて氷瀑《アイス・フォール》（氷河の崩落部）の横の岩場を降りて、ルートに戻ったんです。けどそれ以来姉さんの様子がおかしくて……」

II

夜がきてもアラード博士はその話を考えつづけていた。ロジャーが着替えにいった後、アラード博士は二人のガイドを探しだして、問い詰めてみた。二人は細部に至るまでロジャーの話を裏づけた。ヴァイスホルンの北東壁の下に広がる雪面のどこからか足跡が不意にはじまる。まるで飛行機から飛び降りでもしたように。しかし、二人には不安な様子は見られず、兄弟の人を小馬鹿にしたような冗談半分の態度が二人が実際に喋った何よりも、ロジャーの不興を買ったのだとアラードは察した。けれどもほんとうはハンスとクリスティアンのカウフマテル兄弟も怯《おび》えているようだった。なぜ彼らは素直にそう言わないのだろう。

子供たちが――そう、アラード博士はフィリスが二十歳も間近で、弟の方が少なくとも十七歳になっているにもかかわらず、二人のことをいつも子供のように考えていた――床についた頃、博士は柔らかな星明りのなか、紫煙を後に引きながら、谷の道をそぞろ歩いていた。目の前にはマッターホルンが聳えている。そこだけ暗く、空が切り取られたように星が見えない。アラードは事実を整理してみた。ポーターのアロワによると最後に雪が降ってからこの三十六時間のあいだ、谷を横切った飛行機はない。だから飛行機という可能性は除外される。しかし、四人の人間がそれを目にしている。四人が四人とも見誤ったのか？　あり得ないことではない。アラードは、その可能性を否定するには余りに多くの幻覚の症例を知っていた。だが彼らが幻を見たとしても問題は残る。四人の人間が程度の差こそあれ、似たような不快の念を表明しているのだ。フィリスが最も強く、次がロジャー。そして肝心なのは、フィリスだけが二人の死者と足跡を結びつけているということだ。どう判断するにせよ、万事問題なしというわけではなさそうだった。明日、ビース氷河に登って、自分の目で確かめようかという考えが浮かんだ。しかしよくよく考えてみると、この思いつきはどうもうまくない。むしろ子供らと一緒にいてやって、フィリスの気が紛れるようにお喋りでもしている方が良いのではないか。ショックや不安を抱えた人間にはいかなる場合でも、徹底的に話すことが大事だとアラードはよく知っていた。傷口から毒を吸い出すように、そうやって潜在意識に障害が及ぶのを防ぐのだ。朝になったら早速はじめよう。アラードはそう決めた。

翌日アラード博士は、午後になって起こった出来事のために、ビース氷河へ行かなかったことを感謝した。朝は穏やかだった。アラードとフィリスは連れだって町外れの牧草地に散歩に出た。干し草用の青草は刈られ、輝くような小花が整然とした草地や点在する岩の僅かな隙間に撒いたように散らばっている。香草の香りが濃い。穏やかで長閑《のどか》な牧草地の草の上に座って、アラードとフィリスはあれこれと話をした。しかし結果は満足のいくものではなかった。意外なことに、フィリスには問題がないように見えた。消耗はしていた。しかしそれで疑心暗鬼になっているわけではなかった。足跡のことはもう念頭にないらしかった。あれは確かに奇妙な足跡でした。でも別に大したことではありません。フィリスのそんな言葉にアラードはかえって狼狽した。フィリスは本当のことを言っていない。しかし何故？　何が彼女をそうさせるのか。それにはふたつの理由が考えられた。ひとつは、確かにショックを受けたが、それを克服して、自分の愚かしさを恥じているか、それでなければ心の奥深くでは恐れを抱いていて、この問題を避けようとしているか。後者の可能性の方が高そうだった。しかし、彼女が自分からそれを語ろうとしないかぎり、アラードには手の打ちようがないし、もちろん助けることもできなかった。

結局、アラードにできるのは気晴らしをさせておくくらいだった。アラードは二人を連れて、ジョージ横丁の小さなレストランにお茶を飲みにでかけた。フィリスはそこで快活さを取り戻したように見えた。しかしそれも、より大きな衝撃が襲うまでのあいだに過ぎなかった。ホテルに帰ると、何通か、手紙が届いていた。アラード博士はでっぷりと肥えた年寄りのアロワから手紙を受け取って、姉弟らとともに「壁」の椅子に身を預けた。自分あての手紙を読んでいた博士はそれでも、ぼんやりと子供たちが椅子をくっつけあって、何やら手紙について喋っているのを意識していた。ロジャーの声が聞こえる。「この葉書は何だろう？　フィル、Ｊ・ブルって誰？」

その名前を耳にした刹那、アラードは小さなハンマーで打ちすえられたような気がした。弾かれたように二人を見ると、フィリスが困惑の面持ちで絵葉書を裏返している。

「分からないわ、ストレーザ？　ストレーザにいる人なんて知らないし、第一、ブルっていう名前の人も思いつかないもの。何で私たちと一緒に登りたいなんて言うのかしら。でも待って、その名前にはなんとなく聞き覚えがあるわ。ええと、つい最近見たような気がするんだけど」

アラード博士は椅子から腰をあげて、二人の前に立った。「誤配かね？　ちょっと見てもいいかな」野鳥に近寄る人のように、アラードは穏やかで、ごく自然な態度を装った。葉書に何が書いてあるにせよ、フィリスがどこでその名前を――アラード自身ついた昨日共同墓地の新墓の木の墓標に読みとった名だ――見たのか思いだす前に、何としても文面を知らなければならなかった。フィリスの手から葉書を取りあげようとしたとき、彼女の顔からみるみるうちに血の気が引いた。奇妙な仕草で片手を口に押しあてて、沈痛な眼差しでアラードを見る。「ジェイムズ・ブル……」抑えた手のあいまから囁きが洩れた。「あのなかのひとりだわ」

「それは、葉書とは何の関係もないだろうね」自分の声に確信が含まれているようにとアラードは思った。「見ても構わんかね？」フィリスの差しだす葉書を受けとって、目を走らせる。ストレーザの写真の下、光沢のある表面に、鉛筆書きの薄い文字が見えた。「ジョージと私はツェルマットへと向かっているところだ。そこで貴女と弟君に会えたら良いのだが。我々は君たちと登りたいのだ。あなたの友J・ブル」それだけだった。葉書を裏返してみる。間違いなく宛先はツェルマット、モンテ・ローザ・ホテル、ミス・フィリス・ストレンジウェイズで、二日前のストレーザの消印が押されている。子供たちがビース氷河で不思議な足跡を見た日の一日前だと、アラードは思った。ジョージというのは若いホワイトレッグの名前だ。気にいらない。誰かの質《たち》の悪い悪戯だろうか？　言うべきことを考えているうちに、若いロジャーがおよそ考えられるかぎり、最悪のことを口にしてしまった。「もう一人の名前はジョージ・ホワイトレッグだよね、確か」

アラード博士は少年に対する苛立ちを、かなり苦労して抑えなければならなかった。「それはそうだがね」できるだけ落ちついて、また少し厳格に聞こえるように。「しかしこれは誰かが君の姉さんに仕掛けた愚にもつかない悪戯だな、実に悪趣味だ」フィリスの方を見遣ると、椅子に腰かけたフィリスが翳《かげ》りの濃い眼差しで見返した。「この筆跡に見覚えはないかね？」アラード博士は平静な口調を心がけて尋ねた。「もう一度よく見てごらん」

しかし、フィリスもロジャーもまるで見当がつかないらしかった。アラード博士は葉書を預って、このふざけた悪戯者が誰か調べてみるつもりだと言った。アラードはそいつを捕えて、すぐにもフィリスの顔色が元に戻るところを、本来の活々《いきいき》とした表情に戻るところを見たかった。しかしアラードの捜索は口にしたようにはうまく運ばなかった。実際、手は尽くしてみた。まずは郵便局からストレーザの訪問者リストを発行している小さな地方紙の事務所に電話をして、半ば予想していたが、ここ一週間、どのホテルやペンションにもブルという名の記載がないことを確かめた。けれども子供たちが外出しているときに、アラードは当の、自分たちが泊まっているホテルの帳簿にジェイムズ・ブルのサインがあるのを見つけだした。見慣れた粗末なスイスの鵞ペンと、見慣れたホテルの膠《にかわ》のインクで記されたそれは、しかしほとんど紫色の汚点《しみ》のようで、判読するのも困難だったし、葉書の薄い鉛筆書きの文字と比較することもできそうになかった。帳場でブルが支払いを現金で済ませていることまで調べあげた。アラードはさらにホテルに泊まっている数人の英国人登山客のなかに、筆跡まで知っているほどブルと親しかった者がいないかどうか調べてまわった。結果はけれど期待したほどのものではなかった。ブルはそれほど著名な人物ではなかったのだ。アラード博士は手詰まりを認めざるを得なかった。

翌日、アラード博士はリッフェルホルンに登った。子供たちは悪ふざけ説をあっさり受けいれたようだった。その実、アラード博士自身はむしろ不吉な考えを抱くに至っていたのだが。

フィリスはよくついてきた。リッフェルアルプの雄大な眺望のなかで、贅沢なお茶を飲んだあと、下山する登山家がいつもそうであるように、幸福な気持ちに包まれながら、松の木のあいだを抜けるルートを下った。ホテルに着くと、アラード博士は入口のところでちょうどマッターホルン横断から戻ったばかりの旧友と出くわした。立ち止まって挨拶を交わそうとしたとき、不安の面持ちでホールの方から走ってきたロジャーに腕をつかまれた。「ちょっとフィルのところへきてくれませんか。フィルにまた手紙がきたんです」

博士が急ぎ駆けつけると、フィリスは葉書を握りしめて、紙のように白い顔に怯えきった表情を貼りつけて、ホールの階段の下の椅子に座っていた。オルナファッソの消印が押された葉書は、前のものと同様の文面で、日付は翌日になっていた。ホールが人で溢れ返っていたので、アラードはフィリスを自分の部屋へ連れていった。ようやく気持ちが落ちつくとフィリスは半分泣きながら、自分が確かに怯えていて、ビース氷河で感じたのと同じ恐怖を今味わっていると告白した。「これが悪戯だなんて私には信じられません。きっとあの人たちからの手紙だわ……。どうしてかは分からないけど、そんな気がするんです。あの人たちは私を捕えようとしているんだわ」追いつめられたような目で、フィリスは博士を見つめた。

アラード博士は落ち着かせようと、彼女の肩に手をかけて軽く揺すった。「思いつめてはいけない。こう考えようじゃないか。真偽のほどがはっきりするまでこれは悪戯と思うことにしよう。幽霊には手紙は書けないからね」アラード博士はフィリスにタウフニッツ出版の新刊小説を手渡して、食事のあいだ、横になっているように送りだした。そうして、不安な気持ちのまま、夕食をとるために階下に降りた。確かに霊は手紙を書かない。しかし誰かの手を借りて書かせることはできる。現にアラードはそれを自分の目で見たことがあった。まったくあれは胸の悪くなるような光景だった。「我々は君たちと登りたいのだ」——確かにフィリスやロジャーらと一緒に登りたいらしい。しかしどうやって？　姿を現わしてか、それともあの子たちに憑依してか？　もしこれが悪戯でないとしたら……。アラード博士はもうこれがただごとではないことを承知していた。辻褄《つじつま》が合いすぎる。オルナファッソはほぼアンザスカ谷の入口で、マクニャーガとモンテ・モーロに通じている。徒歩の登山家ならばその道筋をやってくるだろう。いや、しかしこの考えは気にいらない。まったくもって気にいらない。

アラードは唯一考えられる対抗策を講じた。アロワにミス・ストレンジウェイズ宛ての手紙を全部取っておいてもらって、自分に渡すよう頼んだのだ。おかげでフィリスは翌日、アラードが予期した通り、アンザスカ谷を半分ほどこちらに近付いたバンニーノから届いた真新しい消印の葉書から逃れることができた。そのつぎの日は何もなく、アラードは二人をフィンデレン氷河へ歩きに連れだした。三日目の午後だった。散歩を終えて、一同がお茶にしようとホテルに戻ると、ポーターのアロワがフィリスにメモを手渡した。一時間ほど前、モンテ・ローザのレジーナ・マルガリータ・ヒュッテから下りてきた、どこかのパーティに頼まれたということだった。メモを開いたフィリスの顔から血の気が引いた。無言のまま博士にメモを渡す。今日の日付が書かれたそれには、ただつぎの言葉が記されていた。

「今夜ツェルマットで会おう。J・B」

III

最初に浮かんだ考えはメモを渡したパーティを追いかけようというものだった。しかし、アロワによると、そのパーティはイタリア人のガイドなし登山家たちで、メモを差しだしながら、ウィスプ行きのつぎの列車の時刻を尋ねて、駅の方に歩いていったと言う。列車は三十分ほど前に発車していた。

けれども、フィリスの状態が案じられたので、質問ばかりしているわけにはいかなかった。ロジャーがこわれものでも扱うようにして、フィリスを自分の部屋に連れていった。まもなくメイドがやってきて、ロジャーが博士《ヘル・ドクトル》にきて欲しいと言っていると告げた。アラードが部屋に行くと、フィリスは小さくなって椅子に座っていた。博士を見上げる。博士の姿を見て気持ちを抑えきれなくなったのか、フィリスはたまりかねたように椅子から立ちあがった。体が震えていた。「あの人たちがくるわ」小声でフィリスが言った。「今夜くる。そうして私たちを連れていくの」博士はフィリスの手を取ってなだめた。「フィリス、私が守ってあげる。だから、落ちつくんだ」
「駄目なんです。そんなことはできないんです。あの人たちは必ずやってくる。必ずこへ。今夜……」声が叫びに近くなった。フィリスはふたたび腰を下ろす。まだ震えている。

アラードの懸念はもう抑えがたかった。これが彼が恐れる本物の脅威でも、あるいは単なる悪質な悪戯でも、フィリスに悪影響を及ぼすという点では同じことだった。フィリスの状態は狂乱といっておかしくない。憂慮すべきだった。こんな状態が長くつづけば、フィリスの心は過負荷になってしまうはずだが、おそらくもう言葉で言っても無駄だった。唯一の手段《てだて》は緊張を緩和させる行動をとらせることで、それについてはまったく考えがないわけではなかった。

「ロジャー、すまないがフランツとクリスティアンを捜して、お茶がすんだらすぐに、身仕度するよう言ってくれ」有無を言わさぬ調子でアラードは言った。「それからマリーには明日のための食料を用意するようにな。トリフトへ登るんだ」少年が急いで部屋を出ていくと、アラード博士は娘の肩を力をこめて握った。

「フィリス」娘が顔を上げると、アラードは正面からその目を見すえた。それはアラードが自分の職業を通じて学び、用いてきた一つのトリックだった。「お聞き、フィリス。もし誰かがやってきたとしても、私たちを見つけることはできないのだよ。どうしてかと言うと私たちは今夜トリフトへ発つからだ。もし、天気がもてば明日はロートホルンを横断して、マウンテテット小屋まで行くんだ」反応があったのをアラードは見のがさなかった。フィリスは興味を示していた。アラードの言葉の意味が飲みこめたらしく震えが少し鎮まった。アラードはつづける。「この出来事はね、まったく厭らしく、また確かに不思議なところもあるが、もし君が私を信頼してくれて、言う通りのことをきちんとやってくれたなら、君とロジャーはきっと私が守ってみせる。フィリス。分かるね？」

「はい」微かな、けれども幾分落ち着きを取り戻した声でフィリスが応じた。

「いい子だ。私の言うことを聞いて、それに従ってくれれば、私は君たちを守ってあげられる。さあ、二、三日分の荷物をまとめなさい。天気がこのままで、君も大丈夫だったらダン・ブランシュまで行こう。肌着の替えはあるかね？　セーターは？　よろしい。全部詰めこんだら、お茶を飲んで出発だ」

　フィリスがベッドの上に必要な物を積みあげる。ロジャーが戻って来るまでのあいだ、アラードはリュックサックはどこかと尋ねたり、登山用具に寸評を加えたりしながら、何とか彼女の注意をそれら実用品のひとつひとつに惹きつけておこうと努めた。

「それが終ったら、ロジャーを手伝ってあげなさい」アラードはロジャーが自分の考えを悟ってくれるよう、腕をきつく握った。最初はびっくりしたようだったが、やがて真意を解したらしく、ロジャーは感謝の眼差しで博士を見返した。「十分以内に仕度をして、降りておいで」そう言って博士は部屋を出ていった。


　お茶を飲んだ少し後には、一行はトリフト小屋へとつづく狭い谷の道を歩いていた。アラード博士は機会をとらえて、ロジャーに話しかけた。博士は前もって、自分が信頼を置くフランツ老に少しばかりの状況説明をしておいた。このお嬢さん《フロイライン》は、不運なことに、遭難の現場を見てからというもの、ある種の固定観念に囚われてしまってね。そうアラードは説明した。「はい《ヤー》、はい《ヤー》」よく分かったという風に、フランツ老は頷き、さらに博士は、何より大事なのは娘の気を紛らしておくことだ、と強調した。フランツは途上、フィリスの隣を歩き、会話が途切れないように喋りつづけた。もちろん、遭難や死や幽霊や、ホワイトレッグにブルといった話題は注意深く避けていた。「はい《ヤー》、はい《ヤー》」フランツが頷いている（スイスのガイドがことのほか好むふたつの話題を切り捨てるのはさぞかし窮屈だと思われたが、フランツとは古いつきあいだったので、うまくやってくれるはずだった）。

フランツがウィルスやウィンパー、ダヴィッドソンやクーリッジの逸話で若い御婦人を楽しませているのを横目に見ながら、アラード博士はロジャーに話しかけた。ロジャー自身が今度の一件をどう受けとめているのか確認しておきたかったし、これまでずっとフィリスにかかりきりで、この少年のことを余り気遣ってやれなかったことに、申しわけなさも感じていた。しかし一方でロジャーが状況を把握してくれれば、フィリスを扱う上で最も心強い味方になってくれるだろうとの気持ちがあることも否めなかった。博士は注意深く、きわめて医学的に、このような恐怖のもたらす緊張がフィリスの心と神経に及ぼす危険を説明した。大事なのは彼女の気を紛らせるようにすること。決して一人にしないこと（アラードは後で、この言葉を嚙みしめることになった）。まず何よりもフィリスの恐怖心を刺激しないこと。なのにロジャーはそれをしてしまった。アラード博士の訓令を申しわけなさそうに聞いた後、ロジャーは弁明の意をこめて尋ねた。

「フィルは思っているというか、確信しているというか、つまり、あいつらは登山をしたくても今となっては登るべき身体がない。それで僕たちの身体を使おうとしていると思ってるみたいなんです。それってちょっと信じられないような話ですよね。でも……」ロジャーが一瞬、口を噤んだ。「そんなことってほんとにあるんですか？」

答える前に、アラード博士は用いるべき言葉を注意深く吟味した。精神疾患の一形態にそうしたものがある。「憑依」という言葉を使ってアラードは語った。だが一般的にそれは、全人格に関わる問題というより凶暴性や残酷さと同じように属性と思われていた。「憑依」の一番の問題点はそれが人を隷属させてしまうことだ。「そして未だに我々は模索中なのだよ。いかなる外的影響がその原因となるかをね」

「あり得ないことだと思ってるんですか？」博士をまっすぐに見すえて、少年は尋ねた。

アラード博士は足を止め、フェルト帽を取った。一行は峡谷を登りつめた、トリフト小屋のある、開けた場所にでたところだった。一行の前には落ちゆく陽に染めあげられた山々が、眼路のかぎりに畳《たた》なわっている。雪面を渡ってきた冷たい風が汗に濡れた額を心地良く撫でていく。

「分からない、とだけ言っておこう」少年の視線を、突き出た額の下の灰色の目でしっかりと受けとめて、ようやくアラードは答えた。「私に言えるのは、これまでこの仕事をしてきて、死んで間もない人間がすぐ誰かに憑依するなんていうケースは聞いたことがないということだけだ」アラードは額を拭った。そう言っただけで谷の急勾配を登ったのと同じくらい身体が熱くなった。だがロジャーはその言葉に満足したようだった。

「それなら良いんです」

「怖いかね？」

少年は考えこんだ。視線の先には姉の姿があった。二人の前をいくズボンとシャツ姿のフィリスは、ほっそりとしていて、いつものようにきちんとして見えた。足場の悪い谷をフランツ老と肩を並べて、軽やかに歩いている。ロジャーはそれから谷間を囲む、気韻に満ちた山々に目を遣った。

「全然怖くないです」ようやく答えが返る。「……フィルがああでなかったら。でもここを登るのはすごく気持ちがいい。あそこにいるよりは」ロジャーは肩ごしに後にしてきたツェルマットの谷を振り返った。「僕は山に囲まれているといつも気分がいいんです」ロジャーの手が円を描いて、四方の山々を指し示した。

トリフト小屋は石造りの、本当に小さな山小屋で、数部屋の寝室と食堂、そしてガイドのための部屋があるだけだった。一行はそこで夕食をとった。メニューはおなじみの、チーズを溶かしこんだマギー・スープ、粗いパン、筋ばった仔牛肉、そして砂糖漬けの果物だった。食事がすむとすぐにアラードは子供たちを寝室に下がらせた。二人には強い睡眠薬を与えた。アラードは寝室までいって、父親のようにそっとシーツをかけてやった。眠気に抗してフィリスはアラードに微笑んだ。

「おやすみ、良い子だ」子供のようなその笑顔に、心を動かされ、アラードは小さく囁いた。「私が見守っていてあげよう」医師は二人の寝室を出た。

その夜、アラードは寝ずに見張っていた方が良いのではないかという気がしきりにして、眠る気にはなかなかなれなかった。他の数少ない登山客がポツリポツリと寝室に消えていくのを尻目に、アラードはひとり小さい食堂の枝編み椅子に身を沈めていた。本を持っていたが開かなかった。眠気を感じたときまで取っておこうと思ったのだ。本の代わりにアラードは心のなかでこの一件をそもそものはじまりから辿ってみた。筆跡は実際、問題だった。アラードは鞄を引き寄せて、三枚の葉書とメモと一通の手紙を取りだし、クロスのない木のテーブルの上に広げて、吟味してみた。先日マッターホルン横断を終えた後でふらっと現れた友人のモリソン老は、ブルと地誌学上の問題点に関する論争を書簡で交わしており、偶然にもその時、手紙を身につけていた。それがこれだが……。借り受けた手紙を博士はフィリス宛ての三枚の葉書、そしてメモの文字と較べてみた。完全に同じというわけではない。しかし、似ている。ちょうど人が強いられて筆跡を真似ようとした、そんな感じの似方だ。いい気持ちはしなかった。しかしなぜ私は「強いられた」という言葉を使ったのだろう？　どうしていきなりそんな言葉が浮かんだのだろう？　いやはや……見れば見るほどこれは厭な気分になる。突然、ドアがガタガタと音をたてた。博士は椅子から立ち上がって、ドアを開けてみた。誰もいない。宿の後方から昇った月がヴェレン・クッペとその向こうのガーベルホルンの山頂に銀色の光を灌《そそ》いでいる。下方の谷からは細流《せせらぎ》の音が意外なほど明瞭に立ち昇ってくる。谷にあるのは平穏と静寂ばかり。アラードは少年の山への言葉を思いだした。何とはなしに慰められた気分で、アラードはドアを閉めた。想念は今度はフィリスの精神状態の方に向かった。可哀相な子だ。もしこの方法でしくじったなら、あの子は不幸な事態に陥るだろう。ツェルマットの彼女の部屋で、博士の入室を躊躇《ためら》わせた、あの漠とした視線。それはフィリスの震えや叫びよりもいっそう、博士を怯えさせた。厭な予感がしてならなかった。アラードはローズを想った。いまはもういないローズ。そうだ、ローズもやっぱり人形のように座っていたっけ。ぼんやりと前を見つめて、いつまでもいつまでも。子供のようなあの笑顔を取り戻さなくては、しかし実に厄体もない事件だ。忌々しいことだ。二人は眠っただろうか？　そう思ったアラードは古びた革の上靴を脱いで忍び足で階段を上り、二人の部屋を覗いてみた。よろしい、姉弟は安らかに眠っている。アラードは階下に戻った。それでも懸念は絶えずつきまとい、アラードを一晩中苛《さいな》んだ。鎧戸やドアや階段が時折微かにきしみ、また静かになる。何度も何度も、時に不自然に、また時に強く、不安を抱かせるほどそれは高く響いた。アラード博士は椅子から立って、そっと階段を上って子供たちの部屋の前で聴き耳をたててみたり、小屋の入口のドアをあけて、外を見まわしたりした。外《おもて》は何度目をやっても、影の濃い、暗渠めいた谷の底の灰色の氷堆石《モレーン》（氷河によって運ばれ、堆積した石塊・土・砂）や月の光を浴びた白い山々が見えるだけだった。

IV

ツィナル・ロートホルンの急斜面《トラヴァース》は、ツェルマットの愉しみのひとつである。頂上には赤茶けた岩が犬歯のように聳えている。高い尾根はダニヴィエ谷とツェルマット谷の分水嶺になっていて、水流はしかし万年雪に覆われてほとんど見えない。ロートホルンは美しさにおいては、どこから見ても、隣に聳える完璧な稜線を有する輝けるピラミッド、ヴァイスホルンには遠く及ばない。けれどもロートホルンには独自の輝きがある。波頭のように突きだした頂き。登山靴で小石を蹴り落とすと、石はまっすぐ数百フィート下の雪面めがけて落ちてゆく。ツェルマット側の斜面は総じて易しい。トリフト谷を登っていくと、しまいには氷食でできた小さな湖に辿りつく。倦むことを知らない営為の結果で、地質学上の観点に立っても珍しい形をしている。蛇のように長く、曲がりくねっているのだ。湖には氷河の表面から石塊《いしくれ》が転がり落ちて漠然とした感じで堆積している。緩斜面を右へ右へとゆっくり登っていくと、有難いことについに登攀者は岩壁にありつくことができる。ロジャーはその岩を「楔《フラグ》」と呼んでいた。あとは純粋な歓び。岩を少し登り、雪に覆われた尾根を抜けるとやがて急な角度で空に切れこむ岩の頂上である。つるりとしたその赤い岩は堅固このうえなく、爪先か指を少し掛けるだけで、絶対の安心感を登る者に与えてくれる。

翌朝、トリフトの宿を発った一行が採ったのは、そのルートだった。午前三時。あたりはまだ暗く、一行は薄暗い氷堆石《モレーン》の斜面をかなり苦労して登った。ガイドたちが手にしたランタンの灯が彷徨う星のように瞬く。外は暖かい。残念なことというに留まらず

――何より登山家は明け方の冷気を好むものだ――それは天候が変わる不吉な前兆だった。アラードは大量の汗をかいていた。岩壁の下で一行はロープを掛けるために立ち止まった。枝編み椅子での眠れぬ一夜が登山の良い準備とはいえないことを痛感していた博士にとって、折からの微風が有難かった。もうツェルマット谷の向こうの南の山々の頂きが見える。重畳とつづく山々の切先は凄いような薔薇色に染まって、行末を案じさせた。ガイドたちはその色を見て、口々に悪態をついた。オーベル・ガベルホーネルとウンテル・ガベルホーネルの尾根の切れ間に、マッターホルンが聳えている。超然としたその姿は野性味溢れるもので、ほとんど野蛮とも形容しえた。昨日の睡眠で生気を取り戻したのか、子供たちはなかなか元気が良く、宿では粗末な朝食しか口にしなかったフィリスも、ビスケットやチョコレートをパクパクと口に放りこみながら、山々の頂きをつぎからつぎへと指して、名前をあげ、ルートをどうとるべきか、楽しそうに喋っていた。

それにしても、フィリスの登山好きは並大抵のものではなかった。ずっと後になっても、アラードはロートホルンでのフィリスの楽しげな姿が思い出されてならなかった。一行はロープを使って岩場や岩山稜《グラート》を登った。フィリスの姿には昨夜までの恐怖はいささかも感じられず、身も心も重力に打ち勝《まさ》って、蒼穹の深い青のただなかに飛びたっていくかのように見えた。急な岩壁の頂きに辿り着くと、フィリスは猫のように平たい石の上に駆けあがった——大胆かつむこうみずで、力に満ち溢れていた。普通の人間なら神経を集中してしっかりと摑まって身を支えていなければならない場所で、フィリスは宙空に誇らしく身を乗りだし、博士を振り返って、弾む声で一言二言、質問とも感嘆ともつかぬことを叫んだ。フランツ老はフィリスをいたく気に入り、カウフマテル兄弟とスイス訛りでフィリスの豪胆さを褒めそやした。一行が頂上に着いたのは十時半。遅いペースだった。だがアラード博士はもう急がせるつもりはなかった。フィリスは懸崖の縁に至福の表情で腰掛けて、数百フィート下まで何もない、青い空間に両足を投げだして、景色を眺めながら昼食をとっている。アラードの胸中に希望が湧きあがった。対抗策は想像以上にうまくいったようだ。この状態が維持できるように、ツェルマットには戻らずに、ツィナルかアローラへ行こう。二人の荷物は後から送らせればいい。フィリスと同じくらい高揚した気分で、アラード博士は下山の準備に取りかかった。

ロートホルンからマウンテット小屋への下山は、トリフト小屋からの登攀のように容易ではない。登山家たちに尖り岩として知られている、尖塔さながらの三つの大岩が尾根に突きだしており、細心の注意をもって通らねばならないからだ。三番目の一番大きな岩が特に厄介だった。切り立ったむき出しの岩。狭い尾根は完全に断ち切られている。岩の表面には片手と片足が入るほどの割れ目しかない。たとえコンディションが最高だったとしても、神経を集中し、頭を使わなくてはならない場所だ。そして今回彼らの調子は決して良いとは言えない。一行は山の北側に差しかかった。南側の岩の斜面が暖かく、乾いているのに対して、北の尾根の岩の裂け目には雪や氷がまだ溶けずに残っている。巨大な尖り岩の割れ目は、当然のように雪と氷で塗り固められている。険しい壁面を伝っていくのは非常に困難だった。一行はロープを解き、そのうちの一本を岩の突端に結んで、急場の手掛かり《ハンドホールド》にすることにした。まずフランツ老が、顔をしかめて、罵言を吐き、足で割れ目の氷をできるかぎりこそげおとしながら進んだ。一人ずつ慎重につづく。頂上を発って尖り岩の下に全員が揃うまで四時間。午後三時だった。遅延は無視し難いものだった。天候が案じられる。夜明けの暖かい風と、薔薇色の曙光は凶兆そのものだった。雲は南へ吹きよせられ、一行の後ろ、ロートホルンとヴァイスホルンの広い狭間《はざかい》では灰色の雲が湧きはじめていた。ガイドたちは悪天候に見舞われそうな時の常で、そわそわと浮き足立ち、下山を急ごうと言いだした。しかしフィリスのことを第一に考えるアラードは、逆に、近くに適当な場所を探して、そこで小休止と軽い食事をとるべきだと主張した。

一行はそれを受け入れて、尾根に跨がるところに適当な場所を見つけ、ひとまず腰を落ち着けた。アラードとフランツ老の二人は西側に陣取り（残りの三人のガイドと子供たちは反対側に座った）ヴァイスホルンを眺めていた。マウンテット小屋のある谷の広い部分は、陽に輝く雪に覆われている。ベッソの斜面に半ば隠れた北側のデュラン氷河はダニヴィエ谷に沿って下降しているため、先端が円く削りとられている。氷堆石《モレーン》に覆われた辺りのすぐ上、斜面の裾に山小屋が見える。登山家の習い性で氷河の表面をつぶさに観察していたとき、奇妙なものが目に入った。自分が座ったところと地続きの斜面を覆った雪の上に足跡が見えた。そこに足跡があったとしても何ら驚くことではない。尾根をマウンテット小屋へと下って行くためには、確かに氷河のちょうどそこいら辺り、あの足跡が見える辺りを通らなければならないのだ。しかし、アラードの目には足跡がどこに続いているか見えなかった。アラードはリュックサックから双眼鏡を取りだして焦点を合わせ、足跡を追ってみた。

目にしたものに驚き、紐を首に掛けるのを厭《いと》って無雑作に膝の上に置いていた双眼鏡の革ケースが滑り落ち、岩にぶつかって、遥か下の氷河にカランカランと空ろな音をたてて落ちていった。足跡は山小屋へと続いている。積もったそのままの雪の上、岩のあいまを縫って点々と続くのが明瞭に見てとれた。だが、岩場から足跡がはじまる地点までの雪の上には何も見えなかった。ビース氷河のクレバスを渡ってきたように足跡ははじまっている。まるで深いクレバスの上の虚空から歩いてきたように――ありえないことだった。

双眼鏡を通して見たこの不吉な光景に、アラードは一瞬悪寒を催したが、すぐさま態勢を立て直して、つぎになすべきことを考えた。幸い、尾根の向こう側に座っているフィリスとロジャーは、あの足跡を見ていない。何をおいても、あの足跡を見せないようにすることだ。もしもしくじれば非常にまずいことになるだろう。そうなれば自分のせいだ。アラードは下りのルートを変更して、早めに尾根を離れることにした。そうすれば氷河に着く時は、あの忌まわしい足跡のはじまる場所から相当の距離ができているだろう。足跡を横切るのは好ましいことではないが、山小屋にいかねばならない以上、他に道はなかった。到達可能な地点には他に宿はない。一行がロープを解き、岩場を下り出すと同時に、雪が降りだした。

一行は大した困難もなく岩場を下り、幾許《いくばく》か遅れを取り戻して氷河に差しかかった。アラード博士の懸念は現実のものになった。フィリスの様子は一変した。足跡を横切るとき、フィリスは何も言わなかったが、落ち着きがなくなり、面《おもて》に不安が表われた。話しかけても、後ろから覗きこんでも、黙りこむばかりだった。フィリスのそんな様子に、アラードは冷たい手で心臓を握られたような気がした。疲労のせいだと思いたかった。山小屋に着く頃には、雪の勢いがかなり増していた。博士は夕食のとき、フィリスにホットブランデーを与えて、早くベッドに行かせた。フィリスの顔からは生気が消え、博士の絶望もそれに連れて深まる。何をなすべきなのだろう——アラードは嘆息した。なすべきことをしなければならなかった。マウンテテット小屋は二階建てで、二階へは梯子のような階段で上るようになっている。階上にフィリスとロジャーを寝かせ、少年に姉を決して一人にしないよう言い聞かせて、フィリスには昨晩のものよりも強い睡眠薬を与えた。階段を降りると、藁《わら》を敷いた寝床の上ではもうガイドたちが横になって鼾《いびき》をかいていた。アラードはストーブの火を燃えたたせ、椅子を引き寄せて、その夜も寝ずの番をしようと思った。最後に外を覗いたときは雪が降っていた。深々《しんしん》と音もなく。アラード博士の身体には昼間の長く、緊張した登山が応《こた》えていた。おまけに徹夜もこれで二日めだった。ストーブの熱に身を委ねているうち、うとうとと眠くなってきた。幾度も幾度も、転寝《うたたね》しては身を起こしといったことを繰り返しているうちに、ついに力尽き、アラード博士は眠りの淵に沈んでいった。

肌寒く、何だか明るかった。アラード博士は立ちあがって訝《いぶか》しげに四方《あたり》を見まわした。寒いのも当然だった。ドアが大きく開け放たれている。雪が止んで、煌々たる月の光が、そして身を切るような夜の冷気が、戸口から忍び入っていた。

V

アラードは腕時計を見た。二時半。ドアのところまで行き、外を見る。小さな足跡が、でこぼこの斜面から氷河まで一面に降り積もった柔らかい新雪の上に点々と続いている。凶々《まがまが》しい予感に衝き動かされて、アラードは屋内に取って返し、梯子を駆けあがった。

恐れていた通り、藁を敷きつめた寝棚は空っぽで、汚れて黴《かび》臭い毛布は、かたわらでふたつの小山になっていた。子供たちは行ってしまったのだった。

睡魔と許しがたい意志の脆弱さを呪いつつ、アラードは梯子を急いで降りて四人のガイドを叩き起こした。何やら不平を言いながら――無理のないことだと思う一方、博士はそれに腹が立った――ガイドたちは起きて、ブーツを履いて、防寒着を着こみ、ロープとピッケルを集め、ランタンに新しい蠟燭を入れた。堅い椅子で眠ったせいだろう、背中が痛んだ。アラードはガイドたちに質問を浴びせた。昨日の足跡にはカウフマテル兄弟も気づいて、気が重くなり、何とかそれをフランツとペーターに伝えようとしていたのだと言う。カウフマテル兄弟はグリンデルヴァルト生まれのルター信徒だったが、カトリック教徒のフランツは、戸口をまたいで、冷たく冴えきった月の光のなかに足を踏みいれるとき、十字を切った。

足跡は氷河まで下り、端を横切って、南の方へ抜けていた。月の光が明るいので、積もったばかりの雪の上の足跡を辿るのは難しいことではない。五人の男たちは速い足どりで進んだ。アラード博士の心は急《せ》いていた。一体どうして気づかれずに梯子を降りたり、ブーツを履いたり、ドアを開けたりなんていうことができたのだろう？　謎だった。しかし自分が梯子を上ったとき、ガイドたちは気がつかなかった。起こしたときもなかなか目を覚まさなかった。ガイドたちがフィリスたちに気がつかなかったとしても、不思議ではないだろう。とは言えどうして子供たちは山小屋を出ていこうと思ったのか？逃げるためかそれとも何かに強いられてか？　そして二人の目指すところは……。博士は軽い焦躁感にとらわれた。氷河の向こう、ガーベルホルンとルディホルンの尾根には幾つものクレバスがあり、おそらく二人はロープを持っていない。月の光のお陰で周囲はよく見えたが、距離感がまったく摑めなかった。目の前の白い斜面には何ら動くものの姿は見えない。それに二人が出発してからどのくらい経つのかも分からなかった。

不意に、先頭のクリスティアン・カウフマテルが、肝を潰したような声をあげて立ち止まった。残りの者も駆けよる。歩幅の広いのと狭いのと、二種類の足跡が、そこまでは二人の人間が歩いていたのを示していた。ところが、クリスティアンたちが立ちすくんでいるところまで追いついた博士が見たものは、自分たちが追ってきた足跡の両側に突然現れた二組の足跡だった。まだ新しいその足跡は不意に現れて、フィリスとロジャーの足跡と一定の距離を保って続いていた。一行はしばらく足跡を見おろした——フランツがふたたび十字を切る。カウフマテル兄弟の下のハンスが唐突に小声で何か呟いた。どういうものかその瞬間、恐怖が飽和状態になった。なんとか自らを鼓舞して、博士は声を張りあげた。「進め《フォアヴァルツ》、急げ《シュネル》」しかし、ガイドたちの士気は見事に打ち挫かれ、彼らに不安をもたらした三列の足跡を追わせるのは並大抵のことではなかった。一行は足跡の片側を登った。博士がいくら急きたてても、それまでの登攀速度には比ぶべくもなかった。

月が沈み、後方の空が白みはじめた。かなり明るくなった頃、今度は二番手でアラードのすぐ後ろを歩いていたクリスティアンがまたも叫び声をあげた。博士は足を止めた。クリスティアンが駆け寄ってきて、前方のルディホルンの斜面を指さす。雪に覆われた尾根に、相当の速さで登るふたつの小さな黒い影が見えた。アラード博士はツァイス社製の双眼鏡を取りだして覗いてみた。ロープなしで登るフィリスとロジャーの姿が見えた。双眼鏡を通してさえ、二人の姿には不安を掻きたてるものがあった。登っていくあの恐るべき速さ。そして、そばには誰も見えないのに、二人は常に肩越しに振り返りながら、追い立てられるように登攀速度をあげていく。ルディホルンの尾根はあんな恐いもの知らずのスピードで登るところではない。今、子供たちが登っているのは細心の注意が必要とされる箇所だった。毎年、冬には、岩の斜面は雪に厚く塗りこめられ、傾斜を増し、ついには登攀不能の角度にまで至る。何が二人をこうした絶望的な逃避行へと駆りたてたのか。それは何か目に見えないものから逃れるためだと、今、博士は確信した。

しかし、有難いことに、子供たちが置かれた危険な状況が、ガイドらの恐怖心を吹き飛ばした。みな口々に叫び声をあげ、口笛を鳴らして二人に呼びかけた。答えは返ってこない。ガイドたちはしかしそれから驚くべきスピードで氷河を渡って、追走を開始した。カウフマテル兄弟とペーターはどんどん先へ進み、フランツとアラードはそのペースに合わせることこそできないものの、精一杯の速さで彼らの後を追った。もう急きたてる言葉は要らなかった。カウフマテル兄弟が彼らに無断で消えた雇主に追いつこうと決意したのは明らかだった。フランツとアラードの前を行く二人はすぐにルディホルンの裾の斜面に辿りつき、同じ頃、子供たちのスピードは進路の険しさに阻まれて鈍っていた。不意に二人は尾根を離れ、なおも不安そうに後ろを振り返りながら、明らかに慌てふためいて、雪に覆われた峡谷《クールワール》、もしくは雨裂《ガリイ》まで降りた。二人はそこを渡って、別の岩壁へと斜行《トラヴァース》した。二人はあらためて登りはじめる。ふたたびレースがはじまった。しかしこの方向転換のお陰で、子供たちの目に見える方の追手、つまりガイドたちはかなり追いついた。高さこそ違うものの、フランツやアラードから見ても水平距離ではもうそう遠くない。二人の老体はフィリスとロジャーに向かってこだまが返るほどの声で呼びかけた。しかしまるで耳がなくなりでもしたかのように、二人は呼びかけをまるで気に留めず、さらに絶望的な登攀を続ける。その道筋がいかに絶望的なものであるのか、アラード博士には今はっきりと分かった。二人が登っている雪の斜面はその頂きで蒼い氷壁と接している。その右側は二人が今しがた渡った峡谷《クールワール》の底まで慄然《ぞっ》とするほどの角度で落ちこんでいた。その反対側、左は不意に雪庇《コーニス》で途切れている——波頭のように空間に曲線を描いて突きでた雪庇《コーニス》の奇妙な形は風によって作られる。それほど珍しいものではない――氷壁までたどりつけば二人はそこが完全な行き止まりであることに気づくだろう。そこで恐慌状態に陥ったら、二人はどうするだろう？
しかしそうした状況はカウフマテル兄弟も充分把握しているようだった。雪の斜面の裾の氷河を、岩を手掛かりに左へ左へと移動してゆく。二人が雪庇《コーニス》か氷壁に辿り着く前に捕えようという明確な意志をもって、見当《あたり》をつけた地点に向かって登りはじめる。カウフマテル兄弟はロープも使わず、凄まじい速さで登ってゆく。段々動きが自在になっていくようだ。絶望と不安の渦中にあるそのときでさえ、アラード博士は彼らの素晴らしい技術に思わず感嘆の声をあげそうになった。クリスティアン・カウフマテルは厄介な岩の壁を素速く、それは見事に登っていく。フランツと博士は立ちどまっていた――二人にできることはもう何もない――アラードは雪の積もった氷河を無茶な勢いで登ってきたので、消耗しきっていた。博士とフランツは立ちつくし、恐ろしいレースに目を瞠《みは》った。――ガイドたちのスピードは驚くべきものだったが、子供たちはそれこそ足に羽根でも生えたかのように雪におおわれた岩場を登っていく。今、二人は振り返るだけでなく前方にも目を注いでいた。アラード博士が双眼鏡を通して見た様子では、行く手の氷壁に気がついたらしい。闇雲に左、右と視線を走らせる。二人は結局左を選び、雪庇《コーニス》の方に向かって斜めに登りはじめた。二人の突然の動きはカウフマテル兄弟に残っていたチャンスを一気に潰した。数秒後、アラードはクリスティアンの練達の技術をもってしても、もう間にあわないことを悟った。絶望に押し流されそうになりながらも、博士は二人に向かって、喉も裂けよとばかりに呼びかけた。「フィリス、ロジャー、行ってはいけない」声をかぎりに二人の名を呼び、天に呼びかけ、ふたたび二人の名を呼ぶ。ただ一度、フランツは博士が苦悩と絶望の滲《にじ》んだ声で「ローズ」と叫ぶのを聞いた。しかし、すべては空《むな》しかった。クリスティアンはすでに二人のすぐ後ろまで迫っていたが、怯えきった二人の方もさらに速度をあげていた。もし二人が振り返りさえすれば、そこに懐かしい顔と安心を見出すことができたものを。しかしフィリスとロジャーは進みつづけた。二人は雪庇《コーニス》へと辿り着き、なおも斜めに登りつづける。縁までは数フィート。足元の一見固く見える雪が、何もない空間を蔽い隠しているとも知らず——二人に左側は危険だと気づく機転さえあったなら。もう声にならなかったが、博士は叫びつづけた。不思議な音が四方《あたり》に響いた。わずかに加わった重さと素速い登攀が引き起こした震動に耐えられなかったのだろう、ゆっくりと雪庇《コーニス》が折れはじめた。一瞬、水を打ったように静まり、やがて雪と氷の巨大な塊が落ちはじめた。下の岩場に落ちた瞬間、地の果てまで届くかと思える轟音が響き渡り、跳ね返った氷のかけらと細かい雪煙が、博士のほとんど足元まで達した。

ツィナルからきた救助隊の助けを借りて二人の遺体を掘りだしたのは、とうに夕刻を回った時分だった。博士はふたつの担架が氷河を下るその時まで作業現場から離れようとせず、帰路は終始無言で、疲れ果てた行列の真ん中を歩いた。行程の最後の方はランタンの光で進んだ。二人をツィナルの教会に一晩置いてもらうことにした。博士は年寄りの司祭から夜を徹して二人を見守っていても良いとの許可を得るまで、食事も休憩も取ろうとはしなかった。

アラード博士の登山仲間は、その時もそれ以降も、様々に憶測を巡らせた。何故、博士はストレンジウェイズ家の人々と一緒になって、ルディホルンでの奇妙な遭難事故の犠牲者二人をツィナルにもツェルマットにも埋葬すべきでないと主張したか。何故、二人の棺を英国に送り届け、緑の丘を望むサセックスの静かな教会墓地のイチイの木の下に永眠させようとしたか、あまつさえ、博士は当該の費用すべてを負うと言って譲らなかったのだ。もちろん彼らは知る由もない。粗末な枕に埋もれて、子供のような顔に信頼を湛えて見上げた娘の笑顔を。そしてその笑顔を博士がどのくらい好ましく思ったか。博士はその顔に向かって囁いた。「おやすみ、良い子だ。私が見守っていてあげよう」もちろん、ガイドたちもそんなことがあったのを見たわけでも聞いたわけでもない。しかし、彼らは博士が何故あれほど言い張ったのか、憶測を巡らしたりはしなかったに違いない。彼らは知っていたのだから。

花嫁

M・P・シール
西崎憲訳

マシュー・フィップス・シール Matthew Phipps Shiel (1865–1947)

怪奇小説および幻想小説の大家の一人と目される。西インド諸島に生まれ、十五歳の時に父親からキング・オブ・レドンダ（レドンダはアンティル諸島の岩の小島）という称号を授けられたが、英政府はそれを認めず、数年にわたる係争が続いたということである。シールはレドンダ島の一件をだいぶ負担に感じていたようで、後に友人で詩人・アンソロジストのジョン・ゴーズワースに王位を譲っている。三十歳の時にアッシャー家のシャーロック・ホームズと称される『プリンス・ザレスキー』を出版、成功をおさめ、その後もエキセントリックな傑作をつぎつぎに発表する。短篇にはポーのパスティッシュの「ゼリューシャ」「音のする家」、長篇には大鉈のような想像力を振るって書きあげた滅亡SFの傑作『紫の雲』などがあり、ほとんどが特異で晦渋な文体で綴られている。The Bride はシールの作品の中では比較的オーソドックスで文体も平明なほうだろうか。作品数はひじょうに多く、今後の紹介が待たれる。初出は *English Illustrated Magazine* 一九〇二年三月号。

かの者は川を見ぬであろう。乳と蜜の流れる川を。
ヨブ記

二人が知りあうきっかけになったのはクラップ・アンド・メイスン商会である。東中央区はリトル・ブリテン街のその楽器製造会社に、ウォルターはかれこれ二年ほど勤めていただろうか。そこへアニーがタイピスト兼雑務係として雇われてきたのである。まもなく二人は六時に勤めを終えてから連れだって出かけるようになった。うまくしたもので、ちょうどその頃、アニーの母親のエヴァンズ夫人は、下宿人を探しているところだった。アニーがそのことをウォルターに告げると、渡りに舟とばかりに話はまとまり、ウォルターはめでたく北区カルフォード通り十三番地の住人と相成ったしだいである。アニーとウォルターはその時にはもう婚約したものと周囲に見なされていたようである。しかしながらそれには少しばかり無理があったようで、なにしろその時分のウォルターの俸給はといえば、週三十シリングという、多分に心許《こころもと》ないものだったのである。

ウォルターは生粋のロンドンっ子である。年は三十、広い肩に均整のとれた体、いささか四角張った顔、口髭を蓄えていて、黒い痤瘡《ざそう》が鼻や頬に散らばっている。ウォルターがカルフォード通りの十三番地に引っ越したのは宵のことであった。アニーの妹のレイチェルに会ったのもその時が最初である。面白いことに話を聞いてみると二人の娘はどちらもレイチェルという名前を持っていた。母親の死を悼《いた》むこと大であったエヴァンズ夫人が、その名を娘たちに継がせたのである。だけれども普段はアニー・レイチェルはアニーと呼ばれ、マリー・レイチェルはレイチェルと呼ばれていた。レイチェルはウォルターが二階の裏手の部屋に引っ越し道具の箱を運ぶ際に色々と手助けをした。部屋に吊るされたランプの薄暗い光で、ウォルターはレイチェルの背の高さを、黒っぽい髪を、白い膚《はだ》に浮いた雀斑《そばかす》を、そしてどうやらいつも先端に汗をにじませているらしい、薄い鼻などを見てとった。顔はほっそりとしていて、上の歯が突きだしているため、口を閉じるにはいささかの努力が必要かと思われた。レイチェルは確かにアニーのように可憐なとは形容しがたい娘であったが、誰もが一目でそれと知るように、レイチェルはアニーよりも人に重んじられることの多い女性であった。

「どう、あの人?」階下に戻ってきたレイチェルにアニーが尋ねた。

「なかなか素敵ね。ちょっと好い男だし、重い荷物も軽々と持ちあげるし、大したものだわ」

ウォルターはその夜をアニーたちと一緒に正面の部屋で過ごした。ウォルターはずんぐりとした、悪臭芬々《ふんぷん》たるパイプを取りだして、燻《くゆ》らしはじめた。吸う度毎にパイプはずうずうじゅるじゅると音をたてる。黒い髪の、胴の位置が判然とせぬほど肥え太ったエヴァンズ夫人は、何度も溜め息を吐《つ》いて、新鮮な空気の欠乏を嘆きながらも、ウォルターを礼儀正しい、慎み深い紳士と裁定を下した。寝る時間がくるとウォルターは一同に、床に就く前に祈りを捧げてはどうかと持ちかけた。女たちはウォルターの勧めにしたがうことにした。ウォルターが熱心なキリスト教徒であることは、前もってアニーの口から知らされていたのである。階上の部屋へウォルターが上がると、恋する娘は席を立つ口実をうまく見つけだして跡を追った。二階の廊下で二人は短いキスを交わした。

「一回だけよ」アニーはそういって指を一本たてた。

「その隣の指も立ててくれないかな」ウォルターはクスクスと笑った——冗談を言う時にはかならずこんなふうに笑うのである。喉のずっと奥からでてくるような笑いで、それは口から飛びだす代わりに喉の奥へと下降するかのように、もしくは搦《から》みつくかのように聞こえるのであった。

「そんなことばかり言って」アニーはウォルターの頬を優しく叩いて、階下に戻った。

ウォルターのエヴァンズ家における第一夜は、このようにして過ぎたのであった。

しばらくすると、ウォルターは女たちのあいだで時を過ごすことが多くなった。観劇などはウォルターにとって、忌むべきことでしかなかったのである。夜になるとウォルターは居間に蟠踞《ばんきょ》して、質素な夕食を皆とともにした。自分がかつてこの世界で、どんな地位にあったかを繰りかえし語るエヴァンズ夫人の、ひっきりなしの溜め息にも少しずつ慣れていった。レイチェルはいつも静かに針仕事をしていた。アニーとウォルターの関係をほかの二人は薄々と察していたが、本人の口からはまだ何も明らかにされていなかった。アニーはピアノが弾けたので、古いピアノで賛美歌を弾いた。就寝の刻限になると、ウォルターは悪癖たるパイプを、火皿の底が湿ったそれを手から離し、みんなを祈らせてから二階に上がった。アニーとウォルターは、朝は大抵、連れだってリトル・ブリテン街に出掛けるようになっていた。

ウォルターが結婚に備えて昇給を打診してみるつもりだとアニーに打ち明けたのは、そんな或る日のことである。そうして事は目論見通りに運び、ウォルターは首尾よく大の苦手の社長から約束の言葉を取りつけたのだった。二人は天国にいるような気分であった。未来の輝きに目を細めながら、指輪のこと、結婚式や、家庭のことなどを人目を忍んで語りあった。アニーは処女宮に堅く閉じ籠もって浄らかに生きてきたことを嬉しく思うのだった。しかし十三番地の家ではそんなことはおくびにも出さなかった。過去の栄華の残照にいまだに目が眩《くら》んでいるエヴァンズ夫人が、週三十シリングという薄給で満足するとはとても思えなかったからである。

つぎの日曜日、夕食が終わって間もない頃、平生《つね》にないことが起こった。物静かなレイチェルの姿がどこを捜しても見あたらなかったのである。エヴァンズ夫人は下の娘の名前を呼んで捜しまわった。アニーも捜してみたが、どうやら家のなかにはいないらしかった。夕食は普段の半分ほど食べただけだった。結局、お茶の時間になるまでレイチエルは戻ってこなかった。レイチェルは無愛想で機嫌が悪く、顔色は蒼ざめ、突きでた歯の上で堅く唇を結んでいた。おそるおそる質問をすると――レイチェルの不機嫌ぶりはただごとではなかったのだ――何区画か先のアリス・ソールズビーのところで軽いお喋りをしてきたのだと応えた。

レイチェルの言葉に嘘はなかった。しかしながらそれは事実のすべてではなかった。レイチェルは途中にあるレーン教会の日曜学校にも立ち寄ってきたのである。疚《やま》しい気持ちを覚えながらも、彼女はその事実を明かさなかった。角の建物の隅にすわって、レイチェルは三十分ほど説教を聞いてきたのである。話していたのはウォルターで、ウォルターはその学校のために毎週の日曜日の夕食後、愛おしいパイプをテーブルに置いて、家をでるのだった。じつを言えば、ウォルターは日曜学校の校長だったのである。

その日から、エヴァンズ夫人の小さな家はがらりと様変わりしたようだった。紛《まご》うかたない凶事の徴《しるし》が平々凡々たる生活に忍び寄ってきたのである。一等はじめに、レイチエルが信仰に目覚めるなんていうことが、有りうるのかということが、アニーと母親のあいだで頻《しき》りに取り沙汰された。それは二人とも夢にも思わなかったことだった。祈りを捧げる者や救世軍などは、いつも厳然かつ仮借なきレイチェルにとっては、軽蔑の対象でしかなかったはずだ。けれどいままでは日曜日の夜毎に出掛けるレイチェルの姿が見られるのだった。教会にという説明が素っ気ない口調でなされていたが、どこの教会かということははっきり言われていなかった。しかし、レイチェルが足繁く通っていたのは、じつはレーン教会だったのである。そこのニュートン・ストリート礼拝堂でしばしばウォルターは訓戒を垂れ、祈るのである。レーン教会の日曜学校に通う人たちはまた木曜にも集会を開いていた。月に二回、木曜日の宵に出掛けるウォルターの跡を追うようにして、レイチェルはいそいそと家を出ていくのであった。

誰も気づかぬうちに恋愛という病はレイチェルの心を蝕んでいった。憐れな娘はもう自分を抑えておくことができなかった。最初にあった感情は孤独で苦い恥辱感で、発作のようにレイチェルは千回ほど泣き、自分の弱さに誰かヴェールをかけてくれたらと願った。しかしレイチェルの負った傷はそのようなもので覆い隠せるほど小さなものではなかった。夏の日曜日の長い夜に、ウォルターはよく街頭で説教をした。レイチェルは、ある時は人目を忍んで、ある時は堂々と、会衆者の群れに加わって、熱心な現代の伝道者の唱導する、いささか俗気の勝った賛美歌をほかの参列者とともにおずおずと歌うのだった。それ以外の夜に居間でウォルターと一緒の時には、レイチェルは静かに針仕事をするのみで、口を開くことさえなかった。

宵の七時に玄関のドアで鍵の音がすると、レイチェルの心は待ちかねた主人のもとへと飛んでいき、朝、慌ただしくウォルターが仕事に出かけると、レイチェルの宇宙は燃殻と化すのだった。

「最近、レイチェルのようすがどうも変なの」帰りの汽車のなかでアニーがウォルターに言った。「ウォルター、あなたレイチェルに信仰のことで何か言ってるの?」

舌と臼歯のそのまた奥で湿ったような、何か吸いこむような音をたててウォルターは笑った。

「とんでもない。なんにもしてないよ。レイチェルには問題がないように見えるけどなあ」

「あの子のことは私のほうが詳しいわ。当たり前のことだけど。あなたが来てからレイチェルは変わったみたい。なんだか憂鬱そうにしてることが多いし」

「可哀そうに、あの子はきっと自分のことを気にかけてもらいたいんだろうな」

アニーは笑った。しかし、面白がってというわけではなく、むしろその顔に浮かんでいるのは不安の表情である。

「でも彼女は憂鬱な顔なんてしていてはいけないな、神に心を捧げてるとしたら。世間の人は清教徒というものは、みんなそんなふうに陰気なものだと思ってるみたいだけど、キリスト教に帰依した者というのは、何事においても朗らかでなくてはならないんだ」

木曜の宵、レーン教会の信者の集会の日である。かろうじて顔を洗っただけで、ウォルターは聖書をひっつかんで十三番地の家を飛びだした。レイチェルのほうは、こちらは恋愛という狂犬に手酷く噛まれたといった恰好で、今夜は三度めの木曜日なので、注意を惹かないようにしなければならないはずだったが、もはやレイチェルにはそんな余裕など露ほどもなかった。ウォルターの虜《とりこ》となって完全に盲目となっていたのである。なにしろ、その日一日中、家事をやっていてさえ、思いはつねにこの世で唯一の関心事であるウォルターの下へと飛んでいってしまうのだった。ウォルターが後ろ手に玄関のドアをバタンと閉めた時、レイチェルは白い服を着こんで自室の鏡の前にすわっていた。体が震えるほど緊張していた。縁飾りに仕上げの一針を加える時のような細心さで、自分の姿を検分し、無理やり閉じたため不自然に突きだした唇に、憎悪の眼差しを投げかけた。

その夜、はじめて礼拝堂に最後まで残った。レイチェルはウォルターが帰りにいつも通る道を、ゆっくりと家のほうに向かって歩きだした。

ほとんどすべての一節に至るまで、黒と赤のインクで下線を引いたモロッコ革の聖書を手に、やがてウォルターが後ろから大股で近づいてくる。

「やあ、きみだったのか」ウォルターの掌に冷たい汗が吹きだした。

「ええ、そうですわ」生硬な口調で、レイチェルは他人行儀に応じた。

「まさか集会に出ていたなんて言わないだろうね?」

「出ていました」

「おやおや、どこに目をつけていたんだろうね、ぼくは。全然気がつかなかったよ」

「ティーガーさんはきっと私の顔なんて見たくなかったんでしょう」

「ばかなことを、そんなことを言うのは止しなさい。見損なわないで欲しいな。ぼくは嬉しくてしようがないんだ。ぼくがきみにいう言葉はだね、レイチェル、イエスがある若者にいわれた言葉だ。そう、ぼくもきみに言おう。既に汝は天の国より遠からじ、とね」

しかしレイチェルはもうそこにいたのだ。ウォルターのそばこそ天国だった。二人きりで、暗い街路で、情強《じょうごわ》な女だけが燃やせるような、熱情の炎を燃やしながら。差しだされたわけでもないのに、レイチェルはウォルターの腕を取った。そして家に帰ろうと歩きはじめたウォルターに、震えてはいたが、一種凄愴さを帯びた声で言ったのである。「ティーガーさん、まだ家に帰りたくないわ。少し歩きたいの。お厭かしら」「いいや、構わないよ。じゃ、ちょっと歩こうか」二人は入り組んだ街区を並んで歩いた。ウォルターは自分の『使命』について語り、日々の雑事をあれこれと語った。三十分ほど経った頃、レイチェルはこんなことを言っていた。「私はいつも男だったらなあって思うの。男だったら思ったことは何でも言えるし、好きなことができるわ。でも女は違う、ティーガーさん、あなたを見ているととくにそう思うの。いつも活気にあふれてて、みんな、あなたの言葉を一言も漏らさないように聞いてるわ。ほんとに私も男だったら良かったのに」

「ああ、でもそれも考え方しだいさ」ウォルターが言った。「それに、ウォルターって呼んで欲しいんだがね、もうそう呼んでもいい頃だ」

「そんなこと考えちゃいけないんです」レイチェルは応えた。「まだ考えちゃ――」ウォルターの腕に触れた手は震えていた。

「おやおや、話してごらん。なんでそう呼んじゃいけないんだろう」

「もっとあなたのことを知るまで――それまではできないんです――あなたとアニーのことがはっきりするまで」

ウォルターの口から湿った含み笑いがもれた。レイチェルはいつのまにかウォルターを引っ張って、同じ街区をぐるぐると回っていた。

「うーん、きみもありきたりの娘になってしまうことがあるんだな」ウォルターは声高に言った。「きみもほかの娘たちのようにつまらないことを言っている。あのお喋りのせいで、頭の良い青年たちは娘から身を隠すんだ」

「でも、あなたとアニーのあいだには隠すようなことはべつにないんでしょう？　それともあるの？」

ウォルターはいつものように、喉の奥に声が搦まっているかのように笑った。「話してごらん。それともまだ話せないかい」

一分ほどの沈黙の後であった。裏切りの言葉がレイチェルの口から飛びだしたのは。

「アニーは誰のことも好きじゃないの。ティーガーさん」

「ほう、そいつは少し難しいことなんだ。誰かを好きになるっていうのは。アニーなら大丈夫だよ」

「でもそうなんです。分かりきったことかもしれないけど、大抵の女は愚かでどうしようもないものなんです。とにかく結婚がしたいだけ」

「そうだ、女はみんな、そんなものだ」

これは冗談だった。笑いが喉を下りていき、執拗な痰《たん》のように喉に搦んだ。

「ほんとにそう。みんな愛するっていうことが、どんなことだか分かってないんです」レイチェルはつづけた。「そんなこと考えたこともないでしょうけど、ただみんな結婚している女というのが好きなだけ、夫がいるのが好きなだけ。それに結婚をめぐる諸々のことが。でも愛するっていうことだけは決して理解しないの。私の言うことを信じて、ティーガーさん、男の人は決して気がつかないでしょうけど」

レイチェルは震えていた――体が震え、声がいまにも消えいりそうに震えた――犇《ひし》とウォルターにしがみついた。月の光が雲間を衝いてレイチェルの悽愴な顔を白く染めた。

「そうか、確かにぼくは知らない――きみが何が言いたいのか分かったよ」

「あなたには分からないわ、ティーガーさん」

「どうしてだい、そりゃあ一体」

「あのことを知らないままじゃ、あなたは決して」

「分かった。話してくれ。きみはなにがどうなっているのか、よく心得ているようだ」

憑かれたように、どこにこんな力が隠れていたのかと、愕《おどろ》くほどの勢いで、レイチェルは「あのこと」なるものをウォルターに話しはじめた。それは狂気であり、その名は闘争であった。復讐の女神が憑依したのであり、喉の痙攣であり、四肢の悪戯《いたずら》であった。盲人の憧憬であった。骨の髄を燃やす炎であり、硬直症であり、神懸りで、黙示で、それは銀河のごとくに高邁であり、貧民窟への転落であり、ヴェスヴィオ火山であり、北風であり、入り日であり、汚水溜めにかかった虹で、聖ヨハネの御業《みわざ》にヘリオガバルスの所業を加えたもので、ベアトリーチェとメッサリナを併せたものであった。それは変身であり、業病であり、転生であり、神経症であり、狂女の舞いであり、タランチュラの一咬みであり、太陽神への生贄であった。単純率直かつ凶暴な言葉がレイチェルの口から洪水のように流れだした。それは自らの運命を切り拓こうとする人間の懸命の努力であった。そしてウォルターが完全に理解したと思った時、彼女の話はまだ半分も終わっていなかった。しかしレイチェルの話を受けいれた瞬間、ウォルターは屈服し、征服されたのである。

「まさかそんな」ウォルターは信じることをしばし躊躇《ためら》った。

「まあ、ティーガーさん。見たくないものは、見えないって言いますでしょう」

ウォルターはレイチェルの震える体にゆっくりと手をまわした。

過ちを犯さない人間などどこにいよう。ましてウォルターは堅忍不抜な心の持主であるとは残念ながら言えない青年である。ことに色恋の面では気まぐれで、混乱していて、不安定であった。そしてその性向はどうやら神に対する真摯さによって逆に助長された気味合いがあって、つまりこの突然の誘惑に際会した時に、ウォルターの高邁なる部分はそれまで抑えつけられていた本来の性向のほうに、一気に押し戻されてしまったのである。より正確に言えば、彼は清教徒にならなければドン・ファンになっていたような人間だったのである。

レイチェルの体の重みがいきなりウォルターの首にかかった。情熱に衝き動かされて、ウォルターはレイチェルにキスをした。

キスの後でレイチェルはウォルターに言った。

「私が可哀そうだと思ってこんなことをしたんでしょう。ウォルター、ほんとのことを言って。あなたはアニーを愛してる?」

ペテロのように、思わずウォルターは小さな嘘をついた。

「なんだ、そんなことが訊きたかったのか」

「そうなんでしょう？」ウォルターの語調にレイチェルは小躍りしながら言った。

「ばかだな、違うよ。そんなはずないだろう。ぼくが好きなのはきみなんだ」

ようやく家の前まで来た二人は、相談して、別々に入ることにした。まずレイチェルが入り、ウォルターは二十分ほど通りで時間を潰してから家に入った。

お屋敷というわけではないので、姉妹は二階の正面の部屋で一緒に寝起きしていた。ウォルターは同じ二階の裏の部屋で、エヴァンズ夫人は一階の裏手の部屋、その正面は客間である。そんな具合だったのでしぜん姉妹は同じ時間に寝ることが多かった。そしてその夜、二人が服を脱いでいた時に、とうとう角突きあいがはじまった。

長い沈黙がしばらくあって、とっかかりをつけるために、レイチェルがアニーの買ったばかりの何組かの手袋を指さして言った。「いったいそれに幾ら取られたの？」

「お金と感謝の言葉よ」アニーが応じた。

それがはじまりだった。

「まあ、姉さん、わざわざそんな言い方することないのよ」レイチェルは天国にでもいるような心持ちで、その夜は幾らかアニーを見下していた。

「どんなことがあっても」鏡の前で十分ほど黙っていたアニーが言った。「どんなことがあっても、私はあんなふうに男の人の跡を追いかけまわすことなんかしないでしょうね。そんなことするくらいだったら、死んだほうがましだわ」

「何のことを言ってるんだか、さっぱり分からないわ」

「分かってるはずよ。私があなただったら恥ずかしくて、顔も上げられないところだわ」

「勝手に喋ってなさいよ。姉さん、少しおかしいんじゃないの」

「それはあんたのほうでしょう。好いてもくれていない人の跡を追いかけまわすなんて、気は確かなの」

レイチェルは笑った——満ち足りて幸福そうに、しかし猛々しく。

「そんなに心配してくれなくてもいいわよ。姉さん」と、レイチェル。

「毎晩、出かけていくのは、男の人と道で会えるかもしれないと思ってるからでしょう？　ねえ、レイチェル、とぼけるのもいいかげんになさいよ」

「あら、どういう意味、それは？」

「今夜、あなたがティーガーさんと一緒だったってことは、どうしたって言い逃れできないわよ」

「そんなことないわよ」

「嘘ばっかり。あなたの顔を見たら、誰だってそのくらい分かるわ」

「まあ、じゃ、ちょっと考えさせてちょうだい。何がどうしたんですって？」

「女はきちんとすべきなのよ。女はちゃんと自分の感情を抑えておくことができるわ。

そんなふうに感情に流されちゃいけないのよ。ねえ、レイチェル、分かるでしょう。こんなこと、考えるだけで体が震えてくるぐらい厭なんだから」

「心配しないで、姉さん。焼餅なんか焼かなくてもいいのよ」

温和なアニーが本気で怒った。

「焼餅ですって、あんたなんかに？」

「まだそんな必要はないのよ。分かるでしょう――まだ」

「焼餅なんか焼くもんですか。これからだって、そんな必要はないわ。あなた、ティーガーさんを気違いにするつもり？　もし私があなただったらそんなこと考えるより、まずその、みっともない歯を抜いてもらって、入れ歯にすることでも考えるわ」

このように、アニーはいささか品性に欠ける言葉を、遂に口にしてしまったのである。しかしそれはレイチェルの韜晦《とうかい》を突き崩すには必要だったのだ。白熱した鉄線を敏感な神経に押しあてるような言葉が。実際、顔のことを言われるのはレイチェルにとって焼けた鉄線を押しあてられるのに似ていた。しばらく、レイチェルは喚き通しだった。

「歯のことなんか関係ないでしょう。男の人が見るのは歯じゃないわ。男の人はみんな、すらっとした体つきの女が好きなのよ――ちびで、ずんぐりした女じゃなくって」

「まあ、丁重な御返事、いたみいりますこと」そう応じたものの、アニーはレイチェルの怒りが自分のそれを上回ることを悟って、やや気威《けお》された恰好だった。「けど、レイチェル、やっぱりばかばかしいわ、私があなたに焼餅を焼くだなんて。私はあなたより半年も前からティーガーさんを知ってるのよ。それにどっちみちあなたはティーガーさんとこれ以上深く知りあうことはないわ。おかあさんに恥ずかしい思いをさせるのはいやだし、それにどうもこの家はあの人が下宿するのには、向いてなかったようだわ。私がそう言えば、あの人はすぐ——」

かっと頭に血が上ったレイチェルは、アニーに向かって威《おど》すように、手を振りあげた。

「そうあの人に言いなさいよ。その代わり、あんたのその自慢の顔をずたずたにしてやるから」

アニーはたじろいで、パチパチと瞬きをした。啜《すす》り泣きが口からもれた。もう争う気はなかった。

二週間ほどそんな状況がつづいた。ただ不和の度合いが深まっていくばかりだった。アニーは一階の裏手の部屋に移って、漠然と事態を察したエヴァンズ夫人と一緒に寝た。ウォルターはと言えば、これは困惑の極みにあって、まさに心は二つに張り裂けんばかりという体《てい》であった。彼はアニーを愛していた。しかしその一方では、あたかも催眠術にでもかかったごとくに、レイチェルに惹かれてもいたのである。時代と国が違っていればウォルターは両方と結婚しただろう。事態を収拾するうまい知恵も浮かばぬまま、ウォルターは毎日違う結論に到達した。しかしひとつのことだけは確実だった。婚約指輪を買わなければならなかった。ウォルターはどちらの娘のためなのか自分でも判然としないまま指輪を購入したのである。

「ねえ、アニー」帰りの汽車のなかでウォルターは言った。「もうこんなことは止めにしよう。社長はどうも給料については腰が重いようだから、結婚して既成の事実を作ってしまったらどうかと思うんだ」

「誰にも言わないで？」

「いや、お母さんと妹さんには話さないほうがいい。しばらくのあいだ」

「下宿はつづけるの？」

「もちろんだよ。時機がくるまで」

アニーはウォルターの顔を見上げて微笑んだ。一件落着だった。

しかし、それから二日後の夜、ウォルターは集会からの帰宅途上で、ばったりとレイチェルに出くわしてしまったのである。最初はアニーとの会話を思いだして距離をおいていたウォルターであるが、何区画か一緒に歩いているうちに信じがたい性格の弱さが徐々に顔を覗かせ、終《しま》いにはあろうことか、レイチェルから易々と結婚の約束を取りつけていたのである。アニーに言ったのと同じ言葉によって。

翌日の午《ひる》の休みに、ウォルターは結婚の届け出をするために戸籍吏の役所を訪れた。ウォルターはどちらの娘を連れあいとするべきかまだ苦慮中であった。

係の役人が「相手の名前は？」と尋ねた時、ウォルターは躊躇《ためら》い、落ち着きなく足を組み替え、そして応えた。

「レイチェル・エヴァンズです」

通りにでるまでウォルターは、レイチェルという名前がどちらの娘にも当て嵌まることに思いいたらなかった。選択の自由はまだウォルターの手にあるというわけだった。法によれば、届け出をして結婚が公的に承認されるまでは二十一日経たなければならなかった。どちらを選んだか告げる勇気などウォルターにはあるはずもなく、二人には結婚式の日取りの漠然とした予定を仄《ほの》めかしたに過ぎなかった。かつては清らかそのものだったウォルターの良心は、いまや多大なる打撃を蒙《こうむ》っていた。両の足は網に搦めとられ、自分の心中に何が見えるか、覗きこむのが怖ろしかった。神との対話が怖ろしかった。ウォルターは難破船の荷のように運命の河を漂うばかりだった。

そうして運命は遂にウォルターを岸辺に打ちあげたのである。結婚式の五日前は銀行休日《バンクホリディ》で、その日ウォルターはレイチェルとハイドパークで会う約束をしていた。レイチェルは二時に待ちあわせの場所で待っていた。舗道で日傘をくるくると回したり、歩きだしてはまたもとの場所へと戻ったりして、レイチェルはウォルターを待った。ウォルターはなかなか現れなかった。何か思いがけないことがあったのだろうか、ちょっと考えられないが、私かあの人か、どっちかが勘違いしているのだろうか？　レイチェルにはウォルターの遅れる理由はそれくらいしか思いつかなかった。少し情けない気分ではあったが、ウォルターに会えるんじゃないかとわずかな希望をいだいて、レイチェルはともかくハイドパークに行ってみることにした。

確かにウォルターには思いがけないことが起こっていたのである。約束の場所に向かう途中でウォルターは偶然にアニーと会ってしまったのだった。アニーは結婚してストラウド・グリーンに住んでいる友人とその日を過ごす予定になっていた。けれど彼女の結婚相手が病気ということで、早々に引きあげてきたのである。ウォルターの姿を見つけた途端、アニーの相好が笑み崩れた。

「ハリーがインフルエンザで寝こんじゃったのよ。居すわってエセルに煩わしい思いをさせたくなかったから帰ってきちゃったの。どこへ行くの、ウォルター？」

十二年前、震えるほどの感動とともに信仰に目覚めて以来、ウォルターははじめて故意に嘘をついた。

「日曜学校の教室に行くんだ。何か勉強になることでもないかと思ってね」

「まあ、どっかに連れだしたいと思ってるんだったら、私のほうには何も問題はないわよ」何も知らないアニーは楽しそうに言った。

じつのところ、その朝ウォルターは結婚の相手はレイチェルと自らに誓ったばかりだった。そうしてその誓いはウォルターにある義務を生じさせたのであった。アニーと出掛けるのはこの機会が最後になるだろう、今日ぐらいはアニーにつきあうべきだ、ウォルターはそんな風に考えたのだった。

「どこかへ行こう、アニー。どこが好いだろうね?」陽気な口ぶりでウォルターは言ったものだ。

「ハイドパークへ行きましょうよ」そういうアニーの言葉にしたがって、二人はハイドパークへと足を向けた。ウォルターの神経をレイチェルを待たせているという思いがしきりに苛《さいな》んだ。

五時頃には二人はサーペンタイン池の北側の土手の道を西のほうへ、水上に二つの弧を描くアーチ橋に向かって歩いていた。土手の道は橋の三つ目の狭いアーチの下を通っていて、霧雨が降ってきたので、二人はその小さなアーチの下に雨宿りした。レイチェルはごく眼の利くほうである。南の土手から、そんな二人の姿を見てとった。レイチェルの心はたちまち狂気の手に攫《つか》まれたように荒れ騒いだ。アニーはストラウド・グリーンに出掛けたはずじゃなかったのか、なんという裏切りだ。これは一体どういうことなのか……レイチェルは息を切らして橋へと急ぎ、渡って北側にでた。アーチの下にいる二人の話し声が聞こえた——結婚式のことを話していた。具合の悪いことに橋のその場所の欄干《てすり》は高い石組みになっていて、二人の声をはっきりと聞くために、欄干から身を乗りだすことはできなかった。しかし二人が何を話しているかは、どうしても知らなければならなかった。レイチェルは石組みの切れ間まで走って戻り、欄干の上から大きく身を乗りだした。二人のいるアーチのほうへ体を伸ばして、首を伸ばして、耳を澄ます。その眼の光を見た者があったならば、いささかの躊躇いもなく、人間は野獣の一種であるという学説に賛成したことであろう。

しかしまだ不十分だった。聞こえてきたのは囁きだけで——これはもしかしてキス？レイチェルはいよいよ身を乗りだした。

悲鳴が上がったつぎの瞬間には、すでにレイチェルの体は岸近くの浅瀬に横たわっていて、池の水に洗われていた。もんどりうって落下したレイチェルの頭は、泥に埋まっていた石にぶつかったのだった。

三日のあいだ、レイチェルは家の前の通りに聞こえるほどの大声で、ただただウォルターの名前を呼びつづけた。三日目の晩、叫びが耐えがたいほど高まったその瞬間、レイチェルは息絶えた。

「レイチェル、レイチェル、死んじゃったなんて言わないで」アニーはレイチェルの体にすがって叫んだ。

レイチェルが息を引きとったのは婚礼の日の二日前だった。翌日、傷心のウォルターはアニーに言った。「結婚式は延期しなけりゃならないだろうな。やはり」

アニーはしばらく黙っていたが、やがて口を尖らせて言った。「どうしてそんなことを言うのか分からないわ。レイチェルがああなったのはみんな自分のせいじゃない。なんで私たちが我慢しなきゃならないの？」

姉妹のあいだの確執は、死のごとくに無慈悲で、死よりも永らえた。アニーはことウォルターとレイチェルの仲に関するかぎり、もはや寛容とは言えなくなっていた。いささかの敬意も微塵の憐れみもなく、ただ石のような心で対するだけだった。

ウォルターの動揺と躊躇をよそに、さらにはレイチェルの亡骸《なきがら》が十三番地の家の二階の正面の部屋に横たわっているにもかかわらず、結婚式は執りおこなわれた。

しかし式を挙げるためにはちょっとした障害を乗り越えなければならなかった。実際、戸籍吏にはセカンド・ネームのレイチェルで届けておいたとアニーに告げることは、何よりも先にしておくべきことだった。はためには気が狂《ふ》れたとしか思えないウォルターのその振舞いが、深刻な諍《いさか》いの種になることもなく、どうにかこうにか回避できたのは、ひとえにウォルターの懸命の弁解のゆえだった。いずれにしても事実としては、ウォルターが結婚したのは、アニーではなくレイチェルだった。

昼食の時間をあてて執りおこなわれた結婚式が終わると、二人は仕事に戻るために一緒にリトル・ブリテン街に帰っていった。

その夜の十時、就寝の時刻がきてウォルターが二階に上がろうとするとアニーが跡を追ってきた。二人は廊下で長いキスを交わした――この一期《いちご》の最後のキスであった。

「十二時？」ウォルターは情熱をこめて囁いた。

アニーが人差し指を立てる。「一時」

「ああ、頼むから十二時と言っておくれ」

アニーはそれには応えなかったが、悪戯《いたずら》っぽく掌《てのひら》でウォルターの頬を撫でて、了承の意を伝えた。どちらにせよエヴァンズ夫人は熟睡する質《たち》だった。ウォルターは階上に上がった。念のためドアを少し開けておいて、蠟燭の火を消して、ベッドに入った。すぐ前の部屋では、硬直した死者が、永遠に閉ざされた瞳で闇を凝視《みつ》め、奇妙に思慮深く、眠ったような顔で横たわっていた。

ウォルターの頭はすぐそばに死者が眠っているという考えで一杯になった。「可哀そうに」ウォルターは溜め息を吐き、ついで祈った。「可哀そうなレイチェル――汝《な》が道は畢竟《ひっきょう》するに大海のうちにあり、汝《な》が歩めるは深淵なり。うち響きたる足音だに聴く者もなかりせば――」ウォルターの思いはアニーに移る――可愛い妻。けれど、その座にはアニーでなくレイチェルがすわるはずだった。自分の心を勝ち取るために二人の娘は激越に争った――そして何もできなくなったいまでさえ、死者のほうが生者よりも強いように思える……アニーの代わりにレイチェルがすわるはずだった――そして思いはまたレイチェルへと――

ようやく教会の時計が十二時を打った。身を起こしてベッドに腰かけると、ウォルターはドアが開く音か、廊下を歩く足音か、何かそんなような音が聞こえないかと一頻《しき》り耳をそばだてた。

小さなアメリカ製の時計が時を刻んでいた。煙突の煙道で鳴る幽《かす》かな風の音が詠唱のように聞こえた。

現れたのは突然だった。まるで部屋を占領してしまったかのように強くその存在が感じられた——どこから入ってきたのかは分からなかった。足音は聞こえなかった。ドアが開く音も聞こえなかった。けれど確かに彼女はそこにいた。まったく突然に、目の前に、ウォルターに伸《の》しかかるようにして、何事か息もつかずに捲《ま》くしたてながら。

ロシアの厳寒の大気に触れたかのように、頭から爪先まで震えが奔《はし》った。彼女に肩を圧さえつけられて、遂にはベッドに縫いとめられた恰好になった。部屋はサラサラという衣擦《きぬず》れの音で一杯だった。非常に奇妙な音で、糊をよく利かせた何枚ものモスリンの布を滅茶苦茶に擦りあわせたなら、こうもあろうかという音だった。彼女はまた何か喋ってもいた。一体いつ息をしているのか不思議になるほどの早口で、主人に訴える仔犬のように、訳の分からない言葉で頻りに訴えていた——愛について、その定義について、魂について、蟲について、永遠について、死への情熱、墓の結婚、墓の空隙の欲望と虚しさ。いっこうに震えが止まらず、歯ががちがちと鳴っていたが、ウォルターもまた喋っていた。シーッ、レイチェル——ああ、いや、アニー、きみのことだよ——静かにしておくれ、シーッ、お母さんに聞こえてしまうじゃないか。レイチェル――シーッ、静かに――。そう言って何とか宥《なだ》めて黙らせようとするウォルターであったが、その心中では無限に巨大な力から凄まじい勢いで、奇妙かつ異質な熱情が自分の身のうちに侵入してくるような、そんな感覚を味わっていた。自分を圧さえつけている者の姿はよく見えなかった。部屋は非常に暗かったのである。しかし彼女の首から薄衣《うすぎぬ》が垂れ、頻りにはためくのをウォルターは確かに感じた。千枚の屍衣を擦りあわせるような音をたてて、長旗が風に靡《なび》くような音をたてて、薄衣がはためいて部屋一杯に広がった。そうして今度はだんだん縮みだしたかと思うと、やがて女の形になった。愛と死の狂詩曲はそのあいだも途切れることなくつづいていた。シーッ、静かにしておくれ、レイチェル――ああ、いや、アニー、きみのことだよ――相変わらずそんなことを言っていたウォルターであるが、突然、凄まじい力で抱擁されて、口がきけなくなってしまった。あまりの力に頭もぼんやりとしてくるようだった。仰向けに倒れた。目がまわり、気が遠くなり、衣擦れの音を子守歌にして、弱々しく踠《もが》きながらウォルターは呟いた。「我が魂を受けいれたまえ……」

二日の後、ウォルターは意識が戻らないまま息を引き取った。著しく形の損われたウォルターの遺体は墓に収められた。場所はレイチェルの墓からあまり遠くないあたりだった。

喉切り農場

J・D・ベリズフォード
西崎憲訳

ジョン・デイヴィス・ベリズフォード John Davys Beresford（1873–1947）

ウェルズに私淑していて、大成功を収めた長篇ＳＦ *The Hampdenshire Wonder*（1911）にはその影響があると言われている。また三歳の時に小児麻痺に罹り、脚にその影響が生涯残ったそうで、その伝記的事実を同書の内容に関連づける評者もいる。冒頭は汽車のなかでベルクソンを読んでいた語り手がひどく頭の大きな赤ん坊にふと気づく場面である。その赤子は天才児であり、名はヴィクター・スコット――。ベリズフォードは最初の作品から思索的かつ寓意性の強いものを書いたわけであるが、売れ行きはつねに好調だったようである。端的に言えばベリズフォードもまたジャンルの枠にはまりきらないところがあって、読者としてはただ虚心に差しだされたものを受けとる姿勢で作品に臨んだほうがいいようである。この Cut Throat Farm は第一短篇集 *Nineteen Impressions*（1918）に収められている。「人間嫌い」と並ぶ傑作と言えるだろう。ほかにやはり奇妙なテイストの作品を集めた二冊の短篇集があり、どちらもひじょうに面白いものである。

「まあ、みんな喉切り農場って呼んでるな」馭者は言った。

「でも、何でだい？」軽い苛立ちを覚えながらぼくは尋ねた。

「行ったらあんたにも分かるさね」馭者から手にいれることができた情報は、結局それで全部だった。だから馭者の不機嫌の理由が、大雨だと当たりをつけたぼくは、雨の猛襲で多大な負担を強いられている目をかばいながら、沈黙の砦に退却した。

モーズリーを後にしてから二マイルかそこいらは舗装された街道を走ってきたのだが、いま馬車は狭い道に刻まれた轍《わだち》を、がたがたと揺れながら慎重に辿っていた。雨に滲《にじ》んだ前方の風景を見るかぎりでは、その道はじりじりと下っていて、木々に覆われた暗い谷に溶けていくかと見えた。谷の奥はぼんやりと青緑の塊のように見えた。実際それは意気の揚がる眺めとは言えなかった。しかも道の傾斜はどんどん急になっていくようだった。左側には木々が密生した暗い斜面があって、時間が経つにつれて見あげるばかりに高くなっていく――黒々とした斜面は空まで聳《そび》えたつようで、ただただこちらを圧倒した。それから道はひたすら急になっていき、暗い森に突入し、つぎの瞬間にも破滅が訪れるのではないかと思いながら、ぼくは揺れる馬車の側板に獅嚙《しが》みついた。ぼくはともすれば絶望的な気持になりがちな自分を叱咤した。心のなかで繰りかえした。ここはイングランドであり、ロンドンから百マイルも離れていない土地であり、自分は農園の谷と呼ばれるところで、愉しい夏の休暇を過ごしに行くところなのであると。けれどその努力にかかわらず、目的地にまつわる恐怖はぼくを捕らえて離さなかった。あまつさえぼくは独り言さえ言っていた。「死の影の谷」と。

森は不意に途切れ、ぼくらは谷の竜骨とも言える部分に出た。「ここでさあ」と馭者は押し殺した声で言ってうなずいた。ぼくは帽子の庇《ひさし》に溜まった水を払った。反対側の斜面の裾の木を切って拓《ひら》いた場所に、左右が不均衡な家が蹲《うずくま》っているのが見えた。ぼくは想像した。頂が仄《ほの》暗い空に溶けている斜面の、木々の果てない波の上をその家が滑ってくるところを。それがあまりにも突然にその場所に停止するところを。そこに家は場違いそのものといったようすで、混乱を体現するように残ったのだ。

到着はそんなふうで、それがはじめて見た喉切り農場の印象だった。もしぼくのその後の経験が病的かつ説明不能に見えるとしたら、そして最後のぼくの臆病さがどうにも情けないものに映るとしたら、その第一印象が弁解の材料になるかもしれない。はじめて見た農場の光景は、後になっても打ち消すことのできなかった憂愁と予感で、ぼくの心をいっぱいにした。

そこは貧しい土地だった。家畜は痩せていた。一頭の牝牛がいたが、オールダニー種であることを考えても骨が目立ちすぎていたし、ぼろきれのような一群れの肢《あし》の長い鶏、泥だらけの三羽の家鴨《あひる》、皮のたるんだ老いた黒い雌豚、「仔豚くん」以外はそれですべてだった。ぼくはかれを好ましい気持ちでそう名づけた。この谷のなかで朗らかな唯一の存在。自由な心を持った風変わりな相棒。奇妙なユーモア、悲哀の色を持ったユーモアでいっぱいの。振り返ってみると仔豚が見せた戯れはひとつの企みだった。ひじょうに成功していたと思うが、その企みは仔豚自身の短い人生自体を、可能なかぎり雄々しい冗談に仕立てあげようというものだった。死の面前で……。

主人と細君は畏怖すべき一対だった。主人は背が低く浅黒く、これまで会ったなかで一番毛深く、頬骨にまで濃い髯が生えていて、生え際が極端に低いので額はひどく狭く、眉毛はまるで深い藪だった。細君のほうは背が高く、捕食性の動物のような印象で、肉の薄い鼻は高く突出し、眼には深い飢えのような色があった。痩せ衰えた牝牛より痩せて骨張っていて、急いで皮を被せられた骸骨のように見えた。汚れた庭で憂いに沈む骸骨。

谷の農場での最初の朝は、ある出来事によって注目される。それ自体はさほど変わったものではなかったけれどとても象徴的で、いまになってみるとよく分かるが、前兆で満載の出来事だった。朝食をすませたところだった。そのときぼくは朝食の量が空腹を満たすには不十分であると思ったが（あとでそれは十分すぎる食事という記憶に変わった）、今度の愉しみにかかる全費用の総計額である週三十シリングに照らしても、どうも不十分であるように思えた。広告を見て申しこんだときにはその金額は手頃なものであると思ったのだが。

朝食の後、ぼくは窓辺に立っていた。窓は下の部分が開けられるようになっていて、上側は固定されていた。外には六羽ほどのぶざまな姿の鶏が群れていた。興奮していてやかましく、筋張った首を伸ばして低い窓枠ごしに部屋のなかを窺っていた。「あわれな畜生だ。腹を減らしているんだな」ぼくはいくらか心を動かされてそうつぶやいた。そしてパンの皮をひとかけら取ってきて鶏たちに放ってやった。ああ、あんな小さなかけらのためにあれほど争っている。朝食の皿からパンの残りを取るためにぼくは踵《きびす》を返した。そのとき、ひょろながい若鶏が絶望ゆえの勇気を振りしぼって窓枠を跳び越え、ぼくの跡を追ってきた。ぼくは鶏がどこまでくるつもりなのか興味を覚え、部屋の奥に身を寄せた。つぎの瞬間、かれはテーブルに飛びのり、皿の上のパンの塊を咥《くわ》えた。それから怯えたように一鳴きして窓から飛びだし、庭を疾走しはじめた。朋輩たちを尻目におそろしく大股で全力で。残りの鶏はただちに猛烈な追跡を開始した。途中で若鶏はちびの仔豚くんの横を通ったのだが（その時、かれをはじめて見たのだ。何と象徴的なことだろう）、仔豚はぶらぶらと庭の門に向かっているところだった。生来の道化であるわが仔豚くんは、鶏が死にものぐるいで自分のほうに駈けてくるのを見ると不意に身を翻し、タイミングよく景気の良い一声を放った。その声は後ろの飢えた一団に気を取られていた鶏を驚かせて、獲物は鶏の口から地面に落ちた。かれの嘴《くちばし》には元々大きすぎた御馳走を。パンのかけらを食べる際に仔豚の眼にあった喜ばしい輝きを、ぼくはまだ覚えている。かれはそうするときに過度に時間をかけているように見えた。庭の共通言語的なものを使って、仔豚は憤慨しているけれど怯えてもいる若い鶏を、苛立たせたのかもしれなかった。

その朝はほかには取りたてて話すようなことはなかった。ぼくは主人の農夫が包丁を研いでいたことを思いだす。その包丁で何を潰すつもりか、ぼくは不思議に思ったものだ……。

つぎの朝、若い鶏は窓の下で餌を期待する五羽のなかにはいなかった。けれど夕食のときに再会することができた。かれの肉付きに乏しい骨からなんとか食べられる部分を刮《こそ》げ落としているとき、ぼくはちびの黒い仔豚くんとの出会いを思いだして笑みを浮かべていた。仔豚は素敵に風変わりなやつだった。ぼくたちは食べ物の小片を介して友人になっていた。その権利を主張することをかれはまだ認めていないが……。

谷の農場に滞在したときの覚え書きのなかに、ぼくは以下の行《くだり》を見いだす。覚え書きは暗示に満ちあふれていて、そのまま書き写すべきだと思われる。

「家畜の姿は消えはじめている。年取った鶏が一羽残っているだけだ——ぼくに二度卵を供給してくれた一羽だけ。啼き声からそう判断したのだけれど。ぼくはその雌鶏が最後まで残されるだろうと推測する……。ぼくは正しかった。今朝は二羽の家鴨しかいなかった……。家鴨はついにいなくなってしまった（主よ、感謝を捧げます）。けれどどうも厭な感じがしてしょうがない。牝牛の姿が見えないのだ。細君は売ったと言っていた。このところ食べている妙に痩せて筋だらけの牛肉、あれを細君は自分の牝牛を売った金で買ったのだろうか……。雌豚はいなくなった。そして彼女はそれを売った金で豚肉を買った。出される肉と消えた家畜を結びつけるのは間違っているのかもしれない。そんなことがありうるだろうか。何かの迷信か感傷的な愛情によって、自分たちが売り払った家畜と同じ家畜の肉を買うということが。その解釈には妥当なところがあるかもしれない。けれどなぜ農夫はいつも包丁を研いでいるのか……。信じられない！　今朝は姿が見えなかった。しかしどう考えても、十六世紀のスペイン人征服者《コンキスタドール》だってぼくの仔豚を殺すほど無慈悲ではありえない。自由で気まぐれでユーモラスなぼくの小さい友達。このうんざりする谷で唯一の連れ。運命の面前で微笑むことのできる相棒……。また豚肉！　年取った雌豚の残りに違いない。そのはずだ。けれどなんで細君は急に気遣うようになったのか。ぼくがここ何週か腹に入れたなかで一番の食事を、細君はどうやって供給できたのだろう。そんなことは考えることができないし、あえて尋ねることはしない。そんなことを考えるつもりはない。この豚肉がなくなるまでは。かれは売られたに違いない、ぼくは確信する。幸せになっていたらいいのだが。ここほど飢えていない家に行ったんだったらいいのだが。かわいそうなちび……。今朝卵が出て、それを割ったとき、ポンと大きな音がした。その瞬間、ぼくは妙な感覚を覚えた。ぼくはいままで輪廻転生なんてのは信じていなかった。けれど直感的に、ちびの豚の魂が卵のなかに入っていたのだと思った。それはかれの自由で冗談のようなやりかたに似ていた。ポンと軽快な音を立てて去るのは。しかしぼくはとても腹を空かしていた……。ぼくは簡単な造りのボートで漂流しているふたりの男の話を書いている。特殊な題材と呼ばれるだろうか、そういう人目を惹く要素を含んだ話だ。ふたりの男はおそろしい飢えに苦しんでいる……。老いた雌鶏はついにいなくなった。そして農夫はまだ包丁を研いでいる。なぜだ？　ぼくのために野菜を料理してくれるつもりなのだろうか。かれがどこで野菜を手に入れるつもりなのかぼくには分からない。ボートの話のなかではひとりのほうが絶望のあまり……。パンとチーズが夕食に出た。これは嵐の前の凪《なぎ》だろうか。今日の午後、農夫の眼が妙な表情を湛えているのを見てぼくは驚きを味わった。かれは値踏みするようにぼくを見た。かれは精神的にある過程のなかにあると感じずにはいられなかった。その過程とは、ぼくのボートの話のなかで体力のあるほうが後になって……。農夫が今朝パンとバターの朝食を持ってきた。かれは細君が病気だと言っている。起きあがれないと。そして——農夫が何を言っているか分からない。だめだ、明確に、そして最終的に、ぼくにはできない、ぼくはしない……」（覚え書きはここで終わっている）

最後の朝食のあとでぼくは庭に散歩に出た。離れ家で包丁を研ぐ農夫の姿が見えた。ちびの立派な豚が装った無頓着を自分の身に添わせて、ぼくはしごく屈託のない顔で、のんびりと門に向かった。それから退屈そうな、いかにも当てがないといった足取りで森に向かった。そのあとは——走った。いや、走ったのなんのって。

真ん中のひきだし

H・R・ウェイクフィールド
西崎憲訳

ハーバート・ラッセル・ウェイクフィールド

Herbert Russell Wakefield（1888–1964）

ゴースト・ストーリーを書くことを何かから託されたように見える作家というものは確かにいて、じつは意外に少なくないのだが、そういう作家としてこのウェイクフィールドを推す愛好家は多いのではないだろうか。題材の幅の広さ、きびきびとして手堅い描写、怪奇小説の骨法に通じた者にしか作りだせない心地よい鈍さ。いずれをとってもウェイクフィールドはまさにこのジャンルの申し子のような存在だった。だからアーカム・ハウスから出た *Strayers from Sheol*（1961）の序文の怪奇小説袂別《べいべつ》の辞は、半世紀経ったいまでもおそらく読者を何とはなしに悲しい気持ちにさせるのではないだろうか。かろうじて慰めとなるのは残っている作品の数が多いことか。バーミンガムのウェイクフィールド僧正の息子で、オックスフォードに学び、歴史学の学位を取得している。M・R・ジェイムズとエイクマンを繋ぐ場所にいる作家でもある。「真ん中のひきだし」The Middle Drawer は一幕物の芝居のようでもある。前出の *Strayers from Sheol* 収録。

「お客さまが見えてます」とメイドが言った。言葉の調子は少しばかりぞんざいだったし「旦那さま」という語がはぶかれていた。そしてその態度の裏には複数の理由があった。彼女は若かったしぽっちゃりとしていて魅力的で、そういう要素の組みあわせはある機会において雇い主であるスケルト氏の目に抵抗しがたい魅力と映った。その機会とはスケルト氏の連れあいの葬式の日の夜であって、その夜、かれは相反する感情によって動揺していたし、少々アルコールが入ってもいた。そうした一切によって氏は結局十ポンドの出費を強いられることになり、のみならず代償としてメイドのモリーの敬意もまた消滅した。さらに彼女は今月の末に仕事を辞めようとしていた。モリーは怯《おび》えていた。大変怯えていた。また同時に噂をいくつか耳にしていた。彼女は雇い主を値踏みするように眺めて、噂は真実なのだろうかと考えた。

「誰だい？」スケルトは尋ねた。

「ブリルさんというかたです。新聞社から来たそうです」

「通してくれ」苛立った口調でスケルトは言った。

四十代半ばという年恰好のスケルトは小柄で痩せていて、子供のような体つきをしていた。砂色の細い髪は頭骨の半分あたりまで後退していた。けれども黒く丸い目の上の眉毛は盛大に生い茂り、逆立ってさえいた。鼻は鉤鼻で妙に白く、ぽってりした唇は逆に妙に赤かった。口髭は量が多く、上唇の上で奔放に茂っていた。顎は四角く、がっしりしている。古いチェックのゴルフ用の上着を着て、フランネルのズボンをはき、不釣りあいなことに堅い白のカラーをつけ、紐のネクタイをしていた。小さな町の事務弁護士、それも普段着《アンデザビエ》の弁護士を絵に描いたようだった。

　動作がきびきびとした目端の利きそうな若者は、部屋に入ってすぐに気にくわないといった感じで鼻に皺を寄せた（「こりゃ死体置き場みたいな匂いじゃないか」若者は内心でつぶやいた）。

「おはようございます、スケルトさん」かれは言った。「クーリア紙の者です」記者はヘイリーの町に着いたばかりで、スケルトとは初対面だった。表面的なことに影響されるきらいはあったが、記者は人間を判断する目を具《そな》えていた。かれはスケルトの人品にかんして稲妻の速さで判断を下した（不快な外見、扱いにくく実直とは言えず虚栄心も強い、ユーモアに欠ける、神経のせいで自滅しかけている）。

「ああ、すわってください。どういう御用ですかな」スケルトは成功しているとは言いがたかったが、愛想のよさを心がけて言った。

「今回のですね」ブリルは応じた。「遺体の再検死について御意見がないかと思って伺いました」

「何ですって？」椅子の腕を握りしめて、スケルトは言った。丸い目が見開かれ、ブリルを凝視した。（おやおや、とブリルは考えた。まだ聞いていなかったらしい）。「ああ、御存知なかったのですか」とかれはのんびりした口調で答えた。「奥さんの遺体が今朝掘り返されたのですが」しばらくのあいだブリルは必死で態勢を固め直すスケルトを眺めた（「なかなか胆《きも》がすわってるじゃないか」とかれは思った。「確かにこれから胆が大事になってくる。驚いているというよりショックを受けているように見えるが？」）。そうやって見ているのはばつが悪い感じがしたので、ブリルは右手にある窓の外に目をやった。真夏だったが北から湿気を含んだ風が荒々しく吹きつけ、密度の濃い雲が空の低いところを纏《もつ》れあいながら走り、大枝は大量の葉の重さに呻《うめ》き声を漏らしていたし、細枝の葉叢《はむら》は擦れあって高い声を発した。突風が悲鳴のような声を上げて灰色の塀の上を過ぎていった。

「いや」スケルトは長く口をつぐんだ後、ゆっくりと言った。「いま聞きました。警察がですね、たぶん」

「そうです」ブリルは素っ気なく言った。「もちろん地元の人の助けもありました。なぜ警察がその方針を選んだか、理由に心当たりはありますか？」

「見当もつきません」スケルトは言った。

「奥さんの死の原因に関係があるんじゃないかと思うのですが」ブリルは仄《ほの》めかした。

「家内は心臓病で亡くなりました」スケルトは吐き棄てるように言った。「急性腸炎に罹《かか》った後で」（「胆がすわってるじゃないか」とブリルは考えた）「フォークス先生がその結果を記した診断書に署名しています」

「ええ、すごく確かな理由があったのでしょう」ブリルは微笑んだ。「なぜこういうことになったかについては、思いあたることが何もないんですね」

「当てずっぽうだったら言えます」無造作な口調でスケルトは言った。「でもそれを言ったとしても記事にしないでもらいたい。もし書くんだったら言うのはやめます」

「そのあたりはご心配なく」とブリルは言った。

「じつはこの町にひとり敵がいるのです。職業上のライヴァルです。かれのひどい反職業的行為をぼくは法廷で二度にわたって暴露しました。そしてかれの顧客がずいぶんこちらへ流れてきました。その男がぼくへの復讐を決意したことは知ってます」

「なるほど。おそらく、この大きさの町に弁護士はふたりいらないでしょうね――ではあなたは偏狭な嫉妬が原因だとおっしゃるのですね」

「ぼくはそういうのは気にしませんがね」スケルトは言った。

「もちろん検死解剖が行われるわけですが、結果をおそれていないと言っていいのですね」

「どういう意味ですか？　おそれる？」

ブリルは肩をすくめた。「ああ、その返事が質問への答えですね」

「噂のようなものが何かあるのですか」

「匿名の手紙がかなり多くきています」

「どういう内容の」

「少しばかり答えにくい質問ですね、それは」ブリルは微笑んだ。目の前の小男の試練から評判と金を引きだす可能性を見いだし、かれは愉しんでいた。これは大当たりの一面記事に繋《つな》がっていた。

「それでもぜひ聞かせてもらいたいものですな」口髭を引っぱりながらスケルトは言った。

「手紙が主張しているのは奥さんの死の責任があなたにあるということです」（「この匂いはまったく吐き気がする」ブリルは思った「一体全体何の匂いだろう？」）。

「そういう恥ずべきあてこすりにたいしては、否定する手間をかけることさえもったいない」スケルトは激した口調で言った。

その瞬間、家が身を揺すった。窓ががたがたと鳴り、スケルトの大机の真ん中のひきだしが半分飛びだした。

「何ですか、これは」ブリルは驚いて尋ねた。

「たぶん大型トラックが通ったんでしょう」スケルトは答えた。急いで立ちあがってひきだしを元に戻した。

「大型トラック？」懐疑的な口調でブリルは言った。「まあ、そうかもしれませんね」かれはふいに意気を挫かれたように見えた。ブリルはふたたび目をやった。窓は庭に面していた。しかしその眺めは高く生長した二本の月桂樹に縁取られていて、月桂樹はその空間を暗く陰気にしていた。そこに何かが現れ、しばらくのあいだかれの注意を奪った。ブリルは当惑したように眉をひそめた。「奥さんの写真はお持ちですか？」

「ありません」スケルトは答えた。「何年にもわたって一枚も撮らなかったのです。家内は写真がひどく嫌いだったのです。その卑劣な手紙はほかにも何か言ってるのですか。まともなことは書いてないのですか？」

「口を堅くしないといけないのは今度はあなたのほうですね」ブリルは言った。「投書してきた人たちは、フォークス医師が警察に何か話したと仄めかしています」

「けど、フォークス先生は診断書に署名をした」

「そうですね。でもぼくはただあなたの質問に答えただけです。ではつまりこういうことになりますね。あなたの意見では再検死は悪意のある噂の結果ということになる。そしてあなたはその結果に揺るぎない確信をもって対峙する。疑問の余地のない問題ということになりますか？」

「そうです」スケルトはそう言って、インタビューを切りあげようと腰を半分浮かした。けれどブリルにそのつもりはなかった。

「なるほど」かれはのんびりと言った。「でも当局はそう思ってない。遺体を掘り返すことはよほど強い理由がないと認められないのです」

「それは事実に反する。地方の噂好きたちを単に満足させるためにそういう措置がとられる事例は多かった。そういうのはまったく事実無根だったことがはっきりした」

「編集主任はその意見には完全には同意しないはずです」ブリルはまた笑みを浮かべた。

「命令が下されたのは明白な事実が見つかったからだと主任は考えています」そしてかれは黙りこんだ。スケルトが自分と同様に黙ることができないことは見越していた。

「発掘はいつ行われたのですか？」

「夜明けに取りかかりました――四時頃」

「家内の遺体はいまどこにあるのですか」

「フォークス医師の病院です。そう聞いています」

「ショックだ。まったくひどい話だ。こんなふうに家内の眠りを乱すなんて」

窓がまたがたがたと激しく鳴った。

「今朝は車の通りが激しいんですね」ブリルは眉をひそめて言った。

「そうですな」スケルトは言った。かれの視線はひきだしに向けられていた。ひきだしはふたたび前に飛びだしていた。

ブリルはまた窓の外を見た。少し身を乗りだした。スケルトはそのようすを眺めながら、口髭を引っぱった。

ブリルはどうにかして気を鎮めようとしているように見えた。しかし少し手を焼いているらしかった。「もうひとつだけ質問があります」かれは言った。「失礼でばかげた質問だと思うかもしれないですが、ぼくは命じられたことをしなければならないんです。お分かりいただけると思いますが。質問はこういうものです。あなたの家には――あるいは敷地には――幽霊のようなものが出たりしますか？」ブリルはそう言いながら相手を観察していた。悟られないように、けれど細心に。スケルトの顔が一瞬歪んだのが見てとれた。まるで痛みの発作に襲われたかのようだった。急にやってきて急に去った痛み（「突き《トゥシエ》あり」とブリルは思った）。

「それはまったく妙な質問です」スケルトは言った。「答えは、ぼくの知るかぎりそんな事実はない、です。もっと薄汚い噂があるんでしょう、たぶん？」

「そうです。ほんとにたくさんの噂があります」

「たぶんぼくは心霊現象なんてのには縁がない」スケルトは笑みを浮かべた。「もし縁があったとしても、幽霊はぼくを害しないと同様に怖がらせることもできない。どういう幽霊が出ると言われているのですか」

「あなたの奥さんの幽霊ですよ。率直に言えば」ブリルはそう言い、強要されでもしたかのように声を上げて笑った。「墓地やこの家の庭を歩いているそうです。噂では召使いたちがどんどん辞めているそうですね。それは本当なのですか?」

「辞めてもらっているのですよ。それがより正確な言い方です」スケルトは角《かど》のある口調で言った。「けれどもぼくはこういう私的事情に立ちいる質問には応じるつもりはない。きみは編集主任に言うべきです。そして主任を通じてヘイリーの悪意に満ちたスキャンダル好きの人間たちにも。ぼくは幽霊を見ていないし、もし見たとしても少しも気にしない」

(ブリルはその言葉を信じそうになった。少なくともその言葉の最後の部分は。スケルトは一匹狼というタイプの人間だった。地上にも天国にも地獄にも抗《あらが》って、啀《いが》みながら落ちてゆくのだ。最後まで)。

「ありがとうございました」ブリルは言った。「これ以上あなたに時間を割いて頂くつもりはありませんし、御意見のほうは忠実に再現します。警告しておくべきだと思うので言いますが、ロンドンやほかの場所からぼくの同業者がこの家に押し寄せてくるはずです。そしてあなたがその連中に言うことがぼくはとても心配です」

「もうインタビューには応じるつもりはありませんよ」スケルトは言った。「ごきげんよう」

「お邪魔しました」帽子を手にしながらブリルは答えた。スケルトの決心にある種爽快なものを感じる一方で、かれは自分自身を蹴りあげたいような気になっていた。スケルトを徹底的に調べ、尋問するつもりだった。もっと長くもっと厳しく。けれどどうもこの部屋のこの家の空気に含まれた何かに、集中しようとする気持ちを綿屑のようにほぐされ、中枢神経を掻き乱されたのだった（「とにかく外気のなかに戻りたい」とブリルは内心で独り言をつぶやいた）。

新聞記者が姿を消した瞬間、スケルトは大机のひきだしに駆け寄った。手が掛かったと思った時、背後でドアが開く音がした。スケルトは音を立ててひきだしを閉め、女のほうに顔を向けた。入ってきた女は三十代後半で、見かけが仄めかしているのは、若さが中年の引力に負けはじめたところだということだった。けれど彼女はまだ新鮮で食欲をそそったし、体形はいまだによくその敵に抗していた。彼女はかわいらしかったが、イギリスではその語は少しばかりありふれた容貌にたいして使われることが多かった。そしてドン・ファンだったら彼女を与《くみ》しやすいと判断するはずだった。なぜなら彼女は容易に自身の欲求の虜になったし、自分が欲した男を自分同様、欲求の虜にさせるためには手段を選ばないのだった。少なからぬ数の者がそうしてたわめられ、それから断固として最初の決断を翻した。その事実は彼女を不愉快にさせ、ますますアーサー・スケルトを罠から逃がしてはならないと堅く決心させた。

「どうした、ダルシー？」苛立った口調でそのアーサー・スケルトは言った。

「ほんとなの？」彼女は息を切らしながら尋ねた。「メアリーのことだけど、掘り返したって」

「ああ、そう聞いたが――」

「けど、なぜ？　何でなの？」彼女の場合怒りはつねに恐怖とともにやってきた。

「落ち着くんだ。何でかまったく分からないよ」

「だいじょうぶなの、アーサー？」

「何がだい？」

「誰にも明かせない秘密ってこと？　わたしに嘘はつかないで」

「もちろんだよ。何のことを言ってるんだ？」

「聞いてアーサー、わたしたちはメアリーが死ぬまえ恋人同士だったわ。彼女はすぐ死んでしまった、あの後……。何これ、このひどい匂い？」

「匂い？　どんな匂いだ？」

「腐ったような、黴《か》びたような。ああ、わたしはこの家が嫌い。気味が悪い。こんなところにはとても住めないわ」

「ヒステリーを起こすなよ。きみはここに住む必要はない。結婚したら引っ越しするつもりだ。この家はぼくにとっても息苦しい」

「そんなこと話してくれてないじゃない」

「何をどうするかはぼくが決める。この部屋はいつも少し湿気ってるんだ」

「でもこんなふうにじゃなかった」彼女の声はヒステリーを起こしたように高くなった。

「ああ、アーサー、なんでメアリーを掘り返したの？　メアリーに何もしてないって誓える？　どうなの？」

「まったく胸が悪くなるような質問だな」スケルトは怒りの口調で言った。「もちろん、誓えるよ」

家が震えた。窓が叩かれたようにがたがたと鳴った。真ん中のひきだしが飛びだした。

「ああ、これは何」ダルシーは叫んだ。

「何かが道路を通ったんだよ、たぶん」

「前にこういうふうになったことはないわ」ダルシーは眉をひそめた。「何をしてるの？」

「ひきだしを戻してるだけだ」

「でも。なぜ？　どうして？　なぜ、ひきだしを戻したいの？」

「ダルシー、きみは正気を失ってる。気を鎮めるんだ」スケルトは苛立ちも露わに言った。

「今度のひどい話、もう街中に広がってるわ」

「どこで聞いたんだ」

「薬剤師のロジャーズさんが話してくれたわ。ロジャーズさんの店にきたの」

「警察が?」

「そうよ、顧客名簿を調べていったの」

「やらせておけばいい」乱暴な口調でスケルトは言った。「警察は名簿からは何も見つけられない」

ダルシーは突然叫んだ。両手で顔を覆った。「メアリー」彼女は叫んだ。「窓のところにいたわ――埋められた時の白いのを着て」

スケルトは小走りで彼女の前に行き、頰を打った。「静かにするんだ。馬鹿な女だ」低く酷薄な口調でかれは言った。「聞くんだ。きみも巻きこまれてるんだぞ」

「何に?」ダルシーは言った。殴られたせいでヒステリー状態から脱していた。

「この一件にだ。警察はきみに罪をきせようとするかもしれない。それが何を意味するか、分かるか? メアリーの体から何かを発見した振りをするかもしれない。連中は間違いなくきみを引きずりこむ。きみに質問をして罠にかけて、不利なことを言わせようとする。連中はぼくと婚約してるか訊く。きみはしていないと誓わなければならない。憶えておくんだ。もし状況が悪くなるとしたら、ぼくよりきみのほうが遥かにまずい立場に追いこまれることになる」

「それはどういう意味？」

「ぼくは裁判には持ちこませない。そうさせないだけの材料を持ってるんだ。もしぼくが警察から逃れたら、警察はきみにたいする追及を強めるだろう」

「何のことであなたを裁判にかけるの？」

「警察がきみに罪をきせるかもしれないって言ったね。実際にそうするとは思わない。けれど可能性はある。ぼくは完全に無実だ。けれど警察の出方に左右される、ある意味で」

「わたしはあなたがやったと思ってるわ、アーサー」ダルシーはスケルトの顔を見つめて言った。スケルトはまた顔を殴った——さらにもう一度。

「やめて、けだもの」ダルシーが叫んでたまらず立ちあがった。「今日、ヘイリーを出るわ」

「きみはここにいて、こいつを最後まで見届けるんだ。そしてすべてが終わったら、結婚するんだ」

「あなたとは結婚しない——もうしない」

「ぼくを愛しているんじゃなかったのか」

「前はそうだったわ。でもあなたがしたことを知ってしまった。あなたがこわい」

「ぼくは何もしていない」

「じゃ、なんでメアリーの体にそれがあったの？」

「メアリーの体には何もない。ぼくは警察が証拠を見つけた振りをするはずだと言った」

「警察はそんなことしないわ」ダルシーはふたたびかれを見つめた。

「聞くんだ」スケルトは厳しい調子で言った。「メアリーはあらゆる種類の薬を飲んでいた。そのなかのいくつかはまだ体のなかに残っているかもしれない。それに関してはぼくは何も知らない。けどもし警察がぼくが何らかの薬を買っていたことを証明できなかったら、そして動機がなかったら問題はないんだ。けどいまはきみが動機に見える。きみは警察を納得させないといけない、自分が動機ではないと。分かるだろう」

「アーサー、なぜメアリーは幽霊になって歩きまわってるの？」

「歩きまわってなんかない」スケルトは激怒して言った。「ぼくの話を聞いてないのか？」

「歩きまわってるわ。そしてあなたもそれを知ってる。なんで召使いはいなくなったの？」

「噂のせいだ」

「いいえ、召使いたちは見てるし、怖がってるのよ」家がまた揺れ、ひきだしが前に飛びだした。

「こんなの聞いたことないわ」ダルシーが叫んだ。目の光が尋常ではなくなってきた。

「これもその一部なのよ。知ってるわ。メアリーの幽霊よ。このひどい匂い。家全体が死と罪でいっぱい」スケルトはひきだしを無理矢理押しこんでいた。「そこに何を入れてるの？　何を隠してるの？」ダルシーが叫んだ。「何で鍵を掛けないの？」

「鍵が見つからないんだ」スケルトは言った。

「メアリーが持ってるのよ」ダルシーは言った。彼女の声はまた高くなっていた。

「ダルシー、頼むから」スケルトは絶望の表情で言った。「自制心を取り戻してくれ。家に帰って、横になるんだ。話ができない。いままできみはいつも冷静で落ち着いていた。きみはぼくを大いに助けてくれた。友人だった――どんな場合でも」

「そうね、わたしはあなたと寝てきたわ」ダルシーは不機嫌に言った。「ここそこ出入りしてきた。わたしは警察に全部言うつもりよ。もうわたしを殴らないで」けれどスケルトはまた彼女の頰を手ひどく打った。

「そうだな」スケルトは言った。「そうしてメアリーが死んだ時、きみの目は生き生きと輝いた」

「そんなふうに言わないで。メアリーはわたしたちが話してることを全部聞いてるのよ。わたしの手の匂いを嗅いで、服の匂いを嗅いで。みんなメアリーの匂いがするのよ。死体の。わたしは窓も見られない。いつもそこにいるから。家のなかを見てるのよ」

スケルトは彼女の肩を摑んでドアに向かって突きとばした。「家に帰れ。そして自分を取り戻すんだ。きみは警察に言うべきことを知っている。ぼくたちはただの古い友人だ。妻が死んだのでぼくを気の毒に思った。もちろんきみはぼくを好きなわけではない。実際きみはすべての男を嫌っている。そう言って、何度も繰りかえすんだ。そうしたらぼくらふたりには何の問題もない」

「そう言うわ」ダルシーは言った。「でも、もうあなたに会いにこない。最後にあなたが手にしたのはあれだけよ」

「この騒ぎが終わるまで待つんだ」スケルトは言った。

「終わらないわ、終わらないのよ」ダルシーは繰りかえした。そして出ていった。

スケルトはまたひきだしに向かって走った。手を掛けた瞬間背後でドアが開いた。

振り返ってモリーの顔を見た時、かれの顔は怒りに歪んでいた。

「お客さまが見えてます」彼女は言った。モリーは満足げな、横柄さを漂わせた表情でかれを見た。主人であるスケルトは何かのせいでひじょうに動転していた。そしていま彼女はスケルトを望むままに扱うことができた。あの夜スケルトはほんとうに厭な人間だった。そして彼女はいま復讐しつつあった。

「誰だ?」怒りの表情を無理矢理顔から剝ぎ取って、スケルトは尋ねた。

「警察からいらっしゃったそうです」モリーは生意気な口調で言った。その口調は「とっちめられるぞ」と暗に言っていた。

「通してくれ」

質素な服の、背が低く頑丈そうな男が入ってきて、手を差しだした。男の表情には暖かみはなかった。玄関ホールでダルシーと擦れちがっていて、そのとき男の鋭い目は頬骨の上に出来たばかりの殴打の痕を見逃さなかったのだった。そしてかれは女を殴ることに関してはだいぶ不賛成だった。バイエルンの狙撃兵の置き土産である右頬の赤く長い傷も、近づきがたいというスケルトが抱いた印象を増幅させた。

「おはようございます、スケルトさん。スコットランド・ヤードのマーロン主任警部です」

「ああ、そうですか」関心のなさそうな口ぶりでスケルトは答えた。「お掛けください。何かわたしに協力できることがあるのでしょうか」スケルトはこれ見よがしに欠伸《あくび》をした。

「ありがとうございます。もちろん、御存じでしょうね。奥さんの遺体が今朝、再検死のために掘り返されました」奇妙なことに、マーロン自身そのことを不快な念とともに思いだしていた。部屋に漂う耐えがたい匂いのせいだった。かれは厭《いと》わしく忌まわしいその儀式に立ちあい、棺の蓋を開ける手伝いをした。自分がこの匂いの元なのだろうか？　あの気力を挫く死の塊が自分を腐肉の匂いで満たしたのだろうか？　かれは目立たないように右の袖の匂いを嗅いでみた。確信することはできなかったし、汚れているという感覚も失くならず、どうも気分が悪かった。

「もちろん知っています」スケルトは鋭い口調で言った。「しかしぼくはとんでもない冒瀆に当惑しています」

「実際、通常の手続きなんですよ」マーロンは言った。

「実際」スケルトは皮肉っぽくマーロンの言葉を繰りかえした。「法律家として、その説明はとうてい認められない」（「食えないやつだ」とマーロンは考えた。「ジャブでちょっと様子をみるか」）。

「命令があったのです」冷たい口調でマーロンは言った。「で、執行したわけです。あなたの奥さんの遺体は生前の姿をひじょうによく留めていましたよ」

「亡くなってまだ五箇月ですからね」口髭をいじりながらスケルトは言った。

「それにしてもです」

「ぼくに警告するつもりですか」

「いえいえ、そういうことではありません。いくつか質問をしたいだけです。あなたが我々の助けになることを御存じかどうか知るために」かれの口調は当たりのよいものだったが、寛いでいるわけではなかった。マーロンの体にはコーンウォールの血が混じっていた。そしていかにも強面《こわもて》な外観の内にあったのは、ある種の「感じやすさ」だった。かれの魂は危険な意図や侵害を直截に感じとった。その高度な感知力は、より実質的な他の資質に支えられて、マーロンを優秀な刑事にしていた。けれどこの瞬間、その力はかれに教えていた。三人目の人物が部屋にいる、自分は見えない目に見られていると。

小柄なこの殺人者は会話を盗み聞きさせるために部屋に誰かを隠しているのだろうか。けれどそんなことはありそうになかった——マーロンは広い部屋をゆっくりと見まわした。視線が窓にたどりつくまで。マーロンはふいに尋ねた。「庭にいるのは誰ですか?」

かれは自分のその質問にスケルトがたじろいだことに気づき、少し驚いた。しかしかれは十分冷静さを保って答えた。「たぶん、お手伝いのひとりでしょう。家内の遺体をどうするのですか?」

「しかるべき臓器を取りだしてサー・アンドルー・メルズベリーが検査します。午後には改葬されます」スケルトは付けくわえた。

「とてつもない時間の無駄だ。家内は特別な死に方をしたわけではない」

「まあ」愛想のない笑みを浮かべてマーロンは言った。「もちろんそれが我々のはっきりさせたいことです」

「フォークス先生ははっきりさせましたよ」

「一旦はそうですね」

「どういう意味ですか」スケルトは不安そうに訊いた。「考えを変えたってことですか」

「もうしわけないですが、この時点でははっきりしたことはまだ何も言えません」マーロンは答えた。「この屋敷のなかに毒物と言えるものは何か置いていますか」

「ぼくは置いてはない」

「奥さんは置いていた？」

「ぼくに言えることは多くない」すわったまま姿勢を変えてスケルトは言った。「家内は薬を飲んでました。いつも違う処方を探してたんです。そのなかに毒物があったかもしれない」

「どこで買っていたんでしょうね」

スケルトは肉の薄い肩をすくめた。「それはぼくが与《あず》かり知らないことです。だいたい近所で買っていたんじゃないでしょうか。家内は自分で買って自分で支払いをしてました」

マーロンは笑みを抑えこんだ。調べたところではスケルトのけちはヘイリーの町で諺のようになっていた。殺人者というものはほぼつねに「しみったれ」だった。かれはそれをよく知っていた。「奥さんは」と、マーロンは言った。「キャロウズ・シロップをいくらか買ったようです」

「そうです」スケルトは言った。「家内はそれを服用しすぎていた。ぼくは注意してました。砒素《ひそ》が含まれているから」

(「ずるいちび蜥蜴《とかげ》め」マーロンは思った)。「そうですね。ほんとに微量ですが」

「毒物とラベルに書いてあったな」スケルトは言った。「いま思いだした」

「あの女がまた窓からこっちを見ている。やめるように言ってくれませんか。どうも気が散ってしょうがない」

気が進まない顔で立ちあがったスケルトは、部屋を出ていこうとするように見えた。視線が机に落ち、かれは暖炉の近くにあったベルを押した。モリーが現れた。「いま庭に出ていたか、モリー」スケルトが尋ねた。

「いいえ」モリーはぶっきらぼうに答えた。

「では料理番にちがいない。料理番に窓から離れていろと伝えてくれ」

「料理番は厨房から出てません」

「口答えするな。警部さんがどっちかが窓の外にいるのを見たんだ」

「いいえ、料理番は厨房にいました」モリーは辛辣な口調で言った。「たぶんそれはスキナーさんです」彼女は意味ありげに言った。「じゃなければほかの人です」そして大袈裟に十字を切った。

「分かった」スケルトは鋭く言った。「行っていいぞ」

「今朝スキナーさんがここにいらっしゃったのですか。彼女に会いたいと思っているのですが」

「知らせを聞いて訪ねてくれたのですよ」スケルトは言った。

「スキナーさんは自動車修理工場の持ち主の娘ですね」

「そうです」

「町の噂では」マーロンは微笑んだ。「あなたは彼女と結婚するつもりだそうですね」

「それはまったくでたらめです。ぼくは再婚は考えていません。あなたはあまりに噂を集めすぎているようだ」

家が揺れた。窓ががたがたと鳴り、ひきだしが前に飛びだした。

「いや、これは何だ」マーロンが叫んだ。「どうなってるんですか」

「車が通ったんですよ」スケルトは言った。視線がひきだしに据えられていた。それを見てマーロンはある結論を導きだした。「むしろ地震のようでした。あなたは毒物は買っていない。そうおっしゃいましたね」

「買ってません」

「奥さんの遺体の状態は防腐効果のある金属毒を大量に摂取したことを示しています。砒素かアンチモンを。ひきだしを閉めるには及びません。なかをちょっと見させてください」

「家宅捜索するつもりですか」

「拒否はしないでしょう。しますか？」

「しませんよ。令状を持っているのですね」

「持ってます」マーロンは言った。「その金属毒に関して、なぜ奥さんの体に入ったかについては心当たりがないのですね」

「そういうものが発見されたことはまだ聞いてなかった」スケルトは皮肉っぽく言った。

「いくらかはキャロウズ・シロップから入ったことは間違いないと思う。言えるのはそれだけだ」

張りつめていた何かが緩んだように見えた。スケルトの心から錘《おもり》が取りのぞかれたように見えた。マーロンはその変化に驚き、面食らった。間違った道筋を辿っていたのだろうか。なぜこんなに急に自信満々になったのか。マーロン自身はいまはとうてい平静な気持ちでなかった。穢《けが》らわしい匂いはこれまでよりも鼻孔を刺激した。視野の一角で窓を捕らえていただけだったが、その一角を埋めた月桂樹の茂みに白いものが見えた。茂みが風に翻弄されているあいだ、それはじっと静止していた。風が唸りながら塀にそって進んで木々を翻弄するあいだも。部屋は不安で満たされているように見えた。電荷を増大させているふたつの電極から放電がいまにもはじまる、そんなふうだった。そして小さな悪党は落ちついて笑みを浮かべ、超然としていた。まるで釈迦の像みたいじゃないか。マーロンは気を引きしめて言った。「サー・アンドルーは奥さんの遺体を調べて強い印象をいだきました。結論は見誤ることはないと言っています。あなたの奥さんはしばらくのあいだ病気でしたね。そうではありませんか」

「六週間くらいでしょうか」スケルトは気軽な口振りで答えた。

「何度か恢復して、再発を繰りかえした？」

「その通りです」スケルトは笑みを浮かべて言った。「フォークス先生は病状の推移をくわしく記録している。ぼくよりあなたにうまく話すことができる」かれはふたたび欠伸をした。心から質問に退屈しているようだった。

「薬の服用は奥さんが自分でされてたんですか」マーロンは尋ねた。かれは当惑し、狼狽していた。

「交替してやりましたよ」

「あなたが服用させたこともある？」

「しばしばしましたね。それは予想してたんじゃないですか。上の人たちがなぜこんなばかばかしい決定を下したか、訊いてもいいですか？」

「たぶんその質問の答えは『情報提供』ということになるでしょう」マーロンは答えた。体中がびっしょり汗に濡れていた。かれは掌で額を拭った。「ほかに妙な情報もあります」かれはつづけた。声が高くなっていた。「あなたの奥さんの幽霊が家の周辺で見かけられているという情報です」

スケルトはふたたび笑みを浮かべた。右手をポケットに突っこみ、それから引きぬいた。そして今度は左手をポケットに入れ、煙草の紙箱を取りだした。「ちょうどあなたの後ろに立ってますよ」

「それは完全に正しい」スケルトはそう言って、突然大声で笑った。

マーロンは急いで振りかえった。悪臭のある霧にすっぽり包まれたような気がした。マーロンが振りかえった時、スケルトは右手を口のあたりに持っていった。部屋が巨人の手に摑まれたように激しく揺れ、窓が大音声で鳴り響き、ひきだしが机からすっぽりと抜けて床に落ちた。なかに入っていたものが散らばった。シアン化物の効果が及んだときスケルトは短い叫びを発し、喉を手で押さえた。そして床に頽《くずお》れた。よろめきながら近づいたマーロンは小さな包みを踏みつけた。包みは破裂し、白く粗い砂のようなものがあたりに撒き散らされた。節約を重んじるスケルトは、ついにその包みを棄てることが出来なかったのである。

列車

ロバート・エイクマン
今本渉訳

ロバート・フォーダイス・エイクマン　Robert Fordyce Aickman（1914-1981）

一九五五年はエイクマンにとって重要な年だったようである。*Know Your Waterways* と *The Story of Our Inland Waterways* という英国の水路に関する著作が二冊刊行されただけでなく、シンシア・アスキスのアンソロジー *The Third Ghost Book* に収録された「鳴り響く鐘の町」が評判をとり、スーパーナチュラル・フィクションの書き手として注目されはじめた年だからである。アンソロジストのマイケル・アシュリーはエイクマンの多趣味（ロルトとともに内陸水路協会を設立、オペラやバレエにも造詣が深い）が英国における正当な評価を阻んでいると嘆じていたが、いずれはマッケンやジェイムズに比肩する作家として論じられる時がくるのではないだろうか。エイクマンは自分の書くものを「ゴースト・ストーリー」ではなく「ストレンジ・ストーリー」と呼んだ。たしかにエイクマンの作品では一貫して人間のなかの異様なもの、ストレンジなものが描かれる。訳書はまだ『奥の部屋』の一冊しかなく、それはあまり良い状況とは言えないだろう。原題は The Trains、*We Are for the Dark*（1951）所収。

泥炭の地にあっても、朝の早いうちなら大気は体に纏《まと》わりつかず、動きにくいとか、力を奪われるということもない。流れるそよ風も暖かく、彼女はこれにふるい立って歩を進めるかのようだった。よい空気を吸うという過程を経ると、結果として血のめぐりもよくなり、頭のはたらきも縦横無尽、大したことは浮かばずとも、心はうきうきと弾む。ここでふと鉄道のポスターを思い出した。これって、オゾンかしら?

いま後にしてきた工業都市のことを彼女は満更嫌うでもなかった。ここがミミとは違う。ミミはその町をにくんだ。この旅行は、あちこちのユース・ホステルをめぐり歩いて、とミミは望んだが、マーガレットは異を唱えた。折角ペニン山脈まで来たんだから、農家に泊めて貰うか、場合によってはふつうのホテルに泊まりましょう。こう言い張るマーガレットに、農家なんてあてにならない、ホテルは味気ないし高くつくわ、とミミはやり返す。結局、ユース・ホステルにこだわるのも恥ずかしいと思ったのか、ミミの方が折れた。「でもホテルって、ハイカーを軽く見るわよ」実のところ、ミミにこう言われるまで、マーガレットは自分たちがハイカーだなどとは夢にも思わなかった。

「町」をめぐる言いあらそいを別にすれば、何事もつつがなく、特に天気にめぐまれ、旅は二週目に入っていた。町はマーガレットには目新しく、面白く、こんなに美しい、ロマンチックなところだとは思いもよらなかった。行儀よく並んだ製粉場、蒙々《もうもう》とけむりを吐く無数の煙突は、背後に聳《そび》える山の連なりにたしかによくなじんでいる。一方ミミにとっては、休日にそんな所へ行くなんて論外、ではどんな町がいいかといえば、イングランドでも中部や南部に見られるような、いわば「まぜこぜ」の町、つまり、町と田園の境のない、というか、町が田園に溶け込んだような場所をこのんだ。北部のように両者がはっきり分かれたのはいけない。マーガレットにはああいう町での暮らし（むろん、うわべだけを見て）も存外悪くなさそうに思えた。ミミにも同様に目新しく感じられたものの、いかにも自分の曾祖父が苦労して這い上がって来た土地のようにも思われ、そういう印象がつよいために幻滅し、しらけてしまう。もし産業というものが必要なら、町から離れたところで行うべきよ、とはミミの感想である。フリー・トレード・ホテル（RAC及びAA（共に英国を代表する自動車関連団体。主に車での旅行者へのサービス活動を行う）加盟店）では各々一人部屋をあてがわれ、ミミにはベッドで話し相手のないのが淋しかった。

荒涼きわまる泥炭地を抜けると唐突に町が現れる、というのは北部ならでは。逆に一歩町を出ると景色は一変し、牙をむいたネアンデルタール人が二人を八つ裂きにしようと岩かげに潜んでいそうでもある。過ぎゆく風は背後で大きな固まりを成し、轟々《ごうごう》と唸《うな》りをあげる。真蒼な空には輪郭のはっきりとした白い雲が適度に散らばって、地中海沿岸の街々でおこなわれる祭りで見られるような書割りの山車《だし》を思わせた。町なかとは違って霧も立たず、灰に煤けたような悪臭もない。上空では空気そのものが生き物のよう、その刻々と変化する劇的な雰囲気はマーガレットの気に入った。ヒースの大地に道はみとめ難く、道標は海抜高度を示すにすぎない。二人とも地図には暗かったが、それでも黙ったまま嬉々として歩を進める。すでに両者にわだかまりはなく、マーガレットは重いリュックサックも気にならなかった（ミミのはもっと重かったが、まったく平然としていた）。

「あの音、列車じゃないかしら?」と、マーガレット。町を出てからすでに二、三時間は経っていた。逃避癖のあるミミが、

「ああ助かった」というのに、

「そうじゃなくて、要は今、私たちがどの辺にいるか、それがわかるってことでしょ」

遠くに聞こえた音は風のうなりに早や掻き消されていた。「地図を見ましょう」

ミミはマーガレットの背後にまわって、リュックサックのポケットから地図を取り出した。二人は向きあって地図を手に持ったまま広げたが、風が強いので方角が定まらず、心あても叶《かな》わないので、ともかく地図は地面に、上が北の方角に向くように置き、四隅を石ころで押さえた。

「線路があるわ」マーガレットは指で地図をなぞりながらいう。「私たちはこの辺りね」

「トンネルの真上なんじゃない？」とミミ。「それも結構長いわよ。四マイル位かしら」

「ここはそんなに高い場所じゃないわ。トンネルはもっと先の方よ」

「道を叩いてみる？」

「じゃ、どっちに行けばいいの？」

「さっきのが列車なら、あの丘の向こうね。道と線路がすごく近いし、音はあっちの方から聞こえたわ」ミミはその方角を指さしながら、リュックサックを降ろそうと体を捻る。その際、リュックサックの肩帯がシャツにうるさく纏わりついた。

「布製の地図にすればよかったわね。風が強くて破れそう」

「しょうがないじゃない」ミミはおだやかに返す。彼女が地図の係だった。

「そうね、しょうがないわ」マーガレットはいよいよ迷子になったものと観念していた。

「じゃ、行きましょうか」二人は苦心して地図を畳み、元のポケットに戻した。押さえの石ころはそのまま地面に、長方形の四つの頂点を成した恰好でいわくありげに残った。

ミミの推量は図らずも正しかった。谷の方へ降り、そこから苦労して稜線を辿って丘の上に立つと、複線の線路と石壁に沿った道路が反対側の谷に続いている。その景色を眺めていると、遠くの方で音。見れば次の列車がゆっくり谷底から這い上がって来た。

「さっきのは丘をくだって行ったのよ」と、ミミ。

二人は道路を目指して丘を降り始めた。道路に至るには野を越さねばならない。距離そのものは鳥のように空でも飛んでまっすぐ行けばさほどでもなかったが、ミミの腕時計によると三十五分もの時を要した。実際、列車は二人が丘を降り始めないうちに通り過ぎてしまっていた。

「それこそ鴉か何かだったらね」ミミがこぼすと、「まったく」と、マーガレットは微笑んだ。

道路には往来するものもなく、いざ近づいてみると、堅そうな花崗岩のかけらがごつごつと、どうやらローラーをつかって舗装し直す必要がありそうだ。

「さんざんね」と、ミミ。まだ十五分も歩いていない。「ヒースの中を歩いたほうがましょ」谷の両脇はその種の灌木で覆われていた。

「今どこにいるのかよく調べてみない?」マーガレットはそう提案したが、

「それでどうなるって言うの?」

「だって、もうお午《ひる》よ」

「お午ったって、どこにいようが関係ないじゃない。田舎なんだからどこだって同じよ」

「でも、確かめた方がいいと思うわ」

「はい、はい。じゃ、そうしましょう」

　ミミは再び地図を出した。道端にそれをひろげようとする処へ、唸りをあげて再び列車。今度は坂を降りて来た。

「何してるの?」マーガレットが石で何とか地図を押さえようとしながら訊くと、

「手を振るのよ。決まってるじゃない」

「それに応《こた》えてくれる人がいるかしら?」

「運転手に手を振ったことないの?」

「ないわ。ないと思うけど、運転手になの? 乗客にむかって振るものだと思っていたわ」地図の用意がようやくととのった。

「時にはね。でも、運転手は女の子に手を振るわよ」

「女の子にだけ?」

「そうよ」もっとも、いつからそう思い込んだのか、自分でも定かでない。「今どこ?」

二人は地図を見つめた。今いる場所を見いだそうと懸命である。ともかくもう道路の上にいるのだし、山越え谷をゆく線路も目の前にのびている。答は簡単に出そうに思えた。

「高さを測る道具があればいいんだけど」とミミは言うが、

「そんなの、持ってるわけないわ」

　まずは辺りを見わたすしかない。

「あれ、家じゃない？」

「もしそうなら、きっと民宿《イン》よ」とマーガレット。「この地図だと、トンネルのこちら側に建物はないわ。私たちの今いる場所が谷のもっと下の方じゃなければね」

「地図には小さい建物まで載らないいんじゃない」

「田舎は別。前から気がついてたんだけど、ほら、あちこちに点が打ってあるでしょ。昨日の溜め池の傍の、あの小屋、あれだって地図に載ってたわ」

「じゃ、もしパブか何かだったら、中に入ってお弁当にしましょう。さ、行くわよ」

二人の去った後には、またもや石ころが四つ、空虚な長方形の頂点を成した恰好で残った。

「でね、地図だと、トンネルの端からパズレーの町の間に、家は一軒しか載ってないの。パズレーまでまだ八マイルはたっぷりあるわよ」

「あんたの好きな農家だといいわね。私、パズレーで一泊なんていやよ。今は休暇だってことを忘れないで」

「まあ、そこで何か食べてからね」

前方の建物は永らくうち棄てられているものらしかった。ことによると、ごく最近まで使われていたのかも知れない。湿気の多い土地柄、簡素な石造りの建物でもあり、見てくれで判断するのは難しい。窓には板が打ちつけられ、屋根から落ちたスレートは草深い庭に散らかって、入口の扉はすでに失せている。

「軍を信頼しよう、ってとこね」と、ミミが言った。「今宵の野営地《クオーター》はもっと雨露の凌《しの》げそうな所にしたいわ。食事にしましょう。二時十五分《クオーター》よ」

「軍なんかじゃなくて、畑がうまくいかなかったんじゃないかしら」さびれた農家、設備の廃棄が何を意味するか、マーガレットは父の地所で経験ずみだった。

「あら、トンネルが」

ミミが声をあげたのを聞いて、マーガレットも後を追った。岩に穿《うが》たれたトンネル、入口くろぐろと、道路がそれを跨《また》ぐように斜面を這い上がっている。

気落ちしたマーガレットは坂道をうつろに見上げた。と、次の瞬間、「あ、あそこ。何か看板が出てる。地図もいいかげんね。来て」

「あら、本当」

トンネルの入口のすぐ上に立った時、また別の列車が坂を降りて来た。二人はそこから客車の黒い屋根の連なりを見おろしたが、あたかも市《いち》で売られる、覆いをかけられた芋虫のように見えた。

地図が正しかったかどうかは定かでない。トンネル上の建物は、判然としないまでも、民宿《イン》ではなさそうである。はたして、もっと高級な、いわゆるゲスト・ハウスだった。

「お茶一杯くらいならいいわね。でも、食事は外でしましょう」とミミ。

少し先に小山が見えた。とりあえずその上に這い上がり、重いリュックサックをうち捨て、ベルトの孔をひとつふたつ緩め、二人はコンビーフ・サンドを食べはじめた。眼下のゲスト・ハウスは満室のようではあるが、人ひとり見えない。

「道がすいてるわね」熟れたトマトを手につまんでマーガレットが言う。

「みんな鉄道をつかうんでしょ」

遠くの方で列車の汽笛がミミの言葉を裏づけるように響いていた。

輪郭のはっきりした雲はだんだんに膨れあがって、いぜん空にひしめいていた。すでにそよ風は凪《な》いで、ひどくむし暑い。二人とも汗びっしょり、ミミはシャツのボタンを外した。

「ショートパンツにしてよかったでしょ」

マーガレットは頷くしかない。この点についても前にひと悶着あった。マーガレット曰く、自分は生まれてこの方ショートパンツなんてはいたためしがない、そんな無理を言われても困る。対するミミは、『人と同じ服装』でなければ一緒には行かない、と意外にも強情に言い張った。ともあれ、今回だけはマーガレットも人には倣《なら》ってみるものと感じた。何より、気儘《きまま》なのがいい。でなければとてものことに重いリュックサックなど担げない。衣装代だってただで済んだというわけではないが、今の気分を考えればその代償は微々たるものだ。これが自由というものだわ、とマーガレットは感じた。家族の目がないのも嬉しい。「うん、よかったわ。本当よ」

ミミはにっこりとほほえんだ。この一件に関しては、マーガレットの初めの反応が強く気にさわったものの、特に相手を負かしてやったという気は起こらなかったようだ。

「それはそうと、こんなに暑いとおいしくないわね」と言うマーガレットに、

「コンビーフでもあるだけましよ。別の子とだけど、食パンとマーガリンだけで『巡礼街道』を歩き通したこともあるのよ。その日はたまたま祭日で、あいだにはさむ具が買えなかったの」ミミはサンドイッチをほおばったまま、つと立ちあがって、リュックサックを手に、

「さ、次は飲み物ね」と、坂を降りて行く。マーガレットは立つことはおろか、まだ食べている最中で返事もできない。ミミはちょっとしたことをきっかけにすぐ行動に出る。これはマーガレットも前から承知していた。

マーガレットが最後のサンドイッチを食べ終わらないうちに、ミミはゲスト・ハウスの呼鈴を鳴らしてすでに中に入ってしまっていた。その後を追う前に、マーガレットは大きなハンカチで顔の汗を拭ったが、これは必ず携帯するようにとミミに命じられていた品物で、さらにシャツの胸ポケットから櫛と手鏡を取り出し、汗の湿りにまかせて髪をととのえ、休暇の間じゃまにならぬようにきちんと纏めておいた髻《たぶさ》をときほぐしたあと、道具をポケットにしまってフラップにボタンをかけた。その間、汗でねっとりとし

た体になるたけ手を触れぬよう気をつかい、それからゆっくりと玄関口に向かった。ゆっくり歩かないと体がどんどん火照《ほて》ってしまう。

把手《とって》こそ今様のイタリア式とはいえ、呼鈴は正真正銘、カントリー・ハウス独特のワイヤー仕掛けで、呼鈴とほぼ同時に扉が開くと、上から下までマークス・アンド・スペンサーで揃えました、という扮装《なり》の地味な女性が出て来た。

「何か?」

「飲みものをいただきたいんですが。友達がもう中にいるはずです」

「さ、どうぞ。お茶ですか、それともコーヒー?　ミネラル・ウォーターは切らしてますが」

「じゃ、コーヒーを」

「コーヒーね」女はそっけなく投げやりな調子で注文を繰り返した。その言い方はまるで一時間に六十もの注文を捌《さば》こうかというような感じだった。女は引込んだ。

「さ、暑いから扉は閉めてくれ」

この発言の主は汚れたテニス・シューズを履いた中年の男で、丸い木のテーブルをはさんだその向かい側ではミミがカップのお茶をかき混ぜていた。二人の他に人は見えず、部屋にはカフェ用の調度が息の詰まるほどひしめいて、壁には煙草の広告がいくつか、いずれも少し傾けて飾ってあった。

「ニューヨークではどう言うかご存知かな」男のアクセントはイングランド北部の商人ふうで、視線はミミの、汗で濡れたカーキ色のシャツの盛り上がった胸元に注がれていた。

「僕はニューヨークで暮らしたことがある。ざっと十年」

ミミは何も言わない。男性と話すとき、相手が喋るにまかせるのは彼女の癖である。

マーガレットはミミの横に座り、リュックサックを床に降ろした。

「ご機嫌よう」男の声色はことさらに明るい。

「こんにちは」マーガレットは何気なく答えた。

「二人は友達かい？」

「ええ」

男の視線は、胸豊かな、肌のあらわなミミの方に再び移る。

「君の相棒とお喋りしてたところだ。君はニューヨークではどう言うか、知ってる？」

「いいえ、知りません。どう言うんですか」

「暑い、とは言わずに、蒸す、って言うんだ」

男はマーガレットの相手をしながらいぜんミミの方を見ていた。いかにも難しい、苦心を要する考察を行っているように見せよう、という魂胆もあからさまに、男はちょっと間を置いてから、

「つまり湿気だよ。大気中の水分。大気はいつも湿気を帯びている。地面から吸い上げるんだな」彼は下唇を舐めて、「何てことはない。ニューヨークではそうだ。僕は十年も住んでいた。貧者に選り好みなし、というのが本当のところだが」

後方の扉が開いて例の無口な女がマーガレットのコーヒーを運んで来た。カップは縁がはげて、皿には何によるものか真っ赤なしみが付いていた。

「一シリング」

マーガレットはその金額に驚いて、ズボンのポケットから半クラウン銀貨を取り出した。女は退がった。

「こういう、ちょっと気のきいた所ではね」と、男。「最近ではその位の金は取るんだよ」

マーガレットはカップを手にとった。濃いコーヒーで、匂いがつんと鼻をさした。

「ああ、コーヒーか。僕もいただこう、と言いたいところだが、今日はもうすでに三杯も飲んだんでね」

「ここにお泊まりですか」

「ここには棲んでるようなものだ」

女が一シリングと六ペンス貨を手に現れ、そしてまた去って行った。

「チップは必要ないよ」

した。

「そうですか」と、マーガレット。「あの人が経営者なんですか」

「さよう」

「無口ですね」と言ってすぐ、マーガレットはありきたりの会話を仕向けたことを後悔した。

「そりゃ口数も減るさ。何しろ、金《きん》が掘れるってわけじゃないからな。僕は唯一のお得意様だ。泊まり客は一人だけだよ」

「どうしてでしょう。素敵な田舎だし、見たところ競争相手もなさそうだし」

「何もないんだ。本当に。それに素敵な田舎でもない。これも本当だ」

「だからどうしたっていうの」と、これはミミ。彼女は場にマーガレットが参入して以来、この時までずっと口をつぐんでいた。

「本当に何もないんだよ。嘘じゃない。君のような女の子むきのものはね」この男は、話しかけるべき相手と、言葉はむしろ邪魔になる相手という具合に女性を二分するような、よくある手合だとマーガレットは思った。「いや、冗談冗談、他は知らないんだ。僕にしても、実際はここの住人というわけじゃない」

「何か都合のわるいことでもあるの？」

マーガレットはミミの言い方に驚いた。そういえば、丘の上で櫛をつかっていた間、この二人が何をしていたのか、見当もつかない。

「土地の人が何か言ってたかい?」

「誰にも会ってません」と、マーガレット。

「ほら、そうだろ。誰もこんな所に来るわけない。ここは『静かの谷』なんだから」

「まあ」とマーガレットは声をあげる。まだ自分の感情に抑えがきかないらしい。「西部劇に出て来そうな名前だわ」

ところが男は今までとは違って、「土地の人は『静かの谷』って呼ぶんだよ」と、あっさり答えた。

「商売を始めるには良くなさそうですね」

「これ以上悪くはならんさ。知らないのはここの主人だけだ。あたら財産をここに沈めてしまった。あの女は土地の人間じゃない。君と同じようにね」

「谷に何かあるの?」ミミがしつこく聞く。その態度がマーガレットにはちょっと神経質すぎるようにも思えた。

「君らが滞在する分には何も悪いことなどないよ。心配には及ばん」

「何かいわれがあるんですか」冗談めいた一連のやりとりにマーガレットがつい口をはさんだのは、ミミの妙な振る舞いにつられたからである。

「いわれなんて何も聞いたことはない。ここは『静かの谷』で、土地の人は誰もここには来ない、ただそれだけさ」

「じゃ、あなたはどうなんですか。そんなに静かだとして、他へ行ったりしないんですか」

「僕は静かなのがいい。あれこれ選ぶのは面倒だ。僕が言ってるのは、どうしてここが不景気かっていう、その理由に過ぎん」

「たしかに、交通の量も少ないですよね」マーガレットはこう言ってから、ミミがシャツのボタンを留め直しているのに気づいた。男は目をそらして、

「みな鉄道を使うんだよ。窓を閉じて、まるで荷車に乗った仔牛のようにね」

ミミは黙っていたが、表情は前とは違っていた。

「それにしては本数が多くありませんか」マーガレットは微笑を浮かべて言う。

「本線だからさ」

「運転手がさっき私たちに手を振りましたよ。もしお話が本当なら、あの運転手、私たちを見て嬉しかったんじゃないかしら」

男は初めて不快の念を込めてマーガレットを見つめた。

「いや、それはだね――」視線はテーブルの上に落ちて、しばらく動かない。「それはそうと、君たち二人は今晩どこに泊まるつもりなのかな」

「大抵は農家に泊めてもらいます」マーガレットは手みじかに答えた。

「丘の向こう側は場所が悪いよ。ここよりも悪い。トンネルの向こう、パズレーの町は

ずれまでには、家は一軒しかないし」

「地図に載ってました。ベッドくらい貸してくれるでしょう？　それ、農家だと思いますけど？」

「ロ一パー婆さんの家だ。本人に会ったことはないがね。向こうの方には行かないから。まあ何とかしてくれるだろうとは思う。君の今言ったことだが――」突然、男は笑いだした。「運転手がどういう了見で女の子に手を振るのか、ご存じかな」

「ええ、まあ」猥褻な冗談になるな、と彼女は察した。

「うん、列車があの家の前を通過すると、きまって誰かが寝室の窓から身を乗り出して手を振るんだ。どの列車にもだよ。家は線路からちょっと離れてて、運転手にはそれが誰だかわからない。わからないなりにも、白い服を着ているので女の子だと決めつけて、自分も手を振って応える、というわけだ。ところが女の子じゃないんだな、これが。そんなことはあり得ない。ずっと前からのことなんだよ。少なくとも二十年は経ってるから、すでに女の子なわけないだろう。これ、おそらくロ一パー婆さんだと思うけど、運転手は順ぐりに替わるからわからないんだ。で、みな女の子だと思う。誰もが手を振る。どの列車もそうだ」男はこれこそ間違いの極みだと言わんばかりに大声で笑った。

「運転手は知らないとして、じゃどうしてあなたはご存じなのかしら」とミミが訊いた。

「土地の人がそう言うのさ。自分で見極めたわけじゃないがね。まあ、話半分に聞いておいたほうがよかろうが」男は急に真面目な顔になった。その方が都合がいいと思ったのだろう。そういう魂胆がほのかに垣間見えた。

「もしよかったら、ここの二階にはご婦人用の部屋もあるけど」

「ありがとう」と、マーガレット。「もう行かないと」

リュックサックは背に当たる部分がしっとりと濡れていた。

「出発前に、煙草を一服どうかね」男は見たこともない銘柄の箱を差し出した。その手は麻薬患者のように震えている。

「どうも」ミミはぞんざいに、「マッチある？」男は火をつけることはおろか、マッチを擦ることもままならなかった。そのさまを見て、マーガレットは自分が煙草を吸わないことをよろこんだ。

「僕の吸い方は、キャンプファイヤー、あんな感じだ。君だってきっとそうなる」男は無駄口を叩きながら、二人が扉を開けようとすると、「天気に気をつけてな」と声をかけた。

「ええ、気をつけます」戸外の熱気にもめげず、マーガレットはお決まりの返答をした。

二人は重いリュックサックを背に苦しい登り坂へと戻った。

暫くは互いに口をきかなかったが、そのうちミミがぽつりと言った。

「あのバカ」

「男の人って、忌《いや》だわ」

「やっとわかってきたわね」

「ここ、本当に『静かの谷』なんて名前なのかしら？」

「名前なんてどうでもいいわよ。要はつまらない場所だってこと」

マーガレットはミミの方を見た。目は屹《きっ》と前方を見つめ、相変らず前へ前へと進んで行く。

「つまらないのは、人がいないからでしょ？」

「とにかくつまらないのよ。あんたには分からないでしょうけど」マーガレットは勘のよい方ではない。恐らくは育ちのせいでもあろう。焼けつくような果てしない道もミミの機嫌を極度に損ねた原因のひとつらしい。おまけに先刻のまずいコーヒーのせいで消化もよくない。一旦緩めてしまったベルトは、もうこれ以上は緩められない。

「あんたが列車の音なんか聞かなかったら、こんな所に来なくて済んだのに」

「もしあの音が聞こえなかったら今ごろ迷子よ。おかげで地図に載ってる道に出られたじゃない。目印もなくて、ただどの道にしようかって迷った時には、よくあることだわ」

こうしていらいらすると、マーガレットには二人の心の底にひそむ人生観の違いがまざまざと感じられたが、もっとも、これは今に始まったことではない。ミミが次の地点、つまりユース・ホステルのあるような地点に向かおうとしていることを察知したマーガレットは、「ごめんね、ミミ。暑さのせいよ」と言い足した。

二人の間に絶えず流れる気まずい空気の中、ミミはいくぶん憎さげに、「じゃ、全体、どこへ行けばいいって言うわけ？」

もしこう言われたのがミミの方だったら、たちまち喧嘩になるところだが、そこはマーガレットのこと、「そうねえ、もう一度地図を見ましょう」と、場をおさめた。

マーガレットはリュックサックを降ろして、今度は自分で地図を取り出した。ミミは大汗をかきながら、むっつりとしてただ立っていた。マーガレットを手伝うでもなく、額の汗を拭うでもない。

ミミの方を見て、マーガレットはふと、「そういえば、朝のあの涼しい風はどうしたのかしら」ミミはいぜん何も言わず、腰を降ろして地図に目をやった。

「次の谷はどうかしら。大きな村がいくつかあるわよ」というマーガレットに、

「あっちの方？」ミミは目の前に険しく聳える岩がちの坂道を指さす。

「山の一番高くなっている下をトンネルが通ってるのよ。もう少し先に行けばトンネルの出口だし、それまでには道も下りになると思うの。どう？」

ミミは萎れた煙草をシャツのポケットから取り出した。「他に道はないのかしらね？」

その態度は小癪《こしゃく》なことこの上ない。やっぱり昼間から濃い紅茶を飲むのはよくないわね、

とマーガレットは思った。「うまくいけばいいけど」ミミが鼻で嗤《わら》ってそう言いつつ、マッチを擦った刹那、一陣の突風が巻き起こり、火をかき消したばかりか、マーガレットの手から地図をも攫《さら》って行った。まるでマッチを擦ったことがまじないとなって、火を消そうとする何ものかを呼び寄せたようにも思えた。

マーガレットははっとして地図を摑んだ。二人は後ろを振り返って、「まったく、この気候って最悪ね」濃い灰色の雲が背後の上空に分厚に固まり、大きな蓋のように二人に覆いかぶさってくるように感じられる。

「うまくいくといいわね」ミミは同じことを繰り返すが、冷笑の気味はいくらか和《やわ》らいでいた。これで三度目の、石ころで型どった長方形を二人は後にした。

ほどなく二人は峠を過ぎた。前方の景色はゲスト・ハウスの男が言ったとおり、いよいよ荒涼として淋しいものになった。そういっても、前よりはずっと涼しく、またここで初めて心地よい下り坂になったこともあって、二人はベルトを締め直し、足なみ乱さず、向かい風を受けて前に進んで行った。二人の間に再燃したいさかいは、心地よく進行がはかどったことと、目的意識が改まったことのおかげで既におさまっていた。互いに間断なく、愛想よく声をかけ合うことが気晴らしとなり、足どりも軽くなった。今朝出発した時の、天気の良さに裏付けられた楽観と、これも天気による今の暗い気持ちの、その落差をマーガレットは感じていた。だからといって悪い方には考えず、不運ならばそれもよし、自分を状況に合わせて行こう、と心がけてはいたが、暫くしてとうとう雨が落ちてきた。

降りはじめこそ追い風に煽られた滴《しずく》がふくらはぎや首の後ろにわずかに感じられる程度で、草の上にいっそ寝そべって、降るにまかせて体中に湿りを与えたい気もしたが、マーガレットの意見は、「汗をかいた服のまま濡れたら、リューマチ熱が出るわ」

ミミは歩を止めてリュックサックを降ろした。ミミのが重かったのは中に嵩《かさ》の張る防水性のレインコートが入っていたことによる。マーガレットのは街着の薄手で、そのせいで荷は軽かった。ミミはコートに身を包み、リュックサックを肩帯で固定して、防水帽の顎紐をきゅっと結んだ。まるで暴風雨の中で作業する時のように、襟を耳もとまで立ててボタンと紐で押さえ、前へ前へと進んでゆく。マーガレットのコートは首の辺りが緩く、十五分も経つとそこから雨滴が体にまで伝わり、また表面の濡れ染みが広がって、生地にも浸透して来た。とりわけ、頭を覆うフードの内側がひどい。三十分後にはずぶ濡れになってしまった。

すでに二人はトンネルの反対側の出口に至り、そこから谷に沿った切通しをうち眺めていた。底の深い、幅の細い切通しは雨にむせんで、先の方までは見通せない。

「万事休す、ね」マーガレットが震えながらいう。「私たち、『静かの谷』から出られないんだわ」

「向こう側は大丈夫そうよ。もちろん、そこまで行ければの話だけど」とミミが返す。重装備ではあったが、ミミの顔も蒼く、どうやら寒けを覚えているらしい。線路のこちら側、道路を一歩はずれると、そこは一面ひざ丈ほどの濡れそぼった灌木で覆われていたが、切通しを越える辺りからはなだらかな芝の斜面が広がっている。

「橋はなさそうね」

「お茶が飲みたいわ。ねえ、知ってた？　もう六時二十五分よ」

二人が心を決めかねて立っている所へ、坂を登って来る列車の音が風を衝いて聞こえてきた。汽笛も高らかに、切通しの両壁に煙を籠らせてこちらへ向かって来る。向かい風が強かったせいか、汽笛が聞こえたと思うとたちまち汽車の姿が目に入った。蒸気が煙突から轟々と唸りをあげ、機関手は物に憑かれたように燃料を焚《く》べている。耳を劈《つんざ》くエンジン音をたてて汽車が通過するのを見下ろしていると、運転手が突然二人を見上げて手を振った。このひどい天気にそぐわない、いかにも嬉しげな様子だ。運転手が汽笛のレバーに手をかけると列車はトンネルに入って行ったが、それからの四十秒間というもの、耐え難い轟音がさらに倍加された。長いトンネルだった。

列車はマーガレットの見慣れていたのとは違って（もっとも、鉄道のことはあまり知らなかったが）、客車とか、がたがたと音をたてる小振りの貨車から成るものではなく、窓のない、相当の長さのコンテナが連なり、中に何を積んでいるとも知れない。なま暖かい、油くさい空気がほどなくたち消えるとともに、また寒気が戻ってきた。

ミミは今回は手を振らなかった。

二人はまた道に戻った。マーガレットのリュックサックは、まるでシンドバッドの背中に憑いた海の老人のように重くのしかかったが、おかげで背中に当たる部分だけは殆ど濡れずにいた。

「運転手の方が先に手を振って来るものなの？」何でもいいから話を、と思ってマーガレットがこう尋ねると、

「もちろん。もしこっちが先に振ったら、向こうは知らん顔よ。女の子が先にするものじゃないわ」

「ローパーさんって、どこかおかしいのかしら」

「すぐに分かるわよ」

「そうね。でも、泊めてくれそうもないって言ってたわね」

「パズレーまであとどのくらい？」

「八マイルよ」

「ああ、そう」

はじめ、その渓谷をひどく嫌ったのはミミの方だった。ところが奇妙なことに、少々気味の悪い老女の話が出ても全く平静でいる。風見鶏のように気分を易々と変えるミミ

のようには、自分の一貫した思考や感情を自由に操れないとマーガレットは感じていた。「ローパーさんが身を乗り出すのってどの辺りかしら?」とミミ。「まず、そこを目指すべきよ」

凸凹道の他に人の手の加わったものとしては、二人の左手の、道に並行してのびる一本の溝があるにすぎず、これが線路と道路を画然と隔てている。

「どうやら地図はあまり正確じゃないみたい」とマーガレットが言うと、

「でも、よく調べましょう。あんたのことが気がかりだわ。濡れねずみでしょう。それと、お茶のこともね」

風は以前に増して強まっていたが、二人は道標ひとつ見つけられなかった。道路わきの石壁もすでに見えず、石といえば道に散る小石がいくつか。灌木の茂みをまさぐっていると、別の列車が長々と汽笛を鳴らしつつ坂を下って来た。

結局あきらめるしかなかった。紙製の地図はちょっと拡げるとたちまち破れてしまい、雨にうたれるうちに元のパルプ屑になってしまうものと知れた。二人とも疲れ果ててひもじく、特にマーガレットは、普段ならミミよりも気丈な性質だったが、体中濡れそぼっていたこともあり、悪戦苦闘をさらに続ける気にはとてもなれなかった。ミミはすでにふやけた固まりとなってしまった地図をマーガレットのリュックサックに押し込んで、「ともかく、地図をたよりに行くしかないわ。たとえパズレーまで彷徨《さまよ》い歩くことになったとしてもね」ミミは靴紐を締め直し、レインコートの襟元をきつく結んだ。そして、「さもないと、あんた、病院行きよ」と言いつつ、胸を張って先に進む。

ところが、ちょっと前から何となく悪くなっていた道路もついに行き止まりとなり、突き当たりに立つ門扉の向こうはただ荒野が広がっている。ひと昔前にはちょっとした作物の栽培くらいはできたと思われる低地にまで二人は達していた。マーガレットは雨に濡れて疲れきっており、ふりかえって稜線をうち眺め、思ったよりずっと遠くまで来たことを知った。二人は門扉にもたれて前方を見つめた。彼方にはまた石の壁が現れ、その両側には何もない、ただ荒れ放題の土地が広がっていた。いぜん木は見えない。線路はもはや切通しを離れ、渡ろうと思えば渡ることもできそうだったが、そうしようとは思わなかった。というのも、土砂降りの雨の彼方に家が見えたからである。しかし、その黒ずんだ家まではまだかなりの距離があり、簡単には辿り着けそうになかった。

「どうしてあんな風に黒いのかしら」と、マーガレット。

「パズレーに近いからよ。あんたの好きな煙突のせい」

「風向きが変わったわ。追い風よ」

「登山靴か長靴にすればよかった」二人は叢《くさむら》に分け入って行く。マーガレットのコートの裾は草に触れる度に濡れ、これがまた鬱陶《うっとう》しく感じられた。この間、上下二本の列車が通過したが、いずれも普通の客車らしい。長々と連なり、人が多く乗っている様子だったが、どの窓も閉ざされていた。まるで瓶の中の飾り物のような、妙な印象を見る者に与えたが、窓が閉まっているのはもちろん天気が悪いせいなのだろう。

濡れそぼった叢を苦労して通り抜け、ごつごつした岩壁を乗り越えた頃にはすっかり暗くなっていた。家は真四角の、牢屋のような三階建てで、一八六〇年頃の建物でもあろうか、周りには背は高いが元気のない糸杉が植えられている。谷に降りてから木を見たのはこれが初めてだった。建物の見かけの暗さは光線の加減ではなく、煤がこびりついた結果であるらしい。

「ここ、線路のすぐ上よ」と、ミミが叫ぶ。そうとは知らずに暗がりの中を進んで来たのだった。

入口には巨大な扉。不気味で、且つきたない。

「ああよかった」ミミは呼鈴の把手を引っ張る。

「変わった呼鈴ね」濡れや震えをものともせず、マーガレットは仕掛けを吟味している。

「まるで信号機についてる把手みたい」

扉が開いた。出てきた人物は後方の壁に取りつけられたランプに淡く照らされていた。

「何か」教養浅からぬ様子の、喉元にくぐもった、奇妙な低い声である。

「友達と二人でハイキングの途中なんです」と、マーガレットが答えた。農家巡りを唱えた張本人である以上、こういう場面では常に聞き役である。「道に迷ったんです。パズレーに行きたいんですけど」農家ではなさそうだと思いながらも、半ば押しかけ気味に続けて、「道には迷う、雨は降るで、私たち、特に私の方がすっかり参ってしまいました。ひとつお力になって戴けないでしょうか。不躾《ぶしつけ》とは存じますが、何ぶん、疲れてしまって」

「よろしいですとも」と、後方から別の声。「入って暖まりなさい。さ、早く。ビーチ、扉を閉めてくれ」この言葉を聞いて、マーガレットの脳裡にはゲスト・ハウスの男の台詞がよぎり、ちょっといやな感じがした。

淡い光に照らされて見ると、ビーチと呼ばれた人物は背が高く筋肉質で、召使いの黒服に身を包んでいる。きちんと纏められた豊かな黒髪は手品師の髪型を思わせた。顔はのっぺりとして青白い。第二の声の主は、これもがっしりとした体軀の堂々とした人物で、恐らく四十代後半でもあろう。召使い同様、黒服に黒いネクタイ。どうやら喪に服しているものと知れた。主人は風変わりな姿の客を奇異の目を以て見るでもなく、その目の前で二人は水の滴るリュックサックをタイル貼りの床におろし、びしょ濡れのコートを脱いだ。上下ともカーキ色の、シャツとショートパンツ姿の二人。濡れ具合はもとより、マーガレットは自分が素裸になったような気さえしていた。

「初めまして」と、主人。「私の名はウェンドレー・ローパー。一緒に夕食でもどうですか。で、ここにお泊まりになるといい。明日になればまた事情もすっかり変わるでしょうよ」どこか高貴なその物腰は、マーガレットも心にくからず感じたが、どうやら人とはあまり交わらないようだ。

マーガレットはミミを紹介し、続いて自分の名を告げた。そして、「谷のもっと上の方で聞いたんですけど、ここにローパーさんという女性がお住まいとか」

「私の叔母です。つい最近亡くなりました。ご覧の通りですよ」と、服を指さす。

「そうでしたか。ご愁傷様です」マーガレットは型通りの悔やみを述べた。

「まことに悲しみに堪えません。いや、その死に方のことなんですがね」と切り出したものの、男は寒さに震える二人に向かって多くは語らなかった。話題を変えて、「ビーチが部屋に案内します。ビーチ、『垂木《たるき》の間』にお連れするように。その部屋しかないので勘弁して下さい。この階はおろか、どこもかしこも祖父の蒐集品で埋まっているのです。どうしても他の部屋がいい、というようなことはないと思いますが、如何でしょう？　残念ながら、手入れは行き届いておりません。ベッドは今のところ一つしかありませんが、後でもう一つ用意させます」

二人は異存のないことを伝えた。

「服はどうします？　祖母のは合わないでしょうし」と言ってから、ふと思い出したように、「ビーチのはちょっと大き過ぎる、かな？」

「大丈夫です。このリュックサック、防水なんです。中に着替えが入ってますから」と、マーガレット。

「結構」ウェンドレー・ローパーは鹿爪らしく頷いて、「ビーチの後についてお行きなさい。着替えが済んだところで夕食にしましょう。後でお湯を持って上がらせます」

「何から何まで、本当に有難うございます」マーガレットが礼を言うと、

「一期一会というのが大切ですよ」と、ローパーは返した。

大きな衣装簞笥の上に置いてあった別のランプを手にとって、ビーチは火をいれた。そうしてリュックサックを携えた二人を従え、薄明かりのなか階上へと向かって行った。二階の踊り場に立つと、大きな扉がいくつか並んでいるのが目に入った。どれも駅近くにある類のホテルの扉を思わせる。家具らしきものは見当たらない。階段にも踊り場にもカーペットは敷かれてなかった。最上階に至って、ビーチはとある一室を二人に示して鍵を開けた。脇に寄って女性に道を譲るでもなく、つかつかと先に入って行ったかと思うと、目方のありそうなカーテンを押し開けてランプを床の上に置く。二人はその後に続いた。部屋には厚手の茶色いカーペットが敷かれていたが、手入れの不行き届きは瞭然としている。カーペットとそれに色を合わせたカーテンの他には、家具といえばベッドが一台きり。ベッドの枠は剝き出しの鉄で、見るからに醜い。

「ローパー様が仰られた通り、後で湯をお持ちします。それから、洗面器、タオル、椅子なども持って来ます」

「有難う」マーガレットが言うと、ビーチは退がって扉を閉めた。

「鍵はかかるのかしら？」ミミは部屋を横ぎって扉に向かう。「だめね。鍵はあのビーチが持ってるのよ。あの人、ぞっとしないわ」

「しかたないわね」と、マーガレット。すでに服を脱ぎ捨て、リュックサックからタオルを出して体を拭いている。

「私はあんたほど濡れてないのに、この時期にしてはやけに寒いわ」ミミの着替えは、ダークグレーのポロ衿のセーターと、少し明るい色のフランネルのズボン。ブラジャーとニッカーズをつけたのは、気分新たに社交の場に臨もうという心意気である。

「まるで豚小屋だと思わない？　でも、お礼はいうべきでしょうね」

「私はこの家の主人、いい人だと思うわ。だって、私たちを二つ返事で中に入れてくれたじゃない」マーガレットは几帳面にタオルを使いながら言う。

「声もいいしね」セーターをズボンの中にたくし込めばもっと暖かいと判断して、ミミは服を直した。「でもビーチは違うわよ。あの話し方って、まるでプラムのジャム。ところで、どこに垂木があるのかしら？」

部屋は横よりも縦に長く、奥に窓が二つ、それぞれが両側の壁に沿うかたちで、互いに離してしつらえられていた。天井はひび割れて汚れてはいるが、まず普通に見られるような漆喰塗り。

「垂木って、天井にあるものだと思うけど」

「あの上かしら?」ミミが指さした天井の端には屋根裏に通じる落とし戸が見えた。

ミミにいわれてマーガレットも初めてそれに気がついた。ところが、マーガレットが何か答えようとした途端、部屋が突然がたがたと揺れ出した。堅い床板は震える、軽いベッドはとび跳ねるで、壁に埋めこまれた大きな黒い石も押し出されんばかりの勢いである。

「列車だわ!」

ミミは部屋の奥に駆け寄ってカーテンを引き、窓を開けて手を振った。パズレーに向かう列車の唸りを耳にして、不意に興奮状態に陥ったらしい。

「マーガレット、見て。窓に鉄格子が」と、今度は大声。

然るに、マーガレットの注意は別の方に向けられていた。轟音に紛れて扉が開け放たれ、ビーチが入って来たのである。片方の手には大きな古めかしいブリキの湯沸かしを持ち、もう片方は、これも大きな古めかしい洗面器をぶらさげている。マーガレットは裸だった。

「すみません。ノックはしたんですが」

「出てって!」記憶の底に忘れられていた禁忌《タブー》を思い出しでもしたのか、ミミは烈火の如く怒った。

「いいのよ、大丈夫」と、マーガレットが割って入る。手には小さな濡れタオルを握り締めていた。

「タオルを持って来ます」

ビーチは再び消えた。物に動じる気配などさらさら見えない。

「無理もないわ。列車が通ったんですもの」と、マーガレット。

ミミは窓を降ろし、カーテンを閉じた。

「わかった」

「何？　ビーチのこと？」

「後でね。私、扉のところで待ってるから」

ビーチはじきに戻った。お待ちかねの大きなバスタオルを二枚と、新しいとは思えないが上等そうな香りを放つ石鹼が来た。縁《へり》に薔薇の文様をあしらった洗面器にマーガレットはよく沸いた湯を注ぎ込んだが、それを使う前に、ミミは戸口で簡単な造りの木の椅子を二脚、同じく木製の大きなタオル掛け、それと容量のたっぷりとしたポットをビーチから受け取った。「ベッドをもう一台、それと上に掛けるものは後で用意します」

ビーチは晩餐の準備のため階下に降りて行ったが、上背のあるその後姿は陰気な階段の、明滅するランプに照らされては消え、消えては照らされた。

ミミはセーターの裾をまくり上げ、どちらかと言えば肉付きのよい腕を肘のところまで湯に浸している。マーガレットはガードルを着けていた。彼女の着替えといえば、まずブラウスが一枚。これは雨に濡れたのと似ているがもっと厚地で、綻《ほころ》びなどもない。それに丈が今風の、クリーム色の麻のスカート。その他スカートに合う色のリボンと、ちょっと値の張るストッキング一足。替えの靴はミミのよりも軽い。手早く衣服を身につけて、衿もとにリボンを結び、雨風にひどく曝《さら》された足をストッキングに滑り込ませた。肌はさらりとして今は暖かく、気分もいい。下着の感触もまずまず。あのまま歩を進めていたら、もっとひどいことになったかも知れないと、今更ながらに感じていた。

マーガレットが着替えている間、ミミは手や腕をしきりに擦っていた。それが済むと、毛の剛《こわ》い小さなブラシを手にして、念入りに髪の手入れに移った。それに忙殺されて一言も喋らない。このような些事に対するミミの没頭ぶりは、マーガレットには及びもつかないもので、初めてイヴニング・ドレスに身を包んで男性と食事に行くというような場合でも、自分ならこれほどは念を入れないだろうと感じていた。

ストッキングの片方はガーターに留めたが、もう一方はまだくるぶしのところで丸くなっている。マーガレットは椅子の背にもたれかかって、

「わかったたって、何が?」

ミミはブラシと櫛をリュックサックにしまいながら、

「間違いないわ。そのお婆さん、ローパーさんは気がふれてたのよ」

これを聞いたマーガレットは、少しく顔を曇らせた。「窓の鉄格子のこと？　病人の安全のためなんじゃないの」

「鉄格子だけじゃないわ。彼、何て言ったか覚えてる？　『悲しみに堪えない。その死に方が』って。他にもあるわよ」

「たとえば？」

「覚えてないの？　窓から手を振ってたのよ」

「それだけじゃ変だってことにはならないと思うわ。ただ淋しかっただけなのかも知れないし」

「場所がら、淋しいのは当たり前よ。さあ、準備ができたのなら行きましょう」

陰気な広間でビーチが二人を待っていた。「こちらです、どうぞ」

大きな扉が押し開けられ、一行は食堂に入った。

いかにも重厚な木のテーブル、その上座の付近には大きな皿のかずかず、それにナイフ、フォークの類がところ狭しと並び、当家の主人は既に着席している。その両脇に二人の席がととのえられていた。部屋の明かりといえば烝々《じょうじょう》と音をたてて燃える一対のランプ。これも大きな、古色蒼然とした代物で、繰型《くりがた》が円を描くようにあしらわれた、漆喰仕上げの色褪せた天井から釣り下げられている。大理石と鉄板で造られた暖炉は床に根を張ったような応接椅子とよく調和していた。深緑色の壁紙の上には額装された版画がいくつか飾ってあるが、表面のガラスが埃《ほこり》によごれて中の絵は判然としない。暖炉の上方にはありふれた型の、文字盤の丸い柱時計が回り木戸のような音をたてており、二人が入室すると針が二時二十六分から二時二十七分の位置に動いた。いつもの癖でミミは腕時計を見た。まだ八時を少しまわったばかりだった。

「あなた方が来てすぐに雨がやみました」ローパーが二人を迎えて言う。

「じゃあ、夕食が済んだらお暇《いとま》します」と、ミミ。

「いや、それには及びません。私の言いたいのは、お二方の到着がもう何分か遅ければ、こうしてご一緒する楽しみを逸するところだったと、ただそういうことです。まあこちらにお掛けなさい」ローパーは重い椅子をひいてミミを自分の右側に座らせた。ビーチも主人に倣ってマーガレットの着席をたすけた。

「すんでのところで淋しい夕食になるところでした。お二人とも、じつに魅力的な女性ですよ」

ビーチは一旦退がって、二人にはとても運べそうにないほど大きな、蓋付きの深皿を手に戻って来た。主人が手ずから大皿にそのスープを取りわける間、列車が家の外を通過する音が聞こえた。

「こちらの家が建ったあとに線路が敷かれたのでしょうね」列車について何か手がかりをと思ったマーガレットがこう尋ねると、

「いいえ、鉄道を敷いた当の本人がこの家を建てたのです。それが私の祖父で、ジョゼフ・ローパー、巷間では『やり手のジョー』で通った人でした。かれは列車を好みました」

「こういう場所じゃ、他に目ぼしい物なんてないのよ」と、熱いスープを啜《すす》りながらミミ。

「この線は本線の中でも一番最後に敷かれた口です。みな鉄道なんて無理だと言ったそうですが、そのくせ誰もが食指を動かしていた。この渓谷は土地が随分と廉《やす》かったせいもあるでしょう。これは今でもそうです。私の祖父はしかし、技術にかけては一個の天才で、とうとう事業を成し遂げました。この部屋の版画はそれぞれ、工事のさまざまな段階を描いたものです」

「すると、お祖父さまにとってはこの鉄道は畢生《ひっせい》の傑作で、引退後に好んでその傍にお住まいになった、といったところかしら」マーガレットが慇懃に問うと、

「ここに越して来たのはまだ引退しない前のことです。実際、死ぬまで現役だったのですが、工事が始まって間もなくこの家を建てて、その後ずっとここに棲んだのです。鉄道の敷設には二十年もの歳月を要しました」

「鉄道工事のことはよく知りませんが、二十年というのはかなりの年月なのでしょう？」

「難しいこともあったようです。それも本人の予想を越えた困難でした。まず費用。そのせいで会社は傾き、いずれ人手に渡るのは明らかとなり、そのために祖父はおかしくなって行きました」マーガレットは思わずミミの方を見た。「万事がことごとく裏目に出て、まるで予想外の事どもが出来《しゅったい》したのです」

ビーチが再び現れ、スープを引込めて、今度はポテトを壁のように巡らせたソーセージの山を持って来た。湯気のたつ重い皿を捌《さば》いているのをふと見ると、左手の中指に漆黒の大きな指輪を嵌めている。それがマーガレットの目にとまった。

「むかしの献立ですよ」と、ローパーがひと言。「わかい人の口には合わないかもしれません」

そういっても、二人は望外の歓待をよろこんでいた。

「今のお話でこの家と列車の関係がよくわかりました」と、マーガレット。

「祖父の時代は、ひとりの鉄道技師が設計に関わること全てを行ったのです。トンネルや鉄橋は言うに及ばず、機関車、客車、駅、信号、果てはポスターや切符まで、何でもです。全ての責任は彼ひとりが負っていました。教育のある人ならかえってそういう負担に耐えられなかったでしょうが、彼は独学でした」

食事のあいだも一定の間を置いて列車が通過し、そのつど重いテーブルと、その上に載っている重い食器類をがたがたと震わせた。

「今度はお二人のことをお聞かせ願いますかな」ローパーの台詞は、まるで今の話が自分の身の上話だったようにも聞こえる。「いや、まずソーセージをもう少しどうぞ。この後は果物を煮たのが一品きりですから」二人はこれに従った。

ミミが言うのに、「私たち、公務員なんです。職場で知り合ったの。私はロンドンで、マーガレットはデヴォンシャーの出身。私の父は美容師だけど、マーガレットのお父さんは貴族なのよ。お話はこれで全部」

「貴族って言っても、とっくに破産してますけどね、残念ながら」マーガレットはすぐさま横から口をはさんだ。

「近頃は、破産する貴族が多いようですな。私もよくそんな話を耳にします」ローパーは同情を込めた口ぶりで言う。

「美容師もね」と、ミミ。

「さよう。公務員以外はみなそうです。違いますか?」

「だから公務員になったんです」皮は食べられないソーセージの、中身を押し出しながら、ミミが答えて、「でも、お宅は破産を免れているようですね」と続けた。食べるものを食べて元気が戻ったようだ。

主人はこれには答えなかった。ビーチが大きなガラス製のボールを手にやって来た。ガラスには深い、しかしさほど美しくはないカッティングが施されている。中身はプラムのコンポートだった。

「当地でとれる果物です」ローパーの声には元気がない。

二人はこれも平らげてしまった。

「あなた方をお迎えできて本当によかった。私はほとんど人に会いません。素敵な女性となると尚更です」

男の語り口は直截で誠実この上ない。それがすなわちマーガレットの気に入った。仕事に就いてこの方、毎日のように窮々と、自分には身に覚えのない金銭の問題に悩まされているのと、都会から遠く離れた郊外に住んでいるのとで、彼女は男性に触れる機会を持たなかったのである。見てくれのいい、話上手な紳士の口から出れば、ちょっとしたお世辞も彼女には身に余るほどうれしく感じられた。ミミの方を窺うと、一向知らん顔をしている。どうやら何も勘づいていないらしい。

「あなたがいらっしゃらなかったら、私たち、本当にどうなっていたか分かりません」

マーガレットは言う。

「カラスの餌食に、って場面よね」と、これはミミ。

これを機に話はぐっとくだけて、より親しげな、とりとめのないものになった。ローパーは知的で教養ある優れた聞き手として、その点に於て自分より一歩劣る二人に対した。少なくとも、二人が少女の面影を垣間見せる時にはそういう位置に身を置いていた。

はじめとはうって変わって、話すのは専らミミの方になり、立ち入ったことも抜け抜けと言う。マーガレットはしぜん口数が少なくなったが、彼女には話すよりも聞く方が楽しかった。

「ビーチに言って応接間にコーヒーを運ばせましょう」と、ローパー。「もっとも、応接間と呼べるかどうか、怪しいものですが」

一同は広間を横ぎって次なる暗い部屋に移った。今度の部屋は壁一面、仕事関係と見える本で埋まっており、濃紺のクロスや小口を揃えぬ厚紙で装幀されたセット物がずらりと並んでいた。凝ってはいるがさほど明るくないランプがここにも一対、格天井からわずかに音をたてながら光を落としている。家具といえば旧い型の革張りの肘掛椅子にソファがいくつか。部屋の奥、窓の下の大きな机の上にはさまざまな書類が山と積んであるが、もはや使われてはいないものか、表面に埃がたまっていた。部屋の片隅のガラスケースの中には、今はもう廃された蒸気機関車の模型と、これも昔風の、鉄道の保安器具が飾ってある。赤く火照った大理石の暖炉の上には、鉄道事故の大きな写真、色は後から手で塗られたものと見えた。

「元のままに保存してあるのですね」というミミに、ローパーは答えて、

「故人の家ですから。さっきお話しした叔母のことです。叔母は何につけ人に手を触れさせませんでした」

ビーチがコーヒーを運んで来た。さほど上等なものではなく、また器も大き過ぎたが、ほどよい熱さに沸かしてある。マーガレットはこの家はちょっと寒いと感じていた。びしょ濡れになったことや一日歩き疲れたことで、体調を崩さぬようにと願ってもいた。ミミとローパーが意外にも親密に会話するのをマーガレットはずっと聞き続け、時おり自分の意見を口に出してはみたが、一体どうして二人がこうも意気投合したのか、まったくわからない。コーヒーの注ぎ役はいきおいマーガレットとなった。

ミミとローパーは何を話しているのか？　ローパーはミミに味気ない役所仕事の内容をこまかく穿鑿《せんさく》し、ミミは鉄道の初期の歴史についてめずらしく熱心に尋ねていた。互いに相手の話題にはおよそ本気で興味を抱いているとは思えず、何かとおかしな雰囲気ではあるが、ともかく心地よい、楽しい夕べとはなった。色々な面でマーガレットの興味を惹いたローパーは、自分自身のことについては一切触れず、その間にも列車は時おり家の外を通過して行った。

「六十になったら年金がおりるって言っても、名前のかわりに番号で呼ばれるような人生の埋め合わせにはならないわ。何の何番さん、ってね。時にはレールからはずれてみたいとか思うでしょう」

「今さら横道にそれれば、たちまち行き止まりですよ」ひどく落胆した調子でローパー。

「あなたの言うような、レールからはずれた生き方なんて、私にはとてもできません。

だから今、こうしてどうにか暮らしているのです」

「今までそうしようと思ったことはないの？　大体、ここにいて何をしてるんですか？」ミミは間髪を容れずに問う。男の優柔不断は彼女の好みではない。

「私はかつて鉄道会社で事務を執ってました。ローパー家の人間は皆この仕事に関わったのです。よくあることですよ。潮時をみて手をひいたのは家じゅうで私ひとりでした」

「潮時って、何の？」

「あらゆる事です。私の父は営業担当の重役で、会社の不振を何とかしようとするあまりとうとう亡くなりました。鉄道に関していえば、もう時代が変わっていたのですよ。祖父はその窓のつい外で轢かれて死にました」と塵の積もった机のさきの、部屋の奥を指さしていう。

「何てことでしょう」マーガレットは声をあげた。「一体、どういうことなんです」

「この仕事に手を出したのが祖父にとっては運の尽きでした。二つの互いに全く無害な物質があったとして、それらが一旦混ざればたちまち有害な物質を産むことがあるでしょう。この渓谷に鉄道を敷くのは、祖父にとってちょうどそんな事だったのです。色々なことがありました……渓谷が突然の嵐に見舞われた時のことです。嵐が少しおさまったある夜、祖父は木が倒れる音を聞いたように思ったそうです。家のまわりに何本かありますが、ご覧になりましたか？　もともとは風除けのために植えたもので、祖父はそれが線路の上に倒れたと思い込んだのです。心配が先に立って列車のダイヤのことなど忘れてしまったのでしょう。普段ならそんなことはなかったのですが。で、何が起こったかは言うまでもありませんね。迫ってくる列車の音は嵐に掻き消されました。あるいは、現場検証の際に、そういうことにしておこうと、皆が口裏を合わせたのかもしれません」

あまりよく知らない人からこの手の話を聞いた場合、大抵は返事に困るもので、また、話し手との断絶を埋めるために些細な質問をするというのもよくあることと言わねばならない。「それで、線路に木は倒れていたんですか？」と、マーガレットが尋ねれば、

「いや、そんなことはありませんでした。祖父の聞き違いです」

「じゃあきっと、検証は難航したんでしょうね」

「祖父は常からまともな死に方はできないと思われており、陪審員もみな地元の人間でした。当地では全くの嫌われ者だったのです。かつてパズレー線区のある鉄道員と自分の娘の結婚話をぶち壊したことがありました。相手の家柄が低いと、まあそんなところだったのですが、今考えてみるとこれは目利き違いもいいところで、その男は後に議員になり、鉄道にしがみついていた祖父よりもずっと羽振りがよくなったのです。時すでに遅しですが、とにかく、祖父は死んでしまいました」

「その娘っていうのが叔母さんなの？」と、ミミ。

「そう、父の妹です」ローパーはこう答えて、「さあさあ、話題を変えましょう。ロンドンの楽しいお話を願いますかな」

「楽しい目に遭ったことなんてないわ」と、ミミが答える。「ただつまんないことの連続。私たちみたいな女の子にはね」

ずっと寒気を感じていたマーガレットは、話題が転じたのをしおにセーターを取りに行こうと思い、中座して上の階に向かった。疲れた一日だっただけに、もう床に就きたいように思ったものの、親しく話しあうミミとローパーをそのまま捨て置くのも何となく気がすすまない。磨き込まれた、見映えのよくない太い手摺りにつかまって暗い階段を上がって行くと、ここに眠気など一瞬で吹き飛んでしまうような事件が起こった。

出来事じたいは特に不思議でも何でもない。マーガレットがおびえたのは家の中が薄暗かったせいだろう。二階の踊り場に出た時、眼前を人影がさっと通り過ぎ、板張りの大きな扉のひとつの内に消えて行ったのである。その影が人目を忍ぶような印象を与えたとすれば、つまりは明かりが乏しいから、と考えるべきか。ただ扉の開閉の音がマーガレットの耳にしっかりと残っていた。音を聞かなければ目の錯覚と思いなされたかも知れない。物をひきずるような跫音《あしおと》も聞こえた。ちらと見かけた姿は明らかに女性だった。暗い色の上着にスカート。スカートでなければあんなにはっきりと足もとが見えるはずがない。

説明のつかぬ恐怖にとらわれ、マーガレットは階段を駆け上がって寝室に飛び込んだ。もっとも、ビーチが家事の一切を行っているとは限らない。ローパー家の使用人は夫婦者だということもおおいに考えられる。ビーチの運んできた堅い椅子に腰をおろして、自分が何を怖がっているのかを仔細に考えるうち、心の中にはっきりした形となって浮かび上がって来たのは、顔の分からない蠟人形。「ミス・ローパー」と書かれた札。今はなき狂女がこの世に戻って来たのか。マーガレットの見た服装そのものは、ウェンドレー・ローパーの話に出たようなヴィクトリア朝の悲劇のヒロインには似つかわしくない。もっとも、ローパー婆さんの死がごく最近の出来事だとすれば、服装に関しては流行を追っていたはずだし、年とったご婦人がたは大抵そうする。しかしもしミミのいうのが当たっているとすればどうか。失恋という経緯があるだけに、当節の小説家の手にかかればまずそういう結末になるだろうが、実際に気が変になっていたとしたら。そう、まず服装なんて気にはしないだろう。

部屋のようすもこうした考えをよく物語っている。いろいろと併せ考えて見ると、薄汚れた壁紙も、縦に長いこの部屋も、いよいよ不気味に感じられる。しかし、部屋はむやみに広いものの、造作そのものは列車のコンパートメントに似ていた。特に部屋の突き当たりの、窓の妙なしつらえ方がそうだ。その昔、客車の窓にはかならず格子が設けてあった。マーガレットの年頃でもそのくらいのことはわかる。思いつきそのものは何の変哲もないが、つらつらそんなことを考える内に少しは気が楽になって、ふと我にかえると、椅子にかけたままかなりの時間が経ったことに気づいた。体は硬くこわばって、脈うつ心臓の鼓動さえ聞こえる。もっともそれが正常な速さであったかどうか、そこまでは何とも言えない。実際、恐い恐いと思って凝《じっ》としている間に確かにある程度の時が経っていた。時間を知るためにはミミの腕時計を見なければならない。いつの誕生日だったか、マーガレットは父親に連れられて高級なレストランで食事をしたが、そこの女子トイレで手を洗っているすきに腕時計を盗まれ、以来マーガレットは時計というものを持たない。いよいよ寒さが募り、リュックサックからセーターを取り出して身につけた。Vネックの長袖。見た目もよく、編み目のつんだ黒ウールの与える暖かさが心地よい。階下におりる前に、寝室に置いたままになっていたランプの灯を調節したが、その時ふとローパーの話を思い出した。たしか二階は祖父の蒐集品で足の踏み場もないらしい。このことひとつとっても、自分が見たと思われる女性の行動が解せない。ともかくマーガレットは二階の踊り場の方へまた出て行った。なるべくまわりを見ないようにはしていたが、例の妙な雰囲気の「応接間」に至るまで(案に反して)特に異常はなかった。

中に入ってみると、中座する前とは部屋の様子がすっかり変わっている。まるで映画の場面が転換するように、恐怖心は立ち消えてとまどいの心がとって代わった。印象の強さ、とりとめのなさ加減という点では、女の姿を見てから寝室の椅子に腰掛けるまでの短い間に湧き起こった感覚に近い。ミミとローパーは火の気のない暖炉の前、巨大な革張りのソファに二人ならんで腰掛けていたが、そればかりか、どうやらマーガレットが戻って来たのに気づいて、慌てて互いに体をひき離したようなけはいもうかがわれた。

「ハロー」ミミは臆さず、「長かったわね」

一瞬マーガレットは、何故長いあいだ中座していたか、その理由をあげつらって無理にでも場の空気を変えたいと思った（実際、そうなるのは目に見えていた）が、いぜん老婦人のことが気にかかっていたので実行には移さなかった。ローパーさんって、本当は死んでなんかないんじゃないかしら？　こうした疑念もふと浮かんでくる。

「あなたに関係ないでしょ」と、ミミのお株をうばうような口調でマーガレットは答えた。

「迷いませんでしたか」と、ローパー。こちらは叮嚀《ていねい》である。

「ええ。どうも有難う」

しばし沈黙がながれた。

「ビーチはもう床についたようです。何か作ってさしあげましょうか？　使用人はあれ一人なものですから」

先刻血の気がひくような思いをしてからずっと聞き出そうとはしていたものの、なかなかその勇気が湧いてこなかったが、意を決して、

「ビーチさんと二人っきりでお住まいなんですか」

「そうです。だからあなた方お二人とご一緒できてこんなに楽しいのですよ。ミミにもさっきから話してるんですが、普段は本でも読むしかありません」ローパーが「ミミ」という呼び名を使うのを、マーガレットは初めて聞いた。

「彼って、世捨て人なのよ」ミミが続ける。「研究してるんだって。大変よねえ。私たちのほうがましだわ」

「何の研究ですか」

「何だと思う?」ミミはまったく寛いだ様子である。

「鉄道ですよ。鉄道の歴史」ローパーは学者きどりで笑う。億劫《おっくう》そうに照れてはいるが、その笑みの中には不遜なけはいも漂っていた。「ローパー家のはしくれですから、血はあらそえません。これをミミに見せていたところです」と言いながら、深緑色のカバーのついた本を差し出した。

「『初期フィッシュプレート』。ハワード・ブルヘッド著、ですか」中はこまかい活字で印刷されており、極めて専門的な内容と見てとれた。表紙にはわけの分からない、ちょっとした図形があしらってある。

「これ、鉄道と何か関係があるんですか」

「フィッシュプレートって、レールを地面にくっつけるためのものよ」ミミが大声で口をはさむ。

「正しくはそうじゃないが、まあ似たようなものです（実際はレールとレールを繋ぐ継目板のことをいう）」

「ブルヘッドっていうのは？」

「洒落ですよ。鉄道関係のね（双頭レールの一種。また頭の大きな魚全般を指し、前のフィッシュプレートの「フィッシュ」にも掛ける）。それ、私のことです。筆名を使ったほうがいいんですよ」

「なかなかスリルがあって面白そうよ、これ。ウェンドレーは映画会社に売り込むべきね」

「どうも血筋からは逃れられません。わが家の銘は、さしずめビスマルク謂うところの『鉄血』でしょうな」

「血筋から逃れたいなんて、本気でそう思ってらっしゃるのですか？」と、マーガレットが問う。「私はこの本、素敵だと思いますけど」

ミミがつと立ち上がった。「お茶はどう？ 私がいれてあげるけど、飲む？」

ローパーは逡巡している。同意をためらう心と、ミミを喜ばせたい心が二つながら反発し合っているらしい。少なくともマーガレットにはそう見えた。

「手伝うわ」およそ夜にお茶など飲まないマーガレットがこう申し出たので、ミミは思わずその顔を見つめた。

「いいですね」結局ローパーも同意した。ミミの歓心をひこうという下ごころが見えなくもないが、かといって他に答えようもなさそうである。「台所に案内しますよ。いや、どうもすみませんね」まだ少し躊躇している。二人は男の後について部屋を出た。

台所は正方形で、中は寒い。湯が沸くまでの間、マーガレットはまた別のことで思い悩んでいた。夕食が進むに従って、ローパーのことを初めほどには教養ある人のようには思えなくなり、見栄や愚かさが何度となく鼻についてきた。それでもローパーに魅力を感ぜずにはいられない自分を持て余していたのである。この手の事柄については経験が浅く、また自分の意思とは全く反対なのに、まるで気圧計の水銀が上昇していくような感じでむらむらと衝動が沸き起こる。それ以外のことを考える分には冷静になれるので、あたかも自分の中に二人の人間がいて、一方が考え、他方が何かを望んでいるような気さえした。もうひとり、第三の自分がいるとすれば、これはぐったりと疲れを感じる役目を負っているに違いない。

ミミはというと、物事に飽きやすいたちのくせに、今のところ全くそんな気配を見せず、すぐさま妙なかたちの調理器具に向かい、水道の蛇口をひねって、食器もととのえた。その間、ガス台を見ながら、「このガス、臭わないわね。私もこれにする」

「ふつうは安全のためにわざと臭いがつけてあるんですよ」

「じゃあ、どうしてもっといい臭いにしないのかしら」

「例えば？」

「シャネルとまでは言わないけど、刈りたての干し草とか、バラとか」

「誰もが手軽に死ねるようでは、当局も困るでしょう」

「自殺するとしたら、どういう風にするのが好き？」

これはミミのお決まりの話題だったが、マーガレットの好みではない。ところがローパーは、「老衰、ですかな」と、いちいち答えている。どうやらミミに魅了されているらしい。結局ローパーもマーガレットも何一つ手伝わなかった。そのうちミミは鼻歌をうたい出し、かくして内容のないやりとりは終わりを告げた。

ミミがポットに湯を注ぎはじめると、ローパーは別の部屋に姿を消した。

「あの人のこと、好きなの？」

「いい人よ。それより、何か食べるものないかしら」ミミは大きな缶の中をまさぐっている。

「それだけ？　他には？」

「何も」

「ねえ、何だか変だと思わない？」

「虎穴に入らずんば、ってね」

「こんなところに鉄道を敷くなんて、普通じゃないわ。あなたも言ってたじゃない――」そこへまたローパーが戻って来た。

「さあさあ、楽しい今宵の集いは、私の隠れ家、つまり書斎ですが、そこでしばらく過ごしてお開きにしましょう。あそこはもっと暖かいし、気分もいい。来客があってもまずお見せしないんですよ。今、見てきましたが、火もよく燃えています」言わずもがなの最後の台詞もマーガレットにはさほど妙には聞こえなかったが、言った方にしてみれば、特に大仰な準備をして来たわけではないだけに、つい細かいことまで口にしたのだろう。「さあ、どうぞ。運ぶのは私が」

「何か食べる物を探してるんだけど、菓子パン《バンズ》なんかはビーチはどこに蔵《しま》ってるの」

「部屋にケーキがありますよ」ローパーは少年向け読物の主人公きどりで言う。

扉を開けて中に入ると、部屋じゅうに光が溢れていた。

それまでのどんな部屋とも違う。隠れ家と呼ぶには当たらず、かといって書斎にも似ない。照明器具はモダンな形でよく光を発し、部屋にふさわしく華やかに飾りつけてある。ソファは柔らかで、座り心地もまずまず、この部屋に関しては（マーガレットの感じたような）鉄道臭など微塵もなかった。ローパーの言葉どおり、これもモダンな暖炉に火が心地よく燃えたち、暖炉の縁には地味ながらなかなか馬鹿にできないオランダ式のタイルが貼りめぐらせてある。この部屋こそ応接間というべきだろう。

「なんて素敵な部屋なの！」ミミは歓声をあげた。「やっと女の子に戻れたような気がするわ。どうして今までここに通してくれなかったの」いよいよ図々しいミミの言葉がマーガレットの耳に障ってきた。

「こういう場合、正式な手続きをまず踏んでからと思ったのですよ」

「それって、イソップに出てくる犬みたい。意地悪なのよね」ミミはソファに座り込み、ズボンを履いた足を広げて言う。「注いでくれる、マーガレット」

ミミの悪い癖がまた出たと承知の上で、不当な割りつけを喰った恰好ではあったが、先のコーヒーの時と同じようにマーガレットがお茶係を請け負うはめになった。ローパーは小ぶりなテーブルに盆を置き、お茶のなみなみと注がれたカップをミミに取ってやる。そのテーブルの脇の、火に近い肱掛椅子にマーガレットはようやく腰をおろした。ローパーはいたわるような手つきでミミのカップにミルクを入れ、次いで砂糖の分量について、ミミが大喜びする類の冗談を思いついたようなそぶりを見せている。ローパーさん、まめに動くわね、とマーガレットは感じていた。ミミの方はローパーの声にうっとりしている様子であるが、男はいぜん自分自身のことにはほとんど触れず、大体において身のまわりのことばかり話していた。こんな話をずっと聞かされれば、誰しも閉口するに違いない。

ローパーは突然ケーキを取り出した。どこにあったものか皆目わからなかったが、いざそれが目の前に出ると二人ともまた食欲が湧いてきた。ケーキはバニラ味で、ピールがふんだんに使ってあった。

既に台所にいる間にマーガレットは気づいていたのだが、夜も更けたというのに列車の通行がますます盛んになっていた。この小部屋にいると戸外の音は聞こえにくいが、それでも列車の頻繁に往来するさまは感じとれる。

「どうしてあんなに何本も列車が往き来するんですか？　もう真夜中なのに」

「ほんと、もうこんな時間」時計係のミミが横槍を入れた。時間の経過を確かめるのがことさらに嬉しそうである。

「線路のそばに住むのに慣れてらっしゃらないからそんな風に感じるのですよ。昼間では見られないような列車も沢山あります。この時間帯は貨車ですね。これは駅に一般の乗客がいるうちは走りません。鉄道というのはですね、氷山のようなものですよ。しろうとには活動のほんの一部しか見えないのです」

「目には見えなくても、音がしますよね」

「でも、さほど気にはならないでしょう」

「ええ、まあ。でも本当に朝から晩までずっとなんですか」

「もちろん、一日中です。少なくとも、ここのような本線はそうです」

「もうずっと前から気にされなくなってるんでしょうね」

「逆に列車がないと淋しいですよ。もし一本でも運休するのがあればその方が気になります。たとえ眠っているあいだでもね」

「でも、時刻表には人の乗る列車しか載ってないと思いますけど」

「いいですか、マーガレット、どんな列車だって時刻表どおりに運行しているのですよ。貨車だって、単行の機関車だって、みなそうです。ただ、駅の案内所で六ペンス出せば買えるような時刻表には詳しくは載ってないだけの話です。すべての運行のうちのごく一部しか載ってないんですよ、あれには。時刻表の売り子だって全部は知りません」

「ウェンドレーにしか全部はわからないのよ」と、ソファに寝そべっているミミが言う。

暖炉の前に陣取ったミミを挟むかたちで他の二人は腰掛けており、ずっとミミのからだ越しに話し続けていたのだった。この時初めてファースト・ネームで呼ばれたものの、ミミはもう何時間も前からそういう風に呼ばれていたようにマーガレットには感じられた。下はズボン、上は体にぴったりしたセーターという服装で寝そべっているミミを見て、突然マーガレットはどんな本にも載ってないひとつの真理を悟った。すなわち、ミミのからだが魅力に溢れているという事実である。どうひいき目に見ても、自分はそうでない。その魅力にまさる物がこの世にあるかしら。いいえ、たとえ私がミミより賢いとしても、(自分でもそう思っていたが)ミミより心が優しいとしても、たとえ私の方が趣味がいいとか、貴族の家に生まれたとか、もしそうだとしてもそんなことって、ミミの足もとに舞う塵も同然、この世に必要ない物のリストに載ってるものばかりだわ。マーガレットは行儀わるく足を前に伸ばした。

「お茶、もう一杯ほしい」とミミ。その小づくりな頭も魅力的と言えなくもない。

「さて、と。お二人さん、私、もう寝《やす》みたいんですけど、いいですか。ずぶ濡れになったんですもの。でも、きっとよく眠れるでしょうね」

「私はいいけど」ミミは同情をこめて、口ぶりおだやかに、「何かしてあげられること、ある？　湯タンポはあるかしら、ウェンドレー？　マーガレットって、ほんとにか弱いの。私が面倒みてあげなきゃ」たしかに優しげなそぶりではある。

「湯タンポは結構よ、まだそんな季節じゃないし。私、平気よ、ミミ。じゃあね。おやすみなさい」

マーガレットは階段を上りつつ思った。邪魔者を部屋から追い出したい気持ちと、相棒に対する同情とで、ミミは無用な言いあらそいを避けているのだと。いつものように他人の出方に合わせつつ、一方で確実に我を押し通しながら、ただ行き当たりばったりに気分を変えているのだ。

今回は人の影かたちなど見えなかった。あるいはまったく別の事に心が奪われていたからかも知れない。寝室に入るや、約束のもう一台のベッドに目がとまった。最初のと同様、貧弱でみすぼらしい。縦に長い部屋に、二台のベッドは互いに遠く離して置いてあった。さっき一旦部屋に戻った時、この二台目のベッドが既に部屋にあったかどうか、はっきりとは覚えてない。

いぜん階下の様子が気になってはいたが、とりあえずマーガレットは扉から遠い方のベッドをえらんだ。今のところミミのことは考えなくてもよさそうに思いつつ、じめじめした部屋のなか、マーガレットは服をいそいで脱ぎ、二脚の煤けた、脚のほそい椅子、その一方に脱いだものを放り投げた。これはいつもの彼女らしからぬ仕方である。折しも列車が大きな音をたてて通過した。部屋の奥の、小さな窓と鉄格子が軋《きし》んで、カーテンが左右にひらめくと、外から目を射すような列車の光が部屋に差しこんできた。パジャマに着替えてベッドに潜りこむと、シーツはなく、夜具といえば重い毛布ひとつ。石油ランプを消す気にはならなかったが、これは寒いからしようがない。パジャマの一番上のボタンを留めながら、長袖のを持って来なかったことが悔やまれた。さっき湯タンポを断ったのは、ああいう風な言い方をされてむきになったからである。

横になってもまったく眠れない。このまま何時間たっても眠気は襲ってきそうになかった。このベッドにしても今まで寝た中で最悪の部類に入る。幅が狭すぎて、逆に毛布は普通の大きさの、マットの下に両端が奥ふかくたくしこまれて、体が縛りつけられたような恰好。また幅が狭いせいで、金属製の台座に取りつけられた安手の硬いスプリングはまったく用をなさず、マットレスといえば、台座の表面の菱形模様を寝る者の背中きちんと留めるのを好んだマーガレットではあるが、いくら防寒のためとは言え、ベッドではボタンをきちんと留めるのを好んだマーガレットではあるが、いくら防寒のためとは言え、ベッドでは息がつまってしまう。それに物ごころついた頃から灯りをつけたまま眠ることができない。さらに、列車である。きまった時間を置いて雷さながらにうなる響きよりも、気になるのは次のを待つまでの時間、それも明らかに間隔が長くなりつつあるその空白であった。階下にいた時にはもっと頻りに通ったように思ったが、ようやく数も少なくなったらしい。眠りにつこうとする者には時間の経過がよく感じられないというが、今がまさにそうなのだろうとマーガレットは思った。あるいはウェンドレーなら、静力学とか家に伝わる法に拠って何かコツを摑んでいるのかも知れない。ともかく列車の通行がマーガレットの気に障るのに違いはなく、ちょうど偏頭痛に悩む時の、何か大きなものが視線を遮るような感じを受けるのに似た。「こんなんじゃとても眠れないわ」独り言も口調はあくまではっきりと、まるで他人の発言のように自ら聞きなされた。

肌触りこそフエルトのようではあったが、少しも暖かくない、重い毛布を何とかはねのけて、マーガレットはパジャマの上のボタンをはずし、続いて灯りを消した。消え入る際にランプは微かな音をたてた。ミミは一体何をしてるのかしら、と、マーガレットは女学生のように気を揉んでいた。

くろぐろとしたベッドに手探りで潜りこんだその時、これまでとはまったく違う種類のものと思われる列車が通った。蒸気の噴射音も車輪の軋む音もせず、ただごろごろという音が間断なく、しかも長く尾をひく。金属的な、冷たい、人間味のない、空しい音。坂をくだって来たものらしいが、マーガレットにはすぐにそうとは知れず、音がむやみに怖ろしかった。「あれは病院列車よ」はるか昔に聞いた母の言葉が思い出される。細かいことは覚えてないが、何でも大そう怖いものだという記憶だけが甦った。「怪我をした兵隊さんがいっぱい乗っているの」

子供の頃の恐怖がいきなり頭をもたげてある種の発作を起こしたものか、マーガレットはそれなり眠ってしまった。正気を失ったという方が正しいかも知れない。とすると、その後のことは夢かまぼろしということになる。部屋は色彩に乏しい光に満ち溢れている。光は弱々しいけれども、この明るさになるまでには相当な時間がかかったらしい。そう思う一方で、その時間は僅か一分たらずだったようにも感じられる。マーガレットは何とか気をたしかに持とうとあがいていた。どうやらその光と、例の新たな列車のうるさい音との間に、何か符合めいたものがあるようだ。ここでマーガレットの目に、何だか分からないが大変に怖ろしいもののすがたが映った。年とった女の顔、色彩を欠いた光と同じく精彩のない、死人のような顔が逆しまに見えたかと思うと、続いて部屋の天井の隅、落とし戸のその向こう側に、首を吊った老女のねじけた姿が明らかになった。屋根裏部屋で縊《くび》れた老婦人ローパー、その灰色の髪は縺《もつ》れ絡まって、あたかも自分の髪の毛に首を絞められているようにも見える。

マーガレットは慄《おのの》きおそれて、手が思わず自分の首に伸びた。折しも入口の扉が開き、そこには灯りを手にした人の姿があった。

「ノックはしたんですが、聞こえましたか」

この家に辿りついた時、ローパーの最初の言葉がゲスト・ハウスの男を思わせたのと同じように、かつてミミを激怒させたビーチのそっけない謝罪の台詞がマーガレットの心に去来した。こわい夢を見て、目が覚めたものの、いぜん夢うつつの境にいたのだが、階段のところで見た謎の女が今この部屋に、しかも自分の目の前にいると知って再び悪夢に引きずり込まれるような心地がした。

マーガレットは気もそぞろに、両手はいぜん首を摑んだまま、何度も叫んだ。「いや、いや、あっちに行って」力を限りにふりしぼるものの、大きな声は出ない。その動作は幼い子供のそれに似た。

謎の女はつかつかと歩み寄って来て、ランプを足もとに置き、マーガレットの肩を揺する。この女が誰であろうと、少なくともローパー婆さんではない。それはマーガレットにもすぐに分かった。では、一体誰か。物に怯えた子供のようにわめき散らすのはやめて、肩に載った手を見ると、漆黒の指輪が目にとまった。見上げると、黒髪ゆたかなその顔はビーチに違いない。とすると、さっき聞いた台詞にも合点がゆく。まだ悪い夢をみているのか。ただすでに大人の判断力は戻っていた。ビーチは実は女性だったのだと、ここで初めてマーガレットは気づいた。

「お友達はどうしました？」

「まだ下にいます。私は早く床についたので」

「早く、ですって？」

「今何時ですか。時計、持ってないんです」

「三時半です」

まわりがランプの灯で明るくなるとともに、マーガレットの心にはまたいくつかの細かい点に関する疑問が湧いてきた。

「貴方の仕事って、一体何なんです。だいいち、貴方は誰？」

「誰だと思いますか」

「てっきり男性だと」

「私はローパー奥様のお世話をしておりました。お亡くなりになるまでです」

「だからって、男の人の恰好をする必要があったんですか」目の前の女は、今はダーク・グレーの上着にスカート、白いブラウスという服装である。

「ウェンドレー様は、自分と結婚もしていない女とひとつ屋根の下でお暮らしになるわけには行かないのです。結婚するつもりのない者とは尚更です」

「じゃ、どうしてずっとここに残っているんです？」

「奥様がお亡くなりになった後のことですか？」

「あなた、ローパーさんに何かしたのでは？」マーガレットは声こそ低いがしっかりとした調子で問う。感覚はすでに麻痺していた。ただ、意識のずっと底の方でミミに対するわずかな嫉妬心と、今自分の傍にいる、人殺しかも知れない謎の女に対する好奇心はいぜん残っている。マーガレットは今に至ってようやくはっきりと、

「ローパーさんって、頭がおかしかったんでしょ？」と問うことができたが、返事は、

「いいえ。どうしてそんなことを？」

「だって、お父さんに結婚を反対されたんでしょう。それから、窓の鉄格子も」

「恋愛したからって、頭がおかしくなったりはしませんよ。鉄格子すなわち精神病院と考えるのも極端に過ぎます」黒い指輪を嵌めた白い大きな手は、ずっとマーガレットの肩の上にあった。指輪は婚約指輪の位置にある。マーガレットはその手を払いのけ、

「でも、ここって牢屋じゃないですか。ローパーさんは何をしでかしたんですか」

「それは鉄道に関係があります。奥様は大旦那様から何かの秘密を受け継いで、その事をウェンドレー様にも決して打ち明けませんでした。私は根掘り葉掘り尋ねたりしたことはありません。私は恋をしていたのです。どういうことだか、お判りでしょう」

「どんな秘密なんですか。そもそも、どうしてそれが秘密にされなければならないんで

す?」

「私は知りません。今では知りたいとも思いません。奥様はただウェンドレー様には知らすまいとしておられました。きっとウェンドレー様がお知りになれば、それを利用してあの方が何をなさるか、奥様はよくお分かりだったのでしょう。もっとも、常づね誰か他の方に知らせようとはしておられました」

「それでローパーさん……」マーガレットは「手を振ってらしたのね」と続けるのを辛うじて呑みこんで、「一体、もしその秘密を知ったとして、ウェンドレーさんは何をしたっていうんです」

「あなたのお友達には、そろそろそれが判った頃じゃないでしょうか」

思いがけない言葉が出た。恨みつらみのこもった言い方だった。

「どういう意味です? ミミはどこ?」突然マーガレットはヒステリーに陥った。「ミミをさがしに行かなきゃ」断崖のようなベッドから何とか這い出したが、その際ベッドの鉄枠に体をひどくぶつけた。列車が通らなくなってから久しい。「静かの谷」は文字通り深い静寂に包まれている。

女は衣服がだらしなく投げ捨てられた安物の椅子に近寄ってマーガレットのリボンをつまみ上げ、両端をつかんで横に十二インチばかり広げた。

石油ランプの薄暗い明かりの中で、縦に細長い部屋を舞台にじりじりと追い駆けっこが始まった。

「あなたはウェンドレーの味方じゃないんでしょ」マーガレットは思わず叫ぶ。「下で二人が何をしてるのか、あなた、知ってるのね」

女はそれには答えず、広げた両手の間隔を少しずつ狭めてゆく。迷ったあげく扉に遠いベッドを選んだものの、これは大失敗だったとマーガレットは今更ながら思い知った。「鬼ごっこ」のような恰好ではあったが、いよいよ壁際に追い詰められ、例の落とし戸の下で捕まるまでにはまだ少しの余裕がある。もうひとつの扉、そう、入口の扉までなんとか辿り着くことができたら！　そうすれば何とかなるのに。

いよいよ落とし戸の下、部屋の隅に追い詰められた刹那、踵《かかと》がミミのリュックサックに触れた。気まぐれな持ち主に放り投げられたまま、薄暗かったせいもあって、そんな所に置いてあったとは全く気がつかなかった。マーガレットは立ち停まった。

三秒後、敵は床の上に仰向けざまに転がった。どす黒い血をどくどくと流してうめき声をあげている。ミミの所有するごついナイフが筋肉質の白い喉に突き刺さっていた。

「スウェーデン製よ、これ。この辺じゃ買えないの」という、ミミの自慢の品物だった。

死んだ女の上着のポケットをまさぐって、例の鍵束を見つけるのにさほど時間はかからず、続いて、女の悲鳴を聞きつけたものか、階段を上ってくる跫音が聞こえた。いずれにしても階下で起こりつつあった事をくい止められたのは幸いである。跫音の主はミミで、部屋に躍り込むなり一心に叫んだ。「鍵を掛けて。お願い」マーガレットは大急ぎで「垂木の間」を横切って扉に向かい、鍵を掛けた。目方のある、動きの鈍いウェンドレー・ローパーが扉のすぐ外に辿り着いたのはその直後である。大きな鍵が頑丈な錠前の中でガチャンと音をたてたのだから、よもや男がその音を聞きのがすはずはなかった。扉は駅のホテルなみに頗《すこぶ》る厚く、たて付けも極めてよい。内側から扉を押さえる恰好で、マーガレットはローパーの次なる攻撃を待った。しかしこの扉を破るには斧でも使うほかなく、実際には何事も起こらなかった。戸を叩くでもなく、声もせず、さりとて引き返す跫音もしない。

部屋の中に第三者がいるとはつゆ知らず、ミミはズボンのポケットに手を入れたまま自分のベッドに腰かけた。ちょっと息がきれていたものの、髪は短く刈り込んであるので取り乱した風には見えなかった。マーガレットはミミの態度にいらいらしていたが、その我慢もいよいよ限界に達していた。ミミは大声で罵声をあげ始めたが、目の前に死体が転がっていることも手伝ってマーガレットにはいよいよ怖ろしく感じられた。

「ねえ、ミミ」マーガレットは努めて穏やかにいう。「これからどうしよう」パジャマのまま、体は小刻みに震えている。

ミミはいぜん手はポケットに、辺りを見まわして、「地獄の一丁目、ってとこね」

涙こそ見えないが、元気なくうなだれている。マーガレットはそんなミミを不憫《ふびん》に思った。ことによると、自分よりもっとひどい目にあったのかも知れない。マーガレットは冷たくなった手を伸ばし、ミミの硬ばった体を抱き寄せた。ポケットから手を出させて、互いに手を取り合いたかった。ミミは力なく、さして拒みもせずに手を出したが、同時に奇妙なものがはらはらと床に落ちた。ミミのポケットには切符が詰め込まれていた。

ミミの手を離してマーガレットはその中のひとつを拾いあげ、女の持ってきたランプの明かりにかざして見た――ヴィクトリア女王即位六十周年記念乗車券。パズレー～ハッセル＝ウィケット間。三等。周遊。二シリング十一ペンス。女王陛下万歳。ミミの掌《てのひら》には切符の束。

死んだ女のことを話すなんてとてもできなかった。

「私、着替える。ここを出ましょう」マーガレットは夕食の時の服を着て衿のボタンを留めた。首のまわりが暖かく、心地よい。リボンを探したが、それはミミの後方、部屋の隅に丸くなっている死体の片方の手に握り締められていた。

「荷物は私がまとめる」着替えも終わり、ようやく元気も出てきたマーガレットは、死体を避けるように足で探りながらミミのリュックサックのところまで行き、散らかった中身を集める。忘れ物はしたくなかったが、ミミのナイフだけはあきらめ、結局ひとりで二人分の荷物をととのえて念入りにリュックサックの紐を締めた。見たところミミのポケットはすっかり空になり、両方のポケットと掌、それぞれからこぼれ落ちた切符は暗い色のカーペットの上で四つの山となっている。ミミは黙って座ったまま、いくぶん落ち着いた風ではあるが、決してマーガレットを手伝おうとはしない。

「用意はいい？　計画を練らなきゃ」

反対にミミはマーガレットを見上げて、声ひくく、「もう行く所なんてないわ」どうやら切符の山を見ているらしい。

マーガレットはその言葉に逆らいはせず、少しでもミミを励まそうとしている。ミミはベッドに腰かけたまま、自分たちは四人で、もうどうすることも叶わぬと言い続けていた。確たる証拠はないにせよ、ミミの言うのも一理あると思いつつ、マーガレットはひとりで逃げるという極端なことも考え始めていた。とはいえ、自分の心身が曝される次なる危機はともかく（実際、まだローパーが扉のすぐ外に立っているかも知れない）、ミミひとりを置いて行くなんてやはりできない。マーガレットはリュックサックを降ろした。一杯に詰め込んでみると、重くてとても長い間持っていられない。

「いいわ。明るくなるまで待ちましょう。もうすぐ夜があけるわ」

ミミは無言である。その顔を見て初めて気がついた。ミミは泣いていた。マーガレットはもう一度手をさし伸ばし、今は緊張が解けたミミの体を抱き寄せる。二人は優しくキスをした。生まれ育ちの違う二人がキスを交わすのはこれが初めてである。

きっと誰か助けてくれる、という途方もない考えがマーガレットの心に溢れた。きっといつか、誰かここにやって来る人があるに違いない。自分もミミも、非力な年寄りとはわけが違う。マーガレットの視線は知らず知らず女の喉に刺さったナイフをかすめた。

その後ベッドに腰かけたまま言葉少なに、二人は体を寄せあって長い時を過ごした。その間、マーガレットは列車のことなどすっかり忘れていた。確かにあの奇妙な列車を最後にすっかり往来は途絶えている。が、その時、遠くの方から幽《かす》かなエンジン音が聞こえてきた。時間といい場所といい、乗客が乗っていそうもなかったが、それでもマーガレットの心は希望に満ちた。

彼女は立ち上がり、鉄格子のはまった窓のカーテンを引いた。

「見て！　夜が明けたわ」

彼方の地平線が光にゆっくりと縁取られてゆくのが見える。山間地にはめずらしい、好天を予想させる光である。マーガレットはすでに気力漲《みなぎ》って、部屋を見渡した。まだかすかな光の中、自分の服の色はいぜん目立たない。ミミのグレーとて似たようなものである。となると、どうするか。決まっている。マーガレットは死体のところへ飛んでゆき、血のところどころ飛び散った白いブラウスを大きくひきちぎった。光が差し込むなか、振り返ったミミが初めて死体をみとめる一方、マーガレットは細長い窓を開け放ち、近づいてくる早朝の通勤列車に向かってしきりに手を振っていた。

旅行時計

W・F・ハーヴィー
西崎憲訳

ウィリアム・フライアー・ハーヴィー William Fryer Harvey (1885–1937)

怪奇小説の熱心な読者であれば「炎天」を知らない者はいないだろう。医者になるための教育を受けていたが、体が弱かったために中途で断念。しかし長じて健康になった後に苦労して必要な教育を身につける。第一次世界大戦の際には医者として軍務に就く。沈む駆逐艦のエンジン室に閉じこめられたボイラー係の軍曹を爆発直前に飛びこんで救った功により、アルバート・メダルを下賜される。しかしハーヴィーの肺はそのとき吸いこんだ熱した油の煙のために二度と常態に復することはなく、その後の生涯を静かに送ることを余儀なくさせられる。享年五十二歳。心理主義的な怪奇作家中の屈指の一人であって佳作も多く、個人短篇集が待たれるところである。ハーヴィーは状況設定が優れているが、それはこの「The Clock」でも同様である。冒頭に登場する「ミス・コーネリアス」は、べつの短篇で主要な役割を務めているが、そちらもハーヴィー独特の「ねじれ」が楽しめる秀作である。*The Beast with Five Fingers and Other Tales* (1928) 所収。

このあいだあなたが書いてよこした下宿屋の人たちの話はとても面白かったです。飾り毛をつけて腕輪をカチカチと鳴らす、不吉なミス・コーネリアスの姿なんてまるで目に浮かぶようでした。その夜、夢中歩行する彼女に廊下で出くわした時、あなたが震えあがってしまったとは思いません。でも結局のところ、彼女が夢中歩行しちゃいけないって法もないわけでしょう。日曜日に居間の家具が移動していたっていうのは、思うんですけど、あなたが地震の発生地帯にいるせいではないでしょうか。マントルピースの小さな鈴が鳴りだす理由としては、それは馬鹿げて大袈裟なものかもしれませんけど、そんな説明でも実際ましなほうなのです。うちの小間使いなんて――新しく雇い入れた娘ですが――昨日壊れてるのが見つかったティーポットのことを説明するのに、迷子の象を持ちだしてきたものです。少なくともあなたは、イタリアの小間使いという永遠の試練からは逃れられたわけです。

もちろんあなたの言うことだったら大概のことは信じます。わたしはあなたの経験したようなことには縁がないようですけど、ミス・コーネリアスについての話を聞いて、じつはちょっとそれに似たところのあることを思いだしました。あれは、二十年程前のことで、学校を上がってすぐの頃でした。その頃、わたしはハムステッドの叔母のところに滞在していました。叔母を憶えてますか、いや、もしかしたら叔母じゃなくて、プードルのムッシュの記憶のほうが鮮明に残っているかもしれませんね。叔母はよくあのプードルに、物悲しいような芸をさせたものでした。叔母のところにはべつの客もいました。それまで会ったことのない人でミセス・ケイレブという人でした。彼女はルイスに住んでいて、二週間ほど叔母のところに泊まっていたのです。なんでも家のなかにごたごたがつづいたので、草臥《くたび》れた神経を休めたいというようなことだったと思います。そのごたごたは二人の召使いが暇をくれと言いだして、一時間後に彼女のもとを去った時が一番酷かったそうです。ミセス・ケイレブは何の理由もなくと言ってました。けどわたしの見たところではそれはちょっと怪しいようです。わたしはその小間使いたちには会っていません。でもミセス・ケイレブには会っています、率直に言って、わたしは彼女を好きになれませんでした。ミセス・ケイレブは、あなたがミス・コーネリアスから受けた印象と同じような印象を、わたしに与えたのだと思います。どこか奇妙で、秘密でも抱えこんだ感じ。もしあなたがそれを形容するんでしたら、陰険というより、秘密めいたと表現したほうが、ぴったりくるんじゃないでしょうか。そうして彼女のほうでもわたしを嫌っていることは、それこそ肌で感じられるほどでした。

夏のことでした。ジョーン・デントンが――覚えてるでしょう、御主人がガリポリで戦死した――遊びにきなさいよって誘ってくれたんです。ジョーンの家族はルイスから三マイルほど離れたところに、小さな別荘を借りていたんです。わたしたちは日を取り決めました。不思議なくらい晴れあがった日でした。わたしは年取った人たちが起きる前に、息苦しいハムステッドの屋敷を後にするつもりでした。でもミセス・ケイレブは玄関の広間で待ち伏せしていたのです。ちょうど出かける時に。

「考えたんですけどね」ミセス・ケイレブは言いました。「あなたがわたしのちょっとした頼みをきいてくださるかどうか。もしルイスに寄るんでしたら――ほんとに、もしもでいいんですけど――わたしの家にもちょっと寄ってきてくださらないかしら。出がけの忙しさにかまけて、ちっちゃな旅行用の携帯時計を忘れてきちゃったんですよ。わたしの寝室か、小間使いたちの誰かの寝室だと思うんですけどねえ。朝寝坊の料理番に貸したことは憶えてるんだけど、彼女が返してくれたかどうか思いだせなくて。訊くのもなんでしょう。家はもう十二日も締め切ってるんだけど、みんなきちんと片づいてますよ。鍵はここにありますから。大きいほうが庭の門の鍵で、小さいのは玄関の鍵」

引き受けるよりしようがありませんでした。そうしてミセス・ケイレブは秦皮荘《とねりこ》をどうやって見つけるか教えてくれました。

「あなたきっと泥棒になった気分になってよ」彼女は言いました。「でもいいこと、ほんとに暇があったらでいいんですよ」

実際、わたしは暇を潰す用事があることを感謝することになりました。ジョーンは可哀想にその夜、急に病気になってしまったんです。みんなは盲腸じゃないかと心配していました。ジョーンの家の人たちはそれでも親切に、お昼を食べていかないかと言ってくれたんですが、どうみたって帰ったほうが良さそうでした。ミセス・ケイレブに頼まれた用事が、早い出発の恰好の口実になりました。

秦皮荘は難なく見つかりました。赤煉瓦の中程度の大きさの屋敷で、狭い路地に四方を取りまかれて、庭の高い塀の内側からこちらを見下ろすように建っていました。庭の門から玄関まで敷石道がつづき、屋敷の前には秦皮ではなくて鱗樅《うろこもみ》が植えられていて、それが必要以上に屋敷を暗くしていたことを憶えています。通用口は思った通り、鍵がかかっていました。玄関の広間の両隣は食堂と客間で、どちらの窓も閉まっていました。わたしは玄関のドアを開けっ放しにしたまま、薄暗いなかを急いで時計を探しまわりました。ミセス・ケイレブから聞いていたので、階下の部屋で見つかるだろうとは思っていませんでした。時計はテーブルの上にもマントルピースの上にもありません。家具の大半は注意深く塵避けの布に覆われていました。それからわたしは二階に上がりました。けどそうする前にわたしは、玄関のドアを閉めることにしました。ミセス・ケイレブの言葉通り、確かにわたしは泥棒になったような気がしていたのです。誰かが玄関のドアが開いているのに気づくかもしれない、説明の難しい立場に立たされるかもしれないとわたしは思ったのです。ありがたいことに二階の窓は鎧戸が閉められていませんでした。わたしは手早く主人用の寝室を探してみました。屋敷の人たちはずいぶんきれいに片付けていて、放ったらかしになってるものなんて何ひとつありませんでした。けれどミセス・ケイレブの旅行時計はその影さえ見えません。屋敷から受けた印象は——家にもそれぞれ個性みたいなのがありますよね——良いわけでも悪いわけでもありませんでしたけど、なんだか澱《よど》んだ感じがあたりに立ちこめていました。新鮮な空気の不足からくる澱み、カーテンやベッドカバーや椅子の背覆いといった布地が、その澱みに輪をかけているようでした。

つぎからつぎへと開けてあらためた寝室の前の廊下は、屋敷の古い部分である小さい翼棟につづいていました。そこには納戸や小間使いたちの寝室が並んでいるのだろうとわたしは思いました。最後の部屋のドアは開けたままにしておきました——ほかの部屋のドアは全部鍵がかかっていたし、なかを覗いたあと鍵をかけ直したことは言っておくべきでしょう——探し物はそこにあったのです。ミセス・ケイレブの旅行時計は、マントルピースの上で幸福そうに時を刻んでいました。

なんだか変だなと思ったのはその時です。そしてそれがこの屋敷にはどこか妙なところがあると気づいた最初でした。時計が時を刻んでなきゃいけない理由なんてなかったのです。屋敷は十二日間締め切ってありました。誰も入らないし、誰も火を使っていないはずです。わたしはミセス・ケイレブがお隣に鍵を預けたかどうか、叔母に話しているのを小耳に挟んでいました。彼女はお隣が鍵をちゃんと保管しておいてくれるなんてことは、まるっきり信じちゃいませんでした。それなのに時計はまだ動いています。仕掛けに何かの振動が伝わって動きだしたのではと思い、自分の時計を取りだして時間を確かめました。一時まで五分。マントルピースの上の旅行時計は、一時四分前を指していました。そしてその時どうしてというわけでもなく、わたしは踊り場に面したドアを閉めていました。なかに閉じこもったわたしはもう一度部屋を見まわしました。申し分なく片付いていました。唯一、注意を惹いたのは枕とベッドの乱れでした。でも、マットレスは羽毛が詰められたものでした。羽毛のマットレスをきちんと平らにしておくのがどんなに難しいか分かりますよね。急いでベッドの下を覗いてみたことはいう必要もないでしょう。――覚えてますか、あなたが推理したセント・アーシュラの六号室の泥棒のことを――それでどうにも気が進まなかったんですが、わたしはおそろしく大きなふたつの戸棚の扉も開けてみました。ほっとしたことに両方とも空で、額に入れた聖句が奥に立て掛けられているだけでした。その頃には、わたしはすっかり怖くなっていました。旅行時計は時を刻んでいます。不意に目覚しのベルが鳴りだすんじゃないかと思うと、わたしは恐ろしくてなりませんでした。それに、無人の屋敷に何かがいるという考えは、ほんとうに耐えがたいものでした。とはいえ、わたしはなんとか力を奮い起こそうと努めたことも確かなのです。結局のところあれは二週間動く型の時計ではないか、もしそうならぜんまいは大方緩んでいるはずです。どのくらい緩んでいるかは、巻いてみれば大体のところは分かるでしょう。試すのは勇気が要ることでしたが、曖昧な状態にはそれ以上、耐えられそうもありませんでした。ケースから時計を取りだして、わたしは捩子《ねじ》を巻いてみました。ほんの少し、捩子は二回巻いたところで止まりました。巻いてから間がないことは明らかです。誰かの手が捩子を巻いた、それも多分ほんの一時間か二時間前に。冷気に打たれたようで、なんだか気が遠くなりそうで、わたしは窓辺に行って、窓を押しあげて、庭の新鮮な空気を部屋に導きいれました。その時にはもうはっきりと分かっていました。この屋敷はどこかおかしい。おかしく、薄気味悪い。誰か屋敷のなかにいるのだろうか、屋敷のどこかに？　部屋は全部調べたはずだとわたしは考えました。けれどほんとにそうだろうか？　浴室の扉なんてほんのちょっと開けただけだし、戸棚はいまいる部屋のこのふたつ以外は全然見ていない。窓辺に立って、一体どうしたらいいのか、階段を下りて暗い玄関広間に戻って、後ろを気にしながら錠前を手探りするなんて、とても出来ないなと考えていたときに、音が聞こえました。はじめはとても小さく、どうやら階段を上がってくるようでした。とても変わった音でした。普通に階段を上がるような足音じゃなくて、なんて言ったらいいか——あなたは朝、郵便受けに届いたこの手紙を読んで笑うでしょうね——その音っていうのは、何かが階段を一段ずつ跳びはねて上がってくるような、そんな音だったんです。とても大きな鳥が跳ねているような、そんな感じの。踊り場についたようでした。止まりました。そうして寝室のドアを引っ掻くような妙な音が聞こえてきました。あなたの華奢《きゃしゃ》な指の爪で、磨いた板を引っ掻いたなら、ちょうどあんな音が出るでしょうね。とにかくなんであったにせよ、それはゆっくりとわたしのところまでやってくるようでした。ドアをひとつひとつ引っ掻きながら。わたしはいてもたってもいられなくなりました。やがて鍵をかけたドアが開いて、何か怖ろしいものがこちらを覗きこむんじゃないか、そんな想像でわたしの頭は一杯になりました。わたしは旅行時計を摑んでゴム引きの外套にくるんで、窓の下の花壇に投げ落としました。そうして窓を腹這いになって乗り越え、窓枠に摑まってそこにぶらさがりました。起死回生の十二フィートの跳躍《ジャンプ》。新聞記者だったら多分そう書いたことでしょう。セント・アーシュラの室内体操場にあれほど入り浸ったことを、わたしたちは感謝しなきゃなりません。外套を拾いあげて玄関まで走って、ドアに鍵をかけました。それでやっと一息つけたんですが、庭の塀の門を出るまでは安心することができませんでした。

その時わたしは寝室の窓が開けっ放しになっていることを思いだしました。でもどうしろっていうのでしょう。その時のわたしを屋敷まで引っ張っていくには、野生の馬を何頭か連れてこなければならなかったでしょう。警察に行って起こったことを洗いざらい話すという考えが浮かびました。そんなことをしたらもちろん笑われていただけでしょう。それに警察ではミセス・ケイレブに頼まれたっていう話を容易には信じなかったでしょうし。結局、わたしは町へ向かう小径を歩きだしていました。そして屋敷のほうを振り返って見た時、開けっ放しにしてきた窓が閉まるのが見えました。

いいえ、顔が見えたわけでもなく、なにか怖ろしいものが見えたわけでもないんです。まったくあんな……、もちろん窓はひとりでに閉まったのかもしれません。あれはごく普通の窓で、実際あの手の窓というのは、開けたままにしておくのが難しいことが多いですから。

それからどうしたかって訊くかも知れませんね。でもあとは話すことは何もありません。ミセス・ケイレブに会うことさえありませんでした。彼女は昼食の前に何かの軽い発作を起こしたと、帰った時に叔母が話してくれました。ベッドで安静にしていなければならないということでした。つぎの朝、わたしはコーンウォールまで下って、母親や兄弟たちと合流しました。そうしてそんなことがあったのは、すっかり忘れていたと思ってたんですけど、その三年後、チャールズ叔父さんに、二十一歳の誕生日の贈り物には旅行時計なんかどうだろうと訊かれた時、わたしは、愚かにも叔父さんが挙げていた、もうひとつのほうにして欲しいって答えていたんです。カーライルの全集だったんですけどね、もうひとつのほうっていうのは。

ターンヘルム

ヒュー・ウォルポール
西崎憲・柴崎みな子訳

ヒュー・シーモア・ウォルポール　Hugh Seymour Walpole（1884-1941）

『オトラント城綺譚』のホレス・ウォルポールの末裔である。多作家であるが、ヘンリー・ジェイムズからは「歓ばしき多作」と賛美され、初期の短篇集 *The Silver Thorn*（1928）はキプリングから賞讃の言葉を得ている。長篇、戯曲、トロロープやコンラッドなどの文学研究を主としたが、あいまに怪奇小説の分野に属するものを幾つか書いていて、いずれも賞玩に足るものである。ことに「銀の仮面」は怪奇小説のみならず短篇小説のひとつの到達点ともいうべき傑作で、ジェイコブズの「猿の手」と同様に読み手を選ばない広さと深さを具えている。この Tarnhelm; or, the Death of My Uncle Robert の主題はジャンルの伝統のひとつということになるかもしれない。*All Souls' Night*（1933）収録。やはり同書に収められた「ラント夫人」ではヘンリー・マッケンジーやウィリアム・ゴドウィンなどの作家の名がさりげなく口にされるが、この作品にもエインズワースやラドクリフ夫人などが登場し、ウォルポールの嗜好が奈辺にあったかが窺われる。孤独で本ばかり読んでいる少年の姿に身につまされる向きも多いだろう。

思うに、わたしはその頃ずいぶん変わった子供であったに違いない。幾らかは生れつきのせいであったろうが、それはまた、わたしが人生の初期のほとんどを、自分より遥かに年長の人間たちと過ごしたせいでもあるだろう。

ここに語る出来事を経験した際に、わたしは完全には拭いさることのできない刻印のようなものを、どこかに押されたのだと思う。その時、ほかの点ではほんとうにありふれていたが、ある問題に関してだけは決して考えを変えることのない人間の一人になった。そしてそれはいまに至っても同様である。

ある種の事柄はたとえ世のなかのほとんどの人間が疑義を呈していても、そうした人間にとっては真実そのものであり、議論の余地のないものである。その確信はそして彼らに刻印を押す。曰《いわ》く、自分の空想のうちに住んでいるので、何が現実か、何がそうでないか、彼らには判断らしい判断ができない。そして普通ではないという理由で彼らは孤立する。わたしは五十歳になるが、友人と呼べる人間をほとんど持たないきわめて孤独な人間である。それはわたしが四十年前にロバート伯父の奇妙な死の立会人になったせいではないかと思う。

一八九〇年のクリスマス・イヴの夜にフェイルダイク邸で起こったことに関して、わたしはずっと口をつぐんできた。少数の人間はあの夜の出来事を昨日のことのように記憶しているはずである。昔語りのようなものに変わってはいるが、若い世代にもロバート伯父の死にまつわる話は伝えられている。しかしわたしのような立場であれを実際に目にした者は、当然のことながらほかにには存在しない。そろそろ一切を書き留める時期がきたとわたしが感じたとしても不思議はないだろう。

記述にあたってはなるべく自分の意見を差し挟まないつもりであるし、省略もせず、事実を歪めることもしないつもりだ。これはなかば希望でもあるのだが、わたしはいかなる意味においても執念深い質《たち》の人間ではない。しかし伯父との短い出会いとその死の経緯はごく幼い時期のこととは言え、快く許すにはあまりにも錯綜とした混乱をわたしに齎《もたら》したこともまた事実なのである。

わたしの話のなかのいわゆる超自然的な要素をどう判断するかは、この手稿を読む者の各々に任せたいと思う。歯牙にかけぬ者もいるだろうし、事実と受けとめてくれる者もいるだろう。おそらく各人の性向にしたがって。もしわたしたちが堅固で実際的なものでできているならば、わたしの話は直接の体験であるという事実と、細部の明らかさにもかかわらず、証拠の欠落ゆえに無意味なものと断じられても仕方がないだろう。もし夢がもっと日常的なものだったら、ある夢が現実の感覚を揺さぶるといったことは少し減るだろう。

　ともあれ、先へ進むとしよう。

　わたしが八歳から十三歳になるまでの五年間、父と母はインドに住んでいた。その間、わたしが二人に会ったのは彼らの二度の里帰りの時だけだった。わたしは一人っ子で父と母は心からわたしを愛してくれた。けれども両親はわたしよりおたがいをより深く愛していたのではないかと思う。彼らは昔風で感傷的な人たちだった。父はインドの文官で、詩を書いていた。父の作品には叙事詩などもあり、『タンタルス――四章よりなる詩』なる題の詩集を自費で出版したりしていた。

　その事実に加えて、母が結婚前には腺病質だと思われていたということもあり、二人はブラウニング夫妻との類似を思って、内心大いに興をおぼえていたらしい。父は母を風変わりで不吉な響きのする「バー」（エジプト神話における霊魂。人面の鳥の姿で表わされる）という愛称で呼びさえした。

　ものに感じやすい子供であったわたしはまだ八歳で右も左も分からぬうちに、ファーガスン私立学校の寄宿舎に入れられ、休暇になると歓迎されざる客として親族の家を転々とした。

　なぜ「歓迎されざる」客だったか。思うに、それはわたしが捕えどころのない子供だったからだろう。フォークストンには祖母がいて、ケンジントンの小さな屋敷には二人の伯母が住んでいた。またチェルトナムには伯父と伯母と従兄弟《いとこ》たちが住んでいて、カンバーランドには二人の伯父がいた。その二人の伯父以外のすべての親族がわたしを少しずつ所有しあったわけだが、わたしはその誰に対しても親愛の情を抱くことができなかった。

あの頃は児童心理などということを言う者はいなかった。わたしは痩せて青白い顔をして眼鏡をかけ、愛情に飢え、しかしどうしたらそれを得られるか見当もつかず、途方に暮れている子供だった。表情に乏しいように思われていただろうが、内面では動じやすく、敏感だった。遊びまわることもないではなかったが、視力が不十分だったために結果はたいてい不様なことになった。適当な量を遥かにこえる数の本を読んだ。目が覚めてから眠るまで、わたしはいつも自分だけの物語を作って遊んだ。

親戚たちはみんなわたしにうんざりしていたと思う。やがてカンバーランドの二人の伯父が務めを果たす時がやってきた。二人の伯父は父方の兄弟で、頭数の多い兄弟の一番目と二番目だった。ついでに言えば、わたしの父は末っ子である。ロバート伯父は七十に届こうかという年齢だったはずで、コンスタンス伯父のほうは兄より確か五歳若かったはずだ。男の名前としてはコンスタンスというのはずいぶん妙だなとわたしはよく思ったものだ。

ロバート伯父はウォスト湖と、海岸ぞいの小さな町シースケールとのあいだにあるフエイルダイク邸の持ち主だった。その邸でロバート伯父とコンスタンス伯父は長いあいだ一緒に暮らしていた。多分、親戚のあいだで何らかの話しあいが持たれたのだろう、いつのまにかわたしは一八九〇年のクリスマスをフェイルダイク邸で過ごすことに決まっていた。わたしは十一歳の、ガリガリに痩せ、額ばかりがいやに目立つ子供だった。大きな眼鏡をかけ、神経質で内気だった。その頃のわたしはいつも恐怖と希望の入り混じった冒険を計画していたように思う。今度こそ奇跡が起こるはずだった。自分は友人か、さもなくば幸運を発見するだろう。そうして思いもしなかった経験を経て栄光を手にするのだ。ついにあれほど待ち望んでいた英雄になる機会がやってきたのだった。

わたしはほかの親戚と一緒にクリスマスを過ごさなくともよくなったことが嬉しかった。とくにわたしを揶揄《からか》ったり、困らせたり、それに耳をつんざくような叫び声から決して解放してくれない、チェルトナムの従兄弟たちのところへ行かずにすんだのは、ほんとうに有りがたかった。わたしがその頃、一番、切望していたことと言えば、静かに本が読みたいということだけだった。フェイルダイク邸に目を瞠《みは》るような書庫があることは知っていた。

伯母は見送りの時には座席まできてくれた。伯父からはハリスン・エインズワースの血腥《ちなまぐさ》い物語《ロマンス》『ランカシャーの魔女』を貰っていた。それに五本のチョコレートクリームの菓子棒があった。わたしはその頃で望みうるかぎり最高の、言わば至福の状態にあった。静かに本を読むこと、実際それはその頃のわたしが人生に望んでいたすべてだった。

それほどの至福にあったにもかかわらず、汽車が煙を吐いて北に向かって走りだすと、目の前の新しい世界は手招きするかのように、わたしの注意を惹きはじめた。わたしはそれまでイングランドの北部には行ったことがなかった。その時、目にしたような景色や、新鮮な驚きを、自分が味わうことは予想していなかった。

地肌を剝きだしにして気まぐれに並ぶ丘、気持ちの良い風、その風に乗って飛ぶ、いかにも愉しげな鳥たち。荒涼とした平野に延びる灰色のリボンのような石壁。そして何より空の宏大さ。その広さを一杯に使い、あるいは渦を巻き、あるいは群がりながら、競いあうようにして滑ってゆく雲。そんな光景はそれまでまったく見たことがなかった。

無我夢中でわたしは客車の窓にかじりついていた。ポーターの叫ぶ「シースケール」という声を聞いたのは、闇が落ちてよほど経った頃だった。わたしはロマンチックな夢をみているような気分からなかなか抜けだせなかった。狭く、短いプラットフォームに降りたわたしは風のなかに潮の匂いを感じた。それがわたしの北部への旅の導入部の終わりだった。わたしはいま、同じカンバーランド州のべつの地方でこの手稿を書いている。窓の向こうに見えるのは地肌もあらわな丘原で、突兀《とっこつ》とまではいかないまでも、荒々しい稜線を見せて空を縁どっている。手前は湖だ。銀の杯の欠片《かけら》といった趣でスキッドーの丘原の裾に寂然《ひっそり》と横たわっている。

わたしがこの地方にたいして感じる神秘感は、いまこうして書きとめている出来事に端を発しているのかもしれない。いやそれもまた違うだろう。宵闇のなかシースケールの駅についたあの瞬間に、すでにわたしのなかで変化ははじまっていたのだ。その時から名だたる世界の美景も——カシミールの紅い河から、わがコーンウォール海岸の荒寂びた景物に至るまで——カンバーランドの丘陵地帯の泥炭質の褶曲《しゅうきょく》と、淫しく撓《しな》やかな芝草の美しさには到底及ばないと思うようになったのだ。

一頭立て二輪馬車に乗ってのフェイルダイク邸までの夜の旅はまるで魔法だった。身を切るような寒さも全然気にならなかった。すべてが魔法だった。

冬の夜の泡のような雲の群れを背にしたブラック峡谷の瘤《こぶ》めいた突出部には、馬車に乗りこんだ時から気がついていた。波の寄せる音と馬車道沿いに植えられた低木の裸の枝が擦れあう音が、馬車に乗っているあいだずっと聞こえていた。

その夜、わたしは生涯の友を得ることさえできた。馬車を御していたのはボブ・アームストロングだった。ボブ・アームストロングはわたしたちがはじめて会った時のことをしばしば話題にする。あの夜、シースケール駅のプラットフォームで「憐れな迷子」を見つけた、ボブの言葉を借りるとそんな風になる（ボブは口数が少なく、話し方も流暢とは言えなかったが、自分が面白いと思っているあいだは同じ話題を何度も繰りかえすことを好んだ）。確かにそう見えたのかもしれない。あの時、わたしは寒さに凍えきっていたのだから。いずれにせよ、わたしがその夜、そう見えたことは歓ばしいことである。なぜならその時その場所で、アームストロングは自分の心をわたしに差しだしてくれたのだ。そうして一度与えたものを二度と取り戻そうとは思わなかった。

わたしがアームストロングから受けた印象はどうだったか。その夜、はじめて見たアームストロングは、まるで巨人のように見えた。アームストロングは世界中でもっとも広い胸の持ち主の一人だとわたしは思っているが、自分の呪いはまさにそれだとアームストロングはよく主張する。既製のシャツで自分にあう物がないのだそうだ。

寒かったのでわたしはアームストロングにぴったりとくっついてすわった。ボブ・アームストロングは暖かかった。着実に時を刻む時計のような心臓の鼓動が、粗い生地の外套ごしに伝わってきた。あの夜、その心臓はわたしのために脈を打った。喜ばしいことにいまもそれは同じだ。

結局のところ、あとではっきりしたように、わたしには友達が必要だったのだ。わたしの小さな体があちこち強張り、ほとんど眠りかけた頃、わたしは馬車から抱えおろされた。そしてすぐに子供のわたしには無限の広さに思われた広間に連れていかれた。広間は屠《ほふ》られた動物の首で一杯で、みんなこっちを睨《にら》んでいるような気がした。空気には藁の匂いが混じっていた。

二人の伯父に会ったのは、石の暖炉で火が悪魔のように吠えている広い撞球室で、疲労と眠気のために二人の姿は二重に見えた。

それにしてもなんと奇妙な組みあわせだったことか。ロバート伯父は背が低く、半白の髪は乱れ放題で、人間の眉に許されるかぎりまで生い茂った眉の下には、小さく鋭い目が光っていた。ロバート伯父は草臥《くたび》れて褪色した緑の田舎風の服を着ていた。指に大きな紅い石をあしらった指輪が見えた。

ロバート伯父にキスされた時（わたしは誰からであれ、キスされるのが大嫌いだった）、伯父の体から発する微かな匂いに気がついた。わたしはその匂いからすぐに茴香《ういきょう》菓子を作る時に使う姫茴香の種を連想した。伯父の歯は黄色に変色していた。

コンスタンス伯父のほうは一目で好きになった。年下の伯父はまるまると太っていて清潔で優しかった。コンスタンス伯父はいわゆるダンディな人で、ボタンホールに花を挿し、シャツは雪のような白さで、まったく兄とは対照的だった。

最初の出会いの時に気がついたことがあった。それはコンスタンス伯父がわたしの首に肉付きのいい腕をまわして話しかける前に、許可を求めるようにロバート伯父のほうを見たことである。そんな年齢の子供がそれほど注意深いわけはないと思うかもしれないが、本当にわたしはそのころ何ひとつ見逃すことがなかったのだ。ああ、歳月と怠惰のために衰えゆくわたしの観察力よ。

II

その夜、わたしは恐ろしい夢を見た。わたしは叫びながら目覚めた。その声を聞きつけてボブ・アームストロングが寝かしつけにきてくれた。

わたしの寝室は広間に通された時に見たほかの部屋と同じように、天井が高く、がらんとしていて、撞球室にあったのと同じような石の暖炉があった。あとになって気がついたのだが、その部屋は召使い部屋とつながっていて、アームストロングはすぐ隣にいたのだった。家政婦のミセス・スペンダーの部屋はその向こうだった。

いまもそうだが、アームストロングはその頃、独身だった。あまりに多くの御婦人を愛しているために、たった一人にしぼるなんて、とてもできないのだというのがアームストロングの口癖だった。そしていまではアームストロングはわたしの私的なボディガードを長く勤めすぎたために、暮し方を変えるなどと考えただけで億劫になるらしい。無理もない。何と言っても、もう七十なのだ。

話を元に戻そう。その夜、わたしが見た夢はこんな夢だった。伯父たちは暖炉に火をいれておいてくれた（その必要は確かにあった。なにしろ部屋は氷のように冷たかったのだ）。夢のなかでわたしは起きていて、茫乎《ぼんやり》と炎が尽きる前に火勢が増すようすを見ていた。ちらちらと揺れる炎に照らされた部屋の隅で何かが動いた。音は聞こえるのだが、何が動いているのかしばらく分からなかった。

ベッドの上でわたしは身を起こした。心臓が早鐘のように搏《う》っていた。そしてわたしは恐怖とともに見たのだった。向かい側の壁を背に静かに移動する、どんな種とも特定しかねる黄色い犬を。大きな、魔物めいた犬を。

形容するのはひどく難しい。その黄色い犬に覚えた恐怖を正確に言い表そうとするたびに、わたしは困難を感じる。ひとつにはその体の汚れた黄色のせいであるし、ひとつには骨だけでできているような体つきのせいだった。しかし何といっても恐ろしさの大部分は異様な形の頭部に原因があった。頭部はありえないくらい平べったく、両側に細く切れあがった目があり、黄色い歯は鋭かった。

わたしが見ていることに気づくと、犬は牙を剝き、ゆっくりとわたしの寝ているベッドに近づいてきた。曰く言いがたい、不快な動き方だった。はじめは恐怖のために身動きできなかった。そしてそれがベッドのわきまでやってきて、薄い目をわたしに据えて、牙を剝きだしにした時、わたしの口から最初の悲鳴がもれた。わたしは幾度も幾度も叫んだ。

気がつくと、アームストロングがベッドのわきに腰掛けていて、頑丈な腕がわたしの小さな体に添えられていた。わたしはただいつまでも、犬がくる、犬がくると繰りかえすばかりだった。

アームストロングは母親のようにわたしをなだめてくれた。

「ほら、見てごらんなさい、犬なんかどこにもいない。いるのはおれだけです。おれだけです」

それでも震えが止まらなかったので、アームストロングはベッドに入ってきて、わたしの体を心地よい腕で抱いてくれた。お陰でわたしはやっと眠ることができた。

III

翌朝、快い風と、輝く陽光のなかでわたしは目を覚ました。なだらかに傾斜をなす芝草の斜面を区切る灰色の石壁を背に、オレンジ色や、深紅や、灰褐色の菊が、繚乱と咲き乱れていた。そんな景色を眺めているうちに、夢のことは忘れてしまった。ただ世界中の誰よりもボブ・アームストロングが好きだと思うばかりだった。

その後の何日かは、みんなとても親切だった。この地方はわたしを大変驚かせた。すべてが新鮮で、わたしは何もかも忘れてただ目を瞠《みは》るばかりだった。ボブ・アームストロングはブーツに隠れた足の厚い爪から麦藁色の髪の先まで生粋のカンバーランド人で、単音節で唸《うな》るような喋りかたで、土地のことを色々教えてくれた。

至るところに物語《ロマンス》があった。密貿易船はドリッグやシースケールの港をこっそり出入りしていた。ゴスフォース教会の庭のおそろしく古い十字架。海鳥たちの群れる、かつての輝ける港レイヴングラス。

マンカスター城に、ブロートン。ぐるりを岩屑《がんせつ》で囲まれ、黒い水面を見せているウォスト湖。つねに濃い闇を纏《まと》っているブラック峡谷。潮風にさらされたシースケール駅の玩具のような駅舎の新聞売場では、毎週発行の『ウイークリー・テレグラフ』という、世界で一番スリルのある物語を連載した雑誌さえ、手にいれることができた。

まったくそこいらじゅうがロマンスだらけだった。牛たちは砂混じりの道をのんびりと行き、ドリッグビーチでは海が吼えていた。ゲイブル山とスコーフェル山は雲の帽子を被り、家畜を呼ぶカンバーランド人の農夫たちののんびりとした声があたりに響く。それにゴスフォース教会の小さな鐘の音――まったくどこを見まわしてもロマンスと美で一杯だった。

とは言うものの、間もなくこの地方に馴染《なじ》むと、わたしの注意を惹きはじめたのは、身近にいる人物たちだった。ことに二人の伯父ロバートとコンスタンスは本当に奇妙な人たちだった。

フェイルダイク邸自体はべつに何の変哲もない建物で、ただ醜いというだけだった。邸《やしき》は一八三〇年頃に建てられたということで、記憶を手繰ると、不器量でずんぐりとしているが、やけに気取った女のような白い建物が眼裏《まなうら》に浮かんでくる。部屋は広く、廊下がいやに多かった。それらすべてには薄気味の悪い石灰塗料が塗ってあり、白い壁には歳月を経たため黄色くなった写真や、褪色した安っぽい水彩画やらが掛かっていた。家具はただただ頑丈一点張りの代物だった。

だけれども目をひく点がひとつだけあった。それはロバート伯父が住んでいたグレイ塔と呼ばれる小塔だった。灰色のその小さな塔は庭の隅に建っており、ウォスト湖の対岸のスコーフェルの山並みへとつづく緩やかな斜面に面していた。グレイ塔はスコットランド人にたいする備えとして何百年も前に造られたのだった。ロバート伯父は何年ものあいだ、塔を書斎と寝室に使っていた。グレイ塔はロバート伯父の専用で、なかに入ることを許されていたのはロバート伯父の老いた召使いのハッキングだけだった。枯れさらばえ、汚ならしく、変わり者のその小男は誰とも口を利かなかった。だから台所では、ハッキングは夜も眠らずロバートさまの世話をしているのだという噂がしきりに言い交わされた。ハッキングはロバート伯父の部屋を掃除し、衣類を洗っているのだろうと推測された。

好奇心が旺盛で、夢見がちな子供だったわたしは、すぐに青髭の妻が禁じられた部屋に強い好奇心を起こしたように、塔に興味を掻きたてられた。ボブは何があっても塔に足を踏みいれてはいけないと言った。

そしてその時、わたしは新たな発見をした。それはボブ・アームストロングがロバート伯父を憎み、恐れると同時に尊敬もしているということだった。実際、ボブはロバート伯父を尊敬していた。それはロバート伯父が一族の長だったからであり、ボブの言葉を借りれば、世界で一番賢い老人だったからである。

「確かに何かやってることはやってますが」ボブは言ったものだ。「けど、ロバートさまは坊っちゃまにそれを見られるのがあんまり好きじゃないのです」ボブの言葉は塔のなかを見たいという気持ちをいっそう掻きたてただけだった。しかしロバート伯父が好きだったというわけではなかった。はじめの頃はべつに嫌いではなかった。顔をあわせる度にロバート伯父は親切にしてくれた。食事の時間になると石灰塗料を塗りたくった、がらんとした食堂の長いテーブルの前に、わたしは二人の伯父と一緒にすわった。ロバート伯父はわたしがちゃんと食べたかしきりに知りたがった。どうして嫌いになったかはよく分からないが、たぶん清潔ではなかったからだと思う。子供はそういったことにとても敏感なのだ。おそらくロバート伯父の体から発する黴《か》びた茴香菓子のような匂いが厭だったのだろう。

そしてそんなある日のことだった。ロバート伯父がグレイ塔にわたしを誘い、ターンヘルムのことを話したのは。

傾きかけた陽の光が、咲き誇る菊や、灰色の石壁や、長い畑、暗い丘陵の上に落ちていた。薔薇園の向こうを流れる小川で一人遊んでいると、ロバート伯父がいつものように足音をたてずに後ろから近づいてきた。伯父はわたしの耳を軽く引っぱり、塔に入りたいかと訊ねた。もちろんわたしは塔のなかが見たくてたまらなかった。けれど、少しこわいという気持ちもあった。とくに窓代わりに穿《うが》たれた細い隙間から老ハッキングの虫の喰ったような顔が自分を見ていることに気がついた時には。

けれどもわたしはロバート伯父の乾いた生暖かい手に引かれて、塔のなかに足を踏みいれていた。まるでどこか違う世界に迷いこみでもしたかのようだった。想像できるだろうか。雑然としていて黴《かび》臭く、戸口の上には蜘蛛の巣がかかっていた。錆びの浮いた鉄の破片、隅に積んだ空箱。ロバート伯父の書斎の長い机の上は雑多なもので溢れかえらんばかりだった。表紙が取れそうな本、ねばねばする緑色の壜、鏡、天秤秤《てんびんばかり》、地球儀、鼠の入った籠、裸の女の像、水時計、どれもこれも古く、汚れ、埃《ほこり》をかぶっていた。

けれどもロバート伯父は隣にわたしをすわらせて、面白い話をいろいろと聞かせてくれた。そして、なかでも一番興味深かった話が、ターンヘルムの話だった。

ターンヘルムとは人間の理解を超えたものだった。その魔法の力は人間を望む動物の姿に変えてくれる。ロバート伯父はヴォータンと呼ばれる神の物語を話してくれた。ヴォータンがいかに小人を騙してそれを手にいれたか。ヴォータンは小人にむかって、鼠のような小さい動物にはとてもなれないだろうと、揶揄《からか》ったのだった。いたく誇りを傷つけられた小人は、その場で鼠に姿を変えて見せた。ヴォータンはすかさず鼠を捕えて、まんまとターンヘルムをせしめたのだった。

愚にもつかぬがらくたに混じって、机の上に鍔《つば》のない、灰色の僧帽があった。

「これがわたしのターンヘルムだ」ロバート伯父が笑った。「かぶったところを見たいか?」

突然、わたしは恐ろしくなった。ロバート伯父のようすには何か尋常じゃないところがあった。部屋がぐるぐると回りはじめた。籠のなかの白い鼠が鳴いた。部屋の通気が悪いせいだったのだろう。確かに子供の気分を悪くさせるほどではあった。

IV

その瞬間だった。ロバート伯父が僧帽に手を伸ばしたその瞬間から、フェイルダイク邸での生活がそれまでのように幸福ではなくなった。伯父の何の変哲もない、むしろ親切なその行動がわたしの目を、それまで気がつかなかったものに向けさせたのだった。

クリスマスまであと十日ばかりという頃だった。いまでもさほど変わらないと告白しなければならないのだが、子供の頃、わたしはクリスマスのことを考えただけで幸福になった。クリスマスには美しい物語がある。感謝と友愛がある。当節は厭世主義者の天国であるが、それにもかかわらず、多大な幸福と隣人愛がある。この歳になってもわたしは贈り物をしたり、されたりすることが楽しくてならない。箱、包装紙、紐、このうえない驚き。ほんとうにそれらにわたしは至福を感じる。

そんなわけで、わたしはクリスマスを非常に楽しみにしていた。贈り物を買うために、ホワイトヘイヴンに連れていってもらうことになっていた。ホワイトヘイヴンの村ではクリスマス・ツリーが飾られ、村人たちはダンスを踊るということだった。けれどロバート伯父の塔を訪れた時から、幸福や期待はすべて潰えさった。日一日と経つにつれてわたしの目は、なおも深く事態の推移を捕えるようになった。おそらくボブ・アームストロングがいなかったら、わたしはケンジントンの伯母の家に逃げかえっていたことだろう。

しかし、恐ろしい結末を迎えることになった一連の出来事に真にわたしの注意を向けさせたのは、ほかならぬアームストロングだった。ロバート伯父がわたしを塔に入れたことを知った時のボブの怒りは、並々ならぬものだった。わたしはそれまでアームストロングがそんなに怒るところを見たことがなかった。ボブの大きな体は震え、わたしの肩を鷲掴みにして、わたしが泣きだすまで手を離さなかった。

ボブは二度と塔には入らないことを約束して欲しいと言った。なぜなのか？　伯父さんと一緒でもだめなのか？　だめです、とくにロバートさまと一緒の時がだめです。そしてアームストロングはあたりを見まわして誰もいないのを確かめると声をおとし、ロバート伯父を罵りはじめた。その事実はわたしをとても驚かせた。主人への忠誠はボブのもっとも犯しがたい信条のひとつだと思っていたからである。いまでもわたしはありありと思い浮かべることができる。わたしたちは小石を敷きつめた馬屋の通路に立っていた。宵の闇が落ちて、冷えはじめていた。馬房からは馬たちの蹄の音が聞こえる。流れる雲のあいだにひとつまたひとつと小さい、けれども冴えた光を放つ星が現れはじめていた。

「こんなところはもう真っ平だ」ボブの独り言が聞こえた。「みんなのように、ここを出よう。子供を塔に連れていくなんて……」

その時から、ボブ・アームストロングはわたしに特別気をつけるようになった。姿が見えない時でも、どこかしらからボブの視線が注がれるのが感じられた。しかし見守られているという事実にわたしはいっそうの不安をおぼえて、なんだか息苦しくなるのだった。

つぎに気がついたことは、召使いが全員新参の者ばかりだったことだ。せいぜい長くいても一月か二月といったところで、それ以上長く勤めている者はいなかった。そのうえクリスマスまであとわずか一週間と迫った頃、女中頭が辞めていった。コンスタンス伯父はそのことで、ひどく狼狽しているようだったが、ロバート伯父のほうは少しも意に介す風はなかった。

コンスタンス伯父のことも書かねばならないだろう。これほど時間が経ったいまでもコンスタンス伯父の姿は奇妙なほど明瞭に甦ってくる——太った体、清潔好きなこと、ダンディズム、ボタンホールに挿した花、輝くばかりに磨きこんだ靴、細く、女性的な声。コンスタンス伯父はわたしに親切に振る舞うこともできたはずだ。もしそれが可能だったとしたならば。コンスタンス伯父はいつも何かに抑えつけられているようだった。その理由はすぐ分かった。それはロバート伯父にたいする畏れだった。

コンスタンス伯父が兄に完全に隷従していることに気づくのに大して時間は要らなかった。ロバート伯父の考えを知るまではコンスタンス伯父は何も喋らなかった。兄のお墨付きを貰わないうちは何もしようとはしなかった。ロバート伯父を刺激すまいというコンスタンス伯父の気遣いは、はたで見ていて息苦しくなるような態《てい》のものだった。しばらくしてからわたしはロバート伯父が弟の気後れを愉しんでいることに気がついた。ロバート伯父がどんな武器でコンスタンス伯父を脅かしているかは、まだ二人の伯父の性格の理解が不十分だったために分からなかったが、その武器の鋭利さと剣呑さに気がつかぬほど、わたしは幼くもなく、無知でもなかった。

クリスマスの一週間前はそんなふうだった。そして、天気が荒れだした。強い風が吹いた。外は大変な騒ぎだった。夜になってベッドに横たわり、煙突から聞こえる風の音に混じる波音を聞いていると、ウォスト湖の黒い波が磯で砕けて白く泡立つようすが見えるような気がした。

わたしはいつまでたっても寝就けずに、ボブ・アームストロングがきてくれないかと、そんなことばかり考えていた。ボブの寝心地のいい太い腕、暖かい寝息。けれど、同時にわたしはそんな風なことを言うには、自分はもう大きすぎるのではないかと思った。

恐怖は刻一刻増していった。しかしわたしに何ができたろうか。わたしは孤独だった。ロバート伯父が恐ろしかった。外の荒れ具合は凄まじかった。邸の部屋はどれもがらんとして、見棄てられた感じがした。召使いたちは奇妙によそよそしく、廊下の壁は石灰塗料のためにいつも朦朧《ぼんやり》と白く光っていた。アームストロングだけはいつもわたしを気にかけてくれていたが、仕事が忙しかったために、常にそばにいるというわけにはいかなかった。

ロバート伯父にたいする恐れはしだいに強くなっていった。顔を見るのさえもう厭でたまらなかったが、それにもかかわらず、伯父はいつも物静かに話し、わたしに親切だった。そしてクリスマスのほんの二日か三日前、恐怖を恐慌にまで押しやるほどの出来事が起こった。

わたしは書庫でラドクリフ夫人の長く忘れられた、けれどいまでも読む価値のある『森のロマンス』という小説を読んでいた。書庫は素晴らしかったが、そこにも幾分か荒廃が忍び寄っていた。窓が小さいので仄暗く、色褪せた絨毯にはそこかしこに穴があいていた。向こうのテーブルにひとつ、わたしのすぐ横の棚にひとつランプが置いてあった。

なぜなのか分からなかったが、わたしは書物から顔をあげていた。その時、目にした光景を思いだすたびに、わたしの心臓は縮みあがる。わたしが見たものは、書庫の向こう端のドアの前にすわって凝然《じっ》とこちらを見ている黄色い犬だった。

その瞬間、わたしを捉えた恐怖の感情を事細かにここに記そうという気はない。最初、わたしの頭を占めた考えは、この邸にきた最初の夜に自分が見たものは、夢ではなかったということだった。自分はいま、眠っていない。手から本が滑りおちた。ランプの燈が揺れる。風に煽られた蔦《つた》が窓を叩く。そうだ、これは夢じゃない、現実だ。

犬は長い前肢を挙げて頭部を一掻きすると、おそろしく緩慢な動作でこちらに向かって歩きだした。

叫ぶことも、逃げることもできなかった。わたしはただ待った。獣は前に見た時よりも不吉に見えた。異様に平べったい頭部、薄い双眼、黄色い牙。じりじりと近づく。もう一度、頭を一掻きした。もうすぐ足元までくる。

黄色い犬がわたしを見て、牙を剝きだした。それは威嚇というより、嘲笑といったふうに見えた。犬は何事もなかったように、わたしの前を通りすぎ、ドアのほうに引きかえした。姿が見えなくなったあと、空気にはきつい匂いが漂っていた——茴香菓子の匂いだった。

V

　わたしのような、何か音がするたびに震えあがってしまうような神経質で臆病な子供が、あんな出来事に耐えられただけでも、驚くべきことと言わねばならないだろう。犬のことは誰にも言わなかった。アームストロングにさえもだ。わたしは自分の恐怖を——死ぬほど怯えているのをひたかくしにした。そうするべきだと思ったのだ。なぜそういうふうに感じたか、いま考えてもよく分からないが、わたしにもささやかな役割が振りあてられていることをわたしは理解していた。ゲイブル山の上空でしだいに雲塊が大きくなるように、数箇月にわたって、少しずつ大団円に向かっていったあの黙劇において。
　この話の最初から最後までどこにも説明らしき記述がないことについては理解を願いたい。あれは実際に起こった——いまはとうのわたしでさえ確信することができず、ましてや説明など及びもつかないのだが——伯父のロバートは結局死ななければならなかった。わたしはただそう書くだけである。

書庫で犬を見た時から明らかにロバート伯父のわたしにたいする態度が変わった。ひょっとしたらそれは偶然だったのかもしれないが、人は大人になると偶然というものをあまり信じなくなるものだ。

いずれにせよ、その夜の夕食の時見た伯父は二十歳くらい年をとって見えた。腰は曲がり、顔には無数の皺が寄り、喋りかけた者に向かって怒鳴りちらし、わたしのほうを見るのを避けた。まったく陰気な食事だった。そして食事のあと、コンスタンス伯父とわたしが黄ばんだ壁紙を貼った居間の――居間には時計がふたつあり、競いあうようにして時を刻んでいた――椅子にすわっていた時、およそ信じがたいことが起こった。コンスタンス伯父とわたしはチェッカーをしていた。煙突に吹きつける風の音が聞こえた。暖炉がシューシューパチパチと快い音をたて、時計が無邪気にコチコチと時を刻む。不意に、コンスタンス伯父が動かそうとしていた駒を盤に落として、泣きはじめた。

大人が泣くのを見るのは子供にとって、恐ろしい経験である。いまでさえわたしは、大人が泣くのを見ることが苦痛でたまらない。わたしはコンスタンス伯父のそんなようすに、絶望的な不安を覚えた。太い腕で頭を抱えて、丸々と太ったコンスタンス伯父は震えていた。そばに立つと、わたしを抱きよせて、放すまいという風に、わたしの体を両腕ですっぽりと包みこんだ。守らなくては……この子を……魔物から守らなくては……。

コンスタンス伯父のその言葉で、わたしは急に恐ろしくなった。わたしは伯父に魔物ってなんだと訊ねた。しかしコンスタンス伯父はわけの分からぬことを呟くばかりだった。憎んでいる……もう少し、自分に勇気があれば……。

やがて少し落ち着きを取りもどした伯父はわたしに質問をしはじめた。兄の塔に入ったのか？　何かこわいものを見たか？　もしそうなら、話しておくれ？　そして伯父はなおも呟いた。こんな風になるって知ってたら、来させなかったのに……今夜のうちにこの邸を出たほうがいいのだろうか、しかし自分にもっと勇気があったなら……。コンスタンス伯父の軀《からだ》がまた震えだした。ドアのほうを見たわたしの軀もまた震えだしていた。コンスタンス伯父はわたしをいっそう強く掻き抱いた。ドアのほうから何か音が聞こえたような気がしたのだった。耳を澄ます。心臓が口から飛びだしそうだった。しかし、いつまで経っても聞こえてくるのは、ふたつの時計が時を刻む音と、邸を取って千切ろうかという勢いで吹きつのる風の叫び声だけだった。

その夜、そろそろ眠ろうとベッドの横に立ったボブ・アームストロングは、毛布の下に隠れているわたしを見つけることになった。わたしは自分が怯えていることを訴え、ボブの首にかじりついて、追いださないでくれと頼んだ。ボブは追いださないと約束し、わたしはその夜をボブの力強い庇護の下に過ごした。

その頃、わたしが感じていた恐怖をどうやって説明したらいいだろうか。アームストロングとコンスタンス伯父の双方から、わたしは身に迫る危険がただならぬものであることを知った。それはわたしのヒステリー性の妄想でもないし、消化不良が引きおこした悪夢でもなかった。ロバート伯父の姿が見えないことが気味悪さに拍車をかけた。ロバート伯父は病気ということだった。塔に閉じこもって、干涸《ひか》らびた召使いに世話をされているらしかった。ロバート伯父はどこにもいないと言えたし、またどこにでもいるとも言えた。わたしはできるかぎりアームストロングのそばにいることにしたが、しかしプライドめいた感情が、女の子のようにボブの上着にしがみつくことを許さなかった。

邸は死のような沈黙に覆われた。誰も笑わず、誰も歌わず、犬も、鳥も、鳴かなかった。クリスマスの二日前、堅い霜が降りた。地面はがちがちに固まり、空は凍てついたような灰色で、オリーヴ色の雲の下に、スコーフェルとゲイブルが暗然と蟠《わだかま》っていた。

そして、クリスマス・イヴがやってきた。

朝だった。よく憶えている。わたしは絵を描いていた――ラドクリフ夫人の小説の場面を思いうかべて描いた子供っぽい絵だった。気がつくと両開きのドアが開いていて、ロバート伯父が立っていた。腰が曲がり、萎《しな》びて見えた。斑白の髪が襟の下まで伸び、茂りに茂った眉毛が、前方に突きでている。ロバート伯父は緑色の服を着て、大きな紅い宝石の指輪を嵌めていた。恐ろしかった。が、しかし憐れみの情がどこからか湧いてきたのもまた事実だった。ロバート伯父はとても歳をとっていて、きわめて脆《もろ》いもののように思われた。巨大で、虚ろな邸のなかで、とても小さく見えた。

わたしは弾かれたように立ちあがった。「ロバート伯父さん」おずおずと訊ねる。「具合はどうですか？」

伯父は腰をさらに折り曲げた。ほとんど四つん這いになったように見えた。そしてわたしを見あげると、黄色い歯を剝きだして、獣のような声をだした。ドアが閉まった。

ゆっくりと黄昏が降りてきた。わたしはゴスフォース村に用事で出たボブと一緒に歩いていた。フェイルダイク邸のことについての話は出なかった。ボブはいまだにその夕方のことを話題に上せることを好むのだが、わたしはその時、どんなにボブのことが好きか、どんなにいつもそばにいたいと思っているかボブに伝えた。ボブ・アームストロングはそうしようと言った。その言葉がのちの自分の人生を予言しているとも知らずに。子供というものが一般的にそうであるように、わたしは忘れっぽいという偉大な才能を持っていたので、フェイルダイク邸の重苦しい雰囲気から解放されて、その時は伸々《のびのび》とした気分だった。ボブと並んで凍った道を踏みしめていると、恐怖が薄らぐのを感じた。

しかし、それも束の間だった。邸に帰って、黄色い壁紙の細長い居間に入った頃はもうだいぶ暗かった。控えの間を歩いていた時、ゴスフォース教会の鐘が鳴った。

鐘が鳴り終わった直後に、甲高い、怯えた声があたりに響いた。「何だ、あれは？

誰だ、あれは?」

叫び声の主はコンスタンス伯父だった。黄色い絹のカーテンの前に立って、窓の外の薄闇をみつめていた。駆けよると強く抱きすくめられた。

「聞こえるだろう?」コンスタンス伯父は囁いた。「聞こえるだろう?」

いまし方、自分が通った両開きのドアは半分開いていた。最初はふたつの時計の音と、凍った道をゆく荷馬車の微かな音しか聞こえなかった。風はもう止んでいた。

コンスタンス伯父がわたしの肩を掴んだ。「聞こえるだろう」もう一度言った。確かに、聞こえた。居間の向こうの、石の歩道から獣の足音が響いてくる。コンスタンス伯父とわたしは顔を見あわせた。交わした視線で、お互いの心のなかが同じであることが分かった。そして、何を目にすることになるのかも。

つぎの瞬間に、それはそこにいた。開いたドアのところに。少し、蹲《しゃが》みかげんで、深い憎悪を湛えた目でわたしたちを見た。狂気と病にとりつかれたものの目だった——自らの不幸さゆえに狂い、病んだ獣。しかし、いま獣は自らを憐れむ心より、わたしたちへの憎悪に衝《つ》きうごかされているように見えた。

ゆっくりとそれは近づいてきた。部屋中が茴香の種の匂いで一杯になった。

「来るな、あっちへいけ」コンスタンス伯父が叫んだ。

奇妙にもわたしはその時、犬を庇《かば》う側にまわっていた。

「だいじょうぶだよ、それは危なくないよ、危なくないよ」わたしはコンスタンス伯父に向かって叫んでいた。

犬はしかし止まらなかった。

ガラスの円蓋をかぶせた蠟の果物がのった円卓の横で、それはしばらく立ち止まった。鼻を床に近づけて臭いを嗅ぐ。そうして顔をあげてわたしたちを見ると、ふたたび歩きはじめた。

ああ、これほどの歳月を閲《けみ》したというのに、その姿はなおもわたしを怯《ひる》ませる。圧し潰したように扁平な頭部、奇妙に不安を掻きたてる体色、耐えがたい悪臭。唾液が顎から床に滴る。骨を繋いだような犬が牙を剝きだす。

わたしは悲鳴をあげて顔を背《そむ》け、伯父の胸にしがみついた。コンスタンス伯父の肉の厚い大きな手には、旧式の回転式拳銃《レボルバー》が握られていた。

コンスタンス伯父が叫んだ。

「もどれ、ロバート……もどれ」

獣は歩みを止めなかった。銃爪《ひきがね》にかけた指に力が籠るのが分かった。轟然と銃声が響いた時、わたしは目をつぶっていた。ややあって、そろそろと目を開けると、背を向けた犬が見えた。喉から血を流し、体を引きずるようにして歩いていた。

ドアのところで犬は歩みを止めて、わたしたちのほうを振りむいた。そうして、隣の部屋に姿を消した。

コンスタンス伯父がレボルバーを放りだした。伯父は鼻を啜《すす》りあげて泣きながら、わたしの額を撫でて、何か呟いた。

お互いの体にしがみつくようにしてだったが、ようやくわたしたちは血の痕を辿って歩きはじめた。血の痕は絨毯を横切り、ドアを抜けて、さらにつづいていた。

外《おもて》に面した居間の椅子の上に、軀を丸めるようにして俯《うつぶ》しているのが見えた。片方の足が軀の下で捩《ねじ》れていた。ロバート伯父だった。喉を撃ちぬかれていた。

かたわらの床には、灰色の僧帽が、転がっていた。

失われた船

W・W・ジェイコブズ
西崎憲訳

ウィリアム・ワイマーク・ジェイコブズ　William Wymark Jacobs（1863–1943）
イギリスで十九世紀末から長期間にわたって人気のあった作家である。知らぬ者とてない「猿の手」は One of the Most Powerful in English Literature と評される。ロンドンのテムズ河畔に育ち、郵便局の貯金課で働くかたわら、河の周辺で暮らす人々を登場人物にした短篇を数多く書き、非常な人気を得た。しかしもちろん文学的な評価はなきに等しいので、一世紀後のこの日本でジェイコブズの短篇集が出版されることはまずないだろう。だが字の書けない船長が代替わりした若い雇い主から、支出報告書の提示を求められて困惑する The Disbursement Sheet などという話を読むと、どうにか紹介できないものかと思わないでもない。英国の大衆作家の最良の部分を体現した作家で、パーマネント作家と評した平井呈一の言葉はあたっているだろう。原題は The Lost Ship で、*More Cargoes*（1898）収録。海彼のアンソロジーでも見掛けたことのない作品であるが、御覧の通りの神韻縹渺たる傑作である。

世紀も改まって間もない頃の、よく晴れあがった春の朝のことだった。東海岸に位置する小さな港町テトビーは、大祭日《ハイホリデイ》を迎えていた。その日、小売商人たちは店を留守にし、労働者たちは仕事の手を休め、埠頭に集った群衆に加わるために、三三五五と群れをなして、海のほうへ向かった。

平生《つね》のテトビーはといえば、ごくごく閑《しず》かな港町で、河の片側に細《ささ》やかな町をいくつか並べ、もう片方の截《き》りたった斜面には、懸崖の小鳥さながらに、赭《あか》い屋根の田舎家をちらほらととまらせた、まことに眠ったような風情の町である。

しかしながら、町の人々はいま石の埠頭に参集していた。魚を入れた担い籠や巻いた綱を手に、かつてテトビーの人間の手によって造られたうちでも最大の船が、その最初の航海に旅立つのを目にしようと、期待も露わな表情で待ち構えていたのである。

過去にテトビーで建造された船や建造者たち、そしてその航海と顚末について町の人々があれこれと論じあっていた時、河の係船所に停泊した典雅なバーク型帆船の帆がほどけはじめて、その白い色が目に映じた。埠頭の上の群衆は帆が張られていくにつれて活気づいていくようであった。悠然と、威風四囲《あたり》を払うようにして、新造船が近づいてきた。穏やかな風が帆を膨らませて船足が少し速まった。水上の鴨さながらに河面に浮かんだバーク船の白い帆布を貫いて延びたマストが、上方にいくに連れてしだいに細まり、空へと溶けていく。十尋《ひろ》の深さに設えられた埠頭の前に船が辷《すべ》ってきた。男たちは歓呼の声をあげ、女たちは別離の手を振らせるために子供らを抱えあげた。船長からキャビン・ボーイにいたるまで、船の乗組員はテトビーの人間によって占められていた。いま彼らは遠い南の海に向けて、旅立っていくのであった。

港の外で、船の航跡がわずかに弧を描いた。人の世の諸事万端のように、外海からの風を帆に受けたためである。乗組員は帆柱に跳びついて、帽子を打ち振ったり、あるいは遠ざかるテトビーに向かって、汚れた手で頻《しき》りに投げキスを送ったりした。そうした彼らの挨拶に応えて、埠頭からは歓呼の声がどっと湧きあがった。女たちの、ともすれば涙混じりになる声を掻き消さんと、男たちは声も嗄《か》れよとばかりに叫びたてた。

皆、目が霞《かす》むまで、船が水平線の上のただの三角形の点になるまで見送った。ほどなく雪片の一枚《ひとひら》のように船は空と海のあわいに溶けさった。テトビーの町の人々は、ある者は冒険に乗りだした者たちを羨みながら、ある者は乗組員たちの命が、凪《な》ぎの穏やかな海に迎え入れられたことに感謝を捧げながら、ゆっくりとそれぞれの家に散らばっていった。

何箇月か過ぎ、平穏を掻き乱すものとてないまま、テトビーの日常は静かに過ぎていった。べつの船が幾隻も寄港しては、さしたる滞りも見せず、荷を降ろし、新たに積んでは、ふたたび波間へと消えていった。テトビーの造船所には、つぎの船の竜骨が横たわっていた。ゆっくりと時は巡り、妥当にもテトビーの誇り号という名を与えられたバーク船の帰還する日は、しだいに迫りつつあった。

船の到着が夜になったらということが懸念された。骨身に応えるような、寒い、やりきれない夜に帰ってきたら。しかし、妻や子供たちはたとえ寝床に潜りこんでいたとしても、桟橋に行くために起きだしたに違いない。せいぜいがところ、慎重に河を上る船の、暗く朧《おぼろ》げな影や舷灯が河面に映るところしか見えなかったとしても。けれど、町の者たちは、やはり船が昼間に帰ってくることを望んだ。かつてその姿が溶けるようにして消えた水平線に、テトビーの誇り号がふたたび姿を現す瞬間を目にしたかったのである。南の海と太陽に鍛えあげられて頼もしく逞しくなった船がテトビーに近づくところを、子供たちがどのくらい大きくなったかを確かめようと、乗組員たちが舷側に群がる様子を、眺めたかったのである。

しかし、船は帰ってこなかった。くる日もくる日も、海を眺めやる者たちは無為のうちに待ち暮らした。ついに、予定の遅れが、延着が囁かれだした。しかし、船に親類縁者が乗っていない者たちのあいだでは、船は遭難したのだという見解がもっぱらであった。

望みのすべてが潰えさった後も、乗組員の妻や母親たちは、そんな境遇におちいった者たちの多くのように、侘しい埠頭に立っては、波間を眺めて待ちつづけた。やがて、そんな女たちの足もしだいに遠くなり、生きている者たちについて考えるために、死者たちのことを念頭から拭いさるのだった。嬰児《みどりご》は丈夫で血色の良い少年と少女になった。少年と少女は年頃の青年と娘になった。けれど遭難した船の行方は杳《よう》として知れず、乗組員たちの消息もまた同様であった。歳月は悠揚と巡り、失われた船は昔話となった。船を造った男は老いて、頭《こうべ》に白いものを頂くようになった。時間は身内の者を失った悲しみをともに連れさっていってくれたかのようであった。

暗く、荒れた、九月の晩のことだった。年の寄った女が一人、暖炉の前に腰掛けて編み物をしていた。火は気持ちばかりのもので、暖を取るためというよりは、何とはない物寂しさを紛らすために燃やしているだけだった。家のなかの居心地の良さは、風の吹き荒れる戸外と対照的だった。風はその翼で岸辺に砕ける波の音を運んだ。

「神さま、こんな晩を海で過ごす者たちに、御力を与えてくだされ」一際、激しい突風が家を揺さぶった時、老いた女は真情の籠った声でそう呟いた。

女は編み物を膝に置いて、手を組んで祈った。ちょうどその時だった。女の家の戸が不意に開いた。吹きこんだ風が暖炉の炎を勢いづけて煙を吐きださせ、ランプを吹き消した。老いた女が椅子から腰をあげた時、ふたたび戸が閉まった。

「誰だい、そこにいるのは」不安に駆られて女は叫んだ。

目は衰えていたし、突然の闇でもあった。しかしたしかに戸口に誰かが立っているような気がしたのだった。女は付け木の一片を急いで取りあげると、暖炉の火のなかに突っこんで、それでランプの灯を入れ直した。

戸口に男が立っていた。中年に達した男で、伸び放題の髭に縁どられた顔は蒼白で、水を浴びたように濡れそぼっている。身につけた物は襤褸《ぼろ》同然で髪もまた伸び放題で、明るい灰色の目には夥しい疲労が窺われた。

老女は男をじっと見つめ、口を利くのを待った。やがて襤褸を纏《まと》った男は老女のほうに足を踏みだして言った――

「母さん」

老いた女は声にならない声をあげて戸口に駆け寄ると、枯れた胸に男を掻き抱いて、その顔に接吻の雨を降らせた。自分の目が信じられなかった。いや五感のすべてが疑わしかった。老女は息子の体にしがみついて、何か喋るようにと促し、泪《なみだ》を流し、神に感謝した。笑いが抑えようもなく口を衝《つ》いて溢れた。

ようやく我に返ると、女は覚束《おぼつか》ない足取りで、息子を木の椅子のところまで引っぱっていき、押し倒さんばかりにしてそこにすわらせた。そうして興奮のために、震えの止まらぬ手で棚から食べるものと飲みものを取りだし、男の目の前に並べた。男は貪るように飲み、かつ食った。年の寄った母親はそんな息子の姿を眺め、手ずから拵《こしら》えたエールでコップを満たしておくために、ずっとかたわらに立っていた。時折、男は何か喋ろうとして、口を開いたが、母親は手を振って黙らせると、食べるように促した。息子の痩せこけた白い顔をじっと見ていた老女の目から止めどなく泪が溢れでて、老いの刻まれた頬を濡らした。

ようやく男はナイフとフォークを置き、エールのコップから手を離した。食事は済んだのだった。

「ジェムや、ジェムや」老いた母親が掠《かす》れた声で言った。「あたしはおまえがとっくの昔にテトビーの誇り号と一緒に海に沈んじまったかと思ってたよ」

ゆっくりと息子は首を振った。

「船長さんや、ほかのみんなは」老母は言葉をつづけた。「それに船は一体どこにいるんだい」

「船長——みんな——」男は奇妙な躊躇《ためらい》をみせた。「——長い話になる——ああ、エールをちょっと飲み過ぎたよ——ほかの——みんな——は——」

男の言葉がふっつりと切れて、見ると目が閉じられていた。

「みんなはどこなんだい？　何があったんだい？」

男はゆっくりと目を開けた。

「疲れ――たよ――とても疲れた。寝てない――んだ、あしたのあさ――話す」

男はまたこっくりしはじめた。老いた女は優しく男を揺さぶった。

「だったらベッドにお入り。おまえが使ってたベッドだよ、ジェム。家をでた時のまんまだよ。支度はしてあるし、シーツもちゃんと乾いている。おまえがいつ帰ってきてもいいようにね、ずっとそうしてたんだよ」

男は腰を上げ、ふらつきながらも、何とか立ちあがった。老母は奥の戸を開け、手にしたランプで階段を照らしてやった。階段の上は、かつての自分の部屋だった。男は両腕をまわして母親を軽く抱きしめ、額にひとつ接吻をすると、疲れきったようにベッドに腰を下ろした。

年の寄った女は台所に取って返すと、信心が報われたことになかば陶然としたさまで、跪《ひざまず》き、しばし神に感謝を捧げた。ふたたび立ちあがった時、女はほかの母親のことを思いだした。そうして、扉の釘に掛けたショールを引ったくるように取りあげると、風雨の激しい通りを、驚くべき報せとともに一散に走った。

町中がその報せで湧きかえるまでに、さほど時間は要らなかった。囁きが希望の息吹となって、戸口から戸口へと飛びまわった。夜のうちは閉ざされているはずの扉が開けはなたれ、子供らは母親がなぜ泣いているのか怪訝な顔で問いただした。長いこと、死が帳《とばり》を降ろしていたために、ぼやけていた夫や父親の影が明瞭な像を結んで、晴れやかな顔で微笑んだ。

老女の小さな家の戸口の前には、もう二、三人集まっていたし、他の者もかつてないような興奮の面持ちで、通りを老女の家へと急いでいた。

報せを聞いて集まってきた者たちは、しかし、老女に行手を阻まれることになった——年の寄った女は老いの暮らしに舞いこんだ途方もない吉事にいきいきと顔を輝かせていた。女は集まってきた者たちに息子が十分な睡眠をとるまでは、家のなかに入れないと宣言した。吉報の詳細に関する、人々の渇望には御しがたいものがあったが、高揚した老女の口調から、少なくともテトビーの誇り号に乗りこんだ老女の息子が、無事なことだけは知れた。

長いこと待ちつづけて、ついには忍耐をその身に刻みつけるまでになっていた女たちは、しかし、この新たに加えられた幾許《いくばく》もない待ち時間には耐えられそうもなかった。失望には耐えられる、しかし、どっちつかずの緊張には、到底耐えられるものではなかった。「神さま、あの人は生きているのでしょうか？　どんな風に変わったろう。一体、幾つになったのだろう？」

「あの子はとても疲れてたんで、ちょっとしか話さなかったんだよ」老いた女はそう言った。訊いてみたのだ、けれど、息子は眠気のために答えられなかった。夜が明けるまで、あの子を眠らせてやってくれ。その後で、何があったのかぜんぶはっきりするのだから。

彼らは待った。家へ戻って眠るなんて出来るものではなかった。時折、手持ち無沙汰に通りを歩きだす者たちがいたが、そんな者たちも決して遠くまではいかなかった。町の人々は、あちらこちらで二人、三人と小さな人だかりを作って、降って湧いた一大事について、上気した顔で頻《しき》りに論じあった。生き残りの乗組員は人のいない島に流れついたのだというのが大方の意見であった。ほかには考えられなかった。そして疑いもなく、まもなく彼らに会うことができるだろう。一人か二人を除いた全員に。なぜ一人二人を除くかというと、その男たちは船が出航した時にすでに老人だった。たぶんそのあいだに死んでしまったに違いない。居合わせた老女に、亭主が生きているとしたら、幾つになるかと尋ねた誰かが、そんなことを言った。尋ねられた女は、穏やかに笑うばかりであったが、唇は震えていた。夫に何が起こったのか、ただ、それが分かればいいのだ。女はそう言った。

緊張は耐え難いほどに高まっていった。「戻ってきた男はずっと起きないんじゃないか？　いやそれどころか、この夜はもう明けないんじゃないのか？」子供たちは風に曝《さら》されて身震いした。けれども、親たちのほうは、たとえ北極の霜の上に立っていたとしても、寒さは感じなかったであろう。募る焦燥感に苛《さいな》まれながら、町の人々は待った。

集まった者たちの視線はしばしば、皆からやや離れたところに立っている二人の女に向けられた。その女たちは再婚したのだった。横に二人の夫の姿も見えた。当惑の表情がその顔にあった。

風は止む気配もなく、夜は緩慢に、どうにも手持ち無沙汰に過ぎていった。家のなかの女は、町の者たちの訴えにはこれっぽっちも耳を貸さず、堅い意志で戸口を守りつづけた。幾度となく取りだされた時計は、もう朝はさほど遠くないことを告げていたが、それにもかかわらず、夜は明けなかった。やがて夜明けが指呼の間に迫ったと思われた時、時計を持っている者たちは、戸の前に集まった。彼らの時計の針が見易くなっていることはもう否定できなかった。隣に立った者の夜明けを待ち侘びる顔が、うっすらとだが見分けられるようになっていた。

町の者たちは戸を叩いた。応じて戸を開けた女の視界が待ちかねた者たちの顔で一杯になった。女はそれらの顔を見まわした。入れとも出ていけとも、言われたわけではなかったが、町の者たちは小さな家へとなだれこんだ。家に入りきれない者たちは戸口の前に群がった。

「行って連れてくるよ」老女は言った。

隣の者の心臓の鼓動が聞こえるようで、微かな物音も耳を聾せんばかりに轟くかと思えた。しかし、何人かの感極まった女たちの洩らす啜《すす》り泣きを除けば、実際にその場を領していたのはまったくの静寂であった。

　老女は階上につづく戸を開け、いかにも年寄りめいた慎重な足取りで階段を上った。息子にそっと呼びかける母親の声が階下に届いた。
　二、三分ほどあってから、階段を下りてくる足音が聞こえてきた——老女一人だけだった。笑みと同情の色は顔から消えていて、妙に茫乎《ぼんやり》とした表情がそれに取って代わっていた。
「起きないんだよ」どうしていいか分からない様子だった。「あの子はぐっすりと寝ててね。疲れてるんだよ。揺さぶってみたけどね、起きないんだ」

　老女は竦《すく》んだように立ちどまり、何事か訴えるように、皆の顔を見まわした。べつの年寄りが手を取って、椅子にすわらせた。二人の男が弾かれたように階段を駆けあがっていった。男たちの不在はごくわずかで、すぐに彼らは階下へと戻ってきた。当惑と混乱がその顔にあった。もう言葉にする必要はなかった。悲嘆の啜り泣きが女たちのあいだから湧きあがり、家の外に群がった者たちに伝わっていった。彼らの心に、生き残りの乗組員という希望を灯した男は、大海《おおうみ》の幾多の危難を遣《や》りすごしたのち、自分のベッドでひっそりと死んでいたのであった。

怪奇小説考

西崎　憲

怪奇小説の黄金時代

怪奇小説の分野で黄金時代という言葉を最初に用いたのは、アンソロジストのフィリップ・ヴァン・ドーレン・スターンであるらしい。『ポケットブック・オブ・ゴースト・ストーリーズ』(一九四二)の序文で、スターンは古代人の夜に対する恐怖から説き起こして、怪奇小説を通史的に論じているが、怪奇小説への愛情が窺えるその愉しい文章のなかで、一八九八年から一九一一年までの十四年間を怪奇小説の黄金時代と命名している。理由はその期間に名品、傑作が目白押しだからという単純なものである。一八九八年にはヘンリー・ジェイムズの記念碑的作品「ねじの回転」、M・R・ジェイムズの最初のコレクション『尚古家の怪談』が一九〇四年、つづいて第二集『続・尚古家の怪談』は一九一一年、アルジャーノン・ブラックウッドの傑作と言われるものは一九〇六年から一九一〇年のあいだに書かれ、O・オニオンズのコレクション『逆さまわり』は一九一一年刊行、アーサー・マッケンもフランシス・マリオン・クロフォードも活躍、とスターンは作品作家を列挙するが、最後にフレイザーの『金枝篇』を挙げているのが興味深い。

スターンのその意見はうなずけるものである。しかしながら感心すると同時に、どうもその年代の区切り方に、恣意的なものを感じることも否《いな》みがたい。たとえばマッケンの名作「パンの大神」は一八九四年発表であるし、M・P・シールの短篇集『炎のなかの影』は一八九六年、ブラム・ストーカーの『ドラキュラ』が一八九七年、黄金時代以後にも一九一二年ウィリアム・ホープ・ホジスン『ナイトランド』、一九一六年トマス・バーク『ライムハウスの夜』、そして二〇年代のハーヴィーやウェイクフィールド。要するにスターンの趣味にかなうものが、主張する期間に多く現れたということではないかと思わざるを得ない面がある。しかし非難するにはあたらないだろう。おそらく研究家・愛好家によって黄金時代の切り取り方はさまざまに変化するはずで、取り扱うものの性質上、無理のないことであるし、むしろその方が真摯というものである。

黄金時代というものを無理矢理仕立てあげる必要はないだろうが、あらためて考えてみると、このアンソロジーに収録した作品はまぎれもなく黄金時代に属しているという印象がある。どれをとってもジャンルが頂点に達しているという充実感がみなぎっている。だからここで本書の内容が示唆する黄金時代の区分というものを提示してみるのも無駄ではないだろう。ついでに少しばかり文学史、精神史的な分野にも踏みこんでみよう。

しかしその前に明らかにしておかなければならないのは、そもそも通史的に見た際の「怪奇小説」の相対的な位置かもしれない。もちろんそれは「怪奇小説」の定義にかかわる問題なので簡単に済ますことはできないのだが、ここではひとまずゴシック・ロマンスとモダンホラーのあいだの期間に現れたものと考える。それは英米では主に「ゴースト・ストーリー」の名前で呼ばれ、日本では主に怪奇小説と呼ばれるものである。「ゴシック・ロマンス」も「モダンホラー」も怪奇小説あるいはゴースト・ストーリーと呼べないことはないが、多くの人はそう呼ぶことを躊躇する。

もしかしたらすでにその呼称に三者の差は明瞭に現れているのかもしれない。つまりゴースト・ストーリーは「ロマンス」には重きを置かないし、「ホラー」つまり恐怖にも重きをおかないのだ。しかしでは何を重要視しているか？　ゴーストなのか？　ゴーストとは何か？　日本語の幽霊と同義なのか？　それらの疑問に答えるのはなかなか難しい。定義というのは何であれ、難しいものなのだ。とりあえず、いまは前後するものとは違ったものであるという一般的な見解をもとに話を進めよう。

ゴシック・ロマンスとモダンホラーのあいだの期間というと、作家としてはジョゼフ・シェリダン・レ・ファニュからシャーリー・ジャクスンやロバート・エイクマンまでということになる。レ・ファニュの『幽霊の物語神秘の物語』が上梓されたのは一八五一年、ジャクスンの『くじ』がでたのが一九四八年、エリザベス・ジェーン・ハワードとエイクマンの『我ら闇のものなれば』が刊行されたのが一九五一年だから、ほぼ百年になる。黄金時代という区切り方をするには少し長すぎるが、レ・ファニュとエイクマンとのあいだにも、そしてその中間に現れた作家たちのあいだにも優劣があるわけではないし、質的なことを考えれば怪奇小説が隆盛だった時代をそのまま黄金時代とするのはうなずけることであり、それはゴシック・ロマンスから怪奇小説への移行期をみると、さらにはっきりするだろう。

1 ゴシック・ロマンスからの移行

一八四八年、ヴィクトリア女王が即位して十年余、英国は産業革命のもたらした繁栄と矛盾に直面していた。貧者と富者の差は広がる一方であったし、その半面で、人々は科学上の発見に驚異の目を見はりもした。エミリー・ブロンテが死に、ラファエル前派が結成され、マルクスとエンゲルスの『共産党宣言』が公にされ、アメリカでは、ポーが『ユリイカ』を発表していた。キャサリン・クロウが長年興味を持って書き留めておいた超自然の実話を出版する気になったのはそんな頃だった。

クロウの出版した実話怪談集『自然の夜の側』は、熱狂的に読書人に迎えられ、翌々年の一八五〇年には続篇の『光と闇』が上梓された。両作品とも、事実そのままというわけではなく、かなり潤色が加えられていて、前作より続篇のほうがその傾向は顕著だった。

黄金時代の怪奇小説のスタイルの完成者は、疑いなくジョゼフ・シェリダン・レ・ファニユであろう。レ・ファニユが革命的であったのは、ゴシックに決別を告げたという一点においてで、その点では同時代人であったポーより（レ・ファニユは一八一四年、ポーは一八〇九年生まれ）先んじていたということは諸家の説の通りである。

しかし、ゴシックからレ・ファニユへ一足飛びだったかというと、やはりそこには、それなりの紆余曲折があったわけで、ここにとりあげたキャサリン・クロウなどは、移行期の意味をもっともよく体現しているひとりであった。

実話集『自然の夜の側』の後ゴシック性、前ゴースト・ストーリー性は、非常に象徴的に移行のようすを伝えてくれるが、もちろんこの一冊で移行がまっとうされたわけではなく、他にも同じ方向を睨んだ動きは幾つか見られた。

十九世紀初頭の民俗学の隆盛に関与し、多年にわたって地方をまわり、フォークロアを集めて小説にしたアラン・カニンガムの『イングランドおよびスコットランド田園地方の説話』（一八二二）、その親友でやはり民間伝承に多く材をとったジェイムズ・ホッグ、「さまよえるオランダ人」の伝説を小説にしたフレドリック・マリヤットの『幽霊船』、実際にあった怪異の起こる家をもとにしたエドワード・ブルワー＝リットンの「幽霊屋敷」。

これらのゴシック以降の著作と、ゴシックの伝統に即した小説群、たとえば、アン・ラドクリフの最後の小説『ブロンドヴィルのガストン』（一八二六）、一八三〇年代から六〇年代まで変わることなく愛好されたディケンズのゴシック的心性の小説、おそらく英国では四〇年代あたりに読まれはじめたであろうポー、さらにそれらに加え、内容と短さゆえに、両方の時代の性格を併せもつ、下層階級向けのペニー・ドレッドフルもしくはペニー・ブラッドと呼ばれた小冊子などが、混然となっていたのが当時の状況である。

一応の目安としてはカニンガムの『イングランドおよびスコットランド田園地方の説話』が現れた一八二二年から、レ・ファニュの手によって（『幽霊の物語神秘の物語』一八五一）黄金時代の幕が切って落とされるまでの三十年間がゴシックから黄金時代への移行期と見なされるだろう。それはさまざまな意味合いにおいて興味深い時期だった。

2　「実際に起こったと思われていること」と「間接的であること」

『ロビンソン・クルーソー』『モル・フランダース』の大作家ダニエル・デフォーのエッセイ「ミセス・ヴィールの幽霊」は何人かの研究家によって短篇小説の原型であると主張されている。面白いことに同作はまた十九・二十世紀の怪奇小説隆盛の濫觴《らんしょう》ということになっている。

確かに「ミセス・ヴィールの幽霊」の結構はまさしく黄金時代初期のもののそれで、一七〇六年に書かれたというのがちょっと信じられないような作品である。当然一世紀後のゴシック・ロマンスから怪奇小説への移行の分析にも有効である。

まず「ミセス・ヴィールの幽霊」がエッセイであることに注目しよう。そこに書かれたことは実際に起こったことだと思われていたのである。そしてもうひとつ重要なことは、中心となる出来事が間接的に語られていることである。決して直接的に得られた体験ではないのである。

以上の二点「実際に起こったと思われていること」そして「間接的であること」が、おそらくデフォーの「ミセス・ヴィールの幽霊」が後の怪奇実話の流行の魁《さきがけ》になった理由だった、そしてそれはまた同時に怪奇小説への移行と黄金時代の推移を左右する因子になった。

キャサリン・クロウやカニンガムらは伝承や実話という「実際に起こったと思われていること」を、聞き書きで、つまり「間接的」に語った。

どうしてそんなことをあらためて指摘するかと思われるだろうか。しかし、そのやり方はゴシック・ロマンスを書く者のそれとは決定的に違うものだったのだ。ゴシック・ロマンスはわずかな例外をのぞけば空間的・時間的な遠方を舞台にした。それは「実際に起こったと思われていること」ではなかった。さらに語り手はまるで実際にその場にいるように語った。つまり「間接的」には語らなかった。

両者の違いは明らかではないだろうか。舞台の設定に関して言えば、ゴシック・ロマンスの非日常の空間と時間から日常の空間と時間に一気に移動したのだ。そしてもちろんそうした変化は読者の意識の変化というものが根底にあったことを示唆している。

その意識の変化は十八・十九世紀の博物学の流行や、十九世紀の民俗学の隆盛、そして図鑑の流行などからも漠然と察せられることで、それらを詳述するのはこの小文では手にあまるのだが、宗教観や社会観、人間観がそれまでとはだいぶ違ったものになったことはまず間違いないだろう。

たとえばゴシック・ロマンスは基本的に因果の小説だった。そこには因果律があった。しかしその「律」とは何だろう。その律は誰が定めたものなのだろう。言うまでもなく、それは宗教的なものつまり神的なものだった。物語はつねに演繹的に作られた。大体は宗教的なものを拠りどころとして。しかしある時から事情は変わった。原因は何であれある時から演繹が重んじられなくなった。だから物語も帰納から生みだすしかなくなった。実話怪談や民譚が好まれるようになった理由はそれではないだろうか。

因果の消えた世界では章立てはもうなく、インデックスしかない。キャサリン・クロウは世界をゴシップもしくはエピソードの集合体と観じた。そしてその見方を読者は受けいれた。その変化の根底にあったのは自己を了解しようという欲望だったのかもしれない。神的なもの名において演繹的に観念的に自己を了解することは比較的安易である。しかしそれはもう出来なかった。帰納的な自己理解というものは簡単にできるようなものではなかった。だから自分を取り巻くもの、ゴシップやエピソードが重要になった。それらを理解することはまた自分を理解することでもあった。

人々の意識にそうした動きがあったのは十八・十九世紀の英国にかぎったわけではない。江戸時代の百物語の隆盛、『甲子夜話』『耳嚢《みみぶくろ》』などといった書物がゴシップないしはエピソードを集めた書物であったこと、曲亭馬琴の諸国の珍しい事物を集めた『耽奇漫録』、下って柳田國男の『遠野物語』などを見ると、いずこも同じという印象を持たざるを得ない。

3　「間接的に語ること」と「枠」

デフォーの「ミセス・ヴィールの幽霊」がふたつ重要な点をもっていると書いた。「実際に起こったと思われていること」そして「間接的であること」である。前者に関してはすでに述べたので、後者について見てみよう。

実話怪談が間接的に語られることは当然である。つまり誰しも一人では多くの超自然的事件を体験することはできない。よって人に聞かなければならない。実話怪談が聞き書きになるのは、それ以外のやり方がないからだ。だから、古来からある「枠物語」とよく似た「枠」ができた。『カンタベリー物語』などの枠と実話怪談の枠は、根本ではもちろん通じるところがあるが、とりあえず分けて考えたほうがいいだろう。

そして実話怪談のもつ怖さについて考えると、興味深いことが浮かびあがってくる。つまりそのほうが直接的な体験を聞かされるより怖いことがおうおうにしてあるのだ。その理由は複数あるかもしれない。

奇妙なことに、超自然現象を実際に体験した人の話というのは意外に希薄な印象を受けることが少なくない。ことに話術が巧みでない人物から聞く話はそうなりがちである。

それに比して人の口を介して入ってくる話は恐ろしい。それは人の口を介してくる過程において、自然な推敲が出来ているせいかもしれない。また細部の欠落が逆に怖い時もある。もしかしたら人づての話が怖いのは無名性のゆえかもしれない。この場合無名性は普遍性の別名になるのではないだろうか。クロウの読者にとって、怖ければ怖いほどその話は事実に思えたのではないだろうか。あるいは怖すぎてそのこと自体どうでもよくなったか。

話は少し外れるが、イギリスの幽霊事情を見てみよう。

十八世紀には幽霊の存在はかなりの確信をもって信じられていた。「ミセス・ヴィールの

「幽霊」のデフォーの筆致や、サミュエル・ジョンソン博士が当時の幽霊騒ぎに関して、素朴な驚きを表明していることを考えると、そのあたりの事情は推して知るべしだが、それは十九世紀に至ってもさほど変わらず、リットン卿の「幽霊屋敷」においても、超自然的現象が間違いなく存在すると作者が思っていることは、明らかに読みとれる。

さすがに十九世紀後半に至ると、迷信として退けられることが多くなるが、それでも、一八八二年に心霊研究協会が、超自然の存在を見たこと、聞いたこと、もしくは接触したことがあるかという質問を一万七千人のイギリス人に発したところ、一六八四人、つまり、ほぼ十人に一人はあると答えたそうであるから、現代の常識から考えればかなり高い率と言わねばならないだろう。キャサリン・クロウの実話怪談はいま読むとじつに穏健で微笑ましいものであるが、当時の読者にとっては心底恐ろしいものだったという可能性は、念頭に置いておくべきだろう。

そして、黄金時代初期の怪奇小説が怖がってもらうために実話怪談の構成を借用した、つまり枠を採用したのは、そこに確かに効果があったからだろう。だから初期の怪奇小説では暖炉の前で、あるいは列車のなかで、あるいは旅先の宿で、ひょんなことから手に入った草稿で、といったさまざまな枠が案出されたのである。

しかしその枠は、小説とは虚構のものであるという認識がだんだん広がっていくにつれて、採用されることが少なくなっていく。

4　黄金時代

黄金時代はいくつかの分け方が可能である。

たとえばレ・ファニュ—M・R・ジェイムズ—ウェイクフィールドという系統を見いだしてもいいし、それにたいして、ヘンリー・ジェイムズ・スクールという軸を立てるのもいいだろう。つまりは心理主義ともいうべき流れであるが、そこに位置するのは、E・ボウエン、デ・ラ・メア、エイクマン、ジャクスンなどである。

ロマン主義とモダニズムという分類も可能ではある。前者はヴァーノン・リー、M・ボウエン、後者はL・P・ハートリー、O・オニオンズなどであろうか。

ワン・アンド・オンリーの作家たちというまとめ方もできる。アーサー・マッケン、W・H・ホジスン、シール、ベリズフォード、ブラックウッド。ブラックウッドは神秘主義的作家という範疇にも入るだろう。

また黄金時代を年代に沿って見ていくと、恐怖の対象と語り手のあいだの距離について興味深いことが分かってくる。恐怖は時代が下るにつれて身近に迫ってくるのである。

かつて恐怖は遠い場所にあった。遠方の城などにあった。しかしやがて恐怖は街にやってくる。マッケンが描いたのはそれである。そしてついには知人や自分の家に入ってくるようになる。そして自分の内側に入りこむ。ヘンリー・ジェイムズが書いたように。そして黄金時代の最後にいたって自らが怪異と化さなければならなくなる。H・P・ラヴクラフトやトッド・ロビンズやジェラルド・カーシュが書いたように。

そこに至って、根底に世界や自分の解釈という目的を持っていた黄金時代は、終焉を迎えざるを得なかった。世界はすでに「実際に起こったと思われていること」によって捕らえられなくなっていた。そしてモダンホラーに席を譲る。

しかしそこからまた半世紀を閲《けみ》したいま、そのモダンホラーはすでに形骸化して久しい。つぎにくるのは何だろう。恐怖を扱う物語が今後どのような変遷を辿るのか、時間の許すかぎり見ていたいと思う。怪奇小説の黄金時代はずいぶん前に終わってしまったが、恐怖が終わることは決してないのだから。そして恐怖が終わらないかぎり、怪奇小説の黄金時代の作家たちの作品が読まれなくなることもまたないだろう。そのことを確信しているのは筆者だけではないはずである。

境界の書架

岡本綺堂が翻訳まで手掛けていたことを知って、多芸振りに驚くとともになるほどと思った覚えがある。『半七捕物帳』の結構がドイルを意識していたのは、第一話「お文の魂」にシャーロック・ホームズの名が挙がっていることからも明らかだったが、綺堂のあの文体そのものが、英語の修辞法から影響を受けたものではなかったかと、そのとき思い至ったのである。

長いあいだ、綺堂の文体の奇妙なほどの「新しさ」は疑問だった。綺堂より八歳年下の明治十三年生まれで、同様に怪を志した田中貢太郎の文章の古び方と比較すると、その差は歴然たるものであるが（貢太郎が漢語的修辞を好んだことを含めても）、あの時代に綺堂があれほど論理的でスマートな修辞を書くことができた理由を、若いうちから英文に親しんだという事実に帰するのはこじつけだろうか？　明治生まれの文章家たちが論理に蒙《くら》かったというつもりはないが、同時代のものに較べると綺堂の文章は圧倒的に読みやすく、鷗外や露伴の文章と比べても不思議なほど差がある。

情趣に流れることなく、それでいて滋味もあり、平明でもありといった綺堂の文体を見ていると、私はもう一人、英語が巧みだった吉田健一の文章を思いだす。文体としてはまったく似ていないが、綺堂よりさらに英語に身近に接して育った吉田健一の文章を読むたびに、私はあの息の長い文に、関係詞をずらずらとつなげる英語の構文の影響を感じるのだ。

確かめることは難しいが、滋味があってかつ平明で要所を決して外さぬのは正しくドイルの文章の特徴であったので、もしかしたら、綺堂は文体のレベルでもドイルを意識していたのかもしれない。

ついでにいえば、吉田健一にも怪奇小説があって、『怪奇な話』という集にまとめられているが、コンラッドやアーサー・キラ゠クーチの短篇がそうであるように余技の楽しさの窺われる、また独創的かついささか人を食った話が集められていて、ひじょうに魅力のあるものになっている。

岡本綺堂と英修辞法ということで枕にするつもりだったが、話が思ったより膨れあがってしまった。「好事家」について書こうと思っているのである。

1　好事家と趣味と偏向

「好事家」という語はいまではほとんど使われることはない。芸術や人文学に趣味的な態度で携わる者のことであり、少し軽い言い方をすれば「趣味人」になり、意味としては「ディレッタント」とほぼ完全に重なる語である。文脈で肯定的にも否定的にもなりうる語だが、どちらかと言えば否定的なニュアンスで使われることが多いだろうか。その場合は偏向している者、狭量に嗜好に執着している者という意味が勝ってくる。

岡本綺堂が好事家であったと主張するのはゆえのないことではない。綺堂の怪奇好きは並大抵のものではなく、そもそも怪談を数多く書いているし（『三浦老人昔話』『青蛙堂鬼談』他）、『半七捕物帳』にしても怪談の範疇に入るものが少なくない。そして怪談を書いただけならば、好事家と呼ぶことはできないかもしれないが、綺堂の場合は翻訳にまで手を出している。

昭和四年に「世界大衆文学全集」の一冊として改造社から刊行された綺堂編訳『世界怪談名作集』は、日本で最初の翻訳怪奇小説のアンソロジーである。目次を見ると海外の著名アンソロジーの選をそのまま踏襲したものなどではなく、多くの作品を読んで編者が自分で選択したことが分かる。昭和四年の段階では綺堂はすでに大家と言っていい地位にあったので、わざわざ大変な翻訳の仕事をする必要はなかっただろう。改造社の依頼を引き受けたのはやはり怪奇小説というものに並々ならぬ執着があったからと推測される。

そして怪奇小説にたいする並々ならぬ執着という点では、綺堂に負けない者がもう一人いる。言うまでもなく平井呈一である。

平井呈一がいなければ日本の怪奇小説好きは、ずいぶんと淋しい思いをしなければならなかったにちがいない。呈一の訳によって、怪奇小説の面白さに目を開かせられたという人は枚挙に遑《いとま》がないはずで、むしろ呈一の名前を知らないエンスージアストを探すのが困難なはずである。

訳文も声価に恥じないもので、簡略化して言えば、翻訳者には正確さを第一に考える者と、原文の雰囲気を伝えることを第一に置く者に分かれるが、呈一は後者の名手の一人に数えられると思う。

とにかく、ゆったりとして滋味深く、快く鈍い文章は簡単に真似のできるものではない。呈一の文章のもとになっているのは「江戸」や幸田露伴や二葉亭四迷あたりではないかと思うのだが、翻訳に対するスタンスは八割くらいは独創と言っていいように思う。

しかしその半面、平井呈一の訳文は批判されることも少なくない、いわく誤訳が多い、不正確である、訳語が恣意的すぎる、作っている、臭みがある——。公平に言うと、それらのほとんどは当たっている。しかし、ここで声を大にして言いたいのは、批判者はたいてい「翻訳」というものに照らして発言しているが、賛美者は「怪奇小説」を念頭において発言しているということである。だから両者の溝は埋まることはないだろう。たとえば翻訳文として「臭み」に見えるものは、怪奇小説としては「味わい」になるかもしれないのだ。つまり平井呈一の評価はむしろ享受するほうの問題なのである。

しかし、確実に言えることがある。平井呈一はひじょうに極私的な仕事をしたが、そうしなかったらこれだけ多くの支持者は現れなかっただろうし、怪奇小説というジャンルはさらに狭いものになっていただろうということである。そのことを否定する者は誰もいないだろう。平井呈一はもしかしたら狭量な翻訳者だったかもしれないが（わたし自身は少しもそう思わないが）、人は場合によっては狭量なほうがいいこともあるのだ。

綺堂、呈一にとどまらず、英米の怪奇小説の魅力にとりつかれた人物は多い。平井呈一スクールともいうべき系統があり、そこには紀田順一郎、荒俣宏という、日本に怪奇幻想文学を根付かせた人物がいる。二人の仕事の大きさはあらためて言うまでもないだろう。『怪奇幻想の文学』全七巻（新人物往来社）は日本で編まれた怪奇小説のアンソロジーとしては、もっとも優れたもののひとつであるし、『世界幻想文学大系』（国書刊行会）も偉業というべきものであった。そしてその後を受けたのが南條竹則である。南條竹則が怪奇幻想の分野の翻訳にたゆみなく取り組んでいることは読者にとっては僥倖と言えるだろう。

平井呈一スクール以外にももちろん愛好家の数は多い。都筑道夫、矢野浩三郎、仁賀克雄、大瀧啓裕、橋本槙矩、中野善夫、倉阪鬼一郎。ついでに海外の名前も少し挙げておこう。モンタギュー・サマーズ、ピーター・ヘイニング、ヒュー・ラム、E・F・ブライラー、マイク・アシュリー、リチャード・ダルビー。

さて、思いつくまま名前をあげてきたが、あらためて問うてみよう。これらの人々はみな好事家と形容して差し支えないのか？

「好事家」にはアマチュアというニュアンスもあるので、その意味ではかれらは好事家ではないだろう。一方、「物好きな人」「風流韻事を好む人」という意味においては、どうやら好事家であると判断していいようだ。何しろ残念ながら怪奇小説というものはあまり高いもの、ハイカルチャーに属するものとは思われていないのだ。おそらく世界のどこにあっても。そういうものを好むことこそ好事家の証と言ってもいいだろう。

そして人は好事家になった時、何を見いだすか。

それは幾ばくかの矜恃《きょうじ》と不当な扱いを受けているという意識だろう。少なくとも筆者が見てきた好事家は一人の例外もなく、そのふたつを身につけていた。当たり前のことだが、好事家は本流に棹を差すことはない。中心にいることはない。かれらが立っているのは周縁である。辺境、境界である。そここそ好事家に約束された場所である。そして望んでそこに立ったにもかかわらず、周縁にいるという指摘にたいしては一様に面白からぬ顔をする。そしてそうした態度が好事家というものがしばしば揶揄される原因になっている。

しかしそこでひとつ疑問が湧く。好事家は好事家になることによって周縁や境界に立ったのだろうか。それとも最初からそこにいたために好事家になったのだろうか。その疑問には作家たちにまず答えてもらおう。

2　作家の証言

本書に収められた「ターンヘルム」のなかで、作者のウォルポールは以下のように書いている。

ある種の事柄はたとえ世のなかのほとんどの人間が疑義を呈していても、そんな人間たちにとっては真実そのものであり、議論の余地のないものである。その確信はそして彼らに刻印を押す。曰《いわ》く、自分の空想のうちに住んでいるので、何が現実か、何がそうでないか、彼らには判断らしい判断ができない。そして普通ではないという理由で彼らは孤立する。わたしは五十歳になるが、友人と呼べる人間をほとんど持たないきわめて孤独な人間である。

つづいて、以下に引用するのはやはり怪奇作家であるE・F・ベンスンの「歩く疫病《ネゴテイウム・ペランブランス》」である。

しかし彼方《あなた》から手招く野心といったものをわたしは別段有していなかった。また妻や子供を持ちたいという希望も抱いていなかった。たぶんわたしは生まれついての独身者なのだろう。実際、忙しい仕事の年月を通じて、わたしの唯一の野心といえば、青い海とどこまでもつづく丘陵にたいする渇仰で、それはすなわちポーラーンに帰り、世界から隔絶して生きることを意味していた。

いかがであろう。両者の登場人物は見事に厭世的である。登場人物と作者はイコールにはならないが、二人ともこうした厭世観をもった人物であったことはほかの著作からも明らかである。引用箇所はいかにも周縁から、あるいは境界から書かれたものであり、すでに隠棲思想に踏みこんでいるのではないだろうか。

たしかにこの二人は世界の趨勢にたいして倦んでいた。そしてこういう例を見ていると、やはり好事家というものはある程度は資質の問題なのかと思えてくる。資質ゆえに、ある者は厭世的な世界観を得て、中心から離れる。逆ではないようである。しかし、そういった話は卵が先か鶏が先かという問題と同じですっきり結論が出るようなものではない。このへんで切りあげるべきかもしれない。とりあえずもう一人の作家に登場してもらおう。エリザベス・ボウエンである。これも本書収録の「陽気なる魂」からである。

この屋敷の超自然めいた雰囲気がなんであるにせよ、わたしに安堵感を与えてくれたことはたしかだった。

これは意図が取りづらい文章である。なぜ超自然的な雰囲気が作中人物に安堵感を与えるのだろう。

しかしここにはおそらく人が怖い話を求める理由がある。そして読者が怪奇小説を求める理由が垣間見える。たしかに人は安堵感のために怪奇小説を読む。

しかしなぜだろう？　そもそも人はなぜ恐ろしい話を読むのだろう。

その答えは幾つかある。カタルシスを求めているからだというのはおそらく当たっているだろう。日常的ではないものにいったん浸ったあとまた日常に帰るという経験は、旅行に似た効果を人に与えるだろう。けれどなぜそれが怖いものでないといけないのだろう。気晴らしを求めるなら楽しいことのほうがいいのではないか。実際そうしたものを選んでいる読者もいる。

それにたいしてもまた複数の答えがある。強度の高い感覚のほうがカタルシスの効果が望まれるからというのはそのひとつである。それも当たっているだろう。けれど、その答えはなぜ超自然や恐怖がある人間にとって安堵感を与えるかの答えにはなっていない。そしてその問いに答えるのはなかなか難しい。しかし手掛かりがないわけではない。

安堵感は言い換えれば充足感である。欲求や必要が満たされた時に人は充足する。人が何を得れば充足感を得るか、その答えは個人によってちがうだろうが、その前段階、そもそもなぜ充足感を知っているかについては全員一致している。

人が充足感を求めるのは以前に充足したことがあるからである。つまり充足したことがあるから、現在の非充足を認識できるわけである。

我々には手は二本しかない。だからといって三本ないという理由で非充足感を感じるだろうか。未知の魚たとえば「王魚」などという名の架空の魚がいて、そのスープが死者をも生き返らせるほど美味だとしても、それが実際には世に存在しないことに強い不満を覚えるだろうか。そうはならないだろう。最初からないものに関しては充足・非充足の感覚は生じないのだ。

では我々はどこでその充足感を感じたか。

もちろん過去である。おそらくは幼年時代。

怪奇小説がノスタルジーに似た印象を持っている理由のひとつはおそらくそれだろう。我々は恐怖する時に幼年時代の充足を思いだしているのではないだろうか。子供の頃というのは怖いものがたくさんあったし、怖がっている時にあったのは生の充実だった。怖がっているとき我々には密度の高さがあった。怪奇小説を好むものはその生の密度を求めているのではないだろうか。

しかしその推測が当たっているとすれば、それはそれで少し決まりが悪いことになる。我々は人間という種として何世紀もかけて成熟してきたはずだ。偉大な思想を生みだし、また学んできたはずだ。個人としてもそれぞれ成熟してきたのではないだろうか。それなのに怪奇小説などを読んでまた幼児的心性に退行するのか。

そうした疑問に関しては、いやいや心配するには及ばない、安んじて存分に怪奇小説に浸るべきだと言っておこう。人間はじつはそんな進歩などしていない。錯覚である。我々はみんな幼児とあまり変わらないのだ。ポーの作品はたまに批評家からさんざんにけなされる。召使いや子供の読むものだとされる。召使いのほうは分からないが、子供の読むものだということに関しては、じつにその通りだと思う。で、その上で尋ねてみたい。では人が金や名誉を求めるのは、切手や昆虫を集める子供の欲望とどう違うのだろうかと。

怪奇小説について語りはじめるとどうも肩に力が入りすぎてしまうようだ。自分のものでもないのに。散漫な文になっているがいちおうまとめらしきものを記しておこう。

3　境界の書架

好事家が周縁や境界にいるというのは比喩的かつ観念的な見解であるが、感覚としては分かりやすいのではないかと思う。そして面白いことに怪奇小説自体においても重要になるのは同様の構造である。

つまり怪奇小説における怪異はほぼつねに周縁や境界に存在する。少し用語を整理して「境界」の語に統一しよう。何と何の境界かというと、既知と未知、正常と異常、存在と非存在などといった二項対立のそれである。

怪異が登場するのは境界である。境界は空間内にあり意識内にある。空間内境界に関しては、例として自殺者がいた場所、殺人があった場所、馴染みのない地方などがある。一方、意識内境界とは正常と異常などの境界ということである。「ねじの回転」の家庭教師の例をみるといいだろう。ひとりの人間は空間的にはひとつの場であるが、それは正常と異常が混然となった場である。いや正常と異常は同時には存在できないわけだから、それはおそらくある時は正常であり、ある時は異常ということである。その切り替えが遅い場合、異常は感知されやすい。そして切り替えが早くなれば、その判断は難しくなる。その意味では「時間」もまた境界の重要な因子と考えたほうがいいのかもしれない。

いずれにせよ、境界にいる好事家が境界にある怪異を記した小説を好むというのは、これはもう当然と言うべきなのだろう。そして境界に立つがゆえに、彼らは境界の向こうにあるものをより現実的に感知する。一歩進めば非存在のなかに踏みいってしまうことを知っている。

関係の構造ゆえにノスタルジーを感じるといっても非存在は恐ろしいものである。その恐ろしさを境界に立つものは肌で感じる。中心にいる者つまり世界や日常を疑わぬ者は、自分を取り巻く非存在には気がつかない。

しかし、ここである転倒が起こる。境界に立つ者は非存在に近いからこそ、存在の価値をより深く感知する。そして逆説的なことに、厭世的であることによって世界に肯定的になる。中心にいる者には世界の風景は近すぎて見えない。周辺の境界にいるからこそ世界の風景を遠景として愛でることができる。さきほど引用したウォルポールやベンスンの世界の風景描写はロマン主義者たちのものとは異なる美しさを具えている。世界は忌むべきものであるが、美しく懐かしいものでもある。

好事家的精神が成した小説、つまり怪奇小説は、あるいはそうした経緯で得た世界の美しさと懐かしさで自らの諦観を救うかもしれない。そして読者の倦怠をも軽減させるかもしれない。さらには「死に至る病」を病んだ者のための最後の文芸となるかもしれない。

まったく怪奇小説は面白いばかりではない。このように実用的でさえある。

The Study of Twilight

アカデミズムの世界でゴシック・ロマンスが本格的に研究されるようになってからまだ半世紀ほどであるが、現在ではそれなりに大きな研究分野になっているようである。ゴシック・ロマンスに比較すると黄金時代の怪奇小説の研究はまだ片々たるもので、しかも対象の価値に関しては懐疑的な態度を採っている研究者も少なくないので、どうも単純に楽しく読むというわけにはいかないのが実情である。オクラホマ大学の自然科学および天文学教授で、ＳＦやホラーに造詣の深いマイケル・Ａ・モリスンなどは、あまり怪奇小説が学者の玩弄物にならないように、彼らの冷然とした批評があまり効力を持たないようにと、公言しているくらいである。モリスン教授のその言葉にもかかわらず、おそらく今後さまざまな研究が現れるだろうし、ゴシック研究が前世紀の七〇年代から八〇年代にかけて流行したように、もしかしたらヴィクトリアンやエドワーディアンの書いたゴースト・ストーリーを論じることがいつか流行になるかもしれない。

黄金時代の怪奇小説あるいはゴースト・ストーリーを丸ごと一冊論じた本というのはほんとうに少ないので、ゴシック・ロマンスやスーパーナチュラル・フィクション研究を謳った著作も含めて順を追ってみていこう。

最初に採りあげるのは一九一七年刊行のドロシー・スカブラーの『英米近代小説における超自然』*The Supernatural in Modern English Fiction* である。スーパーナチュラル・フィクションをはじめて正面から論じたとして、つとに名高い著作である。ビアス、クロフォード、ダンセイニ、ホジスンなどといった名前が見えるが、さすがに時代を感じさせ、*Gothic* 誌の編集者ゲリー・W・クロフォードには近視眼的と評されたりしているものの、読む価値は十分ある。『幻想文学』誌三七号（「英国幽霊物語」特集、一九九三）に今本渉の抄訳がある。

一九二一年にはイーディス・バークヘッドの初の本格的なゴシック研究書『恐怖小説史』*The Tale of Terror*（富山太佳夫他訳、牧神社）が現れている。これはゴシックの入門書としては現在でも価値の高いもので、ジェイコブズやブラックウッドに関する記述も見える。つづくゴシック研究は一九二七年に出たエイノ・レイロの『憑かれた城』*Haunted Castle* でゴシックの諸要素をテーマとタイプ別にわけて詳しく論じて、里程標的著作と評する人もいる。

同年にはH・P・ラヴクラフトの『文学と超自然的恐怖』*Supernatural Horror in Literature*（植松靖夫訳、東雅夫編『世界幻想文学大全』ちくま文庫、所収）も発表されている。ラヴクラフトは小プリニウスからダンセイニ、M・R・ジェイムズまで幅広く検討を加え、スーパーナチュラル・ホラーの核は「アトモスフィア」であると結んでいる。

一九三二年にはウィリアム・ワイト・ワットの『ゴシックの傍流としてのシリング・ショ

ッカー』*Shilling Shockers of the Gothic School* が上梓。小型のゴシック、十九世紀、二十世紀の怪奇小説の原型としてシリング・ショッカーをとらえた貴重な研究書。

イタリアの英文学者マリオ・プラーツの大著『肉体と死と悪魔』(倉智恒夫他訳、国書刊行会)が *The Romantic Agony* という訳題で英訳されたのは一九三三年、ロマン派における「性的なるもの」を語りつくそうとした書物であるが、ゴシックに関する記述も多い。ゴシック・ロマンスを対象とする時にあくまで冷静だった最初の研究者である。

そのマリオ・プラーツとゴシック・ロマンスを巡って感情的な対立があったという英国の奇矯な著述家モンタギュー・サマーズは、一九三八年に『ゴシック探求』*The Gothic Quest*、一九四〇年に『ゴシック書誌』*A Gothic Bibliography* と、どちらもゴシック・ロマンスに対する執着があらわな二冊を上梓。前者はM・G・ルイスやフランシス・ラソムやその他のマイナーなゴシック・ロマンスの書き手についての熱心な、しかししばしば恣意的と評される書物で、後者は一七六四年から一八二〇年までのゴシック小説の精細なチェックリスト。どちらの書物にもサマーズの著作につねにつきまとう偏りがみられるが、いまだに資料としての重要性は失われていない。

一九五一年には怪奇小説を痛烈に攻撃した二編の論稿を収めたエドマンド・ウィルスンの『古典と商業主義小説』*Classics and Commercials* が出版される。ウィルスンはラヴクラフトの諸作を評して「これらの作品中に見られる唯一の恐怖は、趣味の悪さと文章の稚拙さから生じるそれである」と述べている。

一九五二年には短篇怪奇小説を精神分析的手法で解き明かしたピーター・ペンゾルトの『小説における超自然』*The Supernatural in Fiction* が現れる。私信をもとに論じたブラックウッドの項が興味深い。『幻想文学』二六号（「イギリス幻想文学必携」特集、一九八九）に鵜飼信光の抄訳がある。

ゴシックを愛することにかけては、サマーズにも劣らぬ人物の研究書が一九五七年に登場する。インド人の英文学者デヴェンドラ・ヴァーマの『ゴシックの炎』*The Gothic Flame* である。感情的で誇張が多いとされるが、文学研究者たちの興味をゴシック・ロマンスに惹きつけた功績や、美術や建築を併せて論じた点など、見るべきところは多い。ヴァーマはゴシック・ロマンスを「聖なるもの」の探求から生じたとしている。

一九六〇年にはレスリー・フィードラー『アメリカ小説における愛と死』*Love and Death in the American Novel*（佐伯彰一他訳、新潮社）が刊行。アメリカの小説はすべてゴシックだとし、ゴシックは十八世紀に現れた最初の「アヴァンギャルド」であるとする。フィードラーは古典的なゴースト・ストーリーは、廃《すた》れかけたサブ・ジャンルだとも言っている。

一九七〇年にはフランスの構造主義者ツヴェタン・トドロフの『幻想文学論序説』*Introduction à la Littérature Fantastique*（三好郁朗訳、創元ライブラリ）が現れている。ゴシック・ロマンスにもいくらか言及がある。アメリカの研究者に多大な影響を与えたが、日本ではどうも人気がないようである。

一九七二年、ロバート・カイリーの『英国のロマン主義的小説』*The Romantic Novel in*

England が刊行。『幻想文学』二六号収録の横山茂雄のエッセイ「ゴシックの『復活』」の評言を借りよう。「彼の見解では、ロマン主義小説、あるいはゴシック小説とは『名づけられないもの』を探求しており、したがって、それまでの小説、物語の伝統形態に抵触し、それを打破することになった『実験小説』である」

一九七四年、G・R・トムスン編の論文集『ゴシック的想像力』*The Gothic Imagination* が出版されてゴシック研究への関心を高める。トムスンはゴシック・ロマンスを「闇のロマン主義」と呼んでいる。なかなかうまい表現である。

一九七五年には紀田順一郎編『出口なき迷宮』が牧神社から刊行された（改題再刊『ゴシック幻想』、書苑新社）。日夏耿之介などの断片的な紹介はあったが、概括的な紹介はこの本が最初か。英独仏の十一人の作家の紹介が主。

ペンゾルトについで短篇のゴースト・ストーリーを主題にしたジュリア・ブリッグズの『夜の来訪者』*Night Visitors* は一九七七年出版。ブリッグズはプロパーの研究者と言えるだろう。しかしゴースト・ストーリーはすでに死んだ形式だとしている。『幻想文学』三七号に佐藤弓生の抄訳がある。

一九七八年に上梓されたジャック・サリヴァンの『優雅なる夢魔』*Elegant Nightmares* もやはり短篇のゴースト・ストーリーを扱っている。レ・ファニュ、M・R・ジェイムズなど。好著であるがやや薄味か。

同年にはコラル・アン・ハウエルズの『愛、神秘、悲惨』*Love, Mystery, and Misery* も出ていて、ハウエルズは主だったゴシック作家の心理分析を行い、初期のゴシックはモラリティからの解放を目指したとする。同年にはマイケル・ハドリーのドイツのゴシック・ロマンスを初めて本格的に扱った『知られざるジャンル』*The Undiscovered Genre* も現れている。

翌年の一九七九年には三冊。G・R・トムスン編集の『ロマン主義的ゴシック小説』*Romantic Gothic Tales* にはトムスン自身の刺激的な序文が付されている。

エリザベス・マッカンドルーの『小説におけるゴシック的伝統』*The Gothic Tradition in Fiction* は、ウォルポールからアイリス・マードックまでを扱うが、ドストエフスキーやカフカなど非ゴシック作家も含めてゴシック的なるものを追う。後半は、ポーやホーソーンなどの短篇の研究で、ヘンリー・ジェイムズ「ねじの回転」の細部にわたる分析もある。

グレン・セント・ジョン・バークリーの『恐怖の解剖』*Anatomy of Horror* はレ・ファニュ、ストーカー、ラヴクラフトなどの七人の作家を辛口の筆致で論じた上、これらの作家たちはすべて性的な異常さを抱えていたと結ぶ。

一九八〇年のデイヴィッド・パンターの『恐怖の文学』*The Literature of Terror* はマルキシズム的観点からの通史の試みである。ゴシック前史からピンチョン、ピーク、バラード、アンジェラ・カーター、恐怖映画まで。パンターは作品とそれが書かれた社会とは不可分の関係にあると主張する。墓地派、センセーション・ノヴェル、崇高論などよく目がゆきとどいている。

一九八一年、トドロフの幻想理論を発展させたのはローズマリー・ジャクスンの『幻想』

Fantasy である。フロイトとラカンに依拠しつつ、文学における幻想について、犀利な考察を繰り広げる。同年のマーシャル・B・ティムの編集した『恐怖文学』*Horror Literature* はマイナーなゴシック作家から超自然詩までカヴァーした書誌と、批評を組みあわせた使いでのある参考図書。

日本における基本図書とも言える小池滋・志村正雄・富山太佳夫編の『城と眩暈―ゴシックを読む』(国書刊行会)は一九八二年刊行。様々な角度から検証した論文集。十八篇の論文が収められているが怪奇小説に関する言及は少ない。

リンダ・ベイヤー＝ベレンバウムの『ゴシック的想像力』*The Gothic Imagination* (1982) は、文学、美術、建築と多岐にわたってゴシックを解明しようという試み。前出の横山茂雄はゴシック研究の「悪しき例」と評している。

一九八三年、直接的に怪奇小説とは関係ないが「迷信の論理」を論じたトビン・シーバーズの『メデューサの鏡』*The Mirror of Medusa* は大変刺激的。

同年にはフェミニズム批評のジュリアン・フリーナーの『女のゴシック』*The Female Gothic* が出ている。ラドクリフやイサク・ディネセン、フェミニズム批評によく採りあげられるシャーロット・パーキンズ・ギルマンの「黄色い壁紙」の分析など。同じ年にもう一冊、ブラウンからポー、ホーソーンまで対象としたドナルド・A・リンジの『アメリカ・ゴシック小説―19世紀小説における想像力と理性』*American Gothic* (古宮照雄他訳、松柏社)。

トビン・シーバーズのこちらは幻想文学を扱った『ロマン主義的幻想』*The Romantic*

Fantastic は一九八四年。やはり怪奇小説に直接関係はないが、「ロマンティック・ファンタスティック」や「魔術的思考」など、とにかく語りが面白い。

翌年の一九八五年にはジェイムズ・B・トゥイッチェル『恐ろしき愉楽』*Dreadful Pleasures* が出版。恐怖文学に関した記述は少なく、ホラー映画に関する考察が主。心理学的なアプローチが試みられる。特に性的な。

一九八六年にはジャック・サリヴァン編の『幻想文学大事典』*The Penguin Encyclopedia of Horror and the Supernatural* が刊行（邦訳は国書刊行会）。ゴースト・ストーリー関係の項目が多数ある。

一九八七年には四冊。最初はテリー・ヘラーの『恐怖の悦び』*The Delights of Terror*。リーダー・アンド・レスポンス理論、ラカン、トドロフを援用。恐怖文学の類別の仕方が興味深い。ラヴクラフト、ポー、ジェイムズを扱う。マーガレット・カーターの『幽霊、それとも幻？』*Specter or Delusion?* は思慮深い筆致で、ゴシックからブルワー＝リットンやレ・ファニュまでを採りあげ、超自然に対する態度と彼らを取り巻く社会的階層との関係を論じる。S・L・ヴァーネイドは『憑かれた者』*Haunted Presence* で神学者ルドルフ・オットーの「聖なるもの」の理論を借りて、ゴシック作家たちやマッケン、ラヴクラフトなどを論じる。エリザベス・R・ネイピアの『ゴシックの失敗』*The Failure of Gothic* は、ゴシック・ロマンスは様々な意味において均衡を失った文学だとし、それまでの批評のあまりの手放しの称讃ぶりに異論を唱える。

『幻想文学』誌一九八九年の二六号は「イギリス幻想文学必携」と題された特集。高山宏のブックガイド「英国幻想文学を読む、ただし極私的に」は、海外の幻想文学研究書百三十五冊の短評つきのリスト。とにかく有用。

一九九〇年にはノエル・キャロルの『恐怖の哲学』*The Philosophy of Horror* が現れる。「アート・ホラー」なる概念を提示して、恐怖小説を読み解く。「穢《きた》なさ」から恐怖を説明しようという試みは興味深いが、若干掘りさげが浅いか。同年にはニール・バロン編の『恐怖文学』*Horror Literature* も出ている。書誌と批評を備えた参考図書で、ティムの同名のものと同様実用的である。さらにラヴクラフトの研究者S・T・ヨシの『ウィアード・テイル』*The Weird Tale* も刊行。マッケンやダンセイニを取りあげた長めの論稿。やや生硬。

一九九二年、八木敏雄『アメリカン・ゴシックの水脈』（研究社出版）刊行。碩学の包括的な研究書。

一九九三年にはクライヴ・ブルーム編の論文集 *Creepers* が上梓。マッケン、ジェイムズからアンジェラ・カーター、クライヴ・バーカーなど英国の作家を扱った十三篇の論文を集めている。編者のブルームは猫のような頭をした海蛇の扉絵まで描くほどの念の入れようである。同年の『幻想文学』三七号は「英国幽霊物語」の特集。

一九九五年にはグレン・キャヴァリエロの『超自然とイギリスのフィクション』*The Supernatural and English Fiction* が刊行される。タイトルからはゴースト・ストーリーがあまり出てこない印象を受けるが、予想に反してこれまでに出た研究書のなかでもっとも示唆的。『嵐が丘』からアクロイドの『魔の聖堂』までを扱う。とにかく間口が広く、リンゼイ、スパーク、E・ボウエンなどをうまくすくいあげる。研究書を読んでいると書き手の文学的な教養の不足を感じることもあるのだが本書ではその不満は抱きようがない。文章も心地よい。

一九九七年には風間賢二『ホラー小説大全』(角川書店。増補版は二〇〇二年、角川ホラー文庫)が刊行。「西欧ホラー小説小史」の章でゴシックやゴースト・ストーリーを扱っている。

一九九八年、デイヴィッド・パンター『ゴシック的病状』*Gothic Pathologies* が現れる。パンターのゴシック・ロマンスへの執着には脱帽である。『フランケンシュタイン』からキング、ブロック、ギブスン、イアン・バンクス、ドン・デリーロまでを、フロイト、ヒルマン、ドゥルーズ、ガタリなどを援用しつつゴシック・ロマンスにおける「法」の違反、異質性を考える。

同年の横山茂雄『異形のテクスト』(国書刊行会)は、ゴドウィン、M・シェリー、ホッグなどを論じる。ウォルター・スコットのシェリー評から「ロマンティック・ノヴェル」を導きだすあたりが興味深い。

一九九九年、ニコラス・デイリーの『モダニズムとロマンスと十九世紀末』*Modernism, Romance, and the fin de siècle* が現れる。怪奇小説にとっても重要な時期の文学潮流についての研究。ストーカー、ドイル、ハガードを「ポピュラー・モダニズム」と規定。第四章では小説の高低についての当時の概念を探る。全体に社会学的筆致で論が繰り広げられる好著。最後に採りあげられているのはディックである。

同年には荒俣宏『ホラー小説講義』(角川書店) が刊行。荒俣宏らしい図版満載の入門書。昂揚した文体で端々に卓見が見える。第二章「近代のホラー小説」は独特の小説観を枕に、ラドクリフ夫人やマチューリン、メアリー・シェリーなどを解説。第一章の「恐怖とは何か」も興味深い。

必携書『ゴシック・コンパニオン』*A Companion to the Gothic* がデイヴィッド・パンターの編纂で出たのは二〇〇〇年。二十四の論文を収録。ジュリア・ブリッグズ「ゴースト・ストーリー」は、ゴースト・ストーリーとゴシック・ロマンスの違いを考察。ヴァージニア・ウルフが怪談好きだったことを紹介。ローダ・ブロートン、ミセス・リデル、ミセス・オリファント、ヴァーノン・リー、ミセス・モールズワースなど、ゴシック・ロマンス研究書ではまず出てこない名前が続々と現れるのは壮観。グレニス・バイロンの「一八九〇年代のゴシック」も興味深い。こちらはマッケン、ウェルズなどとともに『黄金虫』のリチャード・マーシュも扱う。ブリッグズと同様にジュリア・クリステヴァの『恐怖の権力―〈アブジェクシオン〉試論』*Pouvoirs de l'horreur: essai sur l'abjection* (1980) (枝川昌雄訳、法政大学出版局) への言及がある。クリステヴァの同書は「恐怖」を考える際にたしかに有益ではあるのだが、超自然的恐怖は最初から除外されているようだ。クライヴ・ブルームの「ホラー・フィクション―定義の探索」はさまざまな作家の言葉からホラーの正体を探る試み。楽しい文章であるが、結論は、それは難しい仕事だ、というもの。

同年に、南條竹則の『恐怖の黄金時代』（集英社新書）。南條竹則は日本でもっとも「現役感」のある愛好家だろう。怪奇小説の歴史を丁寧にバランスよく追っている。増補改訂した『怪奇三昧—英国恐怖小説の世界』（小学館クリエイティブ）が二〇一三年に刊行されている。必携。

二〇〇九年、東雅夫『怪談文芸ハンドブック』（メディアファクトリー）刊行。怪談の入門書といった趣だが「欧米怪談文学史をたどる」の章がある。同年、亀井伸治の『ドイツのゴシック小説』（彩流社）も出ている。日本語で読めるドイツのゴシック・ロマンスの研究書は貴重である。イギリスのそれとの関わりも詳しい労作。ドイツは宝庫であるようだ。

二〇一〇年、アンドルー・スミスの『ゴースト・ストーリー一八四〇—一九二〇』*The Ghost Story, 1840–1920* 刊行。キプリング、レ・ファニュ、コリンズなど。本書収録の「妖精にさらわれた子供」の考察もある。スミスはレ・ファニュのイングランド系アイルランド人としての政治的揺らぎを同作に見る。その例で分かるように分析は基本的に社会的、政治的なものである。限界があるように思えるが、読む価値はある。

同年、ゴシック・ロマンスのなかに現れる建築を手掛かりに考察を繰り広げた武井博美の『ゴシックロマンスとその行方』（彩流社）が刊行。第七章で「ねじの回転」を扱う。篤実な筆致である。

簡単かつ駆け足ではあるが、以上で怪奇小説あるいはゴースト・ストーリーの研究の概略は掴めると思う。怪奇小説を愉しむために研究書を読むことは必要ではないが、無駄でもないだろう。筆者自身はアカデミズムの世界には無縁であるが、以前一度だけゴシック・ロマンスも対象にしている研究者と話す機会があった、しかしその研究者はゴースト・ストーリーはすべてゴシック・ロマンスであると考えているようだった。それをもって何かを判断しようとするつもりはないが、縷々《るる》延べたように、ゴシック・ロマンスと怪奇小説はまったくとは言わないものの、かなり違ったものである。ゴシック・ロマンスの研究が盛んになるのは、研究対象として都合がいいという面もあるだろう。とにかく論が立てやすいところがあるし、見得も切りやすい。しかし怪奇小説を論ずるのは難しい。それは短篇小説を論ずることが難しいのとよく似ている。

「価値」という点では怪奇小説は誇っていいだろう。怪奇小説以外で一世紀前のもので読まれる作品がどれだけあるだろうか。そして人に聞かせられるほどプロットを鮮明に記憶に残すような小説があるだろうか。「猿の手」のプロットを、「開いた窓」のプロットを、「炎天」のそれを嬉々として友人や恋人に話す者たちは、あと一世紀経ってもいなくなることはないだろう。怪奇小説あるいはゴースト・ストーリーは、時折ゆえなく貶《おとし》められることもあるが、記憶の女神からはつねに愛されているように思われる。

あとがき

本書は一九九二年から翌年にかけて国書刊行会から刊行された『怪奇小説の世紀』全三巻から好評だったものを抜粋し、さらに同社の〈書物の王国〉第十五巻『奇跡』収録の一篇と、新たに訳しおろした四篇を加えて一冊にまとめたものである。『怪奇小説の世紀』の編集方針を活かしつつ、現在入手困難になっている作品や新訳を加えて充実を図った。作者紹介や解説もすべて再録したがいずれも大幅に手を入れている。『怪奇小説の世紀』全三巻との関係は従兄弟同士くらいになるだろうか。もちろん一から作るほどの労力と時間がかかっているわけではないが、編者としては新しい本を一冊作ったと同じ程度の集中をしたような感覚を覚えている。

作家紹介があり、長い解説があるのだから、個々の作品にもそれなりに言及できそうなものであるが、アンソロジーというものは意外に個別に詳述する紙数を確保できないことが少なくない。ここに収録した作品はどれも優れたものであるが、新たに訳した「墓を愛した少年」と「喉切り農場」は既訳があるものの入手が簡単ではなく、これだけの作品がそのような状態にあるのは耐えがたいことだったので、怪奇マニアとしてはこの二作が簡単に読めるようになった状況を大いに喜びたい。

またすでにお読みになった方はお気づきであろうが、同趣向の結末の作品が二作収められている。文体の違いによる風合いの差を見ていただければと思う。

タイトルにも「怪奇」とあり、内容ももちろん怪奇小説ばかりであるが、本書に収録した作品はすべて「短篇小説」としての価値も、「小説」としての価値も具えているので、できるだけ多くの読者に繙読《はんどく》していただくことを願っている。翻訳小説を普段は敬遠している読者も、短さという利点を利用してぜひ手にとっていただきたい。一世紀半以上前のものがあるが、全体としてはインターネットや携帯電話が出てこないだけで、いま刊行されている小説にある大事なものは大体揃っていると思う。人はそうそう変わるものではないのだ。

そしてもちろん幾つかはほんとうに怖い。怪奇小説というものはじつは怖くなくても構わないものであるが、人や存在というものの底を覗きこむような怖い作品が何作か収められている。

今本渉、佐藤弓生、倉阪鬼一郎、高山直之、柴﨑みな子の各氏には優れた訳を提供していただいた。筑摩書房編集部の磯部知子氏と藤原編集室の藤原義也氏には今回も貴重な助言をいただいた。末尾ながら怪奇小説を愛好するすべての読者そして作者、またアンソロジスト、訳者に、深い感謝の念を表しつつ、筆を擱《お》きたいと思う。

西崎　憲

本書は『怪奇小説の世紀』全三巻（国書刊行会、一九九二〜九三）から十三篇と解説、『書物の王国15／奇跡』（国書刊行会、二〇〇〇）からヴァーノン・リー「七短剣の聖女」を改稿再録し、新訳四篇（フィッツ＝ジェイムズ・オブライエン「墓を愛した少年」、ジョーン・エイケン「マーマレードの酒」、J・D・ベリズフォード「喉切り農場」、H・R・ウェイクフィールド「真ん中のひきだし」）を加えて、新編集したものです。

本書中には今日の人権意識に照らして不適切と思われる語句を含む文章もありますが、作品の時代的背景にかんがみ、そのままとしました。

競売ナンバー49の叫び
トマス・ピンチョン
志村正雄 訳

「謎の巨匠」の暗喩に満ちた迷宮世界。突然、大富豪の遺言管理執行人に指名された主人公エディパの物語。郵便ラッパとは？（巽孝之）

お菓子の髑髏
レイ・ブラッドベリ
仁賀克雄 訳

若き日のブラッドベリが探偵小説誌に発表した作品のなかから選ばれた15篇。ブラッドベリらしい、ひねりのきいたミステリ短篇集。

ブラウン神父の無心
G・K・チェスタトン
南條竹則／坂本あおい訳

ホームズと並び称される名探偵「ブラウン神父」シリーズを鮮烈な新訳で。「木の葉を隠すなら森のなか」などの警句と逆説に満ちた探偵譚。（高沢治）

生ける屍
ピーター・ディキンスン
神鳥統夫 訳

独裁者の島に派遣された薬理学者フォックス。秘密警察が跳梁し、魔術が信仰される島で陰謀に巻き込まれ……。幻の小説、復刊。（岡和田晃／佐野史郎）

コンパス・ローズ
アーシュラ・K・ル＝グウィン
越智道雄 訳

物語は収斂し、四散する。ジャンルを超えた20の短篇が紡ぎだす豊饒な世界。「精神の海」を渡る航海者のための羅針盤。（石堂藍）

郵便局と蛇
A・E・コッパード
西崎憲 編訳

日常の裏側にひそむ神秘と怪奇を淡々とした筆致で描く、孤高の英国作家の詩情あふれる作品集。新訳一篇を追加し、巻末に訳者による評伝を収録。

氷
アンナ・カヴァン
山田和子 訳

氷が全世界を覆いつくそうとしていた。私は少女の行方を必死に探し求める。恐ろしくも美しい終末のヴィジョンで読者を魅了した伝説的名作。

〝少女神〟第9号
フランチェスカ・リア・ブロック
金原瑞人 訳

少女たちの痛々しさや強さをリアルに描き出し、全米の若者を虜にした最高に刺激的な〈9つの物語〉。大幅に加筆修正して文庫化。（山崎まどか）

短篇小説日和
西崎憲 編訳

短篇小説は楽しい！　大作家から忘れられたマイナー作家の小品まで、英国らしさ漂う一風変わった傑作を集めました。巻末に短篇小説論考を収録。

怪奇小説日和
西崎憲 編訳

怪奇小説の神髄は短篇にある。ジェイコブズ「失われた船」、エイクマン「列車」など古典的怪談から異色短篇まで18篇を収めたアンソロジー。

ギリシア悲劇（全4巻）

荒々しい神の正義、神意と人間性の調和、人間の激情と心理。三大悲劇詩人（アイスキュロス、ソポクレス、エウリピデス）の全作品を収録する。

シェイクスピア全集（刊行中）　シェイクスピア　松岡和子訳

シェイクスピア劇、待望の新訳刊行！　普遍的な魅力を備えた戯曲を、生き生きとした日本語で。詳細な注、解説、日本での上演年表をつける。

「もの」で読む入門シェイクスピア　松岡和子

シェイクスピア劇に登場する「もの」から、全37作品の意図が克明に見えてくる。「世界で最も親しまれている古典」のやさしい楽しみ方。（安野光雅）

ガルガンチュアとパンタグリュエル（全5巻）　フランソワ・ラブレー　宮下志朗訳

フランス・ルネサンス文学の記念碑的大作。〈知〉の一大転換期の爆発的エネルギーと感動をつたえる画期的新訳。第64回読売文学賞研究・翻訳賞受賞作。

バートン版　千夜一夜物語（全11巻）　大場正史訳　古沢岩美・絵

めくるめく愛と官能に彩られたアラビアの華麗な物語——奇想天外の面白さ、世界最大の奇書の名訳による決定版。鬼才・古沢岩美の甘美な挿絵付。

レ・ミゼラブル（全5巻）　ユゴー　西永良成訳

慈愛あふれる司教との出会いによって心に光を与えられ、ジャン・ヴァルジャンは新しい運命へと旅立つ——叙事詩的な長篇を読みやすい新訳でおくる。

荒涼館（全4巻）　C・ディケンズ　青木雄造他訳

上流社会、政界、官界から底辺の貧民、浮浪者まで巻き込んだ因縁の訴訟事件。小説の面白さをすべて盛り込み壮大なスケールで描いた代表作。（青木雄造）

高慢と偏見（上）　ジェイン・オースティン　中野康司訳

互いの高慢さから偏見を抱いて反発しあう知的な二人がやがて真実の愛にめざめてゆく……絶妙な展開で深い感動をよぶ英国恋愛小説の名作の新訳。

高慢と偏見（下）　ジェイン・オースティン　中野康司訳

互いの高慢からの偏見が解けはじめ、聡明な二人は急速に惹かれあってゆく……。あふれる笑いと絶妙の展開で読者を酔わせる英国恋愛小説の傑作。

分別と多感　ジェイン・オースティン　中野康司訳

冷静な姉エリナーと、情熱的な妹マリアン。好対照をなす姉妹の結婚への道を描くオースティンの永遠の傑作。読みやすくなった新訳で初の文庫化。

名短篇、ここにあり　北村薫・宮部みゆき編
読み巧者の二人の議論沸騰し、選びぬかれたお薦め小説12篇。となりの宇宙人／冷たい仕事／隠し芸の男／少女架刑／あしたの夕刊／網／誤訳ほか。

名短篇、さらにあり　北村薫・宮部みゆき編
小説って、やっぱり面白い。人間の愚かさ、不気味さ、人情が詰まった奇妙な12篇。華燭／骨／雲の小径／押入の中の鏡花先生／不動図／鬼火／家霊ほか。

読まずにいられぬ名短篇　北村薫・宮部みゆき編
松本清張のミステリを倉本聰が時代劇に⁉　あの作家の知られざる逸品からオチの読めない怪作まで厳選の18作。北村・宮部の解説対談付き。

教えたくなる名短篇　北村薫・宮部みゆき編
宮部みゆきを驚嘆させた、時代に埋もれた名作家・長谷川修の世界とは？　人生の悲喜こもごもが詰まった珠玉の13作。北村・宮部の解説対談付き。

世界幻想文学大全
幻想文学入門　東雅夫編著
幻想文学のすべてがわかるガイドブック。澁澤龍彦、中井英夫、カイヨワ等の幻想文学案内のエッセイも収録し、資料も充実。初心者も通も楽しめる。

世界幻想文学大全
怪奇小説精華　東雅夫編
ルキアノスから、デフォー、メリメ、ゴーチエ、ゴーゴリ……時代を超えたベスト・オブ・ベスト。岡本綺堂、芥川龍之介等の名訳も読みどころ。

日本幻想文学大全
幻妖の水脈　東雅夫編
『源氏物語』から小泉八雲、泉鏡花、江戸川乱歩、都筑道夫……。妖しさ蠢く日本幻想文学、ボリューム満点のオールタイムベスト。

日本幻想文学大全
幻視の系譜　東雅夫編
世阿弥の謡曲から、小川未明、夢野久作、宮沢賢治、中島敦、吉村昭……。幻視の閃きに満ちた日本幻想文学の逸品を集めたベスト・オブ・ベスト。

60年代日本ＳＦベスト集成　筒井康隆編
「日本ＳＦ初期傑作集」とでも副題をつけるべき作品集である(編者)。二十世紀日本文学のひとつの里程標となる歴史的アンソロジー。　（大森望）

70年代日本ＳＦベスト集成1　筒井康隆編
日本ＳＦの黄金期の傑作を、同時代にセレクトした記念碑的アンソロジー。ＳＦに留まらず「文学の新しい可能性」を切り開いた作品群。　（荒巻義雄）

ちくま文庫

怪奇小説日和《かいきしょうせつびより》　黄金時代傑作選《おうごんじだいけっさくせん》

二〇一三年十一月十日　第一刷発行
二〇一六年　十　月五日　第二刷発行

編訳者　西崎　憲（にしざき・けん）
発行者　山野浩一
発行所　株式会社　筑摩書房
東京都台東区蔵前二―五―三　〒一一一―八七五五
振替〇〇一六〇―八―四一二三
装幀者　安野光雅
印刷所　明和印刷株式会社
製本所　株式会社積信堂

乱丁・落丁本の場合は、左記宛にご送付下さい。
送料小社負担でお取り替えいたします。
ご注文・お問い合わせも左記へお願いします。
筑摩書房サービスセンター
埼玉県さいたま市北区櫛引町二―六〇四　〒三三一―八五〇七
電話番号　〇四八―六五一―〇〇五三

ISBN978-4-480-43118-9 C0197